Serie de autor

Alexandr S

D

UNIVERS

Această carte a apărut cu ajutorul programului
de sprijin pentru traduceri din literatura rusă al
INSTITUT PEREVODA

ИНСТИТУТ ПЕРЕВОДА

AD VERBUM

Alexandr Soljenițîn

DULCEAȚA DE CAISE

Traducere din rusă și note
de
CECILIA MATICIUC

UNIVERS

Redactor Irinel Antoniu
Tehnoredactor Constantin Niţă
Copertă credit foto: Shutterstock

Descrierea CIP a Bibliotecii Naţionale a României
SOLZHENITSYN, ALEKSANDR ISAEVICH
Dulceaţa de caise / Alexandr Soljeniţîn ;
trad. din rusă şi note de Cecilia Maticiuc.
- Bucureşti : Univers Publishing House, 2015
ISBN 978-606-771-038-0

I. Maticiuc, Cecilia-Mihaela (trad. ; note)

821.161.1-32=135.1

ALEXANDR SOLJENIŢÎN
„EGO“, „NA KRAJAH“, „MOLODNJAK“, „NASTIENKA“, „ABRIKOSOVOE VAREN'E“, „VSÊ RAVNO“, „NA IZLOMAH“, „ZHELJABUGSKIE VYSELKI“

EDITURA UNIVERS
www.editurauniverse.ro

ISBN 978-606-771-038-0

EGO

1

Chiar și mai înainte de a avea vârsta lui de acum, de treizeci de ani, chiar și înainte de Primul Război Mondial, Pavel Vasilievici Ektov își formase convingerea că rostul lui este de a fi un consecvent cooperator sătesc, chiar dacă nu unul cu vocație, fără să-și fixeze în nici un caz scopuri mari și cutremurătoare. Pentru a se menține pe această linie, trebuia să participe la vehemente dispute sociale și să țină piept ademenirii și reproșurilor venite din partea democraților revoluționari, care susțineau că a fi „activist cultural“ pe tărâmul „lucrurilor mărunte“ este nesemnificativ, nu e numai o dăunătoare risipă de forțe pentru mici activități inutile, ci și o trădare a întregii omeniri de dragul câtorva oameni apropiați, o banală binefacere ieftină, care nu are perspective de împlinire. De vreme ce, chipurile, există o cale de salvare universală a omenirii, de vreme ce există o cheie sigură pentru idealul fericirii poporului, cât valorează, în comparație cu ea, ajutorul personal mărunt al omului pentru om, simpla ușurare a necazurilor de zi cu zi?

Mulți activiști culturali s-au rușinat din cauza acestor reproșuri și au încercat, ofensați, să se dezvinovățească, spunând că „și munca lor este utilă“ în organizarea universală a omenirii. Însă Ektov se convingea din ce în ce mai mult că ajutorul cotidian dat țăranilor în necesitățile lor stringente nu avea nevoie de nici un fel de justificare, ușurarea greutăților poporului în orice formă reală nu e acelaşi lucru cu predica abstractă a preoţilor de la ţară ori cu toceala din şcolile parohiale. Şi, iată, cooperativa sătească de credit se poate dovedi o cale mult mai sigură de salt universal spre fericirea definitivă.

Ektov cunoştea toate aspectele cooperativizării şi chiar le iubea cu toată convingerea. Când s-a dus în Siberia, s-a minunat de cooperativa de acolo, producătoare de unt, care, fără să aibă fabrici uriaşe, hrănea toată Europa cu unt parfumat şi delicios. La el, în gubernia Tambov, a fost, ani la rând, un lider energic al cooperativei de credit şi economii, continuându-şi activitatea şi în timpul războiului. (În acelaşi timp, făcuse parte din sistemul Zemgor[1], însă fusese dezgustat de politizarea lui acută, dar şi de faptul că era folosit ca mijloc de evitare a frontului.) A condus cooperativa şi pe tot parcursul anului revoluţionar Şaptesprezece şi abia în luna ianuarie a anului Optsprezece, în ajunul inevitabilei confiscări a caselor de bani ale cooperativelor, a reuşit ca societatea lui de credit să le ramburseze depozitele, pe ascuns, depunătorilor.

Pentru asta, bolşevicii l-ar fi *băgat la închisoare* negreşit pe Ektov, dacă şi-ar fi dat seama care-i problema, însă cei din comisia mobilă n-aveau timp. L-au convocat pe Ektov o dată la mănăstirea din Kazan, unde se instalase CEKA[2], dar s-au rezumat la un singur interogatoriu rapid şi acesta a scăpat. Şi, pe deasupra, aveau destule griji, mai importante. În piaţa principală din apropierea aceleiaşi mănăstiri au fost adunaţi pe neaşteptate recruţi din cinci categorii de vârstă, dar un călăreţ aprig, cu şuviţa de păr în vânt, călare pe un cal sur, s-a năpustit dintr-o parte şi a strigat: „Tovarăşi! Ce a promis Lenin? Că n-o să ne mai luptăm

---

1. Zemgor – organizaţie a Zemstvelor orăşeneşti, înfiinţată în 1915 şi dizolvată de bolşevici în 1919.

2. CEKA – *Cerezvîceainaia komisiia po borbe s kontrrevoliuţiei, sabotajem i speculiaţiei* (Comisia extraordinară pentru combaterea contrarevoluţiei, a sabotajului şi a speculei). A funcţionat în perioada 1917-1922, fiind predecesoarea organelor securităţii sovietice.

niciodată! Așadar, plecați la casele voastre! Abia s-a terminat cu războiul, și acum ne mână din nou la luptă? Împră-ști-a-ți-vă la casele voastre!!". Strigătul lui a fost ca o flacără ce a trecut printre acești tineri în haine țărănești negre și gri, care s-au risipit în dezordine, unii direct dincolo de oraș, spre păduri, dezertând, alții prin oraș, răspândind revolta. Au fugit chiar și autoritățile; după o zi, s-au întors cu cavaleria lui Kikvidze.

Ektov a petrecut anii războiului civil într-o confuzie sufletească: văzând lichidarea plină de cruzime a compatrioților și simțind talpa de fier a dictaturii bolșevice, a pierdut sensul vieții Rusiei întregi și al propriei sale vieți. Niciodată nu se întâmplase în Rusia ceva asemănător. Viața omenească în general își pierduse cursul rațional obișnuit, activitate a unor ființe raționale, dar, în timpul stăpânirii bolșevice, ea s-a ascuns, s-a denaturat în secrete, în căi ocolitoare sau șiret-ingenioase. Totuși, democratului convins Ektov nu i se păreau nicidecum o soluție nici victoria Albilor, nici întoarcerea biciuștilor căzăcești. Iar în august Nouăsprezece, când cavaleria lui Mamontov a ocupat Tambovul timp de două zile, în cursul acestor patruzeci și opt de ore, deși CEKA a fugit din mănăstirea din Kazan, el nu a simțit vreo eliberare sufletească ori vreo satisfacție. (De altfel, era evident că fusese doar o scurtă incursiune.) Toată inteligheția din Tambov considera că regimul bolșevic este provizoriu: hai, un an-doi-trei – și va cădea, iar Rusia va reveni la o viață care părea, de data asta, democratică. În exagerările bolșevicilor se vedeau nu numai reaua lor voință ori nechibzuința, dar și dificultățile acumulate în războiul extern de trei ani și în războiul civil care urmase imediat.

Tambovul, înconjurat de o gubernie cerealieră, nu a cunoscut în acești ani foametea deplină, dar, în timpul iernilor, o periculoasă sărăcie înghețată îi obliga pe oameni să-și consume toată puterea minții și a sufletului pentru a supraviețui. Și vasta lume țărănească din jurul Tambovului a început să fie ruinată fără milă mai întâi de detașamentele de baraj (care îi deposedau pe țărani de grâu și de alte produse, pur și simplu în timpul transportului pe drumuri), apoi de detașamentele de rechiziție alimentară și de cele care îi vânau pe dezertori. Intrarea unui asemenea detașament într-un sat încremenit de spaimă însemna întotdeauna executarea inevitabilă a câtorva țărani ori numai a doi-trei, ca învățătură de minte pentru tot satul. (Puteau și din pridvorul administrației de plasă să trimită la întâmplare o rafală de mitralieră cu cartușe de război.) Și toate detașamentele se apucau întotdeauna de un mare jaf. Detașamentul de rechiziție alimentară se răspândea în sat, pentru încartiruire, și, înainte de toate, cerea de mâncare: „Dă berbecul! Dă gâștele! Ouă, unt, lapte, pâine!". (Iar apoi cereau și prosoape, cearșafuri, cizme.) Țăranii ar fi fost bucuroși să scape doar cu asta, numai că, după ce chefuiau în sat o zi-două, membrii detașamentului formau un convoi de țărani întristați, cu carele lor încărcate cu grâne, carne, unt, miere, pânzeturi – pentru export, trimise plocon puterii proletare, care nu împărțea niciodată cu țăranii nici sarea, nici săpunul, nici fierul. (Într-un magazin sătesc oarecare se primeau pe neașteptate ciorapi de mătase ori mănuși din piele de căprioară ori lămpi cu gaz fără arzător și fără gaz.) Și strângeau în așa fel grâul de prin hambare, încât nu rareori țăranii rămâneau cu nimic, nici pentru mâncare, nici pentru semănat. Pe soldații din aceste detașamente, țăranii îi numeau „Cei negri" – poate de la „drac"[1] sau poate pentru că erau mulți ne-ruși printre ei. Toată gubernia Tambov știa de frica mâniosului gubprodcomisar[2] Goldin, care nu ținea seama de vieți omenești, nu se uita la suferința omenească și la lacrimile femeilor, era de temut și pentru membrii detașamentului său de rechiziție. Nu cu mult mai blând decât el era Alperovici, prodcomisar pe județul Borisoglebsk. (Autoritățile se botezaseră cu nume respectabile; mai exista și

1. *Ciornîi* (rus.) – negru; *ciort* (rus.) – drac.

2. Comisar responsabil cu problemele de alimentație în cadrul unei gubernii.

nacipogub Weidner – multă vreme, nici Ektov nu a putut să înțeleagă ce însemna acest cuvânt îngrozitor: șeful departamentului politic al guberniei.) La început, țăranilor nu le venea să creadă când auzeau ce transformări se petrec. Soldații care se întorceau de pe frontul german, din regimentele de rezervă și din prizonierat (acolo erau puternic prelucrați de propaganda bolșevică) aduceau în satele lor vestea că în curând puterea va aparține țăranilor și că revoluția fusese făcută de dragul lor: de altfel, țăranii sunt principalii stăpâni ai pământului. Dar ce se întâmplă? Orășenii îi trimit pe păgâni să-i asuprească pe țăranii care muncesc? Voi nu ați semănat nimic, dar jinduiți la bunăstarea noastră? Dar Lenin a spus așa: cine nu a lucrat, nu a semănat – acela nici să nu mănânce!

Și umbla prin sate încă un zvon: a avut loc o trădare! La Kremlin, Lenin a fost substituit!

Inima lui Pavel Vasilievici, mereu nedespărțită de necazurile țăranilor, de concepțiile lor de viață și de simțul lor economic gospodăresc (la biserică – în cizme, prin sat – în opinci, iar la câmp desculț), se îmbolnăvea de durere din cauza distrugerii nebunești a satelor: bolșevicii au prădat până la piele satele din Tambov (se deda la jafuri, pe deasupra, și fiecare inspector sau instructor care venea). Mai poți oare să vezi acum un tablou de pace și îmbelșugare, așa cum era odinioară? Cirezile de sute de vite se întorceau seara, fără grabă, ici și colo se vedeau copii care le mânau pe ale lor cu vărguțele, iar în urma lor un nor de praf transparent rămânea suspendat în razele soarelui la apus și, înainte de mulsoarea bogată, se auzea scârțâitul cumpenelor de la fântâni. Acum, ferestrele izbelor nu se mai luminează la căderea nopții: lămpile cu gaz rămân neutilizate, iar opaițele cu grăsime de berbec abia luminează dinăuntru.

Între timp, războiul civil se apropia de sfârșit, iar țăranii din Tambov pierduseră ocazia de a se uni cu Albii. Totuși, răbdarea lor întrecuse limita, poporul clocotea și dădea pe dinafară. În toamna anului 1919, țăranii l-au ucis pe președintele

Comitetului Executiv al Sovietului, Cicikanov, atunci când trecea prin gubernie. Reacţia autorităţilor a constat în trimiterea unui puternic detaşament de represalii (alcătuit din unguri, letoni, finlandezi, chinezi, care nu mai făcuseră parte din detaşamente) şi un nou val de execuţii numeroase.

În acea iarnă marcată de jafuri, furia ţărănească a continuat să crească, să se acumuleze. Începând din primăvară, cum s-a topit zăpada, Pavel Vasilici a plecat cu o căruţă a unui ţăran pe care îl cunoştea, ca să se aprovizioneze cu produse de la Karaivanov, situat într-un loc bine cunoscut de el, unde se unesc Mokraia Panda şi Suhaia Panda, iar mai departe curg în Vorona. Acolo, el cunoştea satele Gruşevka, Gvozdiovka, Treskino, Kurgan şi Kalughino. Gruşevka – cu fâneţele ei bogate care încep direct din spatele caselor şi în iunie umplu tot satul cu miresme de firuţă, iarba-ovăzului şi trifoi; Treskino cu biserica lui stranie – un cub cu trei etaje; biserica domnească din Nikitino este acoperită cu plăcuţe de ceramică albastră şi maro, iar acoperişul cu şindrilă; Kurgan – cu o movilă de pe vremea tătarilor; şi Kalughino în formă de sabie, cu căsuţele lui căzăceşti răspândite în dezordine prin valea expusă a râului Suhaia Panda. Iar lunca râului sinuos Mokraia Panda este, toată, acoperită de o iarbă deasă, aici se bat prepeliţele şi tot aici sunt în largul lor copiii, pescarii, gâştele şi raţele; deşi copiii se scaldă acolo până la brâu, totuşi, când vine vremea pentru mulsoarea de la amiază, din acelaşi râu vacile ies anevoie. Acolo există o pădure mare, care începe dincolo de Gruşevka şi Gvozdiovka; şi, aproape de Nikitino, cu mulţimea lui de livezi, se văd câteva vâlcele împădurite.

Ţăranii au întâmpinat acea primăvară într-o stare de mare nelinişte, iar mulţi dintre ei nici nu voiau să semene: păi n-o să fie totul în zadar, n-o să fie luat totul? dar, pe de altă parte, cum să rămână fără hrană?

S-au adunat în păduri şi în văgăuni. Se sfătuiau cum să facă să se apere.

Aflându-se în sate diferite, le era greu să cadă de acord, să se adune laolaltă, să se hotărască şi, îndeosebi, să aleagă momentul în care să treacă la un adevărat război.

În acest timp, detaşamentele de rechiziţie alimentară ale lui Goldin dădeau buzna în sate, ca şi înainte, pentru a le prăda, şi chefuiau, ca şi înainte, acolo unde se opreau. (Au existat şi asemenea cazuri: ordonau să li se dea pe timpul nopţii un grup de femei, iar satul dădea, ce era să facă? Era mai uşor decât să fie executaţi.) În timp ce detaşamentele guberniale de vânare a dezertorilor îi împuşcau ca exemplu pe cei capturaţi. (Erau încorporate simultan trei categorii de vârstă – de la 18 la 20 de ani. Dar cei care intrau în partidul bolşevic scăpau de recrutarea generală.)

Şi, în luna august a anului Douăzeci, răscoala a izbucnit de la sine în satul Kamenka din judeţul Tambov: ţăranii au masacrat detaşamentul de rechiziţii alimentare care sosise şi le-au luat armele. Şi în aceleaşi zile, la Treskino, cum detaşamentul alimentar reunise cadrele active aproape de sediul administrativ, un grup de ţărani înarmaţi cu furci, lopeţi şi topoare a ieşit pe drum. Detaşamentul a început să tragă în ei, dar ţăranii, revărsându-se ca un val, au reuşit să-i taie pe douăzeci dintre membrii acestuia şi, totodată, pe câteva soţii ale comuniştilor. (A fost ucis şi un băieţel din mulţime, care îl recunoscuse pe unul dintre răsculaţi: „Unchiule Petia, m-ai recunoscut?“ – şi el l-a omorât, pentru ca băiatul să nu-l demaşte pe urmă.) Iar în Gruşevka, exasperaţi de rechiziţii, l-au aruncat la pământ pe un membru al detaşamentului şi i-au tăiat gâtul cu un ferăstrău, ca pe un buştean.

Greu, era greu să-i urneşti pe ţăranii ruşi, dar dacă plămădeala populară a apucat să dospească înăbuşit, nu mai poate fi ţinută în limitele raţiunii. Din Kniaje-Bogoroditkoe, tot în judeţul Tambov, a plecat un grup de ţărani în opinci, mânaţi de un sfânt entuziasm pentru dreptate, „să ia Tambovul“, cu topoare, cu furci pentru cuptor, cu *ţăpoaie*, cum porneau pe vremea tătarilor; mergeau însoţiţi de dangătul clopotelor din satele prin care treceau, atrăgându-i şi pe alţii de partea lor; în felul acesta, s-au îndreptat spre orașul reședință de județ, apoi au ajuns în satul Kuzmina Gat, unde, complet lipsiți de apărare, au fost secerați cu mitralierele, iar cei rămași au fost împrăștiați.

Și – ca focul pe acoperișurile de paie – răscoala și-a luat vânt în tot județul dintr-odată, cuprinzând și satele Kirsanov și Borisoglebsk: pretutindeni răsculații i-au masacrat pe comuniștii locali (și femeile îi tăiau, cu secerile), au devastat sovietele sătești, au spulberat sovhozurile și comunele. Comuniștii și activiștii care au scăpat s-au refugiat la Tambov.

De unde veneau comuniștii invadatori, se înțelege. Dar de unde apăruseră cei locali? Judecând după diverse întâmplări din sate, Pavel Vasilici a clarificat asta, iar pe unii îi știa dinainte. La primele alegeri sovietice pentru responsabili ai administrației de plasă și responsabili sătești, țăranii nu-și dădeau încă seama de puterea nelimitată care le fusese încredințată, ei își imaginau că era neglijabilă; acum, pentru toți venise vremea *sloboziei*, și nu alegerile erau importante, ci să pună mâna pe pământul moșierilor. Și care țăran adevărat și-ar fi abandonat gospodăria, pentru a-și exercita cine știe ce îndatorire electorală? Iar în aceste funcții ajungeau cei care erau țărani doar prin naștere, nu prin muncă, niște zurbagii, neisprăviți, buni de nimic, coate-goale, și cei care încă din adolescență umblaseră haimana, lucrând uneori la negru pe lângă orașe și pe șantiere, acolo unde au prins gustul lozincilor revoluționare, și, în plus, toți dezertorii de pe front din anul Șaptesprezece, care au dat zor la jecmăneală. Toți aceștia au devenit comuniști rurali, activiști, altfel spus – puterea.

Pavel Vasilievici, cu educația lui și cu adeziunea la tradiția umanistă, fusese întotdeauna din tot sufletul împotriva oricărei vărsări de sânge. Dar mai ales acum, după această sfântă incursiune populară la Kuzmina Gat, raportul dintre dreptatea neforțată și violența implacabilă se manifestase cu o asemenea evidență, încât adevărul era că țăranilor nu le rămăsese nimic altceva decât să ridice armele împotriva autorităților. (Încă mai găseau – ascunse la unii, îngropate la alții – multe puști, cartușe, săbii, grenade, rămase din Primul Război Mondial și abandonate după străpungerea frontului, realizată de Mamontov.)

Și Ektov nu vedea nici pentru sine, narodnicul, iubitorul de popor, o altă soluție decât să meargă și el acolo și să facă același lucru. Totuși: de vreme ce războiul civil se încheiase, ce speranțe mai putea avea o răscoală țărănească? Dar, fără îndoială, țăranii vor fi lipsiți de o conducere pricepută și închegată. El nu are abilități militare, este doar un specialist în cooperative, însă e un om instruit și cu discernământ, așa că ar putea fi de folos pe-acolo.

Dar soția mea, Polina, inima mea, de care nu mă pot despărți! Și Marinocika, puișorul meu de cinci ani, ochișori de albăstrea! – cum să vă abandonez? Și la ce încercări vă expun? La ce primejdii? Pur și simplu să vă las pradă foametei? Asta e ceea ce ne face să vibrăm – este și cea mai mare fericire, și slăbiciunea noastră.

Polina, cuprinsă de o tulburare profundă, dar stăpânindu-se cât de mult putea, l-a lăsat să plece: ai dreptate. Da... ai dreptate... Du-te.

Și a rămas ea cu fetița în apartamentul lor din oraș, cu provizii sărăcăcioase de hrană și de lemne pentru iarna următoare, însă o să mai câștige ea câte ceva, ca profesoară.

Pavel Vasilievici a plecat din Tambov și s-a dus să caute presupusul centru al răscoalei.

Și l-a găsit – un centru mobil – o mână de oameni adunați în jurul lui Aleksandr Stepanovici Antonov. Provenit din mica burghezie din Kirsanov, conducătorul răscoalei fusese în 1905 eser[1] „expropriator" (să nu trecem cu vederea: înseamnă că era un om politic și, în același timp, un infractor), care s-a întors în 1917 dintr-un exil siberian, a fost șeful miliției din Kirsanov până la lovitura de stat bolșevică, apoi și-a adunat multe arme dezarmând convoaiele cehoslovace care treceau prin Kirsanov,

1. Eserii (SR) – Partidul Socialiștilor-Revoluționari (1901-1923). După octombrie 1917, bolșevicii i-au acuzat de activitate antisovietică și contrarevoluționară.

iar în vara anului 1919, cu un mic detaşament, el întrerupea deja prin incursiuni, ici şi colo, întâlnirile organizaţiilor comuniste locale – atunci când însuşi partidul eserilor nu se decidea nicicum să se opună bolşevicilor, pentru a nu-i ajuta în felul acesta pe Albi. Antonov a acţionat şi acum nu la iniţiativa eserilor, ci din proprie iniţiativă. CEKA provinciei îl vânase toată iarna dintre anii 1919 şi 1920, dar nu îl capturase. Antonov nu terminase nici şcoala primară din oraşul natal, nu avea nici un fel de educaţie, dar era temerar, hotărât şi ager.

În statul-major al lui Antonov, care abia se constituia şi nu se putea încă numi astfel, nu se găsea nici măcar un ofiţer cu acest gen de experienţă. Exista un om al locului, cu talent înnăscut, unul dintre ţăranii din satul Inokovka-1, Piotr Mikhailovici Tokmakov: subofiţer în armata ţaristă în Primul Război Mondial, el fusese praporcic în armata ţaristă, apoi sublocotenent, şi era un luptător remarcabil, dar avea în total trei clase de şcoală primară parohială. Mai era un sublocotenent combativ şi impetuos, tot dintre subofiţeri, care deborda de energie, Terenti Cernega; acesta se alăturase bolşevicilor în anul Şaptesprezece şi îi slujise timp de doi ani, chiar şi în CEON[1], însă, văzând tot ce se întâmpla, trecuse de partea ţăranilor. Şi mai era un subofiţer, artilerist, Arseni Blagodariov, originar din Kamenka, de acolo unde pornise răscoala. De altfel, el se afla printre iniţiatori. Toţi trei au primit apoi comanda câte unui regiment de partizani, iar ulterior Tokmakov a primit o brigadă din patru regimente, însă nici unul dintre ei nu era nici pe departe apt pentru activitatea de stat-major. Iar aghiotantul lui Antonov nu era deloc un militar, ci profesorul Starîh din Kalughina de pe Suhaia Panda.

Atunci când Ektov s-a prezentat la Antonov, s-a dovedit cel mai potrivit pentru funcţia de „şef al statului-major": era de ajuns să fie un om instruit şi inteligent şi să ştie să citească o hartă topografică. Antonov l-a întrebat care e numele lui. Ciudat, dar Ektov nu era pregătit pentru asta. A început: „Ek..."

1. CEON – *ceast osobogo naznaceniia* (unitate cu destinaţie specială).

şi l-a fulgerat un gând: nu trebuie să-şi dea numele real! Şi coardele vocale au trecut singure la:

– a...ga...

Lui Antonov i s-a părut că aude:

– Egov?

Dar de ce nu? E un pseudonim, şi nu unul rău. A răspuns clar:

– Ego. Doar atât.

Ei bine, lasă aşa. Antonov nu a încercat să afle mai mult.

Şi în curând toţi îl ştiau ca „Ego", tot un Pavel, dar Timofeevici. În scurt timp, i-a fost recunoscută autoritatea de „şef al statului-major" (se mira până şi el), de altfel tocmai făcuse o legătură de coordonare în acţiunile lor comune, căci atât Antonov însuşi, cât şi partizanii lui, comandanţii de unităţi, conduceau detaşamentele cel mai adesea după propria lor pornire, fără să întrebe nimic pe nimeni, după imprevizibilul împrejurărilor.

Judeţul Tambov nu prea era potrivit pentru războiul de partizani: ca şi cea mai mare parte a guberniei, avea puţine păduri, un şes, dealuri mici; ce-i drept, avea multe vâlcele adânci şi ravene („iaruga"), care puteau oferi cavaleriei adăpost în cazul în care erau supravegheaţi prin stepă. Şi o reţea de drumuri de ţară cu şanţuri formate de roţile trăsurilor, dar cavaleria galopa de-a dreptul peste câmp.

Şi ce cavalerie aveau! Scări din frânghie, iar majoritatea în loc de şei aveau perne (şi în timpul mersului ieşea puf de sub călăreţ...). Unii în haine de soldat, iar alţii în haine ţărăneşti (pe căciulă – o panglică roşie de-a curmezişul: ei sunt pentru revoluţie, sunt tot Roşii! iar atunci când nu se adresează unii altora cu poreclele lor ţărăneşti, folosesc apelativul „tovarăşe"). În schimb, răsculaţii au întotdeauna cai proaspeţi, îi schimbă fără dificultate la ţărani (deşi nu fără supărare din partea ţăranilor: băieţii sunt *ai noştri*, e drept, numai că şi calul e *al meu*...). Adunaseră puşti de tip Berdan, arme cu două ţevi, puşti cu ţevile tăiate (sunt mai uşor de ascuns, iar precizia, când se trage de aproape, nu e cu mult mai mică), puşti Gras şi Mannlicher capturate în diferite războaie.

Au început cu câte cinci cartuşe pe armă, apoi au mai luat muniţie de la detaşamentele de rechiziţie, de la soldaţii din CEON, şi au capturat chiar depozite întregi de arme; iar o dată a avut loc şi următoarea îndrăzneaţă operaţiune antonovistă: au luat de la Roşii un întreg eşalon cu muniţie şi apoi au împărţit-o cu căruţele în grabă prin sate, cât mai departe posibil de *drumul de fier* pe care nu poţi să-l ocupi nici o clipă în plus.

Cu toate acestea, din cauza numărului mare de răsculaţi, duceau mare lipsă de arme, chiar şi de săbii, iar când bătea clopotul de alarmă, toţi fugeau din sate cu furcile. (Răsculaţii mai aveau şi următorul semnal: la apariţia unui detaşament bolşevic, în satul respectiv se opreau aripile morii sau, de la celălalt capăt al satului, venea în galop un vestitor, ca să-i prevină pe vecini.)

Bucuria atacurilor încununate de succes, dar şi a retragerilor reuşite l-a înviorat şi l-a uimit pe Ektov: cum de iese totul atât de bine? Şi doar – din nimic!

Astfel trăiau ei – mai întâi timp de săptămâni, apoi chiar şi luni de zile: ziua lucrau ca ţărani, iar în caz de alarmă sau pur şi simplu seara – încălecau şi porneau în expediţie. Detaşamentele goneau prin vâlcele unul după altul, cel inamic şi acesta, al răsculaţilor. În cazul în care erau zdrobiţi, răsculaţii se risipeau precum păsările, ascundeau armele, dar nu la ei în curţi, ci prin râpe.

...După trecerea unei bătălii, un mort stă întins la pământ, cu capul în apa unui într-un pârâu. Iar calul stă trist, cu orele, alături de stăpânul mort... Iar prin iarbă sare o codobatură...

Refugiul preferat al cavaleriei lui Antonov era o depresiune pe râul Vorona. Acolo sunt şi pajişti într-un vast inel de stejari, ulmi, plopi tremurători de munte, sălcii, aşezate parcă după un plan. Călăreţii istoviţi se întindeau pe pajişti acoperite cu firuţă şi ştevie pentru cai, iar aceştia păşteau, păşind încet. În aceste locuri se ajunge pe jumătăţi de drumuri abandonate, iar mai departe se află o junglă impenetrabilă – un desiș, o iarbă înaltă, în care sunt vipere de aproape un metru și jumătate lungime, cu spatele negru-încrustat. (Unul dintre locurile cele mai inaccesibile așa se și numește – Mlaștina cu șerpi.)

În septembrie a izbucnit răscoala și în Pahotnîi Ugol, mult mai la nord de Tambov, spre Morșansk: acolo organizaseră comuniștii cu un an în urmă o „comună exemplară", iar acum acei comuniști, cărora le venise mintea la cap, deveniseră o grupă de răsculați distinctă, însă puternică.

Numărul răsculaților crescuse atât de mult, încât, prinzând curaj, la începutul lui octombrie aceștia au pornit să atace Kamenka dinspre sud, ca să o salveze de garnizoana roșie care se instalase acolo. Cei de acolo au răspuns cu tunurile, iar în contraatacul împotriva cavaleriei au trimis și infanteria. Răsculații au descălecat și – pentru prima și singura dată – au săpat tranșee, un lucru obișnuit în război, dar pentru ei a fost o greșeală: nu au rezistat unei lupte obișnuite de patruzeci și opt de ore, au abandonat tranșeele, au bătut în retragere spre Tugolukovo, un sat bogat în cai, iar aici mulți țărani, urcând pe câte un cal și luând încă unul cu ei, plecau împreună cu *partizanții*.

Raionul răscoalei era inclus, în mod periculos, în triunghiul de căi ferate Tambov – Balașov – Rtișcevo, iar în stațiile importante se aflau garnizoane permanente. Trebuia cu orice ocazie să strice aceste căi ferate. De câteva ori, detașamentele lui Antonov chiar au făcut incursiuni și, pe alocuri, ajutându-se de cai, au demontat și au deformat șinele de cale ferată.

Dar funcționarii de la căile ferate, mai ales telefoniștii și telegrafiștii, simpatizau în masă cu răsculații și unii întârziau în transmiterea dispozițiilor Roșilor sau pierdeau, deformau textul sau îl comunicau chiar partizanilor, iar bolșevicii nu-și puteau utiliza în siguranță liniile de comunicare. Lucrătorii de cale ferată de la nodul Rtișcevo chiar au ales o delegație care să ia legătura cu răsculații, pentru a-i susține, dar cekiștii au reușit să-i aresteze pe delegați și au declarat starea de urgență în toată localitatea.

Răsculaţii deveneau tot mai numeroşi, alcătuind, unul după altul, *regimente* de partizani de câte cinci sute şi de câte două mii de oameni, numărul regimentelor trecea deja de zece; la regimente apăreau propriile lor steaguri şi mitraliere – de tip Maxim şi Lewis. Deveneau comandanţi foşti subofiţeri şi soldaţi fruntaşi, care aveau experienţa războiului cu Germania, şi, pur şi simplu, ţărani de la plug. Şi comandau în mod inteligent.

În noiembrie, Antonov a plecat chiar spre Tambov, împreună cu cea mai mare parte a forţelor sale armate, stârnind mare panică printre autorităţile de acolo (aceia au tăiat şi au trântit la pământ stejari seculari pentru a construi baricade pe drumurile spre oraş şi au instalat mitraliere în clopotniţele din oraş). Lui Ektov nu-i venea să creadă: nu cumva, chiar şi pentru o oră, ar putea să meargă singur acolo şi să-şi ia familia?... (Ar fi dus-o la Serdobsk, unde are Polina o verişoară, ar fi ascuns-o la ea.)

Nu, la douăzeci de verste de Tambov, la Podosklei-Rojdestvenskoe, după o mare bătălie, răsculaţii au fost nevoiţi să bată în retragere.

Cazul Vandeea? Dar era o diferenţă notabilă: preoţimea noastră ortodoxă, care nu este din lumea aceasta, nu a simpatizat cu răsculaţii, nu i-a însufleţit, aşa cum făcuse clerul catolic militant; preoţii au stat prudenţi în parohii, la casele lor, chiar dacă ştiau: vor veni Roşii – oricum pot să le zdrobească capetele. (Aşa cum la Kamenka pe popa Mihail Molceanov l-au împuşcat fără nici un motiv pe treptele casei sale.)

Cazul Vandeea? Nu fără violenţă, uneori: un soldat din Armata Roşie a venit în permisie în satul său, iar consătenii i-au distrus documentele – şi ce era să facă el după asta? Nu avea altă soluţie decât să treacă în rândul partizanilor. Şi din detaşamentul de partizani nu putea pleca deloc, chiar dacă ar fi vrut: ceilalţi nu l-ar fi lăsat să locuiască în sat cu familia lui. Sau, dacă vreo femeie era văzută că a pălăvrăgit cu Roşii despre deplasările răsculaţilor, era biciuită la fundul gol în public, în piaţa din faţa bisericii.

Acum era furtună asupra țăranilor pașnici din Tambov din toate părțile: dacă faci ceva greșit, se răzbună după aceea ori Roșii, ori răsculații. Se tem să stea de vorbă prea mult și cu ceilalți vecini. O singură dată, luat de val, unul a luat *țăpoiul* pentru a merge zece verste, alături de ceilalți, și a fost prins, însă, chiar dacă este eliberat, rămâne vinovat pe vecie în fața autorităților.

O bătaie în ușă: „Cine-i acolo?" – „De-ai noștri". Ca să nu cadă în capcană, pentru orice eventualitate: „Voi toți, diavolilor, sunteți ai noștri, dar nu avem viață din cauza voastră".

Pe o femeie o interogau Roșii, încercând să afle unde este fiul ei. S-a lepădat: „Nu am nici un fiu!". Dar apoi a fost prins, iar el și-a spus numele: fiul lui cutare. Și au împușcat-o: cică a mințit.

Pavel Vasilici se punea și pe sine în această condiție a țăranilor, nu o dată. Bucuria dintotdeauna a omului și vulnerabilitatea lui dintotdeauna: familia! Cine are o potcoavă de fier în loc de inimă, astfel încât să nu tremure pentru rudele lui, pe care le tortureaza aceste gheare diabolice?

S-a mai întâmplat și așa ceva: un detașament de rechiziții a fost scărmănat într-un sat, iar doi dintre membrii lui – un chinez și un finlandez – s-au ascuns în spatele casei unui bunic. Chinezul a fost văzut și a fost împușcat, dar bătrânului i-a fost milă de finlandez și, riscându-și viața, l-a ascuns într-un snop, iar în timpul nopții l-a lăsat să plece și acela a dat bir cu fugiții spre garnizoana lui, la Ciokino (pentru a participa la expediția următoare...?).

Cazul Vandeea? Eserii din gubernia Tambov începeau să ezite: nici nu puteau să susțină răscoala împotriva revoluției, iar să o conducă era tardiv, deja nu i-ar mai fi urmat nimeni. Totuși: acum, când se încheiase războiul civil, cum să nu exploateze forța populară împotriva comuniștilor? S-au alăturat nou apărutelor „asociații ale țărănimii muncitoare" și au început să scrie manifeste și să prezinte răscoala drept o cauză a partidului eserilor.

Însă răsculații aveau deja propriile lor lozinci: „Jos Sovietele!" (nu avea nimic de-a face cu eserii, ei erau pentru Soviete); „Nu îngăduim rechiziții!"; „Trăiască dezertorii din Armata Roșie!".

Se întâmpla ca Ektov să aibă o mașină de scris, luată de la sediul unui Comitet executiv de soviet, așa că alcătuia el însuși proclamații pe care le tipărea cu ardoare: „Soldați din Armata Roșie! Noi nu suntem bandiți! Noi suntem țărani ca și voi. Dar am fost obligați să abandonăm munca pașnică și am fost aruncați asupra fraților noștri. Oare familiile voastre nu sunt în aceeași situație ca și ale noastre? Totul a fost nimicit de Soviete, la fiecare pas comuniștii, transformați în fiare, iau ultimul bob de grâu și îi împușcă pe oameni fără motiv. Ne sfărâmă capetele ca pe oale, ne rup oasele – și pe asta promit să construiască o lume nouă? Aruncați jugul comunist și mergeți acasă cu armele în mâini! Trăiască Adunarea Constituantă! Trăiască asociațiile țărănimii muncitoare!".

Însă chiar și răsculații, cei care erau capabili, copiau manifestele, cu creioane chimice pe foi de hârtie care le cădeau în mâini: „Ajunge cu ascultarea comuniștilor neobrăzați, paraziții poporului muncitor!" – „Am venit să vă strigăm că puterea brutelor și a jefuitorilor nu trebuie să existe!". Iar către nehotărâți: „Țărani! Vi se iau pâinea, vitele, iar voi tot dormiți?".

Comuniștii au răspuns printr-un tiraj mare de imprimate cu obișnuita lor luptă de clasă sau cu desene satirice: Antonov cu o șapcă însângerată și cu un cuțit plin de sânge, purtând pe piept, în chip de decorații, efigiile lui Vranghel și Kerenski. „Noi, Antonov Întâi, Incendiator și Devastator al Tambovului, Suveran al tuturor hoților și bandiților..."

Treaba a fost pregătită de responsabilul cu agitația și propaganda de pe lângă comitetul gubernial, Eidman, care niciodată până acum nu fusese auzit aici, la Tambov. Și semnăturile care figurau cel mai des în josul deciziilor amenințătoare erau cele ale secretarilor Comitetului gubernial de partid – Pinson, Mešceriakov, Raivid, Meyer, cea ale președintelui Comitetului executiv gubernial – ba Zaguzov, ba Schlichter, cea a președintelui CEKA din gubernie, Traskovici, a șefului Secției Politice, Galuzo – și pe aceștia Tambovul nu i-a știut, de asemenea, niciodată, și ei erau tot nou veniți aici. În organismele directoare ale guberniei mai apăreau și alții, care nu semnau decrete amenințătoare, dar de hotărât – hotărau cu toții în bloc: Smolenski, Zarin, Nemțov, Lopato și chiar femei – Kollegaeva, Șestakova... Nici de aceștia Ektov nu auzise înainte, doar unul dintre ei era chiar de-al locului, înverșunatul bolșevic notoriu Vasiliev, care săvârșise acte de huliganism în oraș pe tot parcursul anului Șaptesprezece, care fluierase și tropăise chiar și la reuniunile ceremonioase din sala de lectură Narîșkin. Toți ceilalți îi erau complet necunoscuți lui Ektov, dar oare clica asta nu era din aceeași intelighenție de opoziție ca și el însuși? Și dacă i-ar fi întâlnit undeva cu câțiva ani în urmă, înainte de revoluție – le-ar fi strâns mâna?...

Însă propaganda e propagandă, iar bolșevicii și-au adunat forțele. Spionii lui Antonov au stabilit că un regiment cu destinație specială al VCEKA[1] sosise de la Moscova, plus un escadron trimis de CEKA de la Tula, 250 de săbii de la Kazan și aproape o sută de la Saratov. A mai venit și din Kozlov un „detașament comunist" și alte două, mobilizate în Tambov. Și-au făcut apariția și „detașamentul de luptă Sverdlov" și un batalion feroviar separat. (Misiuni de recunoaștere riscante fuseseră efectuate de o țărancă de încredere care ducea o oală de lapte în oraș și de un țăran de nădejde cu o căruță de lemne. Prin intermediul unei femei de genul acesta a trimis odată Pavel Vasilievici un scurt mesaj despre sine prin viu grai Polinei, iar ca răspuns a aflat că ele sunt bine sănătoase, că nu au fost descoperite de CEKA, trăiesc modest, dar încă trag nădejde...)

Scăpând de frica legată de integritatea orașului Tambov, conducătorii roșii au început să repartizeze regulat ansamblul forțelor în toate cele trei județe răsculate, mai ales în Tambov, să le ocupe conform unui plan. (Într-o comună mare, cu zece

1. VCEKA – *Vserosiiskaia cerezvîceainaia komisiia* (Comisia extraordinară, CEKA, panrusă). A fost înființată în decembrie 1917, iar în 1922 a fost reorganizată în GPU.

mii de oameni, au luat 80 de ostatici și i-au anunțat pe locuitori: dacă satul nu predă armele de foc până a doua zi la amiază, toți acești 80 de oameni vor fi împușcați. Amenințarea era din cale afară de exagerată, țăranii nu au luat-o în serios, nu a dat nimeni nimic, iar a doua zi la amiază, în văzul întregului sat, toți cei optzeci au fost împușcați!)

Au început să facă raiduri avioanele bolșevicilor (erau și vopsite, în mod lăudăros, în roșu), ca să cerceteze diferite zone, iar uneori să și arunce bombe, ceea ce îi speria puternic pe țărani.

Toamna, încercând să scape de hărțuirea permanentă, Antonov și-a dus provizoriu principalele forțe și în gubernia Saratov, și în Penza. (Țăranii din Saratov, răzbunându-se pentru caii luați ori schimbați, au început și ei să-i vâneze pe răsculații din Tambov și să-și regleze conturile. Soarta răscoalelor țărănești...)

A mers și Ego în aceste expediții, împreună cu statul-major general, era deja obișnuit cu o asemenea viață, mereu călare, vagabondând, fără casă, în frig și în stare de alertă, în retrageri cu adversarii pe urme. Devenise un militar? – nu, nu devenise, îi era greu, nu se pregătise niciodată pentru așa ceva. Dar trebuia să rabde. Împărtășea durerea țăranilor și cu asta i se umplea sufletul: își făcea datoria. (Dacă nu ar fi venit aici, ar fi tremurat în vizuină la Tambov și s-ar fi disprețuit.)

Însă regiunea răzvrătită nu se liniștea! Cu toate că toamna târziu și spre iarnă partizanilor le devenise mult mai greu să se ascundă și să înnopteze, numărul regimentelor partizane creștea. Dările adunate de detașamentele roșii, jaful pe față, atunci când împărțeau pe loc, sub ochii țăranilor, ceea ce luaseră de la ei, faptul că îi snopeau în bătaie pe bătrâni sau dădeau foc satului în întregime, cum au făcut în Afanasievka, Babino, și asta iarna, alungându-i în zăpadă și pe cei bătrâni, și pe cei foarte mici – au dat mișcării un nou impuls. (Dar și răsculații aveau nevoie să se hrănească. Mai înainte luaseră de la familiile militanților sovietici, apoi de la cele ale soldaților din Armata Roșie, iar mai departe, cum asta nu ajungea, au început să ia de la țărani, la rând. Unii dădeau cu înțelegere, dar alții se supărau.)

Spre mijlocul iernii se constituiseră deja două armate de partizani, fiecare cu câte zece regimente, prima comandată de Tokmakov, a doua – de Antonov însuși. În statul-major al armatei apăruseră deja și militari adevărați, care introduseseră ordinea, începând cu uniforma: s-a stabilit ca soldații de rând să poarte panglici roșii pe mâneca stângă deasupra cotului, la comandanți se adăuga o panglică, triunghiuri cusute cu vârful în sus sau în jos, iar începând cu comandanții de brigadă – romburi. Componența grupului de comandă era aleasă în cadrul adunărilor de regiment (care alegea și comitetele politice, ca și tribunalul regimentului). Se dădeau și ordine: interdicție absolută de a se confisca prin sate îmbrăcăminte sau alte obiecte și de a se face percheziții în căutare de alimente; nu le era permis partizanilor să-și schimbe prea des caii la țărani, asta urma să se facă numai la decizia felcerului, și trebuia ca fiecare să-și îngrijească mai bine propriul cal; și, ca într-o armată adevărată, partizanii aveau dreptul la permisii cu rândul; dar și propria lor miliție verifica în sate documentul potrivit căruia plecase partizanul.

În timpul iernii, îndârjirea reciprocă crescuse și mai mult. Detașamentele roșii îi împușcau și pe cei dovediți vinovați, și pe cei doar bănuiți, îi împușcau fără nici un fel de anchetă sau de judecată. Printre membrii detașamentelor de represalii apăruse un soi de oameni atât de obișnuiți cu sângele, încât mâna lor se ridica la fel ca atunci când strivești o muscă, iar revolverul trăgea singur. Partizanii, economisind cartușele, mai mult îi tăiau pe prizonieri sau îi ucideau lovindu-i în cap cu un obiect greu, iar pe comisari îi spânzurau.

De ambele părți, furia răzbunării ajunsese până acolo încât, înainte de a-i ucide pe prizonieri, le scoteau ochii.

Copilașii din satele prădate mergeau cu săniile în urma cavaleriei învinse. În această iarnă bântuiau mulți lupi îndrăzneți.

Câinii mâncau, și ei, cadavrele risipite prin stepă și prin râpe și le dezgropau pe cele care nu fuseseră îngropate prea adânc.

Prin satele ocupate mergea o sesiune specială a CEKA pentru gubernii – Ramoșat, Rakuț și Șarov, care turnau condamnări la moarte prin împușcare, iar oamenii care nu fuseseră prinși asupra faptului, ci numai bănuiți că ar fi luat parte la răscoală au început să fie trimiși în „lagăre de concentrare". În ianuarie, statul-major al lui Antonov a luat cunoștință de o scrisoare secretă: CEKA din gubernia Tambov primea de la direcția generală a lagărelor din Republică 5000 de locuri suplimentare în lagăre pentru prizonierii ei. Iar în ce le privește pe femeile și pe fetele trimise în lagărele de concentrare cele mai apropiate, se umpluse pământul de zvonuri cum că gardienii duceau cu unele o viață desfrânată, iar pe altele le violau.

Satele erau secătuite. Până și în Kamenka, atât de bogată odinioară, rămăseseră douăzeci de cai. La ghetele rupte, oamenii puneau tălpi de lemn, femeile umblau fără ciorapi prin ger. Și începea câte cineva: „Pe vremea țarului, mergeai la târg – cumpărai ce-ți plăcea: cizme, stambă, colăcei". Acum se găsea numai hârtie pentru țigarete: din cărțile moșierilor și din gazeta de perete a propagandei sovietice.

Stând de vorbă cu un bunic bătrân de tot din cătunul Semionovsk, Ektov s-a întristat de faptul că totul piere. Se părea că viața ajunge deja la capăt, iar după asta ce va mai rămâne?

– N-are nimica, a spus bunicul cu părul argintiu. Și de sub coasă iarba rămâne întreagă.

Și au ajuns țăranii din Tambov până la Kremlin! La jumătatea lui februarie a început să se anunțe că în gubernia Tambov încetează rechizițiile alimentare.

Nimeni nu a crezut.

Atunci a apărut în reviste informația că Lenin, pe neașteptate, „a primit o delegație a țăranilor din Tambov". (Era adevărat oare? Mai târziu s-a aflat în statul-major al lui Antonov: da, câţiva ţărani, deţinuţi la CEKA din Tambov, înfricoşaţi, fuseseră trimişi la Kremlin.)

Bolşevicii, era evident, se grăbeau să pună capăt răscoalei în primăvară, pentru ca oamenii să facă lucrările de semănat (iar toamna – să rechiziţioneze din nou).

Însă violenţa luptelor nu scădea. Şi, în martie, cu două regimente, oamenii lui Antonov au năvălit asupra localităţii industriale fortificate Rasskazovo, lângă Tambov, au nimicit garnizoana şi au capturat un întreg batalion sovietic. Şi jumătate dintre ei au trecut de bunăvoie în rândurile *partizanţilor*.

În toamnă, Pavel Vasilici nu credea, nu spera că va rezista la atâtea neplăceri şi că va supravieţui până la sfârşitul iernii. Dar iată că îndurase, ajunsese şi în martie. Şi atât de mult era recunoscut ca militar, încât a fost făcut comandant adjunct al regimentului cu Destinaţie specială la statul-major al Armatei întâi.

A mai avut timp să citească două ordine date în martie regimentelor de represalii: „Se va impune tuturor locuitorilor din fiecare sat o chezăşie circulară, adică dacă cineva din sat va acorda orice fel de ajutor banditilor, atunci vor răspunde pentru asta toţi locuitorii acestui sat", iar „banditii vor fi vânaţi şi nimiciţi ca nişte fiare sălbatice". Şi – argumentul suprem: „toată populaţia masculină validă de la 17 la 50 de ani va fi arestată şi închisă în lagăre de concentrare"! Şi direct către răsculaţi: „Ţineţi minte: *listele* cu numele voastre sunt deja, în cea mai mare parte, în mâinile CEKA. Prezentaţi-vă de bunăvoie cu armele şi veţi fi iertaţi".

Dar nici măcar încinşi în laminor, nici cu munca de lămurire nu-i mai poţi prinde pe răsculaţii hăituiţi, care alergau prin văgăuni şi prin păduri înzăpezite şi cuprinse de ger. Şi uite acuşi se anunţă primăvara şi tocmai acolo n-o să ne mai prinzi deloc!

Şi acum, în martie, după ce îndurase deja iarna, Ektov a căpătat o răceală puternică, se simţea rău şi a fost nevoit să părăsească regimentul, ca să se vindece în sat, la căldură.

Iar în a doua noapte a fost denunţat cekiştilor de o vecină.

Capturat.

Însă nu a fost împuşcat pe loc, deşi se ştia deja rolul lui în statul-major al lui Tokmakov.

Ci a fost trimis la Tambov.

Oraşul avea aspectul unui lagăr de război. Multe case distruse. Zăpadă murdară pe trotuare. (Căsuţa lui se afla pe o stradă laterală, nu a văzut-o.)

Şi a fost dus mai departe, prin Tambov. A fost băgat într-un vagon cu gratii şi trimis la Moscova.

Dar nu la o întâlnire cu Lenin.

2

Stătea în închisoarea Lubianka, într-o celulă de izolare la demisol, cu o ferestruică pătrată situată la nivelul curţii interioare a închisorii.

La început văzuse drept încercare principală *să nu-şi spună numele*, aceeaşi încercare ce atârna deasupra fiecărui al doilea ţăran din Tambov şi cu aceeaşi alternativă: îţi spui numele – eşti pierdut. Nu-l spui – tot eşti pierdut, numai că în alt mod.

Şi-a inventat o biografie – tot de cooperator, dar venit din ţinutul de dincolo de Baikal, din acele locuri pe care le ştia. Poate că, în vremurile acestea, le va fi greu să verifice.

La interogatorii era dus trei etaje mai sus, întotdeauna în acelaşi birou cu două ferestre mari şi înalte, cu mobilă veche scumpă de la Societatea de Asigurări şi cu un portret pe hârtie de o calitate nu prea bună, într-o ramă bogată, aflat pe perete, deasupra capului anchetatorului. Însă anchetatorii se schimbau – erau trei.

Unul, Maragaev, cu aspect caucazian, îl interoga numai noaptea, nu-l lăsa să doarmă. Era lipsit de ingeniozitate, dar ţipa, se înfuria, lovea în faţă şi la corp, lăsând vânătăi.

Altul, Oboianski, care, cu aspectul lui delicat, dovedea sânge albastru, nu atât interoga, cât îi insufla celui anchetat o disperare, ca și cum s-ar fi așezat, în mod compătimitor, de aceeași parte cu el: *ei* oricum vor învinge, deja au învins peste tot, gubernia Tambov a rămas ultima; împotriva *lor* nu poate sta nimeni nici în Rusia, nici în lumea întreagă, ei sunt o forță pe care omenirea încă nu a întâlnit-o; și ar fi mai rezonabil să se predea, înainte ca ei să pedepsească. Și poate că îi vor ușura soarta.

Iar al treilea, bucălat, cu părul negru, veselul și alertul Libin, nu s-a atins niciodată, nici măcar cu un deget, de cel anchetat și nu țipa, ci vorbea întotdeauna cu o certitudine victorioasă și care se vedea că nu era prefăcută. Se străduia să trezească în anchetat conștiința democrată: cum a putut el să trădeze idealul luminos al inteligheției? cum poate un democrat să se opună mersului implacabil al istoriei, chiar dacă este viciat de acte de cruzime?

Actele acestea de cruzime ar fi putut să i le împărtășească Ektov anchetatorului, mai mult decât putea acela să bănuiască. Ar fi putut, dar nu îndrăznea. Și apoi, nu alesese acea linie, ci una diferită și trebuia să se țină de ea: că el este democrat, narodnic, că i-a mișcat inima sărăcia sfâșietoare a țăranilor, iar Garda Albă nu are nici un amestec. (Și acesta era adevărul, de fapt.)

Și Libin spunea, ca și cum i-ar fi venit în întâmpinare pe una și aceeași linie a *eliberării* poporului:

– În viitoarele manuale școlare va intra nu doar un singur episod de eroism al trupelor roșii și al comuniștilor, care au zdrobit această revoltă a chiaburilor. Momentul luptei împotriva chiaburilor va ocupa un loc de cinste în istoria sovietică.

Era inutil să te certi, la ce bun? Cea mai importantă era următoarea întrebare: oare vor afla *cine* este el? Era bine că îl trimiseseră la Moscova, la Tambov ar fi fost mai ușor pentru ei să-l identifice, aducându-l în fața unor martori. Un singur lucru i-a strâns inima cu un presentiment: îl fotografiaseră din față și din profil. Puteau să multiplice fotografia și să o trimită la Tambov,

Kirsanov, Borisoglebsk. Totuși, în timpul unui an și jumătate de viață militară, Ektov se schimbase atât de mult, chipul îi devenise aspru, crud, ars de vânt, încât el însuși nu se recunoștea în oglinzile din izbe, care, de fapt, nici nu sunt prea bune.

Atâta vreme cât nu știau *cine* este, familia lui era în siguranță. Iar pe el n-aveau decât să-l și împuște: în timpul acestor luni de război nemilos, Pavel Vasilici se obișnuise de mult cu ideea morții și trecuse deja la un fir de păr pe lângă ea.

Ar fi putut să-l împuște pur și simplu imediat după ce-l capturaseră; nu înțelegea pentru ce aveau ei atâta nevoie să-l identifice. De ce îl aduseseră la Moscova? de ce pierdeau atâta vreme ca să-i schimbe convingerile?

Iar săptămânile treceau – în foame: o zeamă lungă, o fărâmă de pâine. Fără lenjerie de schimb, avea mâncărimi pe corp, se spăla cum putea în rarele zile de baie.

A fost scos din celula de izolare și plasat într-o cameră – mai întâi cu un om, apoi cu altul. Inevitabilele întrebări ale vecinului: și cine sunteți? Și cum ați nimerit în răscoală? Și ce-ați făcut acolo? Să răspunzi – nu se poate, dar este imposibil și să nu răspunzi deloc. Și ambii sunt indivizi întunecați, inima lui prevestitoare îi recunoștea. A brodit el ceva.

A trecut aprilie – n-au aflat cine este!

Dar l-au fotografiat încă o dată.

Era ca în clești.

Din nou în celula de izolare, la demisol.

S-a scurs și luna mai.

Treceau zilele, dar nopțile treceau și mai chinuitor: noaptea, întins în întuneric, omul slăbește, la fel și capacitatea lui de rezistență. I se pare că mai e puțin și nu va putea să-și mai adune forțele.

Și Oboianski clătina din cap cu un zâmbet chinuit:

– Nimeni nu poate rezista. Este un trib puternic și necunoscut, care a venit spre noi. Înțelegeți.

Şi Libin povestea cu vioiciune despre succesele militare ale Roşilor: câte unităţi au fost trimise în gubernia Tambov şi chiar - *aici* nu e un secret să o spui - care anume. Şi elevii din câteva şcoli militare fuseseră repartizaţi în satele din gubernia Tambov pentru consolidarea ocupaţiei.

Dar antonoviştii sunt deja zdrobiţi! Sunt zdrobiţi, acum li se dă lovitura de graţie unor grupuri mici separate. Deja vin cu droaia la statul-major al Roşilor şi aduc armele. Şi, în plus, ajută la găsirea şi la dezarmarea altora. Unul dintre regimentele banditilor a trecut în întregime de partea Roşilor.

– Care? i-a scăpat.

Libin, cu hotărâre şi precizie:

– Regimentul al 14-lea din Arhanghelsk, din brigada a 5-a, a lui Tokai.

Tare bine le ştiau.

Dar mai trebuia verificat – aşa să fie?...

Pentru confirmare, a adus la interogatorii reviste din Tambov.

Judecând după ele – da, bolşevicii învinseseră.

Şi ce se putea întâmpla, de altfel? Când plecase la răscoală, el înţelesese că este fără speranţă.

Dar iată – ordinul nr. 130: să fie arestate familiile răsculaţilor (Libin a citit expresiv: familiile), să fie confiscate bunurile, iar ei să fie mânaţi în lagăre de concentrare, apoi surghiuniţi în regiuni îndepărtate.

Dar iată – ordinul nr. 171, din nou: despre pedepsirea familiilor.

Vor face asta fără să ezite, Ektov ştia.

Şi, îl asigura Libin, aceste ordine dăduseră deja roade mari. Pentru ca ei înşişi să nu mai sufere, ţăranii vin şi arată cine se ascunde şi unde.

Se prea putea să fie aşa. Bolşevicii întrebuinţau o pârghie importantă: să ia ostatice *familiile*.

Cine să reziste? Cine nu-şi iubeşte copiii mai mult decât pe sine?

– După aceea – îl încredința Libin – va începe *epurarea totală* prin sate, toți vor trece prin mâinile noastre, câte unul, nimeni nu va scăpa.

Dar unii țărani îl cunoșteau pe Pavel Vasilici din anii trecuți, de pace, puteau să-l denunțe.

Totuși, era a treia lună de când Ektov se afla aici și mințea, și îndruga verzi și uscate, și uite că nu l-au dibuit, nu-i așa?...

Până când Libin, cu un zâmbet vesel, chiar cu o atitudine amicală față de incorigibilul democrat iubitor al poporului, așezându-l sub lumină intensă, a zâmbit cu buzele lui cărnoase și senzuale:

– Ei bine, Pavel Vasilici, data trecută noi n-am terminat de vorbit...

Și totul s-a năruit.

S-a prăbușit.

Alunecând deja pe o pantă abruptă, agățându-se, cu ce-i mai rămăsese din unghii, de o moviliță de speranțe, se gândea: dar asta nu înseamnă că i-au capturat și familia! Dar poate că Polina, împreună cu fetița, își luase măsuri de precauție? schimbase locul? se mutase deja undeva?...

Iar Libin, cu ochii negri sclipind, delectându-se cu perplexitatea anchetatului, cu neajutorata lui incapacitate de a nega, i-a strâns cercul la gât:

– Nici Polina Mihailovna nu este de acord cu îndărătnicia dumneavoastră. Acum ea cunoaște faptele și se miră că până acum nu ați rupt-o cu bandiții.

Timp de câteva minute, Ektov a stat pe taburet amețit. Gândurile îi săreau în toate direcțiile, apoi au început să încetinească în mișcarea lor circulară și să încremenească.

Libin nu-l slăbea din ochi. Dar tăcea, nu-l zorea.

Polina nu putea nici să gândească, nici să vorbească în acest fel.

Dar poate că ajunsese la capătul puterilor?

Dar poate că acesta este și un bun prilej: lăsați-ne să ne vedem! Lăsați-mă să vorbesc singur cu ea!

Libin: a, nu. Asta trebuie să o meritaţi. Mai întâi prin căinţă.

Şi au trecut două-trei zile în acest fel: Ektov insista să obţină o întrevedere. Libin: mai întâi căinţă deplină.

Dar Ektov nu putea călca în picioare ceea ce văzuse cu ochii lui şi ştia cu certitudine. Şi nu putea să se prefacă.

Dar nici Libin nu ceda nici cât negru sub unghie. (Prin asta şi dovedea că Polina nu gândeşte aşa deloc! Cu siguranţă nu aşa!)

Şi atunci Libin a întrerupt duelul; lui Ektov i s-a tăiat răsuflarea: dracul să vă ia, nu vă căiţi! Dracul să vă ia, rămâneţi cu narodnicismul dumneavoastră tâmpit! Dar dacă nu începeţi să colaboraţi cu noi, am s-o predau pe Polina dumneavoastră ungurilor şi CEON-ului sub ochii dumneavoastră. Iar pe fetiţă o vom duce într-o casă de copii. Iar dumneavoastră – un glonţ în ceafă după această reprezentaţie, e greşeala noastră că nu l-aţi primit până acum.

O strângere de gheaţă în piept. Dar – ce era imposibil aici pentru ei?

Cazuri asemănătoare au tot fost, şi nu o dată.

Pe aşa ceva se şi menţin ei.

Polina!!...

Încă o zi şi încă două i-au dat lui Ektov *să se gândească.*

Dar poate oare *să se gândească* în camera de tortură, din care nu există ieşire? Gândurile se învârt incoerente, ca într-o stare de semitrezie.

Să-şi sacrifice soţia şi pe Marinka, să treacă peste ele – cum ar fi putut??

Pentru cine în lume – sau pentru ce în lume – este el responsabil mai mult decât pentru ele?

Ele erau toată plinătatea vieţii lui.

Şi pe el însuşi – să se predea lor? Cine poate să facă asta?!...

Şi pe Polina o vor împuşca după aceea. Nici pe Marinka n-o vor cruţa. *Pe aceştia* el îi cunoştea deja.

Şi dacă prin asta i-ar salva pe ţărani? Evident, răsculaţii au pierdut deja. Oricum au pierdut.

Colaborarea lui ce înseamnă acum? Ce poate ea să schimbe în balanța răscoalei înăbușite?

Nu faci decât să-ți sacrifici familia, nu mai poți să schimbi nimic.

Cât de mult ura el fața asta oacheșă a lui Libin, triumfătoare, insolent victorioasă, cu străluciri rapace în ochi!

Dar în cedare există și o oarecare alinare. Fără îndoială, este acel sentiment pe care îl încearcă o femeie atunci când încetează să se mai lupte. Asta e, voi v-ați dovedit mai puternici. Fie, ne vom lăsa la mila voastră. Un fel de moarte care alină.

Și ce folos ar fi putut acum să le aducă Roșilor?

S-a prăbușit. Totuși, cu o condiție: să i se acorde o întrevedere cu Polina.

Libin a primit capitularea sigur de sine. Iar întâlnirea cu soția: numai atunci când veți îndeplini misiunea noastră. Atunci – poftim, simplu, vă vom permite să vă întoarceți în familie.

Ce altceva putea să facă?

Ce inimă de piatră, inimaginabilă, trebuie să ai pentru a călca în picioare ceea ce îți e mai drag?

Și în numele a ce acum?

Dar nici descântecele melodioase ale lui Oboianski nu trecuseră fără urmă. Într-adevăr: puternic trib! Niște noi huni, dar cu ideologie socialistă, straniu amestec...

Poate e adevărat că există ceva ce noi, intelectualii de formație veche, nu înțelegem? Nu e deloc simplu să fie văzute de ochiul omului căile viitorului.

Iată care era misiunea: să fie călăuză pe lângă brigada de cavalerie a celebrului Grigori Kotovski, erou al războiului civil. (Ei tocmai trecuseră prin satul Pahotnîi Ugol, cuprins de răscoală, și tăiaseră jumătate de milion de răsculați.) Nu era nevoie să-și inventeze o mască, era același celebru Ego, din statul-major al lui Antonov. (Antonov era complet zdrobit, armata lui nu mai exista, el însuși fugise și se ascundea încă. Însă nu ne vom ocupa de el.)

Dar ce avea de făcut?

Păi, se va lămuri pe drum.

(Ei haide, poate că va scăpa ieftin, cumva?)

De la Tambov, drumul nu era lung până la Kobîlinka, la marginea unuia dintre raioanele preferate ale partizanilor.

Tot drumul a mers călare. (Și cekiștii, în civil, mergeau alături, fără șovăială. Și jumătate de escadron al Armatei Roșii pe lângă ei.)

Și – din nou aer liber. Cer deschis.

Este deja început de iulie. Înfloresc teii. Să tragi aer în piept, iarăși și iarăși.

Cât de mulţi poeţi și scriitori de-ai noștri au amintit asta: cât de minunată este lumea și cum o umilesc și o otrăvesc oamenii cu răutăţile lor inepuizabile! Când se va liniști totul în lume? Când vor putea trăi oamenii o viaţă nestânjenită, chibzuită, luminoasă, fără crispări?... Visurile unor generaţii întregi.

Câteva verste înainte să ajungă la Kobîlinka, s-au întâlnit cu însuși Kotovski – o siluetă mare și puternică, ras în cap și cu o perfectă mutră de ocnaș. Avea cu el un escadron, dar soldaţii nu erau îmbrăcaţi în uniforma Armatei Roșii, ci în haine ţărănești, deși toţi erau încălţaţi cu cizme. Căciuli de oaie, *papaha*[1]. La unii, nu la toţi, benzi roșii căzăcești cusute pe marginea pantalonilor. Cazaci artizanali?

Exact așa era. Învăţau să se adreseze unul altuia nu cu „tovarășe“, ci cu „vecine“.

Cel mai mare în grad dintre cekiștii care îl însoţeau pe Ektov îi explica acum misiunea: în această noapte va avea loc o întâlnire cu reprezentantul unei bande de 450-500 de cavaleriști. Ego trebuie să confirme că *noi* suntem cazaci din armata de răsculaţi de la Kuban și de la Don, ne-am croit drum prin gubernia Voronej pentru a ne uni cu Antonov.

1. *Papaha* (rus.) – căciulă caucaziană de lână.

Când a venit noaptea, i-au dat lui Ego un revolver descărcat pentru a şi-l atârna la şold şi l-au aşezat pe cel mai pipernicit cal, cel mai costeliv. (Patru cekişti deghizaţi se ţineau strâns de el, ca o nouă suită, constituită după distrugerea unor importante forţe ale lui Antonov. Şi ei aveau revolvere – încărcate, „un cuvânt şi te ucidem".)

Kotovski însuşi a plecat, cu un escadron, la întâlnire în casa pădurarului, într-un luminiş de pădure. De cealaltă parte, tot cu câţiva zeci de călăreţi, mergea Mişka Matiuhin, fratele lui Ivan Sergheevici Matiuhin, comandantul unui detaşament care scăpase de masacru. (În rândul răsculaţilor din Tambov veneau adesea câţiva fraţi din aceeaşi familie; astfel, pe lângă Aleksandr Antonov a luptat în permanenţă fratele lui mai mic, Mitka, un ţăran poet. Tot împreună şi scăpaseră acum.)

Călăreţii s-au oprit în poiană. Principalii negociatori au intrat în izba pădurarului, unde ardeau două lumânări aşezate pe o masă. Feţele se distingeau anevoie.

Mişa Matiuhin nu-l văzuse niciodată pe Ego, dar Ivan Matiuhin îl ştia.

– O să verifice el.

Ektov nu-şi recunoştea vocea şi nici pe el însuşi nu se recunoştea în rolul celui care le serveşte ţăranilor o asemenea minciună. Dar când a trecut pe un podeţ şubred, nu s-a oprit. Şi a arătat spre Kotovski:

– Iată-l pe şeful detaşamentului lor, colonelul Frolov.

(Pentru ca totul să pară cât mai credibil, Kotovski nu-şi pusese epoleţi de colonel cazac, cu toate că ar fi fost uşor.)

Matiuhin a cerut ca Ego să meargă cu el câteva verste mai departe pentru a se întâlni cu fratele lui mai mare, ca să-i confirme identitatea.

Suita de cekişti nu şi-a pierdut prezenţa de spirit, nu s-a produs nici o întrerupere, aveau cai aprigi şi o rezervă de cartuşe pentru revolvere.

Au mers mai întâi pe o potecă prin pădure, apoi de-a dreptul prin câmp, pe sub cerul înstelat. Mergând la trap mărunt şi pe întuneric, nimeni nu a remarcat că acest căluţ al lui Ego nu valora nimic pe lângă caii membrilor suitei lui.

Săltând în şa, Pavel Vasilievici se gândea din nou, şi din nou, şi din nou, se gândea cu disperare: dacă i-ar dezvălui acum totul lui Matiuhin, el ar muri, dar şi aceşti patru ar fi ucişi!

Iar cei cinci sute de oameni ai lui Matiuhin ar scăpa. Doar sunt o forţă de elită!

Dar iată, mereu prezent, ceea ce a fost deja întors pe toate părţile: în cap – argumentele, în piept – suferinţa vie. Nu, nu pentru sine, câtuşi de puţin. Dar se vor răzbuna pe Polina, aşa cum au ameninţat, dacă nu şi pe fetiţă, micuţa de ea. Pe cekişti îi înţelesese de mult, dar, în timpul acestor luni petrecute la Lubianka şi în timpul acestor zile în care străbătuseră drumurile împreună, îi cunoscuse şi mai temeinic.

Cum să-i condamni la pieire pe ai tăi?... Tu *însuţi*, cu mâinile *tale*?...

Dar toată campania militară a lui Antonov a eşuat. Dacă priveşti mai amplu, la o scară mai vastă, poate că şi întregii gubernii îi va fi mai uşor dacă se instalează, în sfârşit, pacea. Totuşi, de acum înainte, rechiziţia jefuitoare va fi înlocuită de impozitul în natură.

Cu cât mai repede va avea loc o conciliere – poate va fi cu atât mai bine? Rănile se vor cicatriza treptat. Timpul, timpul. Viaţa se va aranja cumva, într-un mod complet nou?

Noi toţi suntem secătuiţi de puteri, suntem secătuiţi.

Au ajuns. O izbă nouă, şi lumină mai puternică.

Şi Ivan Sergheevici Matiuhin – un uriaş, cu mustăţile ca spicul grâului, un luptător neobosit – a făcut un pas în întâmpinarea lor, l-a privit pătrunzător pe Ego şi i-a strâns mâna cu elan.

Crampa lui Iuda în această mână! Cine apreciază aceste chinuri, dacă nu le-a încercat?...

Şi trebuie să rămână sigur de sine, neschimbat, cu atitudine de comandant.

Era chiar Matiuhin cel sincer, cu şuviţa lui de păr alb şi des aranjată pe o parte. Umeri solizi. Strângere puternică de mână. Războinic până în vârful unghiilor.

A crezut – şi era atât de bucuros! rândurile noastre s-au îngroşat! Ce-o să-i mai scuturăm pe bolşevici!

Un zâmbet de putere.

S-au înţeles: în care sat mare mâine, spre seară, să se unească cele două detaşamente. Iar poimâine – trecem la acţiune.

Era momentul! – Pe Ektov l-a fulgerat: nu!! o să vorbesc! împuşcaţi-mă, torturaţi-mi familia, dar pe aceşti oameni cinstiţi eu nu-i pot trăda!

Dar în acea clipă i s-a uscat ceva în gât, îl simţea parcă ars de ceva.

Până să înghită, i-a luat-o altcineva înainte, şi-a spus replica. Apoi altul. (Cekiştii îşi jucau foarte bine rolurile, fiecare avea povestea lui, explicau de ce mai înainte nu fuseseră văzuţi la răscoală. Şi toţi aveau o anumită ţinută – de armată sau de marină.)

Dar hotărârea deja dispăruse. Căzuse fără putere.

În acest moment al discuţiei s-au şi despărţit.

A venit apoi o chinuitoare zi lungă – lungă – lungă în detaşamentul lui Kotovski.

Ura faţă de el însuşi.

Întunericul trădării.

Cu acest întuneric oricum nu mai poţi trăi niciodată, nu mai poţi fi om. (Iar cekiştii nu-l slăbesc din ochi şi nu le scapă nici o mişcare a sprâncenelor, nici o clipire a pleoapelor). Însă mai degrabă: cum nu mai au nevoie de tine, te şi împuşcă. (Dar atunci nu se vor atinge de Polina!)

Spre seară, toată brigada a încălecat. Mulţi erau deghizaţi în cazaci.

Au plecat în coloană. Ego înconjurat de suita lui. Kotovski purtând o căciulă înaltă căzăcească, din Kuban, de sub care se vedea privirea lui feroce.

Kotovski? Sau Katovski, de la *kat*[1]? Stătuse la ocnă, pentru crimă, şi nu una singură. Groaznic om, te uiţi la el şi simţi un gol în stomac.

---

1. *Kat* (rus.) – călău.

La apusul soarelui, detaşamentele au intrat în sat din două direcţii diferite. Şi s-au răspândit prin izbe. (Numai oamenii lui Kotovski nu s-au instalat cu adevărat, caii au rămas înşeuaţi, peste două ore avea să înceapă masacrul. Dar oamenii lui Matiuhin s-au instalat ca la ei acasă.)

Într-o izbă mare şi bogată, aflată în centrul satului, acolo unde se întâlnesc străzile, lângă biserică, maiestuoasa stăpână a casei, încă nu bătrână, cu fetele şi cu nurorile ei aranja mesele puse cap la cap pentru douăzeci de oameni. Berbec, găini fripte, castraveţi proaspeţi, cartofi noi. Sticle cu basamac aşezate de-a lungul mesei, cu pahare pentru tărie. Pe pereţi sunt fixate lămpi cu gaz, iar altele se află pe masă.

Oamenii lui Matiuhin erau aşezaţi mai mult pe o latură a mesei, cei ai lui Kotovski – mai mult pe cealaltă. Ego fusese aşezat în capul mesei ca un preşedinte al unora şi al celorlalţi, după cum se părea.

Ce forţă vitală în comandanţii răsculaţilor! Păi mulţi dintre ei trecuseră prin războiul cu Germania – subofiţeri, soldaţi, iar acum aveau funcţii de conducere.

Rasa celor din Tambov: pometţi accentuaţi, feţe masive fără fineţe, buze mari groase, unele nasuri ca un cartof şi unele dintre acelea – mari, atârnate în jos. Şuviţele de păr – albe, ca fuiorul sau negre; unul dintre ei are chiar o faţă neagră-cărămizie, ca de ţigan, de aceea dinţii par şi mai albi.

Printre oamenii lui Kotovski era stabilit: să vorbească mai mult cei care ştiu ucraineană, ei pot trece drept cazaci din Kuban. Din zona Donului nu era printre ei nici unul, dar socotiseră că cei din Tambov nu deosebesc vorba celor de la Don.

Unul dintre oamenii lui Matiuhin avea o faţă bănuitoare impenetrabilă, cu o bărbie proeminentă. Pungi sub ochi, mustăţi negre lăsate în jos. Foarte obosit.

Dar altul – cât de semeţ şi de chipeş, cu mustăţile răsucite, privirea scrutătoare, ageră, dar veselă. Stă într-un colţ, picior peste picior, dezinvolt. Parcă fără a aştepta nimic imprevizibil, este totuşi pregătit să facă faţă la tot ce vrei.

Ego nu s-a mai putut abţine: l-a înghiontit de două ori cu piciorul. Dar nu a înţeles?

Iar paharele cu basamac au început să circule, înfierbântând capetele şi prietenia abia înfiripată. Cuţitele lungi tăiau carnea de berbec şi şunca afumată. Fumul de tutun brut se ridica ici şi colo, se întindea spre tavan. Stăpâna casei se mişca prin încăpere, femeile tinere se grăbeau să ghicească ce dorea fiecare, să aducă, să strângă.

Dar dacă s-ar petrece o minune dintr-odată – şi totul ar fi salvat? Oamenii lui Matiuhin să ghicească singuri pericolul? să scape vii şi nevătămaţi?

„Aghiotantul-şef" (comisar şi cekist) „Borisov" s-a ridicat în picioare şi a început să citească o falsă „rezoluţie a consfătuirii detaşamentelor de răsculaţi din toată Rusia" (consfătuire care trebuia reunită acum). Soviete fără comunişti! Soviete ale ţărănimii muncitoare şi ale cazacilor! Jos mâinile de pe recolta ţăranilor!

Unul dintre oamenii lui Matiuhin – nu bătrân, dar cu o barbă rotundă în dezordine, cu mustăţi pufoase, cu o faţă însufleţită – îl privea pe orator cu ochi calmi şi inteligenţi.

Altul, alături de el, părea o bucată de tuci, ţinea capul puţin într-o parte şi se strâmba puţin.

O, ce oameni! Of, ce greu e!

Dar acum – nu mai poţi salva nimic, n-ai decât să strigi.

Iar Matiuhin, confirmând discursul aghiotantului-şef, a bătut cu pumnul în masă:

– O să distrugem comuna sângeroasă!

Iar un tânăr cu fruntea mare, cu bucle parcă increţite cu fierul, un fante de la ţară, striga de la celălalt capăt al mesei:

– Să-i spânzurăm pe ticăloşi!

Kotovski – la obiect: dar unde-i Antonov? Fără el, nu ştiu dacă o să reuşim.

Matiuhin:

– Deocamdată nu-l găsim. Se spune că a fost lovit în ultima luptă, se îngrijeşte. Dar o să-i adunăm pe toţi cei din Tambov, încă o dată.

Şi planul lui pentru viitorul apropiat: să atace lagărul de concentrare de lângă Rasskazovo, unde au fost trimise şi unde sunt chinuite familiile răsculaţilor. Asta e prima noastră acţiune.

Kotovski e de acord.

Kotovski dă semnalul?...

Şi oamenii lui Kotovski, toţi deodată, au smuls de la şold care un enorm pistol Mauser, care un revolver Nagan şi au început să tragă peste masă în *aliaţi*.

Bubuit în izbă, fum, miros de praf de puşcă, răcnetele şi bocetele femeilor. Unul după altul, oamenii lui Matiuhin se prăbuşeau, unul cu pieptul pe mâncare, pe masă, altul într-o parte, peste cel de alături, altul de pe laviţă în spate, răsturnat.

A căzut o lampă pe masă, gazul s-a împrăştiat peste muşama, a izbucnit focul.

Cel semeţ, cu privirea ageră, care stătea în colţ, reuşise să tragă de două ori şi doborâse doi oameni ai lui Kotovski. Acum, o sabie îi zboară capul cu mustăţi răsucite, acesta cade pe duşumea, iar sângele roşu ţâşneşte din gât pe jos şi peste tot împrejur.

Ektov nu sărise în picioare, împietrise. Măcar dacă l-ar ucide şi pe el mai repede, ori cu revolverul, ori cu sabia.

Dar oamenii lui Kotovski ieşiseră în fugă din izbă pentru a captura garda personală a lui Matiuhin, care se agita fără să înţeleagă încă ce se petrece.

Cavaleria lui Kotovski îi urmărea deja pe oamenii lui Matiuhin la celălalt capăt al satului, ca să-i taie şi să-i împuşte – prin curţi, în izbe, în paturi – pentru ca ei să nu urce pe cai.

Cine reuşea, pornea în galop prin pădurea întunecată.

1994

LA LIMITĂ

1

Iorka Jukov[1], fiu de ţăran, venea încă de la 7 ani cu greblele pe fâneaţă, iar mai târziu a început să ajute şi mai mult în gospodăria părinţilor; după ce a terminat trei ani de şcoală parohială, l-au trimis la Moscova, ucenic la o rudă îndepărtată bogată, care era cojocar. Acolo a crescut – şi ca servitor, şi la mânatul vitelor, şi la lucru; aşa, câte puţin, s-a îndreptat spre meseria de cojocar. (Terminând ucenicia, s-a fotografiat într-un costum negru de împrumut, cu o cravată de atlaz, apoi a trimis fotografia în sat: „meşter-cojocar"!)

Începuse războiul cu Germania, iar în 1915, când Iorka împlinea 19 ani, a fost concentrat şi, chiar dacă nu era înalt de statură, era robust, cu umeri largi; a fost luat în cavalerie, într-un escadron de dragoni. A început să înveţe cum să se ocupe de cai şi s-a dovedit priceput. După o jumătate de an, a avansat într-o unitate de instrucţie, a terminat ca sergent şi, începând cu august 1916, a nimerit pe front într-un detaşament de dragoni. Dar peste două luni a fost lovit de un obuz austriac; a ajuns la spitalul militar. După aceea, Jukov a devenit preşedintele unui comitet de escadron într-un detaşament de rezervă, dar pe front

1. Gheorghi Konstantinovici Jukov (1 decembrie/19 noiembrie 1896 – 18 iunie 1974), mareşal sovietic, considerat drept unul dintre cei mai mari comandanţi din al Doilea Război Mondial. A fost şeful Marelui Stat-major, comandant al mai multor fronturi şi locţiitor al comandantului suprem. A semnat actul capitulării Germaniei. Ministru al apărării (1955-1957).

nu a mai ajuns. La sfârşitul anului Şaptesprezece, au dizolvat ei înşişi escadronul: i s-a dat fiecăruia o adeverinţă legală aşa cum se cuvine, şi-a luat fiecare arma, cine a vrut – şi hai acasă.

A stat la Moscova, a stat şi în satul lui din Kaluga, a zăcut bolnav de tifos exantematic, a zăcut şi cu febră recurentă, şi aşa a trecut vremea. Între timp, în august 1918, începuse mobilizarea generală în Armata Roşie. Jukov a fost înrolat în Prima divizie de cavalerie din Moscova, trimisă împotriva cazacilor din Ural, care nu voiau să recunoască puterea sovietică. (Pe acel front l-a văzut o dată şi pe Frunze[1].) S-au tăiat cu cazacii, pe care i-au gonit în stepa kirghiză, apoi divizia lor a fost transferată în regiunea Volgăi de Jos. Au fost încartiruiţi aproape de Ţariţîn, apoi au fost trimişi pe Ahtuba împotriva calmucilor: calmucii parcă înnebuniseră, toţi ca unul nu recunoşteau puterea sovietică şi nu era chip să-i faci să înţeleagă. Acolo, Iorka a fost rănit de o grenadă de mână, apoi a stat în spitalul militar şi s-a îmbolnăvit încă o dată de tifos – de această molimă care îi contamina pe toţi. În acelaşi an 1919, în primăvară, Gheorghi Jukov a fost primit, ca militar conştiincios, în Partidul Comunist Rus, iar de la începutul anului 1920 a fost avansat cumva în categoria „ofiţerilor roşii“: a fost trimis la cursuri de comandanţi roşii de pe lângă Riazan. Şi nu era un simplu elev-ofiţer, ci plutonier al escadronului de studiu, avea stofă de comandant.

Războiul civil se apropia deja de sfârşit, rămăsese Vranghel singur. Elevii-ofiţeri credeau că nu vor avea timp să participe la războiul împotriva Poloniei. Dar în iulie 1920 s-a pus capăt instruirii, au fost încărcaţi la repezeală în eşaloane şi trimişi o parte în Kuban, o parte în Daghestan (şi acolo au pierit mulţi elevi). Jukov a nimerit într-un regiment reunit de instrucţie la Ekaterinodar, care a fost trimis împotriva trupelor debarcate ale lui Ulagai, apoi împotriva cazacilor din Kuban, împărţiţi în detaşamente printre dealuri, care nu voiau, dementii, să se predea

---

1. Mihail Vasilievici Frunze (1885-1925), om politic, comandantul forţelor bolşevice în timpul războiului civil, teoretician militar.

nici măcar după nimicirea lui Denikin. Acolo i-au tăiat și i-au împușcați pe mulți dintre ei. Cu aceasta, instrucția a fost considerată încheiată, iar ei au fost promovați anticipat la rangul de comandanți roșii în Armavir. Și li s-au dat tuturor pantaloni noi – dar de ce aveau, oare, culoarea zmeurei, scoși din cine știe ce depozite ale husarilor? alții nu s-au găsit. Și absolvenții, repartizați în unitățile lor, au început să se evidențieze admirabil, însă, necunoscându-i, soldații din Armata Roșie se uitau ciudat la ei.

Jukov a primit comanda unui pluton, dar în curând a fost avansat la rangul de comandant de escadron. Operațiunile lor erau întotdeauna aceleași: „să curețe bandele". Mai întâi – în raionul de lângă mare. În decembrie au fost transferați în gubernia Voronej: să lichideze banda lui Kolesnikov. Au lichidat-o. Atunci au fost duși în gubernia vecină, Tambov, unde bandele se dezlănțuiseră într-un mod incalculabil. De aceea și statul-major al guberniei Tambov își încordase forțele: deja spre sfârșitul lui februarie, spunea comisarul regimentului, se găseau 33 de mii de baionete, 8 mii de săbii, 460 de mitraliere și 60 de tunuri. Se plângea: iată că nu avem activiști politici, care ar putea să expună în mod clar situația în acest moment; este vorba de un război, declanșat de Antantă, și din această cauză legătura dintre sat și oraș a fost distrusă. Însă vom fi dârzi și vom spulbera pleava!

Două dintre regimentele lor de cavalerie au început să atace în martie, încă înainte de dezgheț, de la gara Jerdiovka în direcția raionului Tugolukovo-Kamenka, controlat de bandiți. (Președintele CEKA din provincie, Traskovici, dăduse următoarea directivă: Kamenka și Afanasievka să fie șterse de pe fața pământului și să se facă uz de arme, fără nici o milă!) Escadronul lui Jukov, cu cele patru mitraliere ale lui și cu tunul de câmp cu calibrul de trei țoli, mergea în fruntea detașamentului. Și, aproape de satul Viazovoie, au atacat un detașament de-al lui Antonov – vreo 250 de săbii, nici o mitralieră, iar ca arme de foc doar câteva puști.

Jukov era călare pe Zorka lui roşcat-aurie (o luase din gubernia Voronej, într-o ciocnire, după ce îl împuşcase pe stăpânul ei). La un moment dat, un antonovist voinic l-a tăiat cu sabia de-a lungul pieptului, peste cojoc, şi l-a doborât din şa; căzuse şi Zorka şi îl strivea pe un coleg de escadron, însă a venit din spate comisarul politic Nociovka şi l-a ucis pe antonovist. (Apoi l-au percheziţionat pe mort şi au înţeles, după o scrisoare, că fusese tot un ofiţer de dragoni ca Jukov, aproape din acelaşi regiment.) Primul escadron, cel învecinat, a început să bată în retragere, în timp ce escadronul al doilea, al lui Jukov, respingea atacul, ca ariergardă a regimentului, cu ajutorul mitralierelor. Abia îşi salvaseră cele patru mitraliere pe sănii, iar în urmă târau şi tunul.

Dar se înfuriase foarte tare pe bandiţi. Aceştia erau oare tot ţărani? – păreau diferiţi, nu semănau cu ai noştri, cei din Kaluga: pentru ce au ridicat armele împotriva puterii sovietice, a puterii lor?? De acasă primea scrisori: murim de foame, iar ăştia nu ne dau pâine! Comisarul a spus aşa: e adevărat, noi nu le trimitem mărfuri care se fac în oraş, din cauză că nici acolo nu sunt; cel puţin se pot întoarce la meşteşugurile lor, pe când cei din oraş – de unde să ia pâine? Ţăranii se află în locuri îndepărtate, pe unde detaşamentele noastre nu au trecut, singura explicaţie este că ei mănâncă prea mult.

Aşa s-au şi obişnuit, să nu stea la vorbă prea mult cu ei. Întotdeauna, când ajungeau într-un sat, le luau caii mai puternici şi le lăsau în schimb pe cei mai vlăguiţi. Când a sosit un denunţ, cum că oamenii lui Antonov sunt în cutare sat, au zburat în goană, au scotocit prin podurile caselor, în şoproanele din fiecare gospodărie, în fântâni (un felcer partizan îşi săpase în fântână, lateral, o vizuină şi se ascundea acolo). Sau altceva: se aliniază tot satul, de la mic la mare, cinci sute de oameni. Soldaţii numără câte zece şi iau ostatici, într-un hambar încăpător. Celorlalţi li se dau 40 de minute pentru alcătuirea unei liste cu bandiţii din satul respectiv, altfel ostaticii vor fi împuşcaţi!

Ce să facă? – aduceau lista. Completă, incompletă, ea va merge la Secţia specială, de rezervă, o să prindă bine.

Dar au şi *ei* informaţiile lor: odată am sosit într-o tabără de bandiţi, părăsită în grabă, şi am găsit acolo o copie a acelui ordin, pe baza căruia și veniserăm aici. Ia te uită cum lucrează, vrăjmașii!

În Armata Roșie, aprovizionarea se face cu mari intermitenţe, raţia când se dă, când nu se dă. (Solda unui comandant de escadron este de 5 ruble pe lună, dar ce poţi să cumperi cu ei? Un funt de unt și două funturi de pâine neagră.) De unde să iei, dacă nu din aceste sate de bandiţi? Iată un exemplu: ajunge un pluton într-un sătuc aproape de o moară, cu totul câteva case și doar nişte femei. Soldaţii din Armata Roșie, fără să coboare de pe cai, încep să le alunge cu cravaşele, le mână într-o cămară de lângă moară şi le încuie. După asta, încep să scotocească prin pivniţe. Beau o oală cu lapte, apoi, nervoşi, o trântesc de pământ.

L-au obligat pe un băieţandru să încarce în căruţa lui bagajele escadronului şi să alerge împreună cu soldaţii roşii, iar el zicea, din inimă: „Dacă i-aţi alunga odată mai repede pe ţăranii ăştia, să mă lăsaţi să merg la mama".

Unul, un băieţel, care încă nu înţelegea ce se întâmplă, întreba fără răutate: „Nene, dar pentru ce l-ai împuşcat pe tata?".

Au prins douăzeci de răsculaţi, i-au interogat separat şi unul dintre ei a arătat spre altul: „El a fost mitralior".

Intri cu o mică patrulă într-un sat – toţi s-au zăvorât, ca şi cum ar fi murit. Baţi şi îţi răspunde o voce de femeie: „Nu vă supăraţi, nici noi nu mai avem nimic, răbdăm de foame". Mai baţi o dată – „Ne-am pierdut toată încrederea, cei care vin aici, indiferent de partea cui sunt, toţi caută să primească pâine".

Se temeau aşa de tare, încât nu mai erau nici pentru putere, nici pentru *partizanţi*, voiau un singur lucru: lăsaţi-ne sufletul.

La şedinţele de educaţie politică fuseseră avertizaţi: „Să se evite iritarea excesivă a populaţiei". Dar li se mai spunea şi: „Nu plecaţi urechea la tot ce vă spun ei, cum vi se pare ceva – un pat de armă peste bot!".

Dar se observase și la soldații Armatei Roșii o reticență periculoasă de a merge cu armele împotriva țăranilor („Noi înșine suntem țărani, cum să tragem asupra alor noștri?"). Și apoi bandiții aruncau manifeste: „Voi sunteți bandiți, nu noi ne băgăm peste voi. Plecați din locurile noastre, o să supraviețuim și fără voi". Nu se știe de unde a apărut o poveste, că în următoarele săptămâni va avea loc demobilizarea generală. „Până când să mai așteptăm? Cât să mai luptăm?" (Au existat și fugari care au trecut la bandiți ori au dezertat, mai ales în timpul marilor deplasări.) Comisarul Nociovka spunea: „Unii ca aceștia trebuie reeducați! Și atunci când beau – ce cântă? Nici măcar un cântec revoluționar, ci întotdeauna *De dincolo de insulă* sau cântece obscene. Și când petrecem noaptea într-un sat, cum bărbații sunt plecați în păduri, ai noștri profită de femei". Și începea discursul: „A trăi pe acest pământ fără să muncești și fără să lupți pentru revoluție este parazitism!" (Soldații, în schimb, i-o recomandau pe felceriță, care se întindea cu tot divizionul: „Eu nu sunt cașă, nu reușești singur să mănânci tot, ajunge pentru un escadron întreg".)

La apelul de dimineață, ești pregătit să auzi: cine lipsește, cine a dat bir cu fugiții? Armata Roșie trebuie să-și țină soldații în frâu. Comisarul politic al provinciei spunea: în gubernia Tambov sunt 60 de mii de dezertori. Toți aceștia sunt bandiți în devenire.

Iar ordinele de la statul-major din Tambov nu erau strict militare – cutare zonă de recunoaștere, cutare sau cutare operațiune, ci sunau întotdeauna astfel: „atacați și distrugeți!", „încercuiți și lichidați!", „nu țineți seama de nimic!".

Și nu țineau seama. Dar cum să-i vânezi pe bandiți? Cum să dai de urma lor? Fapt este că puterea sovietică dispăruse din sate, toți fugiseră, se retrăgeau în orașe, pe cine să întrebi? Comandantul armatei ordonă să se convoace adunarea obștii satului. Mujicii sunt aliniați câte unul, în flanc. „Care dintre voi sunt bandiți?" Tăcere. „Să fie împușcat fiecare al zecelea!" Și sunt împușcați tot acolo, în fața mulțimii. Femeile bocesc cât le ţine gura, urlă. „Strângeţi rândurile. Care dintre voi sunt bandiţi?“ Numără din nou, îi pun la o parte pe oamenii de executat. Acum nu mai rezistă, încep să denunţe. Alţii îşi iau picioarele la spinare, în toate direcţiile, nu poţi să-i împuşti pe toţi.

Uneori arestau femei singure de pe drum: nu cumva să ducă dintr-o parte în alta informaţii de spionaj.

Iar dacă pe un drum era multă balegă de cal – însemna că bandiţii trecuseră pe acolo în galop.

Soldaţii înşişi răbdau de foame adesea. Şi încălţămintea se rupsese, şi uniforma se jerpelise, era murdară, de altfel şi dormeau în ea, fără să se dezbrace. (Ce să mai spui de cei care aveau pantaloni zmeurii!) Erau la capătul puterilor.

Dacă trebuia să se amputeze un picior – se făcea fără anestezie, şi nici bandaje nu erau.

La jumătatea lui aprilie a ajuns un zvon la Jerdiovka: în timpul unei razii, antonoviştii au cotropit importanta localitate industrială Rasskazovo, la 45 de verste de Tambov, şi au ţinut-o sub control patru ore, i-au masacrat pe comunişti prin apartamente, le-au tăiat capetele, astfel încât jumătate din batalionul sovietic de acolo a trecut în rândul antonoviştilor, cealaltă jumătate a fost luată în prizonierat – şi au bătut în retragere, mitraliaţi din avion.

Iată, aşa se desfăşura războiul cu ei! Iar acum, la ieşirea din iarnă, se va desfăşura şi mai rapid. Căci erau deja opt luni de când antonoviştii nu se predau, deveniseră chiar mai numeroşi. (Deşi trăgeau uneori nu cu gloanţe, ci cu bucăţele de fier.)

S-a dat un ordin de la statul-major din Tambov: „Toate operaţiunile să fie făcute cu cruzime, numai aceasta impune respect“.

Satele care se aflau de partea bandiţilor erau incendiate pur şi simplu, în întregime. Rămâneau doar scheletele sobelor ruseşti mari şi scrumul.

Nu se odihnea nici Secţia specială în Jerdiovka. Comandantul ei, Şurka Şubin, în cămaşă roşie şi pantaloni de călărie albaştri, mergea cu grenade agăţate de jur împrejur şi cu un enorm pistol Mauser într-un toc de lemn; ajungea şi în curtea cavaleriştilor (comandantul formaţiunii era subordonat şefului Secţiei speciale): „Băieţi! Cine merge să împuşcăm bandiţi? – doi paşi în faţă!“. Nimeni nu ieşea din linie. „Ce mai, aţi fost bine instruiţi aici!“. Iar curtea Secţiei lui speciale era plină cu oameni aduşi acolo pentru a fi împuşcaţi. Fusese săpată o groapă mare, iar oamenii erau aşezaţi cu faţa spre ea, pe margine, cu mâinile legate. Şubin împreună cu subalternii lui mergeau dintr-o parte în alta – și îi împușcau în ceafă.

Dar ce altceva să faci cu ei? Iorka avea un prieten bun, cu același nume de familie, Jukov, Pavel, pe care îl tăiaseră bandiţii în bucăţi.

Războiul era unul adevărat, trebuia să se apuce şi mai serios de luptă. Nu în cel cu germanii devenise Iorka nemilos, ci exact aici se formase ca un militar dur.

În luna mai, a sosit de la Moscova, însărcinată cu reprimarea bandiţilor din Tambov, o comisie cu puteri depline a Comitetului executiv al întregii Rusii, în frunte tot cu un Antonov, dar Antonov-Ovseenko. Având misiunea de a comanda Armata specială din Tambov, a sosit comandantul armatei Tuhacevski[1], comandant al Frontului de Vest, care tocmai reglase conturile cu Polonia, însoţit de adjunctul său Uborevici, care se ocupase deja mult de bandiţi, în Bielorusia. Tuhacevski a adus cu sine şi un stat-major pregătit, și un detașament automobil blindat.

În zilele care au urmat, Jukov a avut norocul să-l vadă el însuşi pe Tuhacevski: a sosit la Jerdiovka pe calea ferată, cu o drezină blindată, la statul-major al brigăzii a 14-a autonomă de cavalerie şi i-a ordonat comandantului de brigadă Milonov să-i adune pentru o discuţie pe comandanţii şi pe comisarii politici – de la regimente la escadroane.

Tuhacevski nu era înalt de statură, dar ce ţinută avea – mândră, impozantă. Își cunoștea valoarea.

---

1. Mihail Nikolaevici Tuhacevski (1893-1937) a fost mareşal, comandant de armată în timpul războiului civil. Ulterior, a devenit victimă a represiunilor staliniste.

A început cu o laudă la adresa tuturor – pentru curaj, pentru înţelegerea datoriei pe care o aveau. (Şi fiecare simţea în piept o căldură, le creştea inima.) Şi s-a apucat să explice în ce constă misiunea.

Sovnarkomul[1] a ordonat: începând de la 10 mai, aveţi şase săptămâni pentru a termina cu revolta pugacioviană din Tambov. Cu orice preţ! Pe noi toţi ne aşteaptă o muncă intensă. Experienţa reprimării unor asemenea revolte populare cere ca noi să invadăm raionul răscoalei până la ocuparea lui completă şi, conform unui plan, să dispunem forţele noastre armate pe întreg teritoriul. Acum, tocmai a sosit de la Kiev glorioasa divizie de cavalerie a lui Kotovski, a debarcat în Morşansk şi a pornit deja împotriva răsculaţilor din Pahotnîi Ugol. După aceea, va veni aici, în centrul răscoalei. Marele nostru avantaj tehnic asupra adversarilor: escadrila de aeroplane şi detaşamentul de automobile blindate. Printre primele noastre cerinţe către locuitori va fi: reconstruirea tuturor podurilor de pe drumurile de ţară – asta, pentru a asigura trecerea unităţilor noastre automobile. (Dar să nu folosiţi niciodată călăuze dintre oamenii locului!) Mai avem de rezervă gaze chimice şi, dacă va fi nevoie – le vom folosi, avem permisiunea Sovnarkomului. Tovarăşi comandanţi, cursul operaţiunilor energice de represiune care se anunţă vă va permite să dobândiţi o excelentă experienţă militară.

Jukov se uita fără întrerupere la comandantul de armată. Era prima dată în viaţa lui când vedea un căpitan adevărat, care nu era nicidecum aşa, ca noi, simpli comandanţi-marionete, cum era chiar şi comandantul nostru de brigadă. Şi cât de sigur pe el este! – şi transmite această siguranţă fiecăruia dintre noi: exact aşa se va petrece totul! Iar faţa lui nu era deloc

---

1. Sovnarkom – *Sovet narodnîh komissarov* (Consiliul comisarilor poporului), denumirea organelor superioare ale puterii de stat din URSS, republicile unionale şi autonome. A funcţionat în perioada 1917-1946, ulterior fiind transformat în consiliu de miniştri.

țărănească, ci aristocratică, îngrijită. Un gât alb, înalt și subțire. Ochi mari catifelați. Favoriții lăsați lungi. Și nu vorbea ca noi, nici pe departe. Și *budionovka* i se potrivește, nu știu de ce, foarte bine – e aceeași șapcă pe care o purtăm și noi, dar pe Tuhacevski îl face să pară și mai comandant.

Dar, desigur, a adăugat, îi vom trimite ceva mai mult pe agenții noștri să se dea drept bandiți, chiar dacă, vai, cekiștii au adus deja mari jertfe. Arma noastră principală rămâne acțiunea asupra *familiilor*.

Și a dat citire „ordinului nr. 130", deja semnat de el și publicat în aceste zile în toată gubernia, spre informarea generală a populației. Limbajul ordinului era la fel de sigur ca și tânărul comandant însuși: „Către toți țăranii care au intrat în bande, să se pună imediat la dispoziția Puterii sovietice, să predea armele și să-i denunțe pe conducători... Cei care se vor preda de bunăvoie nu vor fi amenințați de pedeapsa capitală. Familiile bandiților care nu se vor preda vor fi arestate fără excepție, iar bunurile vor fi confiscate și împărțite țăranilor devotați Puterii sovietice. Dacă banditul nu se prezintă și nu se predă, familiile arestate vor fi exilate în ținuturi îndepărtate ale RSFSR[1]".

Deși nici o reuniune implicând o importantă participare comunistă, precum cea de astăzi, nu se putea încheia fără a se cânta în cor *Internaționala*, Tuhacevski și-a permis să nu mai aștepte asta, i-a întins mâna lui albă doar comandantului de brigadă, a ieșit afară cu aceeași ținută mândră și a plecat cu drezina blindată.

L-a impresionat pe Jukov și această fermă atitudine autoritară.

Acum, până la *Internațională*, comandanților li s-a distribuit un manifest al Comitetului executiv al provinciei adresat țăranilor din gubernia Tambov: este timpul să ne debarasăm de acest buboi purulent care este mișcarea lui Antonov! Până acum, superioritatea bandiților a constat în schimbarea

1. RSFSR – Republica Sovietică Federativă Socialistă Rusă.

frecventă a cailor istoviţi cu unii odihniţi; ei bine, când vor apărea bandele criminale ale lui Antonov în apropierea satelor voastre – nu lăsaţi în sat nici un cal! Mânaţi-i şi duceţi-i acolo unde trupele noastre vor şti să-i păstreze.

Atunci când s-au răspândit toţi de la această adunare, Jukov a plecat cu un sentiment nou trezit în el – şi admiraţie pentru calităţile comandantului de armată, şi o intuire a exemplului înalt, şi invidie.

Să lupte pur şi simplu – o poate face orice prost. Dar să fii militar până în măduva oaselor, până la ultima suflare, în aşa fel încât toţi ceilalţi să simtă asta? Extraordinar.

Dar Jukov? El îndrăgise cu adevărat meseria armelor, mai mult decât orice altceva.

Şi au început să se scurgă aceste şase săptămâni ale reprimării hotărâte prin acel ordin. Din detaşamentul lui Uborevici au fost de ajutor nu atât vehiculele blindate – ele nu puteau să pătrundă peste tot şi făceau să se prăbuşească podurile sub greutatea lor – cât camionetele şi chiar automobilele uşoare, înarmate cu mitraliere grele şi puşti-mitralieră. Caii ţăranilor se temeau de maşini, nu mergeau la atac cu ele şi nici nu puteau să scape de urmărirea lor.

Mai exista încă un avantaj considerabil: oamenii lui Antonov nu aveau radio, fireşte, şi de aceea unităţile de urmărire puteau să utilizeze radioul necodat, care permitea conversaţiile şi accelera transmiterea informaţiilor. Antonoviştii galopau, crezând că nu-i vede nimeni, însă la o depărtare de trei judeţe deja se transmitea prin radio: unde sunt banditii, încotro se îndreaptă, unde să fie trimis un detaşament care să-i vâneze, unde să le taie drumul.

Şi au început să-i urmărească, să vâneze nucleul principal al lui Antonov, ca să-l atragă într-o bătălie mare, dar el s-a eschivat. De la nord a pornit spre el brigada lui Kotovski, de la vest brigada lui Dmitrienko, s-a adăugat și un detașament VCEKA[1] al lui Kononenko – șapte Fiat de 1,5 tone cu mașini-cisternă. Antonov a dat peste o razie, a luat-o peste câmp, făcea etape de câte 120-130 de verste pe zi cu caii schimbați, a intrat în gubernia Saratov pe la râul Hopior, și tot pe aici s-a întors. Iar brigada a 14-a, ca și toată cavaleria roșie, a rămas în urmă peste tot, acum erau în urmărire numai detașamentele cu mașini blindate. (Se povestea că s-a întâmplat odată ca un detașament automobil să-l ia prin surprindere totuși pe Antonov, în timpul unei staționări în satul Elan. Detașamentul nostru a început să-i fugărească pe bandiți prin sat, trăgând în ei cu mitralierele, din mașini. Dar s-au repezit în pădure, unde s-au adunat și ne-au ținut piept, iar o parte din mitralierele noastre nu au funcționat. Și cavaleria noastră din nou a întârziat, și din nou au fugit antoniviștii ori s-au risipit – n-ai de unde să mai știi.)

Au trecut trei săptămâni, deja jumătate din termenul fixat de Sovnarkom, iar Antonov tot nu fusese învins. Brigăzile de cavalerie se mișcau prin tatonare, așteptau noutăți de la informatori. Ambele detașamente auto așteptau piese de schimb și benzină. Iar pe căile ferate umblau de colo până colo trenul blindat și drezina blindată – tot pentru a găsi urma bandiților sau pentru a le tăia drumul. Dar degeaba.

Și iată că a fost trimis, pentru a fi citit escadroanelor și companiilor, ordinul secret 0050 al lui Tuhacevski: „În zorii zilei de 1 iunie să înceapă eliminarea în masă a elementului banditesc" – adică, altfel spus, să fie răscolite satele și să fie prinși suspecții. Dând citire acestui ordin în fața escadronului său, Jukov îl vedea parcă pe Tuhacevski; a intrat în pielea lui – a adoptat și vocea, și ținuta lui? – și a citit cu toată inima: „Eliminarea nu trebuie să

1. VCEKA – *Vserosiiskaia cerezvîceainaia komisiia* (Comisia extraordinară, CEKA, panrusă). A fost înființată în decembrie 1917, iar în 1922 a fost reorganizată în GPU.

aibă un caracter întâmplător, ea trebuie să le arate ţăranilor că tribul de bandiţi şi familiile lor vor fi îndepărtaţi neapărat, că lupta cu Puterea sovietică este fără speranţă. Operaţiunea să fie condusă cu elan şi inspiraţie. Mai puţin sentimentalism mic-burghez. Comandantul trupelor, Tuhacevski".

Jukov era extrem de bucuros că se afla sub o asemenea comandă. Aşa trebuie să fie, asta înseamnă să fii militar: înainte de a comanda tu însuţi, trebuie să ştii să te subordonezi. Şi să înveţi să execuţi ordinele.

Şi au eliminat câţi au putut strânge. I-au trimis în lagăre de concentrare, la fel şi pe familiile lor. Separat.

Iar peste câteva zile au dibuit din nou principalul nucleu al lui Antonov – departe, pe cursul superior al Voronei, în pădurea Şiriaevo (conform unor informaţii, data trecută, în timpul atacului detaşamentului cu automobile, Antonov fusese rănit la cap). Acum obţinuseră încă o brigadă proaspătă de cavalerie, condusă de Fedko, încă un regiment al VCEKA şi încă un tren blindat. Şi toate ieşirile din pădurea Şiriaevo au fost închise ermetic. Dar, în timpul nopţii, a început o furtună puternică. Din cauza ei, comandantul regimentului VCEKA şi-a retras companiile de pe poziţiile pe care le ocupau şi le-a adus pentru o oră-două în satele vecine. Iar drezina blindată, care făcea curse fără întrerupere pe bucata de şapte verste de la Kirsanov până la râul Vorona, fusese abătută de la direcţia ei pentru a lăsa să treacă trenul personal al lui Uborevici, iar apoi se şi ciocnise cu el în beznă. Şi antonoviştii, determinând cu exactitate şi breşa, şi jumătatea de oră necesară, au ieşit din încercuire, prin aceeaşi furtună teribilă, şi s-au strecurat în pădurea Ciutanovka.

Au găsit antonoviştii răspuns şi la ordinul nr. 130: au interzis oricui de prin sate să-şi spună numele, ca să-i pună pe Roşii în încurcătură: bate-l, ucide-l – nu-şi spune holera numele şi pace.

Cât de surzi şi de orbi deveniserăm!

Dar statul-major al represiunii a găsit răspuns la rândul lui, și anume ordinul nr. 171: „**Cetățenii care refuză să-și spună numele vor fi împușcați pe loc, fără judecată.** În satele în care nu sunt predate armele, să fie împușcați ostaticii. În cazul în care vor fi găsite arme ascunse – să fie împușcat fără judecată capul familiei. În familiile care i-au ascuns nu neapărat pe banditii înșiși, dar chiar și bunuri de-ale acestora, predate pentru păstrare – îmbrăcăminte, veselă –, să fie împușcat fără judecată capul familiei. În caz de fugă a familiei unui bandit – bunurile lor să fie distribuite țăranilor devotați Puterii sovietice, iar casele rămase să fie incendiate. Semnat: Antonov-Ovseenko".

Nu se poate fără să-ți dai numele? – atunci familiile răsculaților au început singure să plece din sate. Astfel – pe deasupra – un nou ordin, dat de Comisia plenipotențiară a Comitetului executiv al întregii Rusii: „Casa din care a fugit familia să fie dărâmată sau incendiată. Cei care ascund la ei familii să fie considerați la fel cu o familie de răsculați; capul familiei să fie împușcat. Antonov-Ovseenko".

Și peste încă cinci zile – un alt ordin de la el, pentru aducere la cunoștința publică, ordinul nr. 178: în ce îi privește pe locuitori, „lipsa de împotrivire față de bandiți și necomunicarea la timp, la cel mai apropiat comitet revoluționar, a apariției acestora se vor considera acte de complicitate cu banditii, cu toate consecințele care decurg de aici. Comisia plenipotențiară a Comitetului executiv al întregii Rusii, Antonov-Ovseenko".

Câtă smoală topită mai turnau pe ei, cum mai ardeau ploșnițele!

Iar de la comandantul de armată, cel atât de bine organizat și cu sânge rece – încă un ordin secret, 0116: „Pădurile în care se ascund bandiții să fie evacuate cu gaze toxice. Să se calculeze cu exactitate ca norul de gaze asfixiante să se răspândească uniform în toată pădurea, distrugând tot ce se ascunde acolo. Comandantul trupelor, Tuhacevski".

E prea dur? Dar fără asta – nu există mari comandanți.

2

Se consideră că de la șaptezeci de ani este foarte potrivit și decent să-ți scrii memoriile. Dar iată că a comis-o: a început chiar cu șapte ani mai devreme.

Când e liniște, când nimeni nu are nevoie de tine – cu ce să te ocupi? An după an, ai prea mult timp liber, impus și chinuitor.

A încetat să mai sune telefonul, iar vizitele cu atât mai mult au încetat. Lumea a tăcut și s-a închis. Să supraviețuiești acestei perioade, poate nici nu-ți ajung anii pe care îi mai ai de trăit.

Dintr-o serie de motive, este imposibil să nu scrii. Pentru istorie – fie și așa. Mulți s-au repezit să scrie deja. Au și publicat.

De aceea se și grăbesc, pentru că vor să câștige faimă. Iar eșecurile să le arunce asupra altora.

Nu-i cinstit.

Și ce muncă ușoară e asta! Numai dacă stai să treci în revistă toate amintirile, te ia cu o moleșeală plăcută. Câte greșeli ai tolerat – îți răscolesc inima și acum. Dar ai și cu ce să te mândrești.

Însă trebuie să cântărești bine: ce anume *nu trebuie* să-ți amintești. Iar ceea ce ai voie să-ți amintești – în ce termeni să o faci. Riști să scrii în așa fel încât mai târziu să ai de pierdut, să pierzi și ultima fărâmă de liniște. Plus această dacea[1] minunată de pe malul râului Moscova.

Ce priveliște este aici! Începând de pe malul înalt și până aici, alături, sunt niște minunății de pini, cu trunchiuri care o iau vertiginos în sus; unii au și câte două sute de ani. De aici pornește o potecă de nisip, presărată cu ace de pin. Și cotitura domoală a cursului apei de culoare albăstruie. Este curată aici, pe porțiunea zonei rezervate, de după lacul de acumulare amenajat pentru înot. Dacă se aud vâslele unei bărci, atunci știi că

---

1. Casă de vacanță, care poate fi locuită și pe tot parcursul anului.

e cineva dintre ai tăi sau un vecin. Aici nu face nimeni braconaj, nimeni nu tulbură liniştea.

Pe portiţa din spate este o cărăruie pe care se poate coborî spre râu. Dar Galia nu merge pe aici, iar pe Maşenka, fetiţa în vârstă de șapte ani, cu atât mai mult nu o lasă singură. Iar pentru tine, care ai aproape şaptezeci de ani, este mai plăcut să stai sus, pe terasă. Acum poţi chiar să umbli cu buzduganul în mână pe moşia ta.

A început să nu mai audă bine. Nici fiecare pasăre, nici fiecare foşnet.

Dacea este bună de tot, numai că e a statului, și pe fiecare piesă de mobilier este ţintuit un număr de inventar. Folosirea casei este *pe viaţă*. Când vei muri – Galia, la cei 40 de ani, cu fetiţa și cu soacra ta vor fi evacuate. (Prima lui familie nu mai stătea cu el, fetele lui, măritate, se îndepărtaseră.)

Suferise deja două infarcte (dacă ar fi fost numai infarctele). Dar totul mergea încet, se micşora, se ducea. După al doilea infarct s-a apucat de scris.

Ultima exprimare a libertăţii la bătrâneţe. Să meditezi îndelung, să priveşti râul și să termini ceva de scris.

Însă îl doare capul. (Îl doare uneori.)

Cel mai plictisitor este să scrii despre vremuri de mult trecute. Despre propria-ţi adolescenţă. Despre războiul imperialist. Și apoi, despre tinereţea petrecută în escadron – ce să scrii, de altfel, prin ce s-a distins? Adevăratul interes începe în vremurile în care regimul sovietic s-a instalat în mod trainic. Viaţa militară stabilă a început în anii '20: antrenament în toate tipurile de servicii în cavalerie, punerea la punct a exerciţiilor tactice și, ca o culme a tuturor, manevrele concrete. Totul se supune în mod ireproşabil, de la propriu-ţi corp, mâna care conduce calul, calul însuși, până la – mai întâi – escadronul tău, apoi – regimentul tău. Brigada ta. În sfârşit, la un moment dat, divizia ta. (Uborevici, cel care a ştiut să vadă calităţile lui de combatant, i-a dat o divizie.) Iar tu te simţi şi mai puternic, ca o parte organică a acestui mare tot – Partidul de fier. (Întotdeauna a visat să fie precum remarcabilul bolșevic Blücher – acel muncitor din Mîtișci care a primit ca poreclă, mai întâi în glumă, numele celebrului căpitan german.)

Ești atras de studierea tacticii și, bineînțeles, te simți mai tare la practică decât în problemele teoretice. Și iată – ești detașat pentru un an la școala superioară de cavalerie, iar acolo ți se dă ca temă de referat: „Principalii factori care influențează teoria artei militare" – și te-au lăsat mască: despre ce e vorba? ce fel de factori? despre ce trebuie să vorbesc? Pe cine să întreb? (Colegul de an Kostea Rokossovski l-a ajutat. Dar alt coleg, Eriomenko, era tare de cap.)

Astfel – slujești, fără întrerupere, în calitate de comandant de cavalerie cu deplin succes, care își cunoaște domeniul. O singură dorință ai avea: divizia ta să devină cea mai bună din Armata Roșie Muncitorească-Țărănească. Adesea ți se reproșează exigența brutală, persecuția – dar acesta poate fi și un semn bun, doar așa și trebuie să fie slujba militară. Dintr-odată ai fost avansat de la divizia ta la inspector adjunct peste toată cavaleria Armatei Roșii Muncitorești-Țărănești, alături de Semion Mihailovici Budionnîi[1]. Ți se încredințează redactarea regulamentului militar al cavaleriei, este o treabă foarte clară. Și cine te supervizează? Rămâi înmărmurit: Tuhacevski! Aceeași mândrețe de bărbat, deștept, pe care l-ai văzut o dată în gubernia Tambov, iar acum vă întâlniți timp de două luni. (Și, fiind un comunist nešovăitor, ești ales și ca secretar al Biroului de Partid al Inspecției inter-arme.) Ai 40 de ani. Odată cu trecerea anilor, se înțelege, va avea loc, în continuare, avansarea în grade și funcții.

Însă, privind prin țară, vedem cât de multe am făcut: o industrie care progresează cu pași mari, un sistem colhoznic care înflorește și, în plus, unitatea națiunilor – ce să mai dorești?

---

1. Semion Mihailovici Budionnîi (1883-1973), mareșal. În timpul războiului civil (1918-1922), a comandat Armata I de cavalerie. A deținut diverse posturi de conducere în perioada celui de-al Doilea Război Mondial.

Dar iată, în 1937-1938, serviciul militar, din simplu și direct cum era, s-a făcut perfid, alunecos, sinuos. Îl convoacă la un moment dat comisarul politic suprem al circumscripției militare, un oarecare Golikov: „Printre arestați nu se află cumva rude de-ale dumneavoastră?“ – Sigur de sine: „Nu“. (Mama și sora ta sunt într-un sat din Kaluga, asta-i tot.) „Nici prieteni?“. „Prieten“ – nu este o noțiune atât de strict definită precum „rudă“. Cineva pe care l-a cunoscut, cu care s-a întâlnit este un „prieten“? nu este prieten? Cum să răspunzi? „Atunci când Uborevici a făcut o vizită la divizia dumneavoastră, a luat masa la dumneavoastră acasă.“ Nu poți nega. (Mai mult decât a luat masa! – a fost protectorul tău.) Ca să nu mai vorbim de Kovtiuh, până în urmă cu câteva luni „legendar“ – și dintr-odată „dușman al poporului“. Acum și Rokossovski fusese *arestat*... „Și nu v-ați schimbat părerea despre ei după arest?“ Ei, cum s-ar putea altfel: eu, comunist, aș fi putut să nu-mi schimb părerea?... Chipurile, mi-am schimbat-o. „Și v-ați botezat fiica la biserică?“ Acum, negând cu fermitate: „Calomnie! Calomnie!“. Exageraseră cu acuzațiile. (Nimeni nu o botezase pe Era.)

La ședințele de partid își dădeau frâu liber acum toate viperele. A fost învinuit iarăși de brutalitate dusă la extrem (ca și cum asta ar fi un defect al unui comandant de război), de cruzime, de grosolănie, că nu cunoștea indulgența (dar altfel – cum să funcționeze serviciul?), chiar de *atitudine dușmănoasă față de dezvoltarea cadrelor*: le bloca avansarea, nu promova cadrele de valoare. (Chiar pe acești calomniatori nu-i promovase. De altfel, existau unii care nu cleveteau din răutate, ci doar pentru a se dezvinovăți dinainte.) S-a apărat cumva și de data asta.

Dar i s-a întâmplat altă nenorocire: a fost promovat comandant de corp de armată. Numai că, în regiunea lor militară din Bielorusia, comandanții de corp de armată fuseseră arestați aproape toți, până la ultimul. Înseamnă că acesta era un pas nu spre ascensiune, ci spre pieire. Fără nici un fel de război, fără o singură lovitură de sabie – să sfârșești dintr-odată? Dar nici nu putea să refuze.

Un singur lucru l-a salvat: exact în acest moment s-au încheiat arestările. (Abia după al XX-lea Congres a aflat: în 1939 fusese deschis un dosar împotriva lui Jukov în regiunea militară a Bielorusiei.)

Pe neașteptate, a fost convocat de urgență la Moscova. Atunci, mi-am zis, s-a terminat, o să mă aresteze. Nu! Cineva îl sfătuise pe Stalin să-l trimită în botezul focului, la Halhin-Gol. Și, cu deplin succes, a comandat fără urmă de șovăire, „cu orice preț“! Fără să zăbovească, fără să mai aștepte artileria și infanteria, a aruncat divizia de tancuri într-un atac frontal; două treimi din ea au ars, dar a reușit să-i pârjolească pe japonezi! Și însuși tovarășul Stalin te-a remarcat, mai ales prin comparație cu războiul eșuat cu finlandezii, ca și cum nu ar fi luptat aceeași Armată Roșie. Te-a remarcat, și încă pentru multă vreme de atunci încolo. Imediat după operațiunile din Finlanda, Jukov a fost primit de Stalin și i s-a încredințat comanda asupra regiunii militare a Kievului! – un post considerabil.

A trecut o jumătate de an și a primit o nouă dispoziție: să predea regiunea lui Kirponos și să meargă la Moscova. Iar el – nici nu îndrăznește să pronunțe: să devină șef al Statului-major general! (Și totul datorită celor petrecute la Halhin-Gol.)

A refuzat în mod sincer: „Tovarășe Stalin! Eu nu am activat niciodată în state-majore, nici măcar în eșaloane inferioare“ – și dintr-odată să ajung în Statul-major general? La 45 de ani, nu are nici un fel de educație militar-academică, operativ-strategică, așadar cum se poate ca un cavalerist simplu și onest să facă față Statului-major general, cu toată diversitatea actuală a corpului de armată și a tehnicii?

Se mai temea de ceva, știa că șefii Statului-major general începuseră să fie schimbați câte doi într-un an: jumătate de an Șapoșnikov, substituit cu Merețkov, acum fusese destituit Merețkov și se spunea că fusese închis – și acum era rândul tău?... (Astfel de schimbări frecvente aveau loc la Direcţia operativă a Statului-major general.)

Nu, trebuia să primească postul! În plus, fusese ales membru în Comitetul Central. Câtă încredere!

I-a rămas o impresie foarte caldă, duioasă, după această primire la Stalin.

Uite, în asta stătea principala dificultate a memoriilor. (Cu toate că ar putea renunţa să le mai scrie...) Cum ar putea reuşi un general să scrie despre şeful guvernului, Secretarul general al Partidului şi în curând Comandant suprem, cu care a avut de-a face de nenumărate ori în timpul acestui Mare Război, pe care l-a cunoscut îndeaproape şi l-a văzut în foarte diverse stări de spirit, devenind chiar locţiitorul său direct? Unui participant la acest război nu i-ar veni să creadă că după aceea Comandantul Suprem a fost discreditat, cât pe-aci să-l defăimeze flecarii cu diverse născociri: „comanda trupele armate cu ajutorul unui glob geografic...". (Da, avea un glob mare în camera de lângă cabinetul lui, dar avea şi hărţi atârnate pe pereţi, iar altele pe masa de lucru, la îndemână, şi Comandantul Suprem, tot păşind dintr-un colţ în altul cu pipa în mână, se apropia şi de hărţi, pentru a înţelege mai clar ce i se prezenta ori ca să arate ce anume cerea el.) Acum, principalul guraliv şi zurbagiu[1] a fost dat jos – cu una după ceafă şi un picior în fund. Şi poate că treptat, treptat se reface cultul pentru Comandantul Suprem. Totuşi, s-a produs o pierdere ireparabilă.

În afară de membrii Biroului Politic, din punct de vedere profesional tu ai venit în strâns contact cu El, ca nimeni altcineva. Au existat şi momente foarte amare. (Când se supăra, Stalin

1. Este vorba despre Nikita Sergheevici Hruşciov (1894-1971), om politic. Prim-secretar al Comitetului Central al PCUS (1953-1964), preşedinte al Consiliului de Miniştri al URSS (1958-1964). A demascat cultul personalităţii lui Stalin şi a favorizat reabilitarea celor condamnaţi pe nedrept. A iniţiat o serie de reforme fără a le urmări consecvent, ceea ce a dus la înlocuirea lui cu L.I. Brejnev.

nu își alegea expresiile, putea să jignească fără cel mai mic motiv, trebuia să ai obrazul gros ca să nu te afecteze. Iar dacă avea în mână pipa stinsă, era semnul unei dispoziții neîndurătoare, care urma să se abată asupra capului tău.) Dar au existat și momente de surprinzătoare încredere cordială.

Și cum să scrii acum, onest și echitabil, despre asta?

Mai este și faptul că apropierea în aceste luni încordate – și înșelătoare! – de dinainte de război v-a legat și printr-o responsabilitate comună: Comandantul Suprem s-a înșelat? a dat greș? a greșit socotelile? – dar de ce nu ai verificat tu, de ce nu L-ai prevenit, chiar și cu prețul capului tău? Oare nu ai văzut defel că, din cauza dogmei imperative din anii '30 „mereu în ofensivă!" – în toate operațiunile din anii '40-'41, latura ofensivă a fost pusă cu bună știință într-o situație privilegiată? S-au ocupat prea puțin de apărare, iar de retrageri și de încercuiri nu s-au ocupat absolut deloc – așa ceva nu le-a trecut prin cap – și nici ție, nu-i așa? Și ai lăsat să treacă o asemenea concentrare de forțe germane! Avioanele germane zburau întruna deasupra teritoriului sovietic, iar Stalin credea scuzele lui Hitler: piloți tineri, neexperimentați. Sau în 1941, pe nemți i-a cuprins brusc dorința de a căuta prin țara noastră morminte germane din Primul Război Mondial – nu-i nimic, lăsați-i să caute... Asta a fost o adevărată campanie de spionaj! Dar atunci lui Jukov i s-a părut că nu există pe acest pământ un om mai bine informat, mai profund și mai perspicace decât Stalin. Și dacă El spera până în ultimul moment că va reuși să întârzie războiul cu Hitler, atunci tu erai dator să strigi: nu!!, chiar dacă ar fi fost ultimul tău strigăt înainte de moarte.

Cine nu era paralizat, chiar și de departe, de teribilul nume al lui Stalin? Când trebuia să fii primit direct de el, mergeai de fiecare dată așteptându-te la orice grozăvie. (Totuși, îl rugase să-l elibereze pe Rokossovski din lagăr și obținuse acest lucru.) Jukov era paralizat și din cauza neîncrederii în sine însuși în ce privește problemele de strategie, din cauza nepotrivirii lui în rolul de șef al Statului-major general. Dar, mai presus de asta, firește, și din cauza atitudinii extrem de imprevizibile, în permanență, a Comandantului Suprem: niciodată nu era posibil să ghicești pentru ce te convoacă acum. Și cum să răspunzi cu deplină siguranță la întrebări de genul: „Și ce propuneți? Și de ce anume vă temeți?". Asculta rapoartele pe scurt, chiar disprețuitor parcă. În schimb, în legătură cu multe aspecte despre care îl informau alții pe Stalin, el nu comunica nimic Statului-major general. Jukov reprezenta, pentru el, o echipă de foc, care avea întotdeauna succes, iar Comandantul Suprem îl hărțuia și îl trimitea prin surprindere în misiune.

Izbucnea războiul și, în aceste prime ore ale confuziei lui nemaipomenite, pe care Stalin nu o putea masca, abia după patru ore de la începutul războiului s-a îndrăznit să se dea regiunilor militare ordinul de a rezista, dar era deja prea târziu; Comandantul Suprem l-a aruncat pe șeful Statului-major general la Kiev, să salveze acolo situația („aici ne descurcăm fără dumneavoastră"). Dar întreg Comandamentul superior era condus la nimereală. Și peste trei zile l-a târât înapoi, la Moscova: se întâmpla că trebuie să salveze nu frontul de Sud-Vest, ci frontul de Vest. Și a mărturisit cu o frază rostită pe un ton jalnic: „În această situație – ce se poate face?". (Jukov s-a descurcat să dea câteva sfaturi, și anume: să formeze divizii alcătuite din locuitori neînarmați ai Moscovei – mulți dintre ei bat drumurile fără rost, iar procedura de mobilizare prin comisariatele militare durează mult. Și Stalin a proclamat imediat concentrarea Armatei Populare.)

Remarcând această lipsă de siguranță a lui Stalin, Jukov s-a încumetat să dea și alte sfaturi, temeinice. La sfârșitul lui iulie a îndrăznit să-l sfătuiască: să abandoneze Kievul și să se retragă dincolo de Nipru, să salveze acolo forțele armate puternice, pentru ca ele să nu fie încercuite. Stalin și Mehlis l-au beștelit într-un glas pentru atitudinea de capitulant. Stalin l-a retras imediat pe Jukov de la Statul-major general și l-a trimis să-i respingă pe nemți la Elnia. (Dar se putea și mai rău: în acele săptămâni împușcase zeci de generali importanți și remarcabili, cu reușite și în războiul civil spaniol; cu toate acestea, l-a eliberat brusc pe Merețkov.)

Lângă Elnia, deși luptele au fost devastatoare, nu au necesitat profunde reflecții ale statului-major, a fost o operațiune concretă pe care Jukov a dus-o la bun sfârșit într-o săptămână. (Desigur, ar fi fost mai rezonabil ca această zonă proeminentă de la Elnia să fie separată și încercuită, însă atunci nu am mai fi avut atâta încredere în noi.)

Am fost nevoiți să cedăm Kievul, având în vedere și „sacul" imens de prizonieri. (Și cât de mulți a dus Vlasov acolo, la 500 de kilometri, dar acum nu are voie să-și amintească de el.) Și, dacă Jukov ar fi rămas să comande Frontul de Sud-Vest, poate că ar fi primit și el pedeapsa cu moartea prin împușcare, ca și Kirponos.

Și s-a petrecut un fapt ieșit din comun: la începutul lui septembrie, convocându-l pe Jukov, Stalin a recunoscut că acesta avusese dreptate atunci în legătură cu Kievul... A dictat imediat un ordin, ultrasecret, doi de Zero de două ori Nouăsprezece: să se formeze din regimente ale NKVD[1] *detașamente de baraj*; să se ocupe liniile din spatele trupelor noastre și să se deschidă focul asupra celor care bat în retragere. (Extraordinar! Dar – ce-i de făcut, dacă ei nu stau până la moarte și fug?) L-a trimis imediat să salveze Leningradul, izolat de restul țării, iar sectorul central al frontului, salvat de Jukov, să-l predea altora. Dar tot timpul Jukov își păstrase calitatea de membru al Cartierului general și asta i-a permis să învețe multe de la cei cu educație militară, care erau Șapoșnikov, Vasilievski și Vatutin. (Iar de învățat – și voia, și trebuia neapărat.) Aceștia i-au transmis multe cunoștințe – totuși, ca principal scut, sau berbece, sau proiectil, pe cele mai periculoase porțiuni îl aruncau cu avânt pe Jukov, întotdeauna.

---

1. NKVD – *Narodnîi komissariat vnutrennih del* (Comisariatul poporului pentru afacerile interne).

În conformitate cu deplinul său analfabetism strategic și operațional, cu ignoranța lui crasă în interacțiunea diferitelor arme (în bagajul lui de cunoștințe se afla ceea ce rămăsese din Războiul civil), în primele săptămâni de război Stalin acumulase decizii fără apel și îngrămădise una peste alta mai multe greșeli, dar apoi a devenit mai prudent. Dintre toți comandanții militari, numai lui Boris Mihailovici Șapoșnikov, numit din nou șef al Statului-major general, i se adresa cu prenume și patronimic și numai lui îi permitea să fumeze în cabinetul său. (Iar celorlalți rareori le strângea mâna.)

Dar incomparabil mai sus decât toți șefii militari erau ținuți de Stalin toți membrii Biroului Politic, mai ales un favorit precum Mehlis (până când a cauzat pierderea definitivă a capului de pod în estul Crimeii). S-a întâmplat nu o dată ca, după ce ascultase raportul unui general în prezența câtorva membri ai Biroului, Stalin să spună: „Ieșiți deocamdată, acum noi o să ne consultăm". Generalul ieșea, pentru a aștepta docil să se hotărască soarta proiectului său ori chiar a capului său, și nu se supăra absolut deloc: noi toți suntem comuniști, dar membrii Biroului Politic sunt mai presus de noi, chiar și Șcerbakov, și este firesc să decidă ei acolo fără noi. Și furia lui Stalin împotriva lor nu dura niciodată mult timp, nici nu era definitivă. Voroșilov pierduse războiul cu Finlanda, fusese destituit pentru un timp, dar, în timpul invaziei lui Hitler, a primit tot Nord-Vestul, l-a pierdut și pe acesta, și Leningradul; este destituit, însă rămâne, din nou, un mareșal norocos și membru în anturajul cel mai apropiat și de încredere, ca și cei doi Semion – Timoșenko și întunecatul Budionnîi, cel care dusese la dezastru și Frontul de Sud-Vest, și Frontul armatelor de rezervă, dar ei toți erau în continuare membri ai Cartierului general, în care Stalin nu îi introdusese încă nici pe Vasilievski, nici pe Vatutin și, bineînțeles, au rămas toți mareșali. Jukov nu a fost făcut mareșal nici pentru salvarea Leningradului, nici pentru salvarea Moscovei, nici pentru victoria de la Stalingrad. În ce mai constă atunci sensul acestui grad, dacă Jukov a condus totul pe deasupra capului tuturor mareșalilor? Abia după ridicarea blocadei Leningradului i s-a dat brusc titlul de mareșal. Nu numai că este jignitor, dar de ce nu i-a fost acordat mai înainte? Pentru ca Jukov să aspire mai mult la asta? S-a temut să nu greșească: să-l ridici înainte de vreme, iar apoi să-l scapi din mâini? N-are nici un rost. Comandantul Suprem nu cunoștea sufletul de soldat fără complicații al lui Jukov. De altfel, când ar fi putut să cunoască el sufletul de soldat? În tot timpul războiului, el nu a fost pe front nici măcar o oră și nu a stat de vorbă nici măcar cu un soldat. Te convoacă, vii de departe cu avionul și după bubuitul de multe săptămâni al frontului ți se pare de-a dreptul chinuitor să stai în liniștea cabinetului de la Kremlin sau în timpul prânzului la dacea lui Stalin.

Dar iată ce i-ar fi fost imposibil lui Stalin să învețe: el asculta cu interes care sunt pierderile omenești ale inamicului, dar *niciodată nu întreba de ale sale*. Nu făcea decât să se eschiveze cu un gest al mâinii: „Ăsta-i războiul". Iar despre cei care se predaseră nici nu voia să afle cifrele. Timp de aproape o lună a interzis să fie făcută publică abandonarea Smolenskului, tot sperând să reocupe orașul, trimițând, ieșit din fire, noi și noi divizii la tocat. Jukov a învățat lecția: dacă socotești de la început pierderile posibile, iar după aceea pierderile reale, atunci e drept că niciodată nu vei fi un mare conducător. Un mare conducător nu are voie să cedeze din cauza compasiunii, iar în ce privește pierderile are nevoie să știe doar acele cifre necesare pentru a completa din rezervă și la care termen anume. Și nu pentru a calcula proporția pierderilor raportată la cine știe ce mică proeminență cum este cea de la Elnia.

Iar această duritate câștigată trebuie să știi să o și transmiți, ca pe o calitate profesională, tuturor generalilor aflați în subordine.

Astfel, în septembrie 1941, Jukov a păzit Leningradul. (Pentru o blocadă de 900 de zile...) Și, imediat, la o zi după ce Guderian a luat Oriolul, a fost smuls iarăși de Stalin, de data asta pentru a salva chiar Moscova.

Iar acum, când nu trecuseră nici douăzeci și patru de ore, ai noștri au căzut în imensa încercuire de la Viazma, mai mult de jumătate de milion... O catastrofă. (Pentru căderea Frontului de Vest, Stalin a hotărât să-l defere tribunalului militar pe Konev, însă Jukov l-a apărat și l-a salvat de mânia lui Stalin.) Toate drumurile spre capitală erau deschise inamicului. Credea oare Jukov însuși că Moscova poate fi apărată? Deja fără să mai spere că va susține apărarea pe un arc între Mojaisk și Maloiaroslaveţ, el a pregătit defensiva pe Klin – Istra – Krasnaia Pahra. Dar, adunându-și voința de neînfrânt (Stalin nu avea oare și el voință? – și se frânsese de câteva ori: în octombrie, tot spunea ceva despre utilitatea păcii de la Brest-Litovsk, și acum, cu Hitler, mai că ar fi încheiat un armistițiu...), Jukov se zbuciuma, a strâns (printr-un fel de semn al destinului, aproape de satul lui din provincia Kaluga, de unde și-a scos mama, sora și nepoții) o armată care nu exista și, în cinci zile de lupte aproape de Iuhnov, de Medîn și chiar de Kaluga, a reușit să blocheze înaintarea nemților spre Moscova.

Iar din Moscova, în acest timp, plecaseră deja spre vest douăsprezece divizii ale Armatei Populare (prinse în încercuiri, unele la Smolensk, altele la Viazma) – asta în afară de toate celelalte mobilizări. Și acum, adunând în noroiul de toamnă un sfert de milion de femei și de adolescenți, au scos 3 milioane de metri cubi de pământ umed foarte greu – au săpat tranșee. Și răsuflarea frontului care se apropia deja îi ardea cu vești panicarde. De pe 13 octombrie s-a început evacuarea diplomaților și a administrațiilor centrale, au început să fugă și cei care nu fuseseră evacuați și – e jenant s-o spunem – chiar și comuniștii din comitetele raionale; se dezlănțuise o panică incontrolabilă în Moscova pe 16 octombrie, atunci când toți considerau deja capitala abandonată.

A rămas pentru totdeauna o enigmă: de ce, în această groaznică săptămână hotărâtoare, Comandantul Suprem nu a dat nici un semn, nu și-a făcut auzită vocea, nu l-a chemat nici măcar o dată pe Jukov, nici măcar nu i-a telefonat – iar Jukov însuşi nu a îndrăznit niciodată să sune. Şi a rămas o enigmă: *unde* a fost Stalin toată jumătatea lui octombrie? În mod cert, el a apărut la Moscova numai la sfârşitul lui octombrie, când Jukov, Rokossovski (dar şi Vlasov) îi opriseră pe nemţi pe un arc mergând de la Volokolamsk până la Naro-Fominsk. La începutul lui noiembrie, Stalin şi-a făcut simţită prezenţa printr-un telefon, cerând un contraatac imediat asupra întregului cerc, pentru a avea neapărat o victorie cu ocazia aniversării din Octombrie şi, fără să asculte obiecţiile lui Jukov, a lăsat jos receptorul, aşa cum făcuse nu o dată, pur şi simplu zdrobindu-ţi sufletul.

Totuşi, acum, un asemenea contraatac era complet absurd în condiţiile slăbiciunii noastre, iar Jukov nici nu l-a iniţiat. Nemţii, epuizaţi, se opriseră singuri pentru un timp. Ca şi cum nimic nu s-ar fi întâmplat, Stalin l-a sunat pe Jukov şi l-a întrebat: nu s-ar putea lua de pe front câteva trupe pentru parada din Piaţa Roşie de pe 7 noiembrie?

Iată, acum stai pe veranda cu vedere spre râul liniştit şi spre malul cu apa în care se bălăcesc oamenii de pe plaja din Serebrianîi Bor; te întorci la gândurile tale: cum?? Cum se poate scrie despre toate acestea? Şi, în general, se poate oare?

Greu.

Dar, pentru un comunist, trebuie să fie accesibil. Deoarece comunistul vede strălucirea adevărului, care nu se stinge niciodată. Iar tu, întotdeauna şi în toate, te-ai străduit să fii un comunist destoinic.

Să începem cu începutul. În acei ani, noi eram slabi în însuşirea teoriei marxist-leniniste. O studiam cu mari dificultăţi. Abia mai târziu am înţeles mai profund rolul organizaţional al partidului nostru. Şi că, din primele zile ale existenţei Armatei Roşii, creierul ei a fost Comitetul Central al Partidului Comunist (bolşevic) al Uniunii Sovietice. Dar, vai, tineretul de astăzi nu pătrunde în cifre, iar acestea arată că ritmurile de dezvoltare înainte de război erau deja o mărturie vie a progresismului sistemului nostru. Însă industrializarea nici nu putea să nu meargă în concordanță cu mărfurile de larg consum. (Nu, și mai devreme, din tinerețe: sărăcia și pustiirea satului rus în timpul țarului. Și chiaburii îi sugeau pe săraci. Oare nu-i acesta adevărul? Acesta-i adevărul.)

Dar ce poți spune despre sinistrul an 1937? Tu însuți înțelegi și trebuie să le amintești altora: încălcările nefondate ale legalității nu corespund esenței sistemului nostru. Poporul sovietic credea în partid și îl urma cu un pas ferm. Iar pagubele decurgeau din suspiciunea neprincipială a unora dintre conducători. Dar superioritatea sistemului socialist și principiile leniniste au învins. Și poporul a dat dovadă de o stăpânire de sine incomparabilă.

Iar atunci când a început războiul? În ce mod decisiv a consolidat rândurile noastre trimiterea în armată a combatanților politici – a comuniștilor cu experiență în propagandă! Și o directivă importantă a Administrației politice a Armatei Roșii Muncitorești-Țărănești a fost: să se ridice rolul de avangardă al comuniștilor. Da, își aduce aminte, această directivă a jucat un rol colosal. Totuși, asta s-a întâmplat în condițiile unui insuficient spirit de rezistență al trupelor. – Și de ce Cartierul nostru general s-a dovedit mai puternic decât al hitleriștilor? Ei bine, întotdeauna pentru același motiv: se sprijinea pe marxism-leninism. Și trupele au dovedit o rezistență nemaivăzută. Și au stat până la moarte, așa cum și așteptau de la ele Comitetul Central și Comandamentul.

De altfel, nemții aveau o armată de prim ordin. La noi nu se scrie deloc despre asta ori se face disprețuitor. Dar asta devalorizează victoria noastră.

Atunci când nemții, la jumătatea lui octombrie, s-au oprit de la eșalonarea frontului și a comunicațiilor, a fost timpul și pentru noi, într-un cerc de dimensiuni mai mici, să ne ocupăm de același lucru: concentrarea de forțe omenești, strângerea de arme, de muniţie, consolidarea apărării şi am fi putut să întâmpinăm următorul atac al nemţilor, la jumătatea lui noiembrie, aproape fără să batem în retragere. Dar, după nefericita idee de a avea cât mai repede o victorie, şi totul pentru 7 noiembrie, Comandantul Suprem a cerut iarăşi un contraatac, şi asta pe *fiecare* sector al frontului, de la regiunea Klin până la Tula. Și cine ar fi putut să nu execute? În prezent, Jukov îndrăznea să obiecteze, să discute, dar Comandantul Suprem nici nu voia să asculte. Și a trebuit să aruncăm în luptă divizii complet nepregătite şi prost înarmate. Am pierdut două săptămâni preţioase în contraatacuri de care nu avea nevoie nimeni, inutile, care nu ne-au dat nici un kilometru, dar care ne-au secat ultimele puteri. În acest moment, începând cu 15 noiembrie, nemţii au început a doua etapă a ofensivei lor asupra Moscovei, iar de pe 18 noiembrie, asupra oraşului Tula: Guderian a luat Uzlovaia, a mers la Kaşira, s-a apropiat şi de Mihailov, în gubernia Riazan, şi a pornit să încercuiască Moscova pe la est! Acesta ar fi putut să fie cu adevărat sfârşitul.

Iar pe 20 noiembrie Stalin l-a sunat pe Jukov, fără să-şi ascundă neliniştea, şi l-a întrebat, cu un ton neobişnuit, cu vocea frântă: „Sunteţi sigur că vom păstra Moscova? Vă întreb cu durere în suflet. Vorbiţi deschis, ca un comunist".

Jukov a fost bulversat că Stalin nu ştie şi nici nu încearcă să-şi ascundă spaima şi durerea. Şi că are atâta încredere în comandantul lui de oşti. Şi, adunându-şi toată, toată, toată, toată voinţa – cu adevărat de fier –, Jukov a făcut un fel de jurământ lui Stalin, patriei şi lui însuşi: „O vom apăra!!".

Şi, după o socoteală riguroasă a zilelor, a fixat data ofensivei noastre: 6 decembrie. Stalin a şi început să se tocmească: nu, 4. (Nu pentru că ar fi făcut vreun calcul, ci pentru că era ziua Constituţiei, asta era.)

În acelaşi timp, fiecare zi aducea noi înfrângeri: a fost pierdut oraşul Klin, au cedat Solnecinogorsk, iar lângă Iahroma nemţii au traversat canalul, deschizându-şi drum în estul regiunii Moscova. Totul nu era decât haos și dezastru, deja nu mai existau unități militare, ci grupuri întâmplătoare de soldați și de tancuri. Aproape că nu mai avea voința de a crede, de a se forța să creadă: nu, nu se va prăbuși! Nu, îi vom opri. (În aceste zile de bătălie la Moscova, dormea câte două ore pe zi, nu mai mult. Lui Molotov, care îl amenința la telefon că îl va împușca, îi răspundea impertinent.)

Și, imediat, un apel telefonic de la Stalin l-a dat gata pe Jukov:

– Știți că Dedovsk a căzut?

Dedovsk? La jumătatea drumului dintre Moscova și Istra? Complet exclus.

– Nu, tovarășe Stalin, nu știu.

Stalin în receptor – în bătaie de joc:

– Dar comandantul trebuie să știe ce se întâmplă pe front. Mergeți imediat acolo personal și recuperați Dedovskul.

Să abandoneze punctul de comandă, legătura dintre toate mișcările, toate preparativele, în asemenea momente? Nu, El nu a învățat nimic în aceste șase luni de război. (De altfel, nici Jukov nu ținea cont mai mult de generalii aflați în subordinea lui, iar în acest fel reușeau să învingă.)

– Dar, tovarășe Stalin, să părăsesc statul-major al frontului într-o asemenea situație încordată nu este deloc prudent.

Stalin – cu iritată zeflemea:

– Nu-i nimic, ne-om descurca noi cumva și fără dumneavoastră.

Adică: tu nu însemni nimic, asta ți-e valoarea.

Jukov s-a repezit să-l sune pe Rokossovski și a aflat că, bineînțeles, nici un Dedovsk nu a căzut, ci, așa cum ghicise Kostea, era vorba despre satul Dedovo, aflat mult mai departe și în altă direcție.

Trebuie să ai mare curaj să discuți cu Stalin. Însă Jukov spera să-l potolească și chiar să-l amuze cu telefonul lui. Dar Stalin s-a înfuriat de-a binelea: să meargă imediat la Rokossovski și împreună să recupereze acest Dedovo! Și să mai ia pe un al treilea cu ei, comandantul armatei!

Era imposibil să mai discuți în continuare. S-a dus la Rokossovski și, tustrei, în statul-major al diviziei, au stabilit încă o dată: da, câteva case din satul Dedovo, de cealaltă parte a unei râpe, căzuseră în mâinile nemților, dar celelalte sunt încă ale noastre. Acele case nu meritau nici măcar o împușcătură peste râpă, dar patru generali de rang înalt au început să planifice operațiunea și să trimită acolo o companie de trăgători cu tancuri.

O zi pierdută pentru toți.

Cu toate acestea, Jukov a reușit să adune toate rezervele la timp și, pe 5 decembrie, a pornit în marea ofensivă atât de mult dorită.

Și, în câteva zile, a respins în mod vizibil inelul german care încercuia Moscova. (A avansat bine și Vlasov, cu armata a 20-a, dar despre asta nu are voie să vorbească. Iar nemții nu au ajuns să cucerească Moscova.)

Victoria a avut răsunet. Toată lumea se mira și se bucura. Dar mai mult decât toți în lume era uimit însuși Conducătorul Suprem, care, după toate aparențele, nu crezuse niciodată în ea. Capul începuse să i se învârtă de la această victorie și nu mai voia să asculte că fuseseră utilizate și ultimele noastre rezerve, că acum erau epuizate și că abia-abia reușim să păstrăm ceea ce am luat. Nu! Triumfătorul Stalin, într-un acces de curaj nelimitat și disperat, a ordonat: să se declanșeze imediat o mare ofensivă *generală* cu *toate* trupele noastre de la lacul Ladoga până la Marea Neagră, să se elibereze și Leningradul, și Oriolul, și Kursk – toate simultan!!

S-au scurs lunile – ianuarie, februarie, martie – acestei tensiuni imposibile și inutile a trupelor noastre extenuate, pentru a realiza visul radios al lui Stalin. Și doar au căzut, au căzut, au căzut la pământ zeci și sute de mii de oameni în atacuri fără rost. (Printre ele – și a Doua Armată de Șoc a lui Vlasov a fost lăsată să putrezească în mlaștinile din Nord-Vest, abandonată fără nici un ajutor, dar iată că despre asta nu va scrie nimeni niciodată și e mai bine să uite și el. De altfel, Vlasov s-a și dovedit după aceea un trădător.) Au ajuns să limiteze împușcăturile de tun la una sau două pe zi.

Nu au obținut nimic nicăieri, nu au făcut decât să distrugă tabloul victoriei de la Moscova. A existat un singur succes remarcabil – chiar pe Frontul de Vest al lui Jukovski – și, în acest moment, Stalin a retras Prima Armată de Șoc de pe frontul lui. Jukov a sunat, sigur că îl va convinge de perspectiva succesului, dar Stalin nici măcar nu a vrut să stea de vorbă, l-a înjurat și a trântit receptorul.

Trebuia să ai la fel de multă artă ca și pricepere militară pentru a sta de vorbă cu Stalin. De multe ori, el ba trântea receptorul, ba înjura cu cuvinte murdare. (Și te cheamă de pe un front îndepărtat, mai mult de 24 de ore de mers, chiar dacă ești cuprins de febră, chiar dacă vremea este neprielnică – și zboară la Conducătorul Suprem, și nu ai voie să întârzii nici măcar 10 minute. Odată, au aterizat la Moscova pe timp de furtună, tocmai ca să nu întârzie, și puțin a lipsit să acroșeze cu o aripă coșul de fum al unei fabrici.)

Dar – în cine știe ce chip de neînțeles – toate greșelile lui Stalin au fost întotdeauna acoperite și corijate de Istorie.

Este evident: tocmai datorită superiorității sistemului și ideologiei noastre. Asupra acestui lucru, nici dușmanii noștri nu au nimic de obiectat. E cazul să repetăm: Comitetul Central a cerut să i se dea o mai mare amploare activității politice a Partidului – și asta a trezit un eroism de masă printre comuniști și printre komsomoliști[1], iar întregul popor s-a unit și mai strâns în jurul Partidului Comunist.

---

1. Komsomol – *Kommunisticeskij Soiuz Molodioji* (Uniunea Tineretului Comunist), organizație fondată în 1918 cu scopul de a-i îndoctrina pe tineri și de a-i introduce în domeniul politic.

În orice caz, Jukov, personal, nu se simțea jignit de Stalin: pe umerii Lui nu era numai frontul, ci și industria, pe care El o ținea în mâinile sale de piatră. Dar și – țara întreagă.

Era acesta un defect al lui Stalin sau, dimpotrivă, o calitate? – lui nu-i plăcea să-și schimbe deciziile. Toate contraatacurile din iarnă au suferit un fiasco, debarcarea lui Mehlis aproape de Kerci a fost înecată în sânge (dar: cum Stalin era cel care avusese ideea asta, nimeni nu a fost sancționat serios); oricum, fără să dea ascultare obiecțiilor ridicate de cei din Cartierul general, Comandantul Suprem a întreprins în luna mai o încercare nereușită de a recupera Harkovul – și a risipit toate rezervele și toate eforturile noastre, fără nici un rost. Și atunci când, vara, nemții, care își întăriseră forțele, au trecut la marea ofensivă (și nu asupra Moscovei, așa cum se aștepta Stalin), încă un odor al lui Stalin, Golikov (același comisar politic care în '37 îl interogase pe Jukov în legătură cu legăturile lui apropiate cu dușmanii poporului) era să piardă Voronejul, iar avalanșa nemților s-a rostogolit pe Don și pe Caucazul de Nord, așa că în septembrie ei ocupaseră deja trecătorile din munți; se pare că abia acum a priceput Stalin că de eșecul din 1942 a fost vinovat el însuși. Și nu a căutat vinovații printre generalii lui. La sfârșitul lui august, l-a numit pe Jukov (care tot nu era mareșal) reprezentant al Comandantului Suprem și și-a mărturisit, iarăși, durerea sinceră: „Am putea pierde Stalingradul". Și l-a trimis acolo. (Iar peste câteva zile, aflând că următorul contraatac era prevăzut pentru 6 septembrie, și nu pentru 4, iarăși a aruncat receptorul. Și a adăugat o telegramă din cale afară de expresivă: „Tărăgănarea este echivalentă cu o *crimă*".)

Dar la Stalingrad, pentru prima dată, Stalin a acceptat să-și tempereze nerăbdarea, și Jukov împreună cu inteligentul Vasilievski au câștigat aproape două luni ca să elaboreze în cele mai mici detalii planul unei enorme încercuiri (l-au antrenat și pe Stalin în frumusețea acestui proiect) și să concentreze metodic forțele, să pregătească celulele de comandament, interacţiunile – învăţând din greşelile lui, Stalin a răbdat şi nu i-a întrerupt. Şi în acest fel a fost încununată de succes marea bătălie a Stalingradului.

Dar ai mai avut şi un alt succes, de care nu ştiau mulţi: tu nu ai învăţat aceste lucruri de la nimeni niciodată, dar se vede treaba că ai ceva în căpăţână. Iată că numai *aici*, pentru prima oară, în biruinţa plină de încordare, Jukov a devenit *strateg*, a devenit un alt Jukov, pe care nu-l ştia în el însuşi până acum. El a dobândit perspicacitate în anticiparea acţiunilor inamicului şi capacitatea de a simţi în permanenţă, cu toată fiinţa lui, toate forţele *noastre* armate simultan – alcătuire, diversitate, posibilităţi, calităţile generalilor. A dobândit siguranţa zborului la înălţime şi a câmpului vizual, care îi lipsise întotdeauna până acum.

Şi cu atât mai jignitor a fost să citească după aceea minciunile lui Eriomenko, cum că operaţiunea de la Stalingrad a fost elaborată... de el şi de Hruşciov. L-a întrebat direct în faţă: „Cum ai putut?!" – „Hruşciov mi-a cerut asta".

După asta, Ciuikov, care comandase în total doar una dintre armatele de la Stalingrad, şi-a atribuit lui însuşi tot meritul a trei fronturi şi, în memoriile sale, i-a dat cu piciorul lui Jukov, spunând că acesta „nu a făcut decât să încurce". I-a luat foc inima, riscă să facă un nou infarct; l-a sunat direct pe Hruşciov: cum e posibil să tolereze publicarea unei asemenea minciuni? Ţarul porumbului a promis că va interveni. (De altfel, ce erau aceste memorii ale lui Ciuikov? Avea el ceva de spus? Strânsese la întâmplare episoade din reviste de front şi de armată şi le prezenta ca fiind ale lui.)

După Stalingrad, tot cu Vasilievski, Jukov s-a angajat cu siguranţă de sine în planul bătăliei de la Kursk, cu o decizie incredibil de riscantă: să *nu* se grăbească să atace! să *nu* înceapă deloc ofensiva, ci să-l lase mai întâi pe Manstein să se lupte o săptămână şi să se lovească de apărarea noastră organizată, bine eşalonată (decizia era cam hazardată: şi dacă străpunge apărarea??) – abia după aceea să-i zguduie pe nemţi, cu ofensiva noastră, la Oriol.

Şi aceasta s-a dovedit o creaţie strategică asemănătoare, prin frumuseţe, forţă şi eficienţă, cu cea de la Stalingrad. Jukov avea acum şi mai multă experienţă şi îşi consolidase strategia, câştigând certitudinea că îl va bate pe Hitler şi fără „Al Doilea Front" al aliaţilor. El era coordonatorul acestui proces enorm şi impresionant, dar, în acelaşi timp, şi o piesă a acestui proces, de care era condus el însuşi. (Şi continua să se călească în discuţiile cu Stalin; a reuşit chiar să-l dezbare să mai sune după miezul nopţii: Dumneavoastră o să dormiţi după aceea până la ora două după-amiază, dar noi lucrăm încă de dimineaţă.)

Cu toate acestea, răbdarea lui Stalin nu a ţinut mult. Lichidarea lui Paulus, care era încercuit, trena, de aceea El era nervos, îi presa pe toţi şi îi insulta cu tot felul de cuvinte jignitoare. Iar după Kursk, nu le mai dădea timp pentru a elabora operaţiuni de încercuire, ci numai atacuri frontale şi fără nici un câştig, doar să-i lovească pe nemţi frontal, permiţându-le să-şi păstreze forţa de luptă, numai să plece mai repede de pe pământul sovietic, chiar şi cu armata intactă. (Dar: acum, la *fiecare* întâlnire, îi strângea mâna lui Jukov, glumea chiar, şi a început să-i dea, după gradul de mareşal, ba ordinul lui Suvorov clasa I, ba steaua de aur a Eroului, una, două, trei. Nu înceta să-l arunce în luptă peste tot unde era vreun eşec sau vreo întârziere; s-a întâmplat odată ca Jukov, nu fără plăcere, să-l elibereze din funcţie pe un comandant de front – pe Golikov.)

Apoi a avut loc un salt îndârjit peste Nipru. Şi o rostogolire ca de avalanşă până în România. Până în Bulgaria. A mai fost şi operaţiunea din Bielorusia, unde nemţii au cedat cu uşurinţă depresiunea de la Bobruisk. Şi, din nou în avalanşă, până în Polonia. Apoi – dincolo de Vistula. Pe Oder.

Cu fiecare operaţiune, Jukov creştea tot mai mult şi avea tot mai multă încredere în el însuşi. Doar numele lui, în sine, începuse deja să-i bage în sperieţi pe nemţi: era de-ajuns să se afle că a venit pe *acest* front. Acum nici nu-şi putea imagina un obstacol pe care să nu-l poată depăşi. Şi astfel, la ordinul înfierbântatului Stalin de a lua Berlinul - ceea ce Hitler nu putuse face cu Moscova - şi cât mai repede! singuri, fără aliaţi! - Jukov a încununat războiul - şi propria lui viaţă - cu operaţiunea Berlinului.

S-a dovedit că Berlinul se afla la distanţă aproape egală de noi şi de aliaţi. Dar nemţii îşi concentraseră toate forţele împotriva noastră şi exista marele pericol ca ei să se predea pur şi simplu aliaţilor şi să-i lase pe aceştia să treacă. Aşa ceva era intolerabil! Patria cerea: să atacăm - noi! şi mai repede, mai repede! (Împrumutase obiceiul de la Stalin şi voia acum - neapărat până la o sărbătoare, până la 1 mai. Nu a mers.) Lui Stalin nu-i rămânea altceva decât să atace din nou, frontal şi iarăşi frontal, fără să ţină cont de pierderi.

Operaţiunea Berlinului ne-a costat, să spunem, trei sute de mii de victime (sau vreo jumătate de milion?). Dar, înainte de asta, oare au fost puţini cei care au căzut în luptă? Cine le-a mai ţinut socoteala? Este inutil astăzi să ne oprim în mod special asupra acestui lucru. Bineînţeles, oamenilor noştri le-a fost greu să piardă taţi, soţi, fii, dar ei toţi au suportat cu stoicism aceste pierderi inevitabile, deoarece au înţeles toţi că se apropie vremurile glorioase ale poporului sovietic. Cine supravieţuieşte va povesti toate astea nepoţilor, dar acum - înainte!! (După război, aliaţii, mai mult din invidie, au început să pretindă că a fost inutilă nu numai operaţiunea Berlinului, dar şi întreaga campanie din primăvara anului 1945: cică Hitler s-ar fi predat şi fără ea, fără noi lupte, era deja condamnat. Dar ei - pentru ce au dat foc atunci, într-un inutil bombardament aerian, oraşului nemilitarizat Dresda?... şi acolo au ars vreo cinci sute de mii de civili.)

De altfel, Jukov era gata să se războiască în continuare, ca o maşină, autoritatea strategică şi voinţa sa de oţel dezlănţuită cereau să macine. Însă viaţa lui s-a schimbat dintr-odată: ca şi cum de pe o corabie în plin avânt ar fi eşuat pe un banc moale, într-un post onorific. În prezent, devenise Comandant-şef al trupelor sovietice de ocupaţie în Germania. Nopţile fără somn petrecute în elaborarea operaţiunilor fuseseră înlocuite cu lungi banchete, bogate în mâncare şi băutură, cu aliaţii (ei se şi lipiseră de caviar şi de votcă). Se legase un fel de prietenie între el şi Eisenhower. (La unul dintre banchetele nocturne, Jukov a tras un „dans popular rusesc", ca demonstraţie.) S-a pornit un val de schimb reciproc de decoraţii cu aliaţii. (Doar că ei aveau decoraţii masive, care atârnau pe burtă.) În locul preocupărilor militare apăreau griji economice: să demonteze întreprinderile germane şi să le trimită în URSS. Dar şi, bineînţeles, să repună pe picioare viaţa populaţiei germane – noi am făcut multe pentru ei, sentimentele noastre internaţionaliste nu ne permiteau să ne abandonăm spiritului de răzbunare, iar Ulbricht şi Pieck junior ne-au explicat multe lucruri. (După 8 ani, Jukov a fost uluit de revolta inexplicabilă a muncitorilor germani: asta se întâmpla din pricină că noi am abolit toate legile naziste și am dat deplină libertate tuturor partidelor antifasciste.)

A avut doar mândria de a merge, în iunie, să conducă parada Victoriei în Piaţa Roşie, călare pe un cal alb. (Era evident că Stalin voia să meargă el însuşi, dar nu era sigur că va reuşi să stea pe cal. Se vedea că îl invidiază: i se încordau muşchii feţei. Iar odată, pe neaşteptate, i-a mărturisit lui Jukov, într-un mod fără precedent: „Eu sunt omul cel mai nefericit. Mă tem şi de umbra mea" – se temea de un atentat? Jukov nu putea să creadă o asemenea mărturisire.)

În cursul verii, a avut loc ceremonia conferinţei de la Potsdam (în Berlin, distrus complet de artileria şi de aviaţia noastră, nu s-a găsit un loc pentru conferinţă). În continuare, era declarată preocuparea de a-i convinge pe aliaţi să-i înapoieze organelor de securitate pe cetăţenii noştri sovietici, care, în mod inexplicabil, nu doreau să se întoarcă în patrie. (Ce-i asta? Cum se poate aşa ceva? Ori se ştiu vinovaţi de crime grave, ori s-au lăsat seduşi de viaţa uşoară din Occident.) A trebuit să le cerem ferm aliaţilor ca, la întrevederea cu aceşti oameni, să-i accepte pe reprezentanţii noştri, profesionişti ai urmăririlor. (Aceştia s-au dovedit nişte oameni foarte experimentaţi, ei făceau parte dintotdeauna din armata noastră, însă Jukov, de la înălţimea funcţiilor lui, intrase prea puţin în contact cu ei.)

Şi multe alte lucruri de acest gen. Jukov a dus la îndeplinire toate acestea, dar cu un fel de lene, ca în somn: nu mai revenise niciodată zborul lui de vultur de dinainte, care îi permitea să ghicească intenţiile inamicului şi să-şi construiască propriile planuri.

Era timpul să lase acest post onorific şi plictisitor de la Berlin, să se întoarcă pentru a reînnoi şi a consolida Armata Sovietică (acum nu mai era Armata Roşie) în vederea unor eventuale conflicte viitoare şi pentru a o dezvolta în concordanţă cu noua tehnică militară. După război, e puţin probabil că Stalin va vrea să păstreze pentru sine postul de comisar (acum – ministru) al apărării. Înseamnă că i-l va da lui Jukov. De altfel, chiar dacă ar rămâne adjunctul lui, oricum toate problemele militare vor trece în mâinile lui Jukov.

Dar în 1946, când s-a întors de la Berlin, Jukov a fost uimit să afle că în postul de adjunct al ministrului apărării a fost numit, pe neaşteptate, nicidecum el, ci un civil – Bulganin. Şi, cum i-a explicat Stalin, trăgându-şi într-o parte mâna în care ţinea pipa fumegândă, în semn de neputinţă de a interveni: Bulganin a organizat deja atât de bine cadrele ministerului apărării, încât nu mai este loc pentru un al doilea adjunct.

Jukov s-a simţit de parcă ar fi fost aruncat de pe cal în plină goană.

Dar totuşi!... Păi eu...?

Şi – ce să-i reproşezi? Doar nu Stalin avusese această idee, El nu ar fi putut să se poarte aşa după tot ceea ce îi unise în victoriile militare! după atâtea întâlniri la dacea Lui, după atâta muncă, atâtea mese luate împreună. A fost, desigur, ideea ipocritului de Bulganin. (O asemenea neaşteptată abilitate ieşită din comun i s-a întâmplat lui Jukov să observe şi la alţi

„membri ai consiliului militar“, adică la conducători politici ai fronturilor și ai armatelor – după ce se încheiau principalele bătălii, dar până atunci stăteau liniștiți. Așa a fost întotdeauna și Hrușciov, genul de băiat bun, după cum și arăta.)

Șeful statului-major era deja Vasilievski, pe bună dreptate. Lui Jukov i s-a propus să fie Comandantul-șef al armatelor terestre. Adică nu numai fără aviație și flotă, nu numai fără muncă de strategie, dar și în subordinea directă doar a lui Bulganin, fără dreptul de a se adresa lui Stalin (așa cum era stipulat în noua organigramă a personalului).

Da: în plină goană – și trântit la pământ. Dureros.

Ca odinioară în provincia Tambov, când fusese aruncat din șa.

Și chiar atunci Gheorghi Konstantinovici intra în al cincizecilea an de viață. Plenitudinea forțelor și a capacităților.

Suferea după trecutul lui de luptător...

Dar fatalitatea lipsei de activitate i se părea acum mai apăsătoare decât se așteptase. Dar nu știa că necazurile nu se sfârșiseră încă.

Atunci când, la sfârșitul anului 1945, în timpul unei conferințe la Kremlin, Stalin îi reproșase lui Jukov că își atribuie toate victoriile, acesta a negat cu hotărâre: *pe toate* – nu și le-a atribuit niciodată. Iar când a suportat cu amărăciune mișcarea perfidă a lui Bulganin, în aprilie 1946, tot nu înțelegea încă ce nenorocire i se întâmplă. Nu a rămas decât o lună comandant-șef al armatelor terestre: în cursul unei ședințe a Consiliului superior de Război, s-a dat citire depozițiilor fostului aghiotant al lui Jukov (arestat, după cum s-a dovedit!) și ale principalului mareșal al aviației, Novikov (se părea că fusese și el arestat, nu demult!) – și ale altor ofițeri arestați; conform acestor depoziții, Jukov ar fi pregătit un complot militar – ce aiureală!! În capul cui își găsește locul chestia asta?? Însă Rîbalko, Rokossovski, Vasilievski s-au repezit să-l apere prietenește pe Jukov, noroc de ei. L-au convins pe Stalin să intervină, iar acesta l-a salvat de represaliile lui Beria[1] – şi totul s-a rezumat la faptul că a fost trimis să comande regiunea militară Odessa.

A suferit o cădere vertiginoasă, dureroasă, dar măcar nu a fost trimis la închisoare.

Cu toate acestea, să scrie cu mâna lui în aceste amintiri că, pentru toate victoriile lui mondiale, Eroul Uniunii Sovietice – unicul din ţară care fusese decorat de trei ori cu acest ordin! – a fost degradat la rangul de comandant al unei regiuni militare, aşa ceva peniţa refuză, e ruşinos în faţa istoriei; în legătură cu asta trebuie să taci.

Dar nici acesta nu fusese capătul nenorocirii. Nu trecuseră nici doi ani de la arestarea generalului Teleghin, membru al Consiliului militar al lui Jukov la sfârşitul războiului (şi, cum a aflat mult mai târziu, în arest i-au spart toţi dinţii, el şi-a pierdut minţile; de altfel şi pe Novikov îl torturaseră la fel, dar apoi fusese eliberat) – atunci a înţeles Jukov că Beria pornise o campanie împotriva lui. Şi atunci a făcut primul infarct.

Abakumov[2] şi Beria au venit pe neaşteptate la dacea lui Jukov (dăruită de Stalin pentru salvarea Moscovei, unde îşi scria acum memoriile) – chipurile ca să verifice păstrarea documentaţiei: au scotocit în sertare, au deschis seiful, au găsit vechi hărţi operative, pe care ar fi trebuit să le predea – să-i faci asta comandantului-şef! Şi i-au ticluit o mustrare aspră.

Nu, nu a fost arestat încă: l-a salvat Stalin, i-a luat apărarea! Însă a fost exilat în regiunea militară Ural, care pe atunci nu era

---

1. Lavrenti Pavlovici Beria (1899-1953), om politic de origine georgiană. A ocupat funcţii importante în serviciile CEKA şi OGPU din Georgia şi Transcaucazia. În 1938 este numit şeful NKVD-ului. I se acordă gradul de mareşal (1945). În 1946 este eliberat din postul de la NKVD, dar este ales membru în Biroul Politic şi numit vicepreşedinte al Consiliului de Miniştri, păstrând controlul asupra serviciilor securităţii. După moartea lui Stalin este numit ministru de interne, dar în iunie 1953 este destituit, judecat şi împuşcat.

2. Viktor Semionovici Abakumov (1894-1954), om politic. A activat în serviciile de contrainformaţii ale Armatei Roşii. Ministrul securităţii statului începând din 1946. A fost condamnat şi executat în 1954.

lângă graniță. Cât de mult semăna asta cu exilul lui Tuhacevski din 1937 în regiunea militară a Volgăi de Mijloc – numai că acela a fost arestat imediat în tren. Așa se aștepta și el acum. Și ţinea pregătită o valijoară cu lenjerie și cu alte mici obiecte.

Faima – ca și cum n-ar fi fost. Puterea – ca și cum n-ar fi fost. Fusese aruncat în pasivitate, într-o chinuitoare inactivitate, când el își păstrase toate forţele, toată voinţa, inteligenţa, talentul, toate cunoştinţele de strategie acumulate.

Uneori se gândea: oare nu cumva acesta e planul lui Stalin însuși? (Nu-i iertase acel cal alb la parada Victoriei?...) Nu, Beria este cel care l-a bătut la cap pe Stalin cu tot felul de calomnii la adresa lui Jukov.

Dar, pe de altă parte, se găseau în lume forţe antipopulare cărora le convenea să creeze condiţiile unui „război rece". Dar într-un război rece Jukov era complet inutil, acesta e adevărul.

În acei ani, totuși, nici nu i-ar fi trecut prin cap să stea să-și scrie amintirile: e ca și cum ar fi recunoscut că viaţa lui s-a încheiat.

Iar Stalin nu-și uitase, nu, căpitanul și eroul calomniat, dar credincios. În 1952 l-a acceptat la congresul Partidului și, ca membru supleant, în Comitetul Central. Iarăși l-a adus înapoi la Moscova și i-a pregătit o funcţie importantă în noua conjunctură, atât de complicată.

Dar – și-a dat sufletul, pe neașteptate...

Veșnica Lui pomenire!

Iar conjunctura a devenit din ce în ce mai complicată. Beria era printre ştabi, și nu numai el. Jukov devenise din nou comandant-şef al armatelor terestre și prim adjunct al ministrului apărării.

Și au trecut încă două luni, iar Jukov s-a dovedit extrem de util! A fost convocat de Hrușciov și Malenkov: mâine la Biroul Politic (acum îl redenumiseră mai blând, Prezidiu) pe ordinea de zi se va afla o problemă militară, vei fi chemat și va trebui să-l arestezi pe Beria, exact acolo! Deocamdată nu știm asta decât noi trei. Ia cu tine doi-trei generali de nădejde și, bineînțeles, câțiva adjutanți și niște arme.

La ora fixată, stăteau în anticameră și așteptau să fie chemați (generalii ghiceau pentru ce au fost chemați, dar el nu le-a explicat decât cu puțin înainte de a intra în ședință, și le-a indicat cine să stea la uși cu pistoalele). A intrat, a făcut câțiva pași, apoi fuga până la Beria! – cu o smucitură, l-a prins de coate și, cu o forță de urs, l-a tras de la masă: poate are acolo un buton pentru a-și chema garda? Și a răcnit la el: „Ești arestat!!". Ai dat de dracul, canalie. Ticălosul ticăloșilor! (Biroul Politic stă jos, nimeni nu mișcă, nici unul dintre ei nu ar fi îndrăznit să facă asta.) Acum și-a amintit un procedeu pe care îl foloseau atunci când luau prizonieri: aghiotantul îi scoate arestatului cureaua de la pantaloni, îi taie sau îi smulge nasturii imediat, iar ăla n-are decât să-și țină nădragii cu ambele mâni. L-au luat pe Beria. Ajunși la automobilul spațios, l-au aruncat pe podea, înfășurat strâns într-un covor, i-au pus căluș în gură – altfel, garda ar putea opri mașina la ieșirea din Kremlin. Patru generali au urcat în aceeași mașină; la postul de gardă au fost doar salutați. Și l-au dus pe ticălos la statul-major al Regiunii militare, în buncărul din curtea interioară; acolo au așezat tancuri cu tunuri, îndreptate spre buncăr. (Iar președinția tribunalului militar i-a revenit lui Konev.)

Numai că nici acest dulce moment nu-l poți insera în memorii. Nu este adecvat. Nu ajută cauza Partidului Comunist. Iar noi, înainte de orice, suntem comuniști.

După această operațiune, Direcția colectivă l-a convocat din nou pe Jukov pentru activitate reală. Tocmai când devenise ministrul apărării naționale, Patronul Armatei, cu toată forța și puterea lui. Și, într-un asemenea moment plin de responsabilitate, erau preocupați de descoperirea armei atomice. (Împreună cu Hrușciov a făcut o călătorie amicală în Ural, în taberele militare de la Toțkoe, unde au făcut un experiment de supraviețuire a trupelor noastre, 40 de mii de oameni pe câmp, imediat după o explozie atomică: puneau la punct o lovitură tactică preventivă împotriva NATO.) Jukov pregătea Armata pentru misiuni importante, fie acestea și împotriva Americii.

Acum a mers și la Geneva pentru o întâlnire „la vârf“ cu țările aliate. (Și l-a întâlnit acolo pe colegul său Eisenhower: ia te uită, deja președinte!)

Așa cum se întâmplă în viață – necazul la necaz trage, iar fericirea la fericire –, s-a căsătorit a doua oară, cu Galina, mai tânără decât el cu 31 de ani. Și i s-a născut încă o fiică, a treia deja, cu atât mai dragă cu cât este atât de mică. Ca o nepoțică...

Și nu mai avea ciudă pe Stalin, nu. Tot ceea ce îndurase în ultimii ani ștersese pur și simplu din memorie. Stalin fusese un om excepțional. Și cât de bine colaborase cu el spre sfârșitul războiului, câte lucruri chibzuise și hotărâse împreună cu el!

Numai că al XX-lea congres al partidului l-a zdruncinat: câte abuzuri au fost date în vileag! Cât de multe! Era cu neputință să te și gândești.

La al XX-lea congres, el a devenit membru supleant al Biroului Politic.

Iar după congres, au început să se apropie, din ce în ce mai mult, de atotputernicul ministru de război câțiva generali – fie câte unul singur, fie câte doi: „Gheorghi Konstantinîci, nu avem nevoie acum în armată de secții politice și de comisari, ei nu fac decât să ne țină mâinile legate. Eliberați-ne dumneavoastră de ei, acum nu va îndrăzni nimeni să vă stea în cale“. – „Și de aroganții agenți ai SMERȘ[1]-ului, și de Secțiile speciale! Va fi pe deplin – în spiritul Congresului“.

A fost abordat astfel nu o dată – și pe ascuns, și la mici mese de sărbătoare (numai că Jukov nu bea niciodată prea mult): chipurile, armata *rusă* l-a învins pe Hitler, dar ce vor să scoată iarăși de la proștii de noi? Da, într-adevăr, nu a sosit oare

1. SMERȘ – *sovetskii metod razoblaceniia șpionov* (metoda sovietică de combatere a spionilor), serviciul de contra-spionaj al URSS în timpul celui de-al Doilea Război Mondial.

timpul, Gheorghi Konstantinîci...? Îl abordau chiar și în mod direct: zice, în prezent, ministrul forțelor armate este mai puternic decât tot Biroul Politic, în întregime. Așa stând lucrurile – și...? poate că...?

Jukov rămăsese chiar pe gânduri: poate că era adevărat? Puterea era toată în mâinile lui, își păstrase și perspicacitatea militară și nu era greu, din punct de vedere operațional, să-i răstoarne pe toți *aceștia*.

Dar dacă tu ești comunist? Cum se poate să fii dispus la așa ceva, dacă noi, pentru Victorie, suntem datori – da, chiar și aparatului politic, și SMERȘ-ului.

Nu, băieți. Asta nu se poate.

Dar s-au scurs niște informații, s-a răspândit zvonul prin Moscova, dacă nu și în Armată. Și chiar în Biroul Politic, lui Jukov i se puneau întrebări pline de neliniște.

I-a asigurat pe tovarăși:

– Ce-i cu voi? Eu n-am fost niciodată împotriva instituției secțiilor politice în Armată. Noi suntem comuniști și rămânem cu ei pentru totdeauna.

Astfel au reușit să treacă prin criza din 1956.

Jukov împlinise 60 de ani, era în plină putere și, din nou, a fost nevoie de el din cauza neînțelegerilor din cadrul Direcției colective. Acolo, aproape toți până la unul se ridicaseră împotriva lui Hrușciov: că este un conducător prea dur, că se cațără în locul lui Stalin și puțin mai lipsea ca să fie destituit. Hrușciov a dat fuga la Jukov: „Salvează-mă!".

Însă, pentru a fi salvat, trebuia să întrunească voturile Comitetului Central, de vreme ce în Biroul Politic Hrușciov era complet în minoritate, dar adversarii lui au refuzat să reunească Comitetul.

Nimic mai ușor! Jukov a trimis șaptezeci de avioane militare și toți membrii Comitetului Central au fost aduși într-o clipă la Moscova. Cu ei, Hrușciov era în avantaj. Așa că a denunțat și a blestemat gruparea antipartinică a lui

Molotov-Malenkov-Kaganovici și a celor care li se alăturaseră. (Și Bulganin, și Voroșilov se aliaseră cu ei.)

Salvând Patria de fascismul german, de degeneratul Beria și de gruparea antipartinică, Gheorghi Jukov era acum, cu aceste biruințe, de trei ori încununat, un fiu vrednic și iubit al Patriei.

Sub nici o formă nu i-ar fi trecut prin minte că ar putea să se ocupe cu o asemenea distracție lipsită de importanță cum e redactarea unor *Amintiri*.

Acum, trebuia să meargă imediat în vizită oficială în Iugoslavia și în Albania. A plecat cu o flotilă de câteva vase de război prin Marea Neagră, Marea Mediterană și Marea Adriatică – o minunată plimbare pentru cineva care nu era obișnuit cu asta.

Aflându-se în Albania, a aflat că la Moscova a fost destituit din postul de ministru al forțelor armate!

Ce-i asta??? Vreo neînțelegere? o redenumire, o reformare? va fi un alt post – de importanță egală sau chiar mai important?

I se strângea inima. Simțea un gol în piept și peste tot în jur, în timpul acestor vizite. Și-a venit repede în fire, sperând că va avea o explicație cu Hrușciov: nu va putea în asemenea grad să nu-și amintească binele pe care i-l făcuse Jukov, care îl salvase *de două ori*.

Nu numai că nu-și amintea, dar se pare că el deja declara, în Comitetul Central și în cercurile de la Kremlin: J u k o v e s t e o p e r s o n a l i t a t e p e r i c u l o a s ă! Un bonapartist! Jukov vrea să răstoarne scumpa noastră putere sovietică! Și apoi, când s-a întors la Moscova, chiar lângă avion – cine era? Konev! L-a însoțit pe Jukov la Kremlin, unde a fost imediat exclus din Biroul Politic și din Comitetul Central.

Din Albania nu se putea face nimic. Dar, odată sosit la Moscova, a fost neutralizat, aici totul s-a schimbat și nu i-a rămas nici o linie de legătură.

Abia acum! acum, cu mintea de pe urmă, s-a dumirit Gheorghi Konstantinovici: el fusese o personalitate prea importantă pentru Hrușciov. Era peste putință ca acesta să țină alături o asemenea personalitate.

Lucrurile se explică: în *Pravda*, Konev – iarăși el!! – a publicat un articol mârșav împotriva lui Jukov. Konev! – salvat de Jukov de tribunalul militar stalinist – tot într-un octombrie, în patruzeci și unu.

O asemenea jignire, o asemenea umilință, o asemenea insultă nu suferise niciodată în toată viața lui. (Stalin era Stăpânul legitim, era mai sus, avea dreptul la Putere, dar Hrușciov – această bubă a porumbului?!) Atât de greu îi era, încât a început să se amețească cu somnifere: lua și noaptea somnifere, unul, două, iar dimineața se trezea – îl roade la inimă – și lua din nou somnifere. Noaptea – din nou. A doua zi – din nou. Mai mult de o săptămână, doar în acest fel mai reușea să adoarmă, ca să poată supraviețui.

Dar nu s-a încheiat nici cu asta: din Armată a fost azvârlit complet: în rezervă. Și nici cu asta nu s-a încheiat: în fruntea Direcției politice a Armatei și a Flotei, Hrușciov l-a numit pe același Golikov, adversarul lui Jukov, iar Golikov era cel care urmărea să pună capăt tuturor deplasărilor mareșalului căzut în dizgrație și tuturor vizitelor pe care i le puteau face prietenii care nu-l abandonaseră – la el, în această dacea de lângă Moscova, din pădure, în casa lui cu o neverosimilă colonadă. (Mulțumesc, dacea nu mi-au luat-o.)

Și în acest moment Jukov a suferit al doilea infarct (dacă nu cumva mai grav).

Și-a revenit, dar nu mai era omul de fier dinainte. Parcă tot corpul rămăsese imobilizat și slăbit în mod ireversibil. I se înmuiase și gâtul. Bărbia lui neîndurătoare, celebră în lumea întreagă, devenise flască. Obrajii i se umflaseră, iar buzele începuseră să se miște mai greu, inegal.

Pentru un timp, câteva infirmiere au făcut de serviciu în dacea, douăzeci și patru de ore din douăzeci și patru.

Acum stăteau cu Jukov soția (fiind medic, era cel mai adesea la serviciu), fetița, soacra lui și un vechi șofer încercat, care îi fusese alături încă de pe front. Urmărea cu interes și simpatie notele pe care le obținea Mașenka la școala de muzică. (El însuși visase întotdeauna să cânte la acordeon și, după Stalingrad, găsise timp să învețe puțin. Și acum cânta în timpul liber. Ar fi vrut să cânte *Marchitanii*, *Baikalul* și cântecul ostășesc *Noapte întunecată*.) Cu mașina mergea numai la locul lui de pescuit preferat. Altfel, se plimba pe jos, pe terenul lui din mijlocul pădurii, se ocupa de florile lui, iar când era vreme urâtă umbla prin sufragerie, de la bufetul mare din lemn de stejar până la bustul său, operă a lui Vucetici, și la modelul de tanc T-34.

Viața exterioară își urma cursul ca și cum nimic nu s-ar fi întâmplat. Fusese publicată o istorie a Marelui Război de Apărare a Patriei, dar lui Jukov nu i s-a adresat nimeni pentru nici o informație... Chiar și numele lui fusese trecut sub tăcere, lăsat în umbră cât mai mult posibil. Și – se spunea – fotografia lui fusese retrasă din Muzeul Forțelor Armate. (În afară de Vasilievski și de cel care îl mai vizita, Bagramian, toți își întorseseră fața de la Jukov. În ce-l privește pe Rokossovski, el fusese trimis să comande armata poloneză.)

Și, chiar în această perioadă, extrem de mulți mareșali și generali s-au repezit să-și scrie memoriile și să le publice. Jukov rămânea uimit să vadă gelozia lor reciprocă, modul în care se prezentau pe ei și se străduiau să atragă asupra lor stima de care se bucurau camarazii, iar nereușitele și erorile proprii să le arunce asupra acelorași camarazi. Așa proceda Konev acum, mâzgălindu-și amintirile (sau erau scrise de altcineva?); era impecabil în toate privințele și, fără nici o mustrare de conștiință, își aroga faima succeselor obținute de modestul și talentatul Vatutin (ucis de partizanii lui Bandera). Mareșalul de artilerie Voronov a ajuns până acolo încât afirma că el a elaborat planul operațiunii de la Halhin-Gol și că acesta e succesul lui.

Exact acum s-a apucat Jukov să-şi scrie, şi el, amintirile. (Dar fără secretare, cu mâna lui, trasând literele încet, cu grijă. Şi un singur fost ofiţer-ordonanţă, noroc de el, l-a ajutat să verifice date şi evenimente în arhivele militare; să meargă, în prezent, el însuşi la arhiva ministerului era şi penibil, dar se şi putea lovi de un refuz.)

În general, memoriile de război reprezintă un lucru inevitabil şi necesar în acelaşi timp.

Uite câte memorii au însăilat germanii! uite şi americanii, deşi, prin comparaţie cu noi, ce război a fost la ei, acolo? Dar se publică şi amintirile simplilor ofiţeri, chiar şi ale celor mici în grad, şi ale sergenţilor, şi ale aviatorilor - toate acestea vor fi utile la un moment dat. Dar atunci când un general, un mareşal se aşază să scrie – trebuie să înţeleagă responsabilitatea pe care o are.

Scria şi nu găsea în el răutate şi grabă de a polemiza cu ei toţi. (De altfel, Vasilievski îi şi făcuse morală unui asemenea om fără scrupule). Intransigenţa era necesară în lupte, nu aici. Nu găsea în el ranchiună nici faţă de Konev, nici faţă de Voronov. Au trecut şi lunile, şi anii de dizgraţie, şi inima lui şi-a revenit, s-a împăcat. Cu toate acestea, este imposibil să permiţi ca nedreptăţile să rămână în istorie. Oricum trebuie să-i corijezi pe camarazi, chiar şi cu blândeţe, să pui totul în ordine. Cu blândeţe, pentru a nu-i face să se întărâte pentru împărţirea plăcintei comune a Victoriei. Şi ceea ce el însuşi nu a reuşit să facă, ce nu a dus la bun sfârşit, nu trebuie să treacă sub tăcere. Cel puţin din greşelile noastre pot învăţa viitorii generali. Trebuie să scrie adevărul adevărat.

Chiar dacă şi adevărul se schimbă cumva de-a lungul istoriei, necontenit şi ireversibil: în timpul lui Stalin era unul, iar în timpul lui Hruşciov, iată, altul. Dar despre multe lucruri, chiar şi în prezent, este prematur să vorbeşti. Da... Să scrie despre război – şi să încheie. Mai departe – nici nu ar vrea, nici nu se poate.

Şi, dintr-odată, iată – l-au dat jos pe incapabil! acum nu s-a mai găsit nici un Jukov ca să-i vină în ajutor.

Dar nici situaţia mareşalului căzut în dizgraţie nu se schimbase într-o săptămână sau într-o lună: dizgraţia continua să planeze deasupra capului fără să fi fost reconfirmată de nimeni (Golikov murise deja) şi nici anulată de nimeni: cine va îndrăzni primul să pronunţe cuvântul hotărâtor?

Şi-a permis un singur lucru: a mers în provincia Kaluga, în satul natal; îi ducea dorul foarte mult, nu mai locuise acolo de jumătate de secol. Şi tare s-a mai întristat: le-a văzut pe fetele cu care dansase cândva în tinereţe – acum, toate erau nişte bătrâne foarte necăjite, şi satul întreg parcă sărăcise: „Dar de ce trăiţi în sărăcie atât de mare?" – „Păi nu ni se dă voie să fim mai bogaţi..."

Se apropia a douăzecea aniversare a Victoriei şi noile autorităţi nu puteau să nu-l invite pe Jukov la ceremonie în palatul Kremlinului. Prima lui apariţie în public după şapte ani. Ulterior, în mod neaşteptat, a fost invitat la un banchet la Casa Scriitorilor. Căldura cu care l-au primit scriitorii l-a impresionat şi l-a surprins pe mareşal. – Şi încă o dată, în acelaşi an, a fost chemat la Casa Scriitorilor, la aniversarea unui cunoscut scriitor militar. A mers îmbrăcat în civil; acolo, a fost aşezat la prezidiu. Iar mai departe aniversarea şi-a urmat cursul, el era un invitat din afara lumii lor, dar când, pe la al şaselea discurs, fără o legătură directă, a fost pronunţat pe neaşteptate numele lui Jukov, sala plină de scriitori, intelighenţia moscovită, a aplaudat furtunos, iar toată lumea s-a şi ridicat, de două ori.

Ia te uită!...

Jukov şi-a îngăduit să meargă la Podolsk, la Arhiva centrală a Ministerului Apărării, şi să răsfoiască anumite documente din anii războiului, inclusiv propriile lui ordine. Acum, şi arhivarii îi veneau în ajutor. Acum, chiar şi la dacea lui căzută în dizgraţie, uitată de toţi, se perindau ba corespondenţi de presă, ba cineaşti; a venit o femeie de la o anumită editură APN[1] ca să încheie un contract pentru memoriile lui, pe care ar fi trebuit să le termine în şase luni (redactase deja până la ofensiva asupra Berlinului). Cartea ar fi putut să iasă cu ocazia aniversării lui de 70 de ani; ar fi de acord să le cedeze drepturile de a-i publica şi în străinătate cartea? Păi, vă rog.

Nu demult, nici măcar nu-l întreba nimeni de aceste pagini de amintiri, aproape că nici nu-l cunoştea nimeni, iar acum aveau nevoie de ele, şi cât mai repede, şi dintr-odată – în lumea întreagă!

Ce să facă acum, să dea zor, pentru a respecta termenul? Dar această muncă de reflecţie, de examen minuţios la masa de scris nu este deloc proprie unui profesionist al războiului. Este mai uşor să deplasezi o divizie cinci kilometri înainte decât să duci la capăt un rând.

Redactoarele veneau la el des – mai întâi una, apoi alta. I s-a propus să facă şi înregistrări cu un magnetofon; ele aveau cuvintele gata pregătite, chiar fraze întregi, şi sunau foarte bine. De exemplu: „Activitatea politică a partidului a fost condiţia cea mai importantă în pregătirea pentru luptă a trupelor noastre". La început, asta trezeşte în tine o oarecare împotrivire: tu eşti cel care ai făcut pregătirea pentru luptă de atâtea ori, tu ştii din ce este ea făcută. Dar stai şi meditezi: activitatea politică? Bine, nu e cea mai importantă, dar, fireşte, una dintre cele mai importante. Sau: „Organizaţiile de partid şi de komsomol au investit multe forţe morale pentru a ridica nivelul combativ al trupelor". Dacă stai să te gândeşti mai bine – şi asta e adevărat şi nu intră în contradicţie cu eforturile operaţionale ale comandamentului. Tot ele aduc din arhive materiale pe care tu nu le-ai controlat personal niciodată şi, în prezent, nu ai posibilitatea de a le verifica. De exemplu, stă scris negru pe alb în rapoartele înaintate de secţiile politice: „În 1943, glorioşii

1. Editură care depindea de Agenţia Novosti.

noştri partizani au aruncat în aer 11 mii de trenuri germane". Cum se poate aşa ceva?... Dar, la urma urmelor, nu este exclus: poate că le-au aruncat în aer, dar parţial, ici – câteva vagoane, colo – o roată, dincolo – o platformă.

Le-a cerut celor de la APN să afle de la KGB: nu ar fi posibil să vadă rapoartele pe care le-au înaintat Beria și Abakumov referitoare la mareşal? Au aflat: tocmai aceste dosare au fost, toate, distruse, întrucât nu au semnificaţie istorică.

În schimb, iată ce a aflat: fosta traducătoare a armatei noastre la Berlin publicase, foarte demult, informaţia că în mai 1945, în cancelaria Reichului, ea participase la identificarea – după protezele dentare – a cadavrului lui Hitler, găsit acolo. Cum? Oare chiar a fost găsit cadavrul lui Hitler? Jukov, comandant-șef, învingătorul de la Berlin, nu ştiuse nimic despre asta nici atunci, nici după aceea! Atunci i s-a spus că a fost găsit numai cadavrul lui Goebbels. Asta a și declarat atunci la Berlin, dar despre Hitler, cică, nu se știe nimic. Păi nu pică el acum de prost? Subordonaţii lui făcuseră un raport secret în legătură cu această descoperire adresat direct lui Stalin, pe deasupra lui Jukov – cum au îndrăznit? Iar Stalin nu numai că nu-i dezvăluise nimic lui Jukov, dar în iulie 1945 îl și întrebase, singur: nu ştie oare Jukov unde o fi Hitler?...

Nu, o asemenea perfidie – și în aşa măsură de neînţeles – Jukov nici nu putea să-şi imagineze.

Şi credea că în anii războiului îl cunoscuse bine de tot pe Stalin...

Şi cum să recunoască asta acum în memorii?... De fapt, ar fi şi incorect politic.

Tot cu dificultate trecea şi peste minciuna asta. (A rugat-o pe această traducătoare să-i procure documentele pe care el nu le putuse obţine.)

Dar Jukov tot nu a fost reprimit printre membrii Comitetului Central. (Se spunea că Suslov este împotrivă.)

Într-o zi, a venit Konev. Ca să-şi recunoască vina.

Făcând un efort sufletesc, l-a iertat.

De bine, de rău, a predat manuscrisul la editură la termenul promis. Dar cât mai e până la carte! Acum, această APN constituise un grup de consultanţi – „pentru verificarea faptelor". Şi ei, lună după lună, aduceau *propuneri*, noi formulări, 50 de pagini dactilografiate de remarci.

Ce să se mai aştepte acum la apariţia cărţii pentru aniversarea lui de 70 de ani! Lucrul trena – ba dintr-o cauză, ba din alta... Trebuia să elimine, să rescrie. Caracterizările lui Tuhacevski, Uborevici, Iakir, Blücher – să le înlăture pe toate. Iată ceva nou: nu îţi permiţi să scrii tu singur ce ai pe suflet, ci te întrebi: dar ce *va trece*? *Va fi autorizat* sau nu va fi autorizat? Ce este oportun – şi ce nu este oportun? (De altfel, şi tu eşti de acord: da, aşa este. Exact.)

Înainte, scria pur şi simplu pentru el însuşi, încet, liniştit. Iar acum – ardea atât de mult să vadă cartea sub tipar! Şi – ceda, şi transforma. A durat doi ani şi jumătate colaborarea cu aceşti redactori, dar cartea tot nu şi nu. În acest moment, se ştia că, dintr-un motiv sau altul, şi Direcţia politică a Armatei, şi nou-promovatul mareşal Greciko sunt împotriva acestor memorii. Dar Brejnev le-a ieşit în întâmpinare şi a pus rezoluţia: „Să se constituie o comisie de autorităţi pentru controlul conţinutului".

Între timp, în luna decembrie, atât de importantă pentru el (în care s-a născut şi în care a repurtat victoria de lângă Moscova), Gheorghi Konstantinîci a plecat împreună cu Galia la sanatoriul militar din Arhanghelsk. Iar acolo a fost lovit de o gravă congestie cerebrală.

A trecut multă vreme. Şi-a revenit, dar era într-o şi mai mică măsură cel dinainte. La început, nu putea să meargă deloc fără să fie ajutat. Masajele şi gimnastica medicală au început să-i ocupe mai mult de jumătate de zi. I-a apărut şi o inflamaţie a nervului trigemen.

Nu se simţea bine nici la cap.

Viitoarea sa carte deja îi era cumva indiferentă. Cu toate acestea, ar fi vrut și să ajungă s-o vadă.

În vara aceea, trupele noastre au intrat în Cehoslovacia. Și bine au făcut: era imposibil să fie lăsată să se dezlănțuie o asemenea dezordine.

Neliniștile Patriei îl tulburaseră întotdeauna pe Jukov mai mult decât ale sale.

Din punct de vedere militar, operațiunea a fost condusă cu mare clasă. Perfect, școala noastră merge înainte.

Se încheia și al treilea an de redactare. Și i s-a spus fără ascunzișuri: Leonid Ilici dorea ca și el să fie amintit în memorii.

Asta mai lipsea... Și ce *să-și amintească* despre acest politruc, dacă în anii războiului nu se întâlnise niciodată cu el, nici măcar pe acel minuscul cap de pod de lângă Novorossiisk?

Dar trebuia să salveze cartea. A inserat două-trei fraze.

După aceea, Brejnev *personal* a dat aprobarea pentru carte.

Tot în decembrie, dar la aniversarea de 72 de ani a lui Jukov, s-a dat bunul de tipar.

Să se bucure? să nu se bucure?

Sleit de puteri, stătea într-un fotoliu adânc. Și își amintea – își amintea aplauzele furtunoase de la Casa Scriitorilor – când fusese asta, acum trei ani? Își amintea cum s-au ridicat toți cei din sală și cum au pecetluit cu palmele gloria lui nemuritoare.

Aceste aplauze erau ca o adevărată reluare a acelor aluzii și speranțe ale generalilor, imediat după cel de-al XX-lea congres.

Inima i se strângea. Poate că ar fi trebuit să se decidă chiar *atunci*, chiar atunci?

O-oh, oare nu cumva se purtase ca un pro-ost, ca un prost?...

1994-1995

CADRE TINERE

1

Se desfăşura examenul oral de Rezistenţa materialelor.

Anatoli Pavlovici Vozdvijenski, inginer şi conferenţiar universitar la Facultatea de Construcţii de Poduri, vedea că studentul Konopliov se înroşise puternic, fornăia şi lăsa să-i treacă rândul, nu mergea la masa examinatorului ca să răspundă. Apoi se apropie cu pas greoi şi ceru încet să-i schimbe întrebările. Anatoli Pavlovici se uită la faţa lui, la fruntea lui îngustă acoperită de transpiraţie, la privirea neajutorată şi rugătoare a ochilor luminoşi – şi le schimbă.

Dar trecu încă o oră şi jumătate, mai răspunseră câţiva, deja se pregăteau ultimii, din anul patru, printre ei se afla şi Konopliov – care devenise stacojiu –, dar tot nu se ducea.

Astfel, rămase ultimul. Nu mai erau decât ei doi în sală.

– Ei bine, Konopliov, nu se mai poate, spuse Vozdvijenski fără supărare, dar cu fermitate. Deja era clar că nu ştie o iotă. Pe foaia lui erau un fel mâzgălituri, prea puţin asemănătoare cu formulele, şi nişte desene, prea puţin asemănătoare cu schiţele.

Konopliov, lat în spate, se ridică în picioare, cu faţa plină de transpiraţie. Nu se duse la tablă să răspundă, ci se îndreptă, greoi, spre cea mai apropiată masă, se aşeză şi spuse cu extremă naivitate:

– Anatoli Palîci, creierul se face ferfeniţă de la aşa greutate.

– Trebuie lucrat în mod sistematic.

– Anatoli Palîci, ce mod sistematic? La fiecare materie se pălăvrăgeşte, şi asta în fiecare zi. Credeţi-mă, nu glumesc, stau şi nopţile, dar nu intră-n căpăţână. De-ar da mai puţin, mai uşurel, dar aşa – nu mă duce capul, nu-i obişnuit.

Ochii lui priveau cu onestitate, vocea îi era sinceră, nu minţea, şi nici nu părea un pierde-vară.

– Aţi venit de la facultatea muncitorească?

– Îhî.

– Şi la facultate câţi ani de studiu aţi făcut?

– Doi ani în regim comasat.

– Şi la facultatea muncitorească de unde aţi venit?

– De la uzina „Krasnîi Aksai". Eram spoitor.

Un nas mare, lat, şi toată faţa cu osatură lată, buzele groase.

Nu era prima oară când Vozdvijenski medita: „Pentru ce îi chinuiesc pe unii ca aceştia? Ar fi putut să spoiască oale în continuare, la Aksai".

– Vă compătimesc, dar nu pot face nimic. Trebuie să vă dau „insuficient".

Dar Konopliov nu acceptă argumentul şi nu scoase din buzunar carnetul de student. Îşi puse ambele palme, ca nişte labe, pe piept:

– Anatoli Palîci, asta mi-e imposibil. Unu – o să-mi micşoreze bursa. Şi o să fiu criticat în Komsomol. Eu oricum n-o să iau niciodată examenul de Rezistenţa materialelor. Şi aşa sunt întors pe dos, nu-s în apele mele – acum încotro s-o apuc?

Da, era clar.

Dar mulţi studenţi de la facultatea muncitorească aveau viaţa „întoarsă pe dos". Ceva tot gândiseră autorităţile atunci când îi trimiseseră în instituţii de învăţământ superior. Cu siguranţă prevăzuseră şi o asemenea variantă. Administraţia recomandă în mod deschis: faţă de cei de la facultatea muncitorească, să se reducă cerinţele. Politica de luminare a maselor.

Să se reducă – dar până la ce nivel? Astăzi promovaseră examenul şi alţi studenţi de la facultatea muncitorească, Vozdvijenski chiar fusese indulgent cu ei. Dar nu se poate merge până la absurd! Cum să-i pui „suficient", când el nu ştie absolut nimic?

Ce mai rămâne din toată predarea ta, din tot rostul ei? Începe ăsta să lucreze ca inginer și iese la iveală rapid că habar n-are de rezistența materialelor.

Spuse o dată: „Nu pot, în nici un caz". Spuse a doua oară.

Iar Konopliov îl implora, numai cât nu avea lacrimi în ochi, era penibil să vezi asta la un asemenea necioplit.

Și Anatoli Pavlovici se gândea: dacă autoritățile țin atât de mult la politica lor și chiar înțeleg ce fac, ce absurditate fac – de ce ar trebui să fiu eu mai preocupat decât ei?

Îl dădu lui Konopliov o povață. Îl sfătui cum să varieze metodele de lucru; cum să citească tare pentru o asimilare mai bună a informațiilor; prin ce metode să-și refacă forțele intelectuale.

Îi luă carnetul de student. Răsuflă adânc. Trecu încet „suf." și semnă.

Konopliov se însenină la față și sări în picioare:

– N-am să vă uit în veacul vecilor, Anatoli Palîci! Alte materii pot să le mai duc, dar Rezistența materialelor zău că e tare schimonosită.

Institutul de căi de comunicație se afla la periferia Rostovului, iar Anatoli Pavlovici mai avea mult de mers până acasă.

În tramvai se vedea bine cât de mult se simplificase, față de vremurile dinainte, înfățișarea populației de la oraș. Anatoli Pavlovici purta un costum modest și nici pe departe nou, dar avea, totuși, guler alb și cravată. Însă erau la institut și profesori care intenționat umblau îmbrăcați cu o simplă rubașcă trasă peste pantaloni și încinsă cu o curea. Iar unul dintre ei se încălța primăvara chiar cu sandale pe piciorul gol. Și asta nu mai mira pe nimeni, pentru că era în spiritul vremii. Epoca mergea în acest sens, iar când soțiile nepmanilor[1] începuseră să se impopoțoneze – asta îi enervase pe toți.

1. Denumire colocvială pentru antreprenorii care au prosperat în timpul NEP-ului (*Novaia ekonomiceskaia politika*), politica economică a PCUS și a statului sovietic în perioada de trecere de la capitalism la socialism (1921-1928).

Anatoli Pavlovici ajunse acasă tocmai la ora mesei. Soţia lui impetuoasă, scumpa lui Nadia, era acum la Vladikavkaz, la fiul lor mai mare, şi el inginer de căi de comunicaţie, căsătorit de curând. Bucătăreasa venea la familia Vozdvijenski de trei ori pe săptămână, iar astăzi nu era aici. Dar Liolka trebăluia cu însufleţire ca să-şi hrănească tatăl. Şi masa lor pătrată de stejar era pregătită deja, cu o crenguţă de liliac în mijloc. Pentru păhărelul de argint pe care el îl golea negreşit în fiecare zi, ea adusese un clondir de votcă cu gheaţă. Încălzise supa cu găluşte şi, iată, îl servea.

La şcoală, era în clasa a opta, învăţa foarte bine la fizică, chimie, matematică şi executa perfect desenul tehnic, ar fi putut ajunge să lucreze chiar la institutul unde preda tatăl ei. Dar un decret care data deja de patru ani, din 1922, impunea o selecţie la admitere: numărul celor acceptaţi să fie strict limitat pentru persoanele care nu erau de origine proletară; în plus, absolvenţii fără delegaţie de la partid sau de la komsomol erau obligaţi să prezinte un certificat de loialitate politică. (Fiul lui reuşise să intre cu un an mai devreme.)

Nu reuşea să uite, îi stătea ca o amărăciune în suflet acel calificativ nemeritat pe care îl trecuse astăzi în carnetul de student.

O întrebă pe Liolea de şcoală. Toată şcoala (se numea „Zinoviev", dar denumirea fusese ştearsă de pe placă) era încă zguduită de o sinucidere recentă: cu câteva luni înainte de terminarea studiilor, se spânzurase un elev din clasa a noua, Mişa Derevianko. Înmormântarea fusese muşamalizată rapid şi începuseră imediat şedinţele în fiecare clasă, *prelucrările*, cum că acesta era rodul unui individualism burghez şi al unei decadenţe a moravurilor: Derevianko reprezintă o rugină, de care trebuie să se cureţe cu toţii. Dar Liolea şi două prietene de-ale ei credeau cu fermitate că Mişa fusese persecutat de unitatea de komsomol a şcolii.

Ea adăuga astăzi cu nelinişte că circula o informaţie care nu era zvon, ci o certitudine: Malevici, directorul şcolii, adorat de toți, un vechi profesor de liceu de altădată care reușise să se mențină pe post în timpul tuturor acestor ani și a cărui rigurozitate senină făcea să funcționeze școala într-o ordine perfectă – va fi *îndepărtat*.

Liolea dădu fuga la primus, apoi băură ceai cu prăjituri.

Tatăl privea cu duioșie la fiica lui. Atât de mândru își ridica, dintr-o singură mișcare, capul cu păr castaniu ondulat, care scăpase modei cu tunsoare scurtă, avea atâta inteligență în privire și, înclinându-și fruntea, își enunța judecățile atât de răspicat!

Așa cum se întâmplă adesea la fete, chipul ei cuprindea o minunată enigmă a viitorului. Dar, pentru privirea părinților, aceasta era și mai apăsătoare: să distingă, în acest viitor nedezvăluit nimănui, încoronarea sau eșecul atâtor ani de creștere a ei, de educare și de grijă față de ea.

– Dar totuși, totuși, Liolenka, n-ai să poți evita să intri în komsomol. A mai rămas un an, nu poți risca. Dacă n-ai să fii admisă la institut, nici măcar eu n-am să te pot ajuta.

– Nu vreau! scutură ea din cap, iar părul i se încurcă. Komsomolul e o porcărie.

Anatoli Pavlovici răsuflă din nou.

– Știi – sugeră cu blândețe, total convins el însuși de ceea ce spunea –, tineretul din ziua de azi are, cu siguranță, dreptatea lui, care nouă ne este inaccesibilă. Nu se poate să nu aibă.

Trei generații de inteligheție nu s-au înșelat visând la inițierea poporului în cultură, la eliberarea energiilor lui. Desigur, nu stă în puterea tuturor această ascensiune, acest salt. Iată, ei își epuizează creierul, se clatină sufletește – e greu să te dezvolți în afara unei tradiții de familie. Dar trebuie, trebuie să-i ajutăm să se ridice la înălțime și să suportăm cu răbdare ieșirile lor câteodată stângace.

– Dar, recunoaște, ei au și un optimism remarcabil, și o forță a credinței demnă de invidiat. Și în acest curent – nu ai încotro, trebuie să înoți, ca să nu rămâi în urmă. Altfel, copila mea, riști, cum se spune, să ratezi Epoca. Doar se construiește – chiar dacă în mod absurd, fără pricepere și nu imediat – ceva grandios. Toată lumea ne urmărește, ținându-și respirația, toată intelighenția apuseană. Pentru că nici în Europa oamenii nu sunt proști.

Doborând cu succes rezistența materialelor, Lioșka Konopliov se alătură cu plăcere camarazilor lui, care mergeau în seara aceea la casa de cultură a Sovietului raional. Fuseseră adunați nu numai komsomoliști, ci și tineri apartinici, dar care doreau să se înscrie în partid: cineva sosit de la Moscova ținea conferința „Despre obiectivele tineretului nostru".

Sala era prevăzută pentru vreo șase sute de oameni și se umpluse ochi, unii stăteau și în picioare. Era mult roșu: în spatele scenei, două steaguri brodate cu aur, desfăcute și înclinate unul către celălalt; în fața lor, pe un suport, un bust mare al lui Lenin de culoarea bronzului. Fetele aveau la gât năframe roșii, iar unele aveau pe cap o panglică roșie de bumbac; comandanții detașamentelor de pionieri își etalau cravatele roșii, iar câțiva îi aduseseră pe pionierii mai mari, care stăteau alături de ei.

Iată cum stau lucrurile: noi, tinerii, suntem aici în relații de prietenie, strâns uniți, chiar dacă nu ne cunoaștem: aceștia suntem noi, aici sunt toți ai noștri, toți pentru aceeași cauză. Cum se spune: făuritorii Lumii noi. Și, datorită acestui lucru, fiecare este de trei ori mai puternic.

Apoi, în fața podiumului apărură trei gorniști, și ei tot cu batiste roșii agățate de instrumente. Se așezară în așa fel încât să lase spațiu între ei și sunară adunarea.

Sunetul acestor trompete îi stimula ca o lovitură de cravașă! Era ceva încântător în această fuziune solemnă: drapelele roșii din colț, bustul de bronz al lui Ilici, trompetele argintate, sunetele pătrunzătoare și atitudinea mândră a gorniștilor. Simțeau arsura apelului sever și a jurământului aspru.

Gorniștii ieșiră cu același pas militar, iar pe scenă apăru, parcă rostogolindu-se, vorbitorul – cam scund, cam rotunjor, cu mâinile aflate mereu în mişcare. Şi, din spatele pupitrului, începu să vorbească nu uitându-se pe foaie, ci din cap, repede, cu siguranţă şi insistent.

Mai întâi vorbi despre faptul că anii măreţi ai Revoluţiei şi ai Războiului civil au umplut inimile tinerilor de un conţinut tumultuos, dar i-au şi dezobişnuit de îndatoririle cotidiene.

– Această reîntoarcere este dificilă pentru tineret. Emoţiile materialului specific revoluţiei lovesc deosebit de dureros adolescenţa. Unora li se pare că ar fi mai vesel dacă ar începe din nou o revoluţie adevărată: ar fi dintr-odată clar ce să facă şi încotro să meargă. Să ne apucăm de treabă, să dinamităm, să zgâlţâim – mai repede, căci altfel la ce bun revoluţia din Octombrie? De exemplu, în China, ar trebui să se facă mai repede revoluţia, de ce nu izbucneşte nicicum? E bine să trăieşti şi să te lupţi pentru Revoluţia mondială, dar noi suntem obligaţi să ne ocupăm cu prostii, cu teoreme de geometrie, la ce folosesc toate astea?...

Sau de rezistenţa materialelor. Ce-i drept, ar fi mult mai bine să dezmorţeşti picioare, mâini, spinări înţepenite.

Dar – nu, îi îndemna vorbitorul, coborând de la tribună şi agitându-se de-a lungul scenei, însufleţit repede de propriul său discurs.

– Trebuie să înţelegem corect şi să ne însuşim prezentul. Tineretul nostru este cel mai fericit din toată istoria omenirii. El ocupă în viaţă o poziţie combativă, are un rol activ. Trăsăturile lui sunt – în primul rând, ateismul, sentimentul unei eliberări complete de tot ceea ce nu este ştiinţific. Acesta descătuşează fondul enorm de curaj şi de sete de viaţă, până acum ţinute captive de religie. În al doilea rând, avangardismul şi planetarismul, capacitatea de a depăşi epoca, deoarece pe noi ne privesc şi prietenii, şi duşmanii.

Şi se uita împrejur cu capul său rotunjor, ca şi cum ar fi căutat să-i vadă pe aceşti prieteni şi mai ales pe duşmanii din depărtările de peste mări şi ţări.

– Aceasta este moartea psihologiei „care nu vede mai departe de lungul nasului“, fiecare detaliu este analizat obligatoriu de tineretul nostru din perspectivă mondială. În al treilea rând – un spirit de clasă ireproşabil, un refuz indispensabil, chiar şi temporar, al „sentimentului umanităţii în general". Iar după aceea – optimismul!

Merse până la marginea estradei şi, fără să-i fie teamă că va cădea, se aplecă pe cât putu către sală:

– Înţelegeţi! Sunteţi tineretul cel mai radios din lume! Ce fermitate a tonusului plin de bucurie aveţi!

Mai alergă puţin de la un capăt la celălalt al scenei, dar îşi împrăştia vorbele fără întrerupere:

– Apoi, voi aveţi setea de cunoaştere. Şi organizarea ştiinţifică a muncii. Şi înclinaţia spre raţionalizarea propriilor procese biologice. Şi un avânt combativ – şi ce avânt! Şi, în plus – înclinaţia de a-i călăuzi pe oameni. Şi datorită fraternităţii voastre organice de clasă – aveţi colectivismul, atât de bine însuşit, încât se amestecă până şi în viaţa intimă a membrilor săi. Şi lucrul acesta e firesc!

Deşi vorbitorul se comporta bizar, nimeni nu se gândea să zâmbească. Şi nici nu şuşoteau unii cu alţii, erau numai ochi şi urechi. Vorbitorul îi ajuta pe tineri să se înţeleagă pe ei înşişi, e un lucru folositor. Iar el se înflăcăra, mai şi ridica una din mânuţele lui scurte, le ridica şi pe amândouă – în semn de apel, pentru a convinge mai bine.

– Priviţi şi la tineretul feminin, care conştientizează forţa socialismului pe care tocmai îl făurim... Într-un timp scurt, femeia a dobândit o libertate intimă, o eliberare sexuală. Ea pretinde acum de la bărbat o revizuire a raporturilor, şi chiar ea învinge mentalitatea masculină a proprietarului de sclavi, introducând, şi în morala sexuală, aerul proaspăt al revoluţiei. Astfel, şi în domeniul iubirii se caută şi se descoperă o modalitate revoluţionară de acţiune: îndreptarea fondului de energie vitală pe şinele creării unei noi societăţi.

Terminase. Dar nu obosise, se vedea că e obişnuit. Trecu la pupitru:

– Aveţi întrebări?

Tinerii începură să pună întrebări – direct din sală ori scrise pe bileţele care i se aduceau la tribună.

Întrebările se refereau mai mult la eliberarea sexuală. Dar un băiat – de-a dreptul frate de-al lui Konopliov – observă: e uşor de zis „în doi ani să creşti cât în zece“, dar de la un asemenea ritm creierul explodează.

Iar apoi pionierii prinseră, şi ei, curaj şi puseră întrebări:

– O pionieră are voie să poarte panglică pe cap?

– Dar să se pudreze?

– Dar cine trebuie să asculte de cine: pionierul bun de tatăl rău – sau tatăl rău de pionierul bun?...

2

Încă din anul Douăzeci şi Opt „afacerea Şahtî[1]“, atât de aproape de Rostov, îi speriase foarte tare pe ingineri. Începuseră şi aici *să dispară*.

Oamenii nu se obişnuiseră imediat cu asta. Până la revoluţie, arestatul continua să trăiască după gratii sau în exil, lua contact cu familia, cu prietenii, dar acum? Cădea în neant...

Dar în Treizeci, în septembrie, se rostogoli ca un tunet vestea condamnării la moarte a 48 de oameni – „diversionişti în aprovizionarea cu produse alimentare“. Se publicară „ecouri muncitoreşti“: „Diversioniştii trebuie să fie şterşi de pe faţa pământului!“; pe prima pagină din *Izvestia*, un desen: „Să strivim viermele!“ (cu cizma), iar proletariatul cerea ca OGPU[2] să fie decorat cu ordinul Lenin.

---

1. Afacerea Şahtî – proces care a avut loc în anul 1928 în raionul Şahtî din Donbass, când numeroşi ingineri au fost acuzaţi de diversionism.

2. OGPU – *Obiedinionnoe gosudarstvennoe politiceskoe upravlenie* (Direcţia politică de stat unificată). Organ al Securităţii (1923-1934), coordonator al activităţii GPU-urilor din republicile unionale.

Iar în noiembrie fu publicat actul de acuzare în „Procesul Partidului Industrial" – şi era înhăţată toată inginerimea. Şi apoi, în ziare, se rostogoleau formulări îngrozitoare: „agenţi ai intervenţioniştilor francezi şi ai emigranţilor albi", „să curăţăm patria de trădători cu un măturoi de fier!".

Lipsiţi de apărare, simţeau cum li se strânge inima. Dar nici nu puteau să-şi mărturisească frica oricui, ci numai celor pe care îi cunoşteau bine; aşa erau, de pildă, Anatoli Pavlovici şi Friedrich Albertovici, care se ştiau de vreo zece ani.

În ziua deschiderii procesului Partidului Industrial avu loc la Rostov şi o demonstraţie de patru ore: se cerea împuşcarea tuturor celor acuzaţi! Era respingător, insuportabil. (Vozdvijenski ştiuse să se eschiveze, nu se dusese.)

Zi după zi, sufletul se strânge, întunecat, iar sentimentul fatalităţii se accentuează. Totuşi: pentru ce s-ar întâmpla asta?... De când se instalase regimul sovietic, ei lucraseră întotdeauna cu entuziasm, cu inventivitate, cu credinţă şi numai prostia şi neglijenţa directorilor impuşi de partid îi împiedicau la fiecare pas.

Dar nu trecuseră nici două luni de la proces – şi într-o noapte *veniră să-l ia* pe Vozdvijenski.

Mai departe, începu un delir coşmaresc inimaginabil – pentru multe nopţi şi zile. De la dezbrăcarea la piele, tăierea tuturor nasturilor de la haine, perforarea cu o sulă a bocancilor – până la subsolul fără aer, sufocant, saturat de respiraţii, fără nici o fereastră, doar cu nişte cadre de sticlă mată în tavan, fără să se facă ziuă niciodată, într-o celulă fără paturi, unde se dormea pe duşumea, pe nişte scânduri puse unele lângă altele pe ciment, fără să fie fixate, toţi buimaci de nesomn din cauza interogatoriilor nocturne, unii bătuţi până la învineţire, alţii cu mâinile acoperite de arsuri făcute cu ţigara, unii tăcuţi, alţii povestind ceva în semi-nebunie; Vozdvijenski nu fusese chemat nici măcar o dată nicăieri, nu fusese atins de nimeni nici măcar o dată, dar era incapabil să înţeleagă ce se întâmpla, măcar cât să facă o legătură cu viaţa lui dinainte – ah, atât de iremediabil pierdută! Din cauza sănătăţii şubrede, nu luase parte la războiul cu germanii, nu se atinseseră de el nici în Războiul civil, care trecuse rapid peste Rostov-Novocekarssk, nu cunoscuse timp de un sfert de secol decât o muncă intelectuală cu ritm regulat şi ajunsese acum să tresară la fiecare deschidere a uşii, din zi sau din noapte – va fi chemat acum? Nu, nu era pregătit să îndure tortura!

Cu toate acestea, nu era chemat. Şi se mirau de asta toţi cei aflaţi cu el în această încăpere care, după cum se putea înţelege, fusese altădată un depozit la subsol, iar cadrele de sticlă mată din tavan erau părţi dintr-un trotuar de pe strada principală a oraşului, pe care mergeau şi mergeau, fără nici o grijă, pietonii, încă necondamnaţi să nimerească aici, iar prin pământ se transmitea vibraţia tramvaielor care treceau pe deasupra.

Nu era chemat. Toată lumea se mira: tocmai nou-veniţii, la prima lor arestare, erau trataţi cu duritate.

Poate că era, într-adevăr, o eroare? Poate că urma să fie eliberat?

Dar la capătul unui anumit număr de zile – le pierduse şirul – fu chemat, „mâinile la spate!", şi un supraveghetor cu părul negru precum cărbunele îl duse, îl tot duse pe nişte scări – la nivelul solului? şi apoi sus, şi mai sus, urcară nişte etaje, iar supraveghetorul plescăia din limbă[1] ca o pasăre necunoscută.

Anchetatorul, în uniformă GPU[2], era aşezat la masă într-un colţ întunecat; faţa lui nu se distingea prea bine, se vedea numai că este tânăr şi botos. Arătă în tăcere spre o măsuţă situată în colţul opus, pe diagonală. Şi Vozdvijenski se pomeni pe un scaun îngust, cu faţa spre o fereastră întunecată mai îndepărtată; lampa de birou nu era aprinsă.

Aştepta cu răsuflarea tăiată. Anchetatorul scria în tăcere.

1. Este vorba de sunetul pe care îl scoteau supraveghetorii atunci când conduceau câte un deţinut pe holurile închisorii, pentru a evita întâlnirea cu alţi deţinuţi.

2. GPU – *Gosudarstvennoe politiceskoe upravlenie* (Direcţia politică de stat). A înlocuit CEKA în perioada februarie-decembrie 1922.

Apoi spuse pe un ton sever:

– Povestiţi despre activitatea dumneavoastră diversionistă.

Vozdvijenski mai mult se miră decât se sperie.

– Nimic de genul acesta nu a fost niciodată, vă asigur! – Ar fi vrut să adauge acest argument rezonabil: cum poate *un inginer* să distrugă ceva?

Dar după procesul Partidului Industrial?...

– Nu, povestiţi.

– Dar nu s-a întâmplat nimic şi nici nu putea să se întâmple!

Anchetatorul continua să scrie, tot fără să aprindă lampa. Apoi, fără să se ridice, spuse cu voce tare:

– V-aţi uitat prin celulă? N-aţi văzut încă totul. Pe ciment se poate şi fără scânduri. Sau într-o groapă umedă. Ori sub lumina unei lămpi de o mie de lumeni, să orbiţi.

Vozdvijenski abia reuşea să-şi sprijine capul cu mâinile. Ei chiar fac toate astea. Şi cum să rezişti?

Acum anchetatorul aprinse lampa lui de birou, se ridică, aprinse şi becul din tavan şi se aşeză în mijlocul camerei, privindu-l pe anchetat.

În pofida uniformei GPU, avea o faţă extrem de simplă. Osatură lată, nasul scurt şi gros, buzele groase.

Şi spuse cu un glas nou:

– Anatoli Palîci, eu înţeleg perfect că nu aţi comis nici un fel de acte de sabotaj. Dar trebuie să înţelegeţi şi dumneavoastră: *de aici* – nimeni nu iese achitat. Ori un glonţ în ceafă, ori detenţia.

Nu de aceste cuvinte dure se miră Vozdvijenski, ci de vocea binevoitoare. Îşi aţinti privirea asupra feţei anchetatorului şi ceva-ceva parcă îi era cunoscut. O simplitate naivă. Când o mai văzuse?

Iar anchetatorul stătea aşa, în plină lumină, în mijlocul camerei. Şi tăcea.

Îl mai văzuse, îl mai văzuse. Dar nu-şi putea aminti.

– Nu vi-l aduceţi aminte pe Konopliov? întrebă acela.

Ah, Konopliov! Exact, exact! – cel care nu ştia rezistenţa materialelor. Iar apoi dispăruse undeva de la facultate.

– Da, n-am absolvit. Conform tabelului de repartiţie de la komsomol, am fost luat în GPU. Sunt deja de trei ani aici.

Şi – ce se întâmplă în prezent?...

Stătură puţin de vorbă. Pe deplin liber, omeneşte. Ca în cealaltă viaţă, de până la coşmar. Şi Konopliov spuse:

– Anatoli Palîci, în GPU nu se fac greşeli. Pur şi simplu de aici nu iese nimeni. Vreau să vă ajut, dar nu ştiu cum. Gândiţi-vă şi dumneavoastră. Trebuie să scriem ceva.

Vozdvijenski se întoarse în subsol cu o speranţă nouă.

Dar şi cu o învolburare întunecată în cap. Nu putea *să scrie* nimic.

Dar să meargă în lagăr? La Solovki?

Simpatia lui Konopliov îl impresionase puternic şi îl încălzise. Între *aceşti* pereţi? într-un asemenea loc?...

Începu să se gândească la acei tineri împinşi înainte de facultăţile muncitoreşti. Până acum, cunoscuse unul dintr-ăştia, care se făcuse remarcat: un arogant, un necioplit, pe care Vozdvijenski îl avea ca superior în munca lui de inginer. Şi în şcoala pe care o absolvise Liolka, în locul talentatului director Malevici, destituit atunci, fusese numit un ignorant obtuz.

Cu mult timp înainte de revoluţie, poeţii îi presimţiseră şi-i preziseseră pe aceşti viitori *huni*...

Încă trei zile în celula de la subsol, sub picioarele trecătorilor neştiutori, şi Konopliov îl chemă din nou.

Numai că Vozdvijenski nu născocise încă nimic – să scrie.

– Dar – trebuie! – îl îndemnă Konopliov. Nu aveţi încotro. Nu mă siliţi, Anatoli Palîci, să iau *măsuri*. Sau o să vi se schimbe anchetatorul şi atunci sunteţi pierdut.

Până una-alta, fu mutat într-o celulă mai bună – nu la fel de umedă şi cu paturi suprapuse. I se dădură tutun şi permisiunea de a primi un pachet de acasă.

Bucuria pachetului nu era legată atât de alimentele şi de lenjeria primite, cât de ideea că acum cei de acasă ştiau: eu sunt *aici*! şi sunt în viaţă. (Semnătura prizonierului de pe inventarul de colet este transmisă soţiei.)

Şi îl chemă din nou Konopliov, din nou încercă să-l convingă.

Dar – cum să scuipe munca pe care o făcuse cu pasiune şi cu zel timp de douăzeci de ani? Pur şi simplu – să scuipe pe el însuşi, pe sufletul lui?

Iar Konopliov spunea: fără un rezultat, ancheta o să fie acuşi încredinţată altcuiva.

Şi într-o zi îi spuse:

– Mi-a venit o idee. Şi am obţinut aprobările. Există o cale de scăpare: trebuie să semnaţi o declaraţie prin care vă obligaţi să ne daţi informaţiile necesare.

Vozdvijenski se dădu înapoi:

– Cum se poate...? Cum... să fac aşa ceva?! Şi ce fel de informaţii v-aş putea da?

– Păi, despre starea de spirit din mediul ingineresc. Despre câţiva cunoscuţi de-ai dumneavoastră, de exemplu despre Friedrich Werner. Şi mai sunt şi alte nume acolo, pe listă.

Vozdvijenski îşi prinse capul în mâini:

– Dar asta – eu nu pot face!!

Konopliov clătină din cap. Pur şi simplu nu credea:

– Înseamnă că o să mergeţi în lagăr? Ţineţi cont: fiica dumneavoastră o să fie exmatriculată din ultimul an de facultate, ca element străin de clasa muncitoare. Şi poate o să se recurgă şi la confiscarea bunurilor, a apartamentului. Eu vă învăţ de bine.

Anatoli Pavlovici stătea fără să simtă scaunul sub el şi, de parcă şi-ar fi pierdut vederea, nu-l vedea nici pe Konopliov.

Capul îi căzu pe mâini, pe măsuţă – şi începu să plângă.

După o săptămână era eliberat.

1993

NASTENKA

1

Părinţii Nastenkăi muriseră devreme, iar de la vârsta de cinci ani o crescuse bunicul ei, părintele Filaret, văduv şi el la vremea aceea. În casa lui din satul Milostaiki a trăit fata până la vârsta de doisprezece ani, în vremea războiului cu Germania şi a revoluţiei. Bunicul i-a ţinut loc de părinţi şi capul său cu păr alb şi cu privire pătrunzătoare, luminoasă, dar şi duioasă când se îndrepta spre ea, trona în copilăria ei ca o imagine esenţială, statornică, iar toţi ceilalţi, printre care şi două mătuşi, veneau abia după aceea. De la bunicul său învăţase şi primele rugăciuni, şi regulile de comportare în viaţă. Mergea cu drag la slujbele bisericeşti, stătea în genunchi, iar în dimineţile senine se uita îndelung cum razele de soare bat prin ferestruicile cupolei şi printre ele, din înălţimea bolţii, îşi pogora privirea cu asprime, dar şi cu îndurare, Atotţiitorul. Iar când avea unsprezece ani, când a fost sărbătoarea Aducerii la Bari a moaştelor Sfântului Ierarh Nicolae, Nastenka a mers singură pe jos la mănăstire, peste câmp, mai mult de 25 de verste. La spovedanii căuta de ce anume ar putea să se învinovăţească şi se plângea că nu-şi găseşte păcatele, iar părintele Filaret, de peste epitrahilul pus deasupra, o dăscălea:

– Dar tu, fetiţo, căieşte-te dinainte. Căieşte-te dinainte, păcate o să tot fie, o să to-oot fie.

Vremurile se schimbau repede. Părintelui Filaret i s-au confiscat 15 deseatine din terenurile bisericii şi i s-au dat 4 hectare după numărul de persoane, fiind puse la socoteală și cele două mătuși. Dar cu condiția să fie lucrate cu propriile lor mâini, altfel le-ar fi fost luate și acestea. La școală, elevii au început să se uite chiorâș la Nastenka și să o numească „nepoata popii". Dar, în scurt timp, școala din Milostaiki a fost închisă cu totul. Pentru a studia mai departe, Nastenka a fost nevoită să se despartă și de casă, și de bunicul ei.

Nastenka s-a mutat la 10 verste depărtare, în Cerenciți, unde a închiriat o locuință, împreună cu alte trei fete. În școala aceea, băieții obișnuiau să le necăjească: se așezau de o parte și de alta pe un coridor îngust și nu lăsau să treacă nici o fată fără să pună mâna pe ea. Nastia s-a întors imediat în curte, a rupt niște crengi de salcâm cu ghimpi, a pornit cu îndrăzneală și i-a biciuit bine pe băieți. Pe ea nu au mai atins-o. Era roșcată, pistruiată și se considera urâtă. (Și se tulbura dacă, în vreo carte, citea despre dragoste.)

Cele două mătuși ale ei – mătușa Ganna și mătușa Frosea – nu reușeau să vadă nici o cale în viață, așa cum li se întâmplă tuturor fiicelor de preot. Așa cum procedase unchiul Lioka mai înainte, cumpărând o adeverință care arăta că el este fiu de țăran sărac și ascunzându-se apoi undeva departe, la fel și mătușa Frosea a plecat la Poltava, sperând să-și schimbe acolo *originea socială*. Mătușa Ganna avusese un logodnic, chiar în Milostaiki, și ar fi rămas aici, dar a aflat pe neașteptate la spitalul din oraș că o prietenă a ei avortase copilul făcut cu acest logodnic. Mătușa Ganna s-a întors acasă ca moartă și, de furie, după o săptămână s-a măritat cu un comunist, soldat în Armata Roșie, unul dintre cei care erau cantonați atunci în casa lor. Și cum s-a măritat? S-a căsătorit civil și a plecat cu el la Harkov. Iar părintele Filaret, îndurerat, și-a blestemat de la amvon fiica pentru că nu s-a cununat. A rămas el în casă, complet singur.

A mai trecut o iarnă, Nastenka a terminat șapte clase. Ce să facă mai departe, încotro s-o apuce? Între timp, mătușa Ganna se aranjase bine: era administrator la un cămin pentru copii, chiar în apropiere de Harkov, iar cu soțul se certase, se despărţise, deşi el fusese avansat într-un post important. Şi a chemat-o pe nepoată la ea. Pentru ultima oară, Nastenka a mai petrecut o vară în casa bunicului. La sfatul lui, a luat o iconiţă de hârtie cu Mântuitorul (icoana Mântuitorului cea nefăcută de mână) – „ia şi roagă-te!“; a ascuns-o într-un plic, şi pe acesta într-un caiet: acolo nu merge să se vadă că ai aşa ceva. Şi la începutul toamnei a plecat la mătuşa ei.

Aceasta devenise deja mai înţeleaptă: „Acum ce-o să faci? Ai să lucrezi la fabrica de cărămizi? sau ca femeie de serviciu? Altă cale nu există pentru tine decât să te înscrii în komsomol. Uite, ai să te înscrii aici, la mine“. Până una-alta, mătuşa ei a instalat-o ca ajutor de educatoare, să se ocupe de copilaşi; Nastenkăi îi plăcea foarte mult, numai că postul era provizoriu. Dar deja avea multe de făcut: să nu le spună copiilor decât lucruri *corecte*, să nu greşească şi să se pregătească ea însăşi pentru komsomol. Tot acolo era şi komsomolista instructoare de pionieri Pava, care purta cu ea un volum roşu de Marx şi Engels, de care nu se despărţea niciodată. Ba mai rău, avea cele mai infame cărticele, printre care se afla un fel de roman despre o mănăstire catolică din Canada; acolo se prezenta modul în care erau pregătite fetele pentru împărtăşanie: înainte de asta, sunt duse în timpul nopţii într-o chilie, unde se află un călugăr zdravăn, care o ţine pe fată în pat. Iar apoi o consolează: „Să ştii şi tu. Trupul nostru oricum va pieri, trebuie să salvăm nu trupul, ci sufletul“.

Nu era posibil aşa ceva, e o minciună! Sau poate aşa e dincolo de ocean? Dar Pava susţinea cu fermitate cum că ştie ea că şi în mănăstirile ruseşti totul este întemeiat pe minciună.

Cât de silă îi era să intre în komsomol: şi acolo tot aşa îşi vor bate joc? mai sunt şi alţii ca Pava?

Dar mătuşa Ganna insista şi o îndemna: înţelege odată, nu ai altă cale în afară de komsomol. Altfel, îţi rămâne doar să te spânzuri.

Da, viaţa se tot se închidea, tot mai inflexibilă... Să intre în komsomol?

Și odată, noaptea târziu, când nu vedea nimeni, Nastia a luat iconița cu Hristos și s-a aplecat spre ea cu un sărut de adio și de căință. Apoi a rupt-o mărunt-mărunt, ca să nu se înțeleagă din bucăți ce a fost.

Pe 21 ianuarie era prima comemorare a lui Lenin. Căminul lor de copii se afla sub patronajul sovnarkomului Ucrainei și, la adunarea solemnă, a venit însuși Vlas Ciubar[1]. Scena era împodobită în roșu și negru, iar în fața unui portret mare al lui Ilici, copiii care deveneau pionieri erau rebotezați din Mișa și Mașa – în Kim, Vladlen[2], Marxin și Octombrin; străluceau de bucurie că își schimbau numele și le repetau pe cele noi.

Iar Nastia – Nastia a depus jurământul de intrare în komsomol.

Până la sfârșitul primăverii, ea a rămas să lucreze la căminul de copii, dar nu avea un post permanent aici. Și mătușa Ganna a obținut pentru Nastenka un post de administrator al sălii de lectură din satul Ohocee. Astfel, prin comuna Taranovka, Nastia, care nu împlinise încă șaisprezece ani, a plecat cu o căruță, luând cu ea doar o legăturică.

A găsit sala de lectură, o cameră murdară, aflată sub același acoperiș cu sovietul sătesc. Și-a suflecat poalele și a început să spele podeaua, deoarece totul trebuia să fie șters, spălat, trebuia să agațe pe un perete portretul lui Lenin și o pușcă fără închizător donată casei, cine știe pentru ce. (Tocmai atunci a venit președintele comitetului executiv al raionului, Arandarenko, înalt, tuciuriu – s-a mirat de curățenia pe care o făcuse Nastia și a lăudat-o.) La casa de lectură se găseau broșuri, dar aveau abonament și la revista *Sărăcimea*. Revista o luau s-o citească (dar și ca să-și răsucească țigările) numai doi-trei țărani, dar broșuri – nu a luat nimeni niciodată, nici una.

---

1. Vlas Iakovlevici Ciubar (1891-1939), om politic. A ocupat înalte funcții de partid și de stat în Ucraina și URSS (printre care și președinte al sovnarkomului Ucrainei).

2. Prenume formate prin abreviere, din inițialele în rusă ale cuvintelor „Internaționala Comunistă de Tineret", respectiv de la Vladimir Lenin.

Dar unde să locuiască? Președintele sovietului sătesc, Roman Korzun, i-a spus: „E periculos pentru tine să stai departe, poți fi împușcată" și a trimis-o în jumătatea de casă rechiziționată de la diacon, aproape de sovietul sătesc.

Nastia nu a înțeles pe loc de ce este periculos: pentru că acum ea făcea parte chiar din neîndurătoarea putere sovietică. Se apropia sărbătoarea Ivan Kupala[1], hramul bisericii din Ohocee, era zi de iarmaroc și era așteptată multă lume. Organizația lor de komsomol repeta o piesă antireligioasă și, cu ocazia sărbătorii, a reprezentat-o în magazia cea mare. Se și cânta acolo:

Nu mă săruta focos,
Născătoare eu nu mi-s,
Nicicând pe Iisus Hristos
Nu l-oi naște nici în vis.

I se strângea inima de umilință și de rușine.

Și ce se mai întâmpla? – în casa diaconului toată familia se uita acum la Nastia cu ochi dușmănoși, dar ea nu se hotăra să le explice și să se destăinuiască! – n-o să fie oare și mai rău? Umbla în liniște prin casă până ajungea în colțișorul ei. Însă Roman – deși trecut de treizeci de ani, era holtei sau divorțat – a anunțat-o că prima cameră de trecere o va lua el, iar Nastia va locui în următoarea.

Numai că între camere nu era ușă plină, era doar o perdea.

Dar Nastia nu se simțea în pericol – Korzun era deja bătrân, ba încă și președintele sovietului sătesc; ea mergea în cameră, se întindea în pat și citea o cărțulie la lumina lămpii cu gaz. Însă, după o zi, el a început deja să bombănească: „Nu-mi plac târfulițele astea de oraș, toate se dau mironosițe". Și în a treia seară, când iarăși stătea și citea, Korzun s-a repezit fără zgomot spre deschizătura ușii, a dat brusc perdeaua la o parte și s-a aruncat

1. Nașterea Sfântului Ioan Botezătorul, sărbătorită pe 24 iunie.

asupra ei. I-a prins foarte repede ambele mâini, iar ca să nu țipe – i-a astupat gura cu gura lui arzătoare.

Să nu te miști. Dar – e buimăcită. Iar el este ud de sudoare, dezgustător. Dar – ce înseamnă asta?

Roman a văzut sângele – s-a mirat: o komsomolistă?! Și și-a cerut iertare.

Iar acum – ea trebuie să spele totul în lighenaș, pentru ca familia diaconului să nu vadă asta.

Însă, chiar în aceeași noapte, din nou s-a desfătat cu ea și din nou, acoperind-o cu sărutări.

Nastia se simțea de parcă ar fi fost lovită în cap și complet lipsită de puteri.

Și acum, în fiecare seară, nu mai venea el – ci o chema, iar ea, nu se știe de ce, se ducea supusă. Și multă vreme nu-i dădea drumul, fumând în pauze câte o țigară.

Chiar în aceste zile, a auzit ea un zvon și a înghețat: că prin Ohocee bântuie sifilisul.

Dar dacă – și el??

Însă nu îndrăznea să-l întrebe direct.

Și asta ar mai fi durat multă vreme? Korzun era posesiv și nesățios. Odată, spre dimineață, înainte de a se lumina de ziuă, el dormea, dar ea nu – și a văzut dintr-odată că se uită la ei de afară, pe fereastră, secretarul pirpiriu al sovietului sătesc, venit de bună seamă să-l cheme de urgență pe Korzun – dar văzuse deja – și a văzut că ea îl vede și rânjea satisfăcut, mârșav și josnic. Și chiar a mai stat, s-a uitat și abia după aceea a plecat, renunțând să mai bată.

Și acest rânjet diabolic al secretarului a rupt, a tăiat toată acea stare de amețeală, de năucire în care trăise Nastia în aceste săptămâni. Nu de ceea ce se va bârfi acum în tot satul i se făcea rușine, ci din cauza acestui zâmbet zeflemitor!

Nastia s-a vânzolit fără încetare, însă Roman tot nu s-a trezit. Și-a strâns încetișor toate lucrurile într-o bocceluță la fel de mică precum cea cu care venise, a ieşit încetişor, dormeau toţi – şi a pornit pe drum spre reşedinţa de raion, la Taranovka.

Era o dimineaţă liniştită şi caldă. Vitele erau mânate la păşune. Se auzea cum pocneşte biciul ciobanului. Dar nu trecea nici o brişcă, nu se ridica nicăieri praful drumului, care se întindea sub picioare ca o catifea. (Şi-a adus aminte de dimineaţa în care a mers, odinioară, la mănăstire.)

Nu ştia nici ea: unde merge şi de ce? Ştia doar că nu putea să rămână.

Cunoştea pe cineva: pe Şura, o femeie nemăritată, curiera comitetului executiv al raionului. A ajuns la ea în odăiţă, a plâns cu hohote şi i-a povestit totul.

Şura i-a purtat de grijă, a alinat-o. A pus la cale ceva: o să-i povestească totul pe şleau lui Arandarenko.

Iar el nici nu a chemat-o s-o vadă, şi-o amintea. A dat dispoziţie ca ea să primească, în spaţiul ocupat de comitetul executiv, o măsuţă, nişte documente şi un salariu.

Însă nu multă vreme s-a mirat ea de bunătatea lui. De la cei din comitetul executiv a aflat că este un mare fustangiu. Şi iată care era metoda lui: lua ori vreo asistentă medicală de la spital, ori vreuna dintre profesoarele tinere şi o urca vara într-o brişcă, iarna în sanie, şi vizitiul îşi mâna caii vijelioşi undeva prin stepa pustie, iar el, în goana mare, întindea fata pe jos. Asta era plăcerea lui.

Nici Nastia nu a aşteptat prea mult timp să-i vină rândul. (Dar – cum să se împotrivească? Şi – unde să mai plece cu bocceluţa?) Arandarenko a chemat-o, a atins-o pe umăr şi i-a făcut semn cu capul să meargă cu el. Şi – au pornit în galop! Oh, şi diavolii de cai, de ce nu se întorc din drum? Sălbaticul ciufulit a aruncat-o pe spate, ea şi-a încolăcit mâinile pe cap – şi pe lângă el nu vedea decât spinarea lată a vizitiului, care nu s-a întors nici măcar o dată, şi cerul acoperit de norişori.

În zilele acelea, Korzun a venit la Taranovka, a rugat-o să se întoarcă şi i-a promis că se căsătoreşte cu ea. Dar Nastia nu-l putea suferi și a refuzat zeflemitor. Atunci el a amenințat că își va pune capăt zilelor. „Un membru al Partidului Comunist? Nu pui tu nici un capăt." Atunci el a depus o hârtie oficială: cerea ca ea să fie trimisă în sat la sala de lectură, era o dezertoare! Cererea nu a fost aprobată. Korzun a convocat chiar adunarea obștii satului și i-a obligat pe toți să voteze: să fie adusă înapoi funcționara de la sala de lectură! Nastia s-a temut foarte tare că va fi retrimisă în Ohocee. (Din fericire, nu se îmbolnăvise acolo.) Dar Arandarenko a refuzat.

El i-a dat dispoziție Nastei să se pregătească pentru a merge la Harkov, urmând să participe la niște cursuri de bibliotecară timp de două luni. A plecat și el. Și acolo *a rezervat* pentru ea o cameră cu un pat pentru câteva zile.

Și – venea aici. Până acum, ea fusese indiferentă, dar acum o răscolea ceva, a devenit îndatoritoare și Arandarenko a lăudat-o: „O să te faci o fată lipicioasă. Și ochii îți strălucesc, ești frumoasă".

Apoi Arandarenko a plecat în raion, dar cursurile au continuat. După aceea, ea s-a întors la Taranovka pe un post de bibliotecară. Aștepta atenție de la Arandarenko, însă nu l-a mai văzut nici măcar o dată, ca și cum uitase de ea.

La clubul komsomolului funcționa un cerc de teatru. Nastia a început să meargă seara acolo. Puneau în scenă *Timpul când soarele răsare*[1], precum și o piesă dintre cele mai noi despre lupta de clasă: copiii chiaburilor se fac îndrăgiți de copiii săracilor, ca „să pătrundă în socialism încet și pe nesimțite". Iar în cercul lor era și Sașko Poguda – cu umeri largi, bine făcut, cu părul bălai cârlionțat și cânta admirabil:

Astăzi mie mi-este foarte dor[2].

---

1. Piesă de teatru scrisă de Marko Kropivnițki (1840-1910), un clasic al literaturii ucrainene.

2. Dintr-un cântec popular ucrainean.

El îi plăcea Nastenkăi tot mai mult, cu adevărat, sufletește. Și a sosit primăvara, a șaptesprezecea pentru ea; cu dragă inimă a mers Nastenka să se plimbe cu el – de-a lungul căii ferate și pe câmp. El a început să spună că se va căsători cu ea, fără să-i întrebe pe părinți. Și au făcut dragoste. Au ajuns la cimitir – și acolo, pe iarba tânără de aprilie, chiar lângă biserică... – dar ce mai avea ea de păstrat și pentru ce? Și – chiar de prima dată a zămislit. I-a spus lui Sașko, iar el: „De unde știu eu cu cine ai mai umblat?".

A plâns. Dinadins a ridicat greutăți, a mutat mobilă grea – nimic nu a fost de folos. Iar Sașko a început să evite întâlnirile. Părinții voiau să-l însoare cu fiica unui felcer, care avea o zestre bună.

A vrut să se arunce în fântână, dar o prietenă a reușit să o țină. S-a dus vestea. Și organizația de komsomol l-a obligat pe Sașko să se însoare. S-au căsătorit civil. (Conform unei zicale batjocoritoare de pe vremea aceea: „Căsătorie-n primărie – a sta capră-n magazie"). Părinții lui nici nu voiau s-o vadă pe Nastia în casă.

Au închiriat o locuință sărăcăcioasă. Sașko nu împărțea banii pe care îi câștiga – el chefuia. Pe un ger puternic, în ianuarie, Nastia a născut pe o sobă rusească, nu reușiseră să o ia de acolo, ca să o ducă la spital. Fetița și-a ars piciorușul de o cărămidă încinsă și i-a rămas o cicatrice pentru toată viața.

Dar fetița – ce-o să fie cu ea, o să rămână nebotezată? Păi acum – și unde? Păi se duce vestea – o să fie dată afară din komsomol, nici nu avea rost să încerce.

Iar Poguda chefuia și mai mult, pe ea parcă o abandonase, nu era preocupat nici de ea, nici de fetiță. S-a hotărât să plece de la el. Divorțul a fost simplu: a plătit 3 ruble și i-au trimis de la oficiul stării civile o carte poștală: divorțată. Komsomolul a ajutat-o să primească un post de bibliotecară la periferia Harkovului, în Kacianovka – o localitate aflată lângă un abator și o fabrică de prelucrare a mațelor. S-a găsit un cuplu de oameni buni, fără copii, care au fost de acord să o ia la ei pe Iulka, deja înțărcată, pentru o jumătate de an, apoi un an, iar Nastia venea în vizită; altfel, nici locuință nu ar fi găsit. Acum, a închiriat un colț de cameră la o văduvă singură.

Însă renunțarea nu a durat multă vreme. S-a făcut din nou vremea caldă. Din organizația lor făcea parte și Terioșa Repko – liniștit, tandru, cu fața albă. Într-o seară, după o ședință lungă (în acel an toți luptau cu opoziția troțkistă), a mers cu ea să o conducă: localitatea era cunoscută pentru tâlhăriile petrecute acolo și Nastenka trebuia să meargă pe lângă un maidan folosit ca groapă de gunoi, unde fuseseră găsiți și oameni uciși. A condus-o o dată, s-au sărutat, o asemenea tandrețe Nastia încă nu cunoscuse. A început să o conducă atunci când ieșea de la bibliotecă – și a doua oară, și a treia. Erau foarte atrași unul de celălalt, dar – nu aveau unde să se întâlnească, la ea nu putea să-l aducă, era o singură cameră și văduva se culca devreme. Însă mai era o verandă cu geamuri – s-au furișat încet-încet și s-au întins direct pe podea.

Ea l-a îndrăgit – voia să-l rețină, să-l păstreze multă vreme. Îl dezmierda. Voia să se mărite cu el. Toamna târziu, a rămas însărcinată. Și atunci – a dat buzna în bibliotecă, pe neașteptate, gazda lui Terioșa, o femeie de vreo patruzeci de ani: „Am venit să văd ce poamă ești!". Nastia a încremenit, iar cealaltă o ponegrea în gura mare. Și abia după aceea a aflat: ea îl întreține pe Terioșa și, din cauza asta, el trăiește cu ea și nu poate să o părăsească.

Dar cum de nu a spus dinainte?! A apucat-o disperarea! A făcut avort, sarcina avea doar o lună.

Trăia – ca în neant. Și – trebuie s-o ia și pe Iulka înapoi.

Însă a remarcat-o și i-a făcut rost de o cameră însuși responsabilul cu frigiderele, Kobîtcenko. A luat-o pe Iulka la ea. Și toată iarna el a întreținut-o bine. De data asta, ea a lăsat sarcina să evolueze, apoi a mers să se interneze într-un spital particular, unde i-a fost scos un făt de trei luni, doctorul a înjurat, au aruncat fătul, care deja se vedea că este băiat, în găleata de gunoi.

Kobîtcenko a fost ori destituit, ori mutat, nu s-a mai știut nimic de el. Nastei i-a apărut o inflamație. A aflat că Poguda este acum în Comitetul Central al sindicatului și s-a dus ca să-i ceară un bilet de repartizare pentru un sanatoriu în Crimeea. El i-a promis că va obține unul, dar, până să-l procure, inflamația a trecut. Totuși, ea a plecat, fără Iulka.

Sanatoriul se afla în Mănăstirea Sfântul Gheorghe, aproape de Sevastopol. După marele cutremur din Crimeea din anul precedent, mulți se temeau să vină aici, de aceea erau numeroase locuri libere. Și iată ce s-a întâmplat: alături, în apropiere, era cantonat un detașament de marinari. Și câteva femei și fete din sanatoriu mergeau acolo, la ei în vizită, pe sub niște arbuști. Și Nastia nu putea să-și înfrângă starea de dorință permanentă. A devenit receptivă la invitații și nu-și cobora privirea. S-a găsit și pentru ea un marinar, și încă unul.

S-a întors la Kacianovka, iar acolo, contabilul uzinei, un om în vârstă, i-a spus: mergem într-o delegație, departe. Și a luat-o împreună cu Iulka. Au mers câteva zile într-un compartiment separat, câteva zile au stat acolo, iar alte câteva la întoarcere. Și a dezmierdat-o în fel și chip. Aici, în tren, a împlinit ea nouăsprezece ani și au sărbătorit cu vin. Iar după ce s-au întors din delegație, contabilul nu a mai venit la ea nici măcar o dată, avea familie.

Trebuia cumva să stea pe picioarele ei. Noroc că administratorul clubului a trimis-o la niște cursuri pregătitoare pentru a intra la un institut, de genul facultate muncitorească, însă numai pentru o jumătate de an. O bursă de treizeci de ruble, pentru o supă și un terci, deja totul se scumpea. Căminul era într-o biserică mare, neîncălzită. Cursurile deja începuseră, fără ea, iar paturile de scânduri cu două etaje fuseseră demontate. Pentru a nu sta pe podeaua de ciment, ea împreună cu Iulka dormeau pe masa pe care înainte se punea epitaful sau erau așezate sicriele cu cei răposați. Apoi, fiind mamă cu copil, au mutat-o într-o baie nefolosită, fără geam, dintr-un alt cămin. Pe Iulka o ducea la grădiniță de la 7 dimineața la 7 seara. S-a găsit și aici un „vizitator" pentru ea, Șcerbina, bine hrănit, puternic, foarte greoi. El era căsătorit și spunea că trăia bine cu soția, dar se năpustea cu exasperare pe Nastia. Pentru ea, cu viața ei înfometată, asta era bine, nu se mai sătura de acest trai. De fiecare dată, Șcerbina îi lăsa câte ceva, ba ciorapi cu fir persan, ba parfumuri ori pur și simplu bani. Și ce putea face? Accepta. După acel avort dificil, ea nu mai rămânea însărcinată.

În luna septembrie a anului următor, Nastia a fost admisă la Institutul Educației Sociale, cu trei ani de studii. A fost mutată într-un cămin normal, o cameră la trei mame, iar Iulka mergea la grădiniță.

În această iarnă, mătușa Ganna, care dispăruse pentru multă vreme, a apărut pe neașteptate în Harkov. Nastia s-a repezit spre ea. Se dovedise că părintele Filaret a fost exilat în Solovki.

Așa deci – a simțit un fior de gheață. Îl vedea – chipul său atent, bun, încadrat de părul alb – și chiar putea să-i audă vocea caldă și moralizatoare. Solovki?? – cel mai groaznic cuvânt după GPU.

Și iată, temându-ne să lăsăm urme – noi toți l-am abandonat. L-am trădat.

Dar – cu ce l-am fi putut ajuta?

Nu, s-a dovedit că mătușa Frosea din Poltava a corespondat cu el cât timp el era încă în Milostaiki – în acest fel s-a și descoperit că este fiică de preot, a fost dată afară din contabilitate și nu a fost lăsată să obțină un loc de muncă bun. Iar după mătușa Frosea – și mătușa Ganna a fost demascată și ar fi putut să piardă totul – însă cunoștea pe cineva în GPU, care i-a obținut o misiune: să întrețină în Harkov un apartament bun și să atragă aici persoanele pe care le vor indica ei. Deși trecuse de treizeci de ani, își păstrase farmecul și se îmbrăca bine acum, iar apartamentul era mobilat bine, avea trei camere și era încălzit. (Încălzit! – acum nu aveau toți această fericire.)

După câteva întâlniri, mătușa Ganna a întrebat-o: „Știi ce sunt nopțile ateniene?". Nastia nu știa. „Trebuie ca toți să umble dezbrăcați, iar bărbații aleg. Când n-o să fie destule femei, îți dau un telefon și te chem, bine?"

De acord, firește. De altfel, Nastia mergea cu dragă inimă, devenise desfrânată. Mătușa Ganna a comandat pentru Nastia o rochie mulată și străvezie ca muselina. Totul era nostim, lipsit de griji. De jur împrejur, se trăia modest, existau cartele, dar pe cartele nu primeai mare lucru, iar aici domnea abundența.

Astfel au trecut două ierni și o vară între ele, Iulka are deja patru ani, merge pe cinci, iar Nastia – douăzeci și doi. Și acum, dintr-odată, pe mătușa Ganna agenții „au detașat-o", fără urmă. Și toată treaba asta a luat sfârșit.

Dar Nastia a devenit cu atât mai dornică să învețe în ultimul an de studii, ca să obțină note bune. „Educație socialistă" se făcea în toate școlile cu caracter general, se învăța și pedagogie, se învăța și pedologie. Absolventele trebuiau să ducă în învățământul public gândirea socialistă.

Dar întreaga regiune și chiar Harkovul erau amenințate de foametea mortală. Pe cartelă se dădeau două sute de grame de pâine. Țăranii înfometați intrau pe furiș în oraș peste bariere, pentru a cere de pomană. Și mamele își abandonau copiii muribunzi. Iar pe străzi, ici și colo, erau întinse cadavre.

De la mătușa Frosea a sosit o scrisoare în care spunea că părintele Filaret a murit. (Nu putea să spună de-a dreptul în scrisoare, dar era limpede că murise – *acolo*.)

Și cum să nu fie dureros??

E cu putință?

Acesta e trecutul. Totul, totul s-a prăbușit nu se știe unde.

În ianuarie '32, studenții au fost trimiși în practică pedagogică. Dar multe școli rurale rămăseseră pustii din cauza colectivizării și a foametei, nu mai existau elevi. Și când a venit timpul să primească repartizarea, Nastia a nimerit în „orășelul de copii Țiurupa", aflat pe fosta proprietate a generalului Brusilov. Copiii erau din Harkov, dar cu atât mai ușor le era țărăncilor din împrejurimi să ajungă aici, își aduceau copiii lihniți de foame, iar ele se întorceau să moară acasă. (De altfel, în unele sate erau și cazuri de canibalism.) Din cauza inaniției, mulți copii din orfelinat erau uzi tot timpul, nu puteau să-și țină urina. Reușeau cu chiu, cu vai să le dea de mâncare, iar copiii își luau unul altuia mâncarea sau îmbrăcămintea pe care o primeau. Cei de la oraș, din neștiință, culegeau primăvara plantele nepotrivite și se otrăveau cu mătrăgună. Orășelul Țiurupa era condus de un militar, întotdeauna îmbrăcat cu tunică și pantaloni de călărie, sever, rigid și cerând să fie ordine pretutindeni și în toate. (Avea o soție frumoasă, venea la el din oraș, dar el a început să meargă la Nastia, care îi atrăgea pe toți prin ceva anume.)

În mai, studenții s-au întors la Harkov pentru ultimele examene de absolvire. Avea Nastia o colegă, Emmocika, deja căsătorită, dintr-o familie de bogătași, ar fi putut să intre și într-un institut mai bun, dar nu se știe de ce se afla aici. Și într-o zi de mai – Nastia nu a știut nimic, a înțeles după aceea – a sosit de la Moscova, în delegație la Harkov, un erou al Războiului civil, Viktor Nikolaevici Zadorojnîi. El făcuse cunoștință cu Emma, cine știe unde, și i-a trimis un bilet în care scria că vrea să o vadă – „aștept vești". Dar curierul i-a dat biletul, în mod foarte penibil, în prezența soțului ei, astfel încât Emma a fost nevoită să-l citească cu voce tare – însă ea a întors totul în glumă, spunând că o caută pe colega ei, dar nu știe adresa, și a scris de față cu soțul ei cum și unde o poate găsi pe Nastia, dar apoi până seara nu a putut să scape de soțul ei, pentru a o preveni. Zadorojnîi a primit biletul, s-a mirat, dar a venit imediat și a invitat-o pe Nastia să iasă pe bulevard, unde s-au așezat sub un salcâm frumos mirositor.

Zadorojnîi era înalt, bine făcut, tot în tunică și pantaloni de călărie, numai că îi lipsea o mână: în timpul Războiului civil, cazacii îi tăiaseră o mână de la cot. (Ca și cum aceștia ar fi știut că lui îi plăcea să povestească cum înainte de revoluție, în timpul grevei, așteptând atacul cazacilor, puneau grape cu dinții în sus, iar cazacii care năvăleau în zbor cădeau și se răneau, împreună cu caii lor.) Din anul '17, el era membru de partid, iar în prezent studia la Academia Industrială de pe lângă Comitetul Central.

Și, abia revenindu-și din această situație imprevizibilă, încă neînțelegând toate circumstanțele întâlnirii, Nastia, în bluza ei albă simplă cu o dungă verde, a hotărât dintr-odată că este în puterea ei să nu-i dea drumul să plece.

El se grăbea: au stat de vorbă o jumătate de oră, apoi el a invitat-o în aceeași seară la hotelul în care stătea. Ea, firește, s-a dus, știind că, după aceea, el nu o va abandona.

Într-adevăr, dimineața el a anunțat-o că o va lua la Moscova. (De Emma, în ziua următoare, a scăpat cu o glumă, iar ea s-a înfuriat pe Nastia.)

El a mai petrecut câteva zile la Harkov, Nastia nu i-a spus imediat despre Iulka, dar el a acceptat-o și pe fetiță, o să le ia împreună. Ea mai avea de dat ultimele examene de absolvire, dar deja i se promisese că va fi trimisă mai departe la un institut specializat în studierea lui Șevcenko - Viktor a zâmbit doar: el însuși era ucrainean, dar nu dădea nici o importanță limbii ucrainene.

Să plece la Moscova sau oriunde în altă parte - era imposibil: nu i se dădea nimănui bilet fără un document ștampilat și cu adeverință. Dar Zadorojnîi a venit după o lună cu toate documentele necesare și le-a luat pe ea și pe Iulka din orașul înfometat, pe jumătate mort. Mare noroc.

Iar la Moscova, într-una din primele vitrine, Nastia a văzut franzele albe de grâu! - la 10 copeici una!! - un miraj... Capul i se învârtea, i se făcea rău. Asta era cu totul altă țară.

Și mai uluitor s-a dovedit căminul Academiei Industriale: nu erau camere „de cămin", cu paturi pentru patru, șase ori zece oameni. De pe coridor fiecare ușă dădea într-un antreu mic, iar aici erau două uși pentru două camere diferite. Alături stăteau doi - soț și soție, iar Zadorojnîi - singur, într-o cameră mare, și iată acum venise cu prada. Pentru Iulka era deja pregătit un pătuț.

La Academia Industrială, spunea Viktor, studiază și soția lui Stalin. Și cantina Academiei este bună. Există și o grădiniță curată și bine aprovizionată.

Încă un lucru nemaiîntâlnit era în cameră: un mic aparat electric care se răcea în interior, iar în el se puteau păstra alimente proaspete - salam, șuncă, unt.

Și - să mănânci, oricând dorești!

2

Nastenka și-a petrecut copilăria la Moscova - cea veche, de dinainte, pe o străduță nu departe de Cistîie Prudî. Încă nu începuse războiul cu Germania, când ea știa deja să citească, iar apoi tatăl ei i-a dat voie să-și ia singură cărți din raft. Era o grădină de flori! - cotoarele cărților de toate culorile, și o grădină de flori cu nume de scriitori, de poezii, poeme, povestiri, iar de la o anumită vârstă, a ajuns și la romane. Și Tatiana Larina, și Liza Kalitina, și Vasili Șibanov, și Gherasim, și Anton Goremîka, și puștiul Vlas, care conducea căruța cu vreascuri[1] - toți apăreau vii în fața ei, îi vedea alături în carne și oase și le auzea vocile. Pe lângă asta, ea lua lecții de germană cu Madam și citise deja *Cântecul Nibelungilor*, poeziile lui Schiller, suferințele tânărului Werther, care erau tot vii, dar îndepărtate, în timp ce eroii cărților rusești erau toți foarte aproape, dragii ei prieteni sau adversari.

Chiar înainte de revoluție, Nastenka intrase la gimnaziu, unul dintre cele mai bune din Moscova, care a rezistat printr-un fel de miracol nu numai pe timpul întregii revoluții, ci și câțiva ani din perioada sovietică, numindu-se ca și înainte „gimnaziu", profesorii fiind tot cei dinainte, între care se afla, la literatură, Maria Feofanovna, profesoara cu părul cenușiu-cărunt. Ea le dezvăluia tuturor - însă Nastenka simțea asta

---

1. Personaje din următoarele opere: romanul în versuri *Evgheni Oneghin* de A.S. Pușkin, romanul *Un cuib de nobili* de I.S. Turgheniev, balada *Vasili Șibanov* de A.K. Tolstoi, povestirea *Mumu* de I.S. Turgheniev, nuvela *Anton Goremîka* de D.V. Grigorovici, poezia *Copii de țărani* de N.A. Nekrasov.

deosebit de profund – cum să vadă cărţile într-o manieră nouă: să trăiască nu numai împreună cu aceşti eroi, dar şi împreună cu autorul, tot timpul: ce anume simţea el când a scris? şi cum se raporta la personajele lui, şi – e stăpân pe viaţa lor? sau nu este defel? de ce a procedat într-un fel sau altul şi ce cuvinte sau fraze a ales pentru asta?

Nastenka o îndrăgise pe Maria Feofanovna şi îşi dorea să fie ca ea: când va fi mare – exact la fel va preda şi le va explica literatura rusă copiilor, pentru ca ei să capete interesul de a învăţa versuri pe de rost, de a citi în clasă piese pe roluri şi de a reprezenta fragmente din aceste piese la serate, pe scena şcolii. (Maria Feofanovna îi acorda atenţie Nastenkăi şi îi încuraja pasiunea.) Încă nu se întâmplase ca Nastenka să se îndrăgostească de vreun băiat, însă tot acest univers literar – cât de mult îl iubea! – era o întreagă viaţă enormă, mult mai intensă decât cea care se desfăşura la vedere.

Ea spera ca după absolvirea şcolii să intre la Universitatea din Moscova, la ceea ce rămăsese din facultatea de istorie-filologie de dinainte. Şi tatăl ei, Dmitri Ivanîci, medic epidemiolog, el însuşi un mare admirator al lui Cehov, îi încuraja alegerea.

Dar s-a întâmplat o nenorocire: printr-un ordin, el a fost detaşat să lucreze în regiunea Rostov. Şi au fost nevoiţi să se despartă de Moscova atunci când Nastenkăi, în vârstă de şaisprezece ani, îi mai rămăsese un singur an de şcoală. (E drept că, începând din acel an, Maria Feofanovna nu mai fusese lăsată să predea, fiind considerată depăşită ideologic.)

Moscova!... Nu putea exista un oraş mai frumos decât Moscova, alcătuită nu după planul rece al unui arhitect, ci de fluxul vieţii vii a multor mii de oameni în decursul câtorva sute de ani. Bulevardele ei dispuse în două cercuri, străzile ei animate şi divers colorate, dar şi străduţele strâmbe, întortocheate, cu viaţa separată a curţilor pline de iarbă ca nişte lumi închise – iar peste toate, cerul răsună de clopote cu toate timbrurile şi toate densitățile. Și mai există Kremlinul, și Biblioteca Rumianțev, și măreața Universitate, și Conservatorul.

E drept, și în Rostov le fusese pus la dispoziție un apartament destul de bun, chiar foarte bun pentru condițiile actuale – la primul etaj, cu ferestre mari care dădeau spre liniștita stradă Pușkin, ce avea un bulevard în mijloc. Însă orașul părea cu totul străin, parcă nu ar fi fost rusesc: și prin populația ce cuprindea naționalități diverse, dar și, mai ales, prin limba stâlcită: sunetele în vorbire sunt deformate, iar accentele în cuvinte nu sunt cum ar trebui. La școală, ea nu s-a împrietenit cu nimeni, aici era aceeași atmosferă aspră și străină. Îi era silă și de faptul că neapărat acum trebuia să se înscrie în komsomol: pentru a fi mai sigură că va fi primită în învățământul superior. Imaginile Moscovei o vizitau pe Nastenka și în vis, și în stările de veghe. Era pregătită să locuiască în cămin, numai să studieze la Universitatea din Moscova.

În apartamentul din Rostov, așa cum fusese și în cel de la Moscova, s-au adunat pe perete, în camera Nastenkăi, douăzeci de portrete ale scriitorilor ruși. Căuta să prindă puteri de la ei în acel adevăr în care crescuse și care parcă se încețoșa, se dispersa acum din cauza mediului nou și apăsător. Îi sfâșia inima mai ales portretul lui Nekrasov pe patul de moarte[1]. Îl iubea cu ardoare pentru sensibilitatea lui la suferința poporului.

Iar acum – ca printr-o asemănare amenințătoare? – s-a îmbolnăvit tatăl ei, a răcit grav în timpul unei călătorii pe Don prin intemperiile de toamnă; a făcut o pneumonie, iar aceasta s-a transformat în tuberculoză. Este groaznic numai cuvântul tuberculoză (sunt groaznice afișele referitoare la această boală din sălile de așteptare ale dispensarelor), dar câte vieți a luat deja! și pe a lui Cehov, după cum se știe. Medicamente nu există de nici un fel. Acum să schimbe clima, să meargă

1. Tablou realizat de pictorul rus Ivan Kramskoi în anul 1878, expus la Galeria Tretiakov.

altundeva? – nu au nici bani, nici putere. Blestemat oraş! nefastă e toată mutarea asta aici. Şi vânturile îngheţate de nord-est peste Rostov, care suflă chiar până în aprilie. Îi provoca o durere ascuţită să se uite în ochii tatălui ei: poate că el *ştie* şi mai bine? poate chiar – *se şi pregăteşte* în adâncul sufletului?

Cum să meargă la Universitatea din Moscova? Şi încă un lucru: se dăduse interdicţie pentru medici să practice în particular, iar tatăl ei deja îşi pierduse forţa de viaţă. Şi a fost nevoită să intre aici, la Rostov, la Facultatea de Litere, dar a Institutului de Pedagogie (numit îndată „Industrial-Pedagogic").

Cu toate acestea, a rămas literatura rusă cu Nastenka oricum? Uite că nu. În literatura care era prezentată în faţa ei acum la cursuri, ea nu o mai recunoştea pe cea dinainte. În ce-l priveşte pe Puşkin, deşi i se recunoştea, în treacăt, muzicalitatea versurilor (însă despre claritatea evidentă cu care simţea lumea nu se spunea o vorbă), se arăta cu insistenţă că el a înfăţişat psiho-ideologia nobilimii mijlocii în perioada crizei iniţiale a feudalismului rus: această clasă avea nevoie de reprezentarea prosperităţii domeniilor pe care munceau iobagii şi dovedea frica de o revoltă ţărănească, ceea ce se spunea foarte clar în *Fata căpitanului*.

Un fel de algebră, nu de literatură, dar unde oare dispăruse Puşkin însuşi?

În acel an universitar erau multe fete, unele dintre ele deloc proaste. Şi se putea observa cum una sau alta dintre ele erau tulburate să afle că poetul, scriitorul nu creează conduşi de inspiraţia liberă, ci, poate fără să-şi dea seama ei înşişi, fără să vrea, dar şi în mod obiectiv, execută o comandă socială, aici ceea ce este ascuns nu trebuie scăpat din vedere, ci trebuie pus în evidenţă. Totuşi, să-şi exprime deschis una faţă de alta dezacordul faţă de cursuri era un lucru nepermis în obiceiurile instituţiilor de învăţământ superior – sau, mai curând, destul de primejdios?

Dar ce plictiseală! – cum să trăieşti cu asta? Şi – unde erau acele chipuri luminoase?

Sau, despre Ostrovski, Nastenka trebuia să tocească acum faptul că și el a reflectat procesul de descompunere a orânduirii feudale iobăgiste și înlocuirea lui cu capitalismul industrial aflat în expansiune, iar totodată autodeterminarea ideologică l-a aruncat într-un lagăr al slavofilismului reacționar. Și toată această împărăție a întunericului este străbătută în modul cel mai convenabil de *raza de lumină* a lui Dobroliubov[1].

Ei bine, în ce-l privește pe Dobroliubov - acest lucru era indubitabil.

Tinerii din anul lor erau cam stângaci, de parcă ar fi nimerit întâmplător la această facultate. Dar a apărut Șurka Ghen - impetuos, ager, plin de energie, cu părul de un negru incandescent și cu ochi expresivi. Se simțea aici ca la el acasă! și a devenit imediat șeful organizației de komsomol, un adevărat conducător; a ieșit în evidență și la învățătură, iar în discuțiile din afara cursurilor, acum frecvente, aducea irupera unei literaturi pe care nu o studiaseră încă - literatura actuală, clocotitoare, cu lupta înverșunată între grupările ei - unde să te ascunzi de modernitate? (Dar trebuia oare să o eviți?) Câte grupări, se vede, au ars până la capăt și au licărit în acești ani - Forjeria, Cubiloul, Lef, Octombrie[2] - „toate acestea sunt, pentru cei din partea noastră, tranșee literare".

- Dar, răsuna vocea lui, nici antipozii noștri ideologici nu dorm: tovarășii de drum[3] sunt scriitorii din tabăra dușmanilor noștri de ieri, care sunt morții de mâine, natura lor este reacționară, ei deformează în mod calomnios revoluția și, cu cât fac asta cu mai mult talent, cu atât este mai periculos. Literatura nu este

1. Aluzie la articolele *Împărăția întunericului* (1859) și *O rază de lumină în împărăția întunericului* (1860) ale publicistului și criticului literar Nikolai Dobroliubov (1836-1861).

2. Grupări literare de stânga și de extremă stângă în anii 1920. Lef - *Levîi front isskustva* (Frontul de stânga al artei).

3. Denumire dată scriitorilor care împărtășeau idealurile sovietice socialiste, dar care nu erau gata să se supună necondiționat ideologiei oficiale.

obiect de delectare, ci un câmp de bătălie. Tot acest pilniakovism[1], ahmatovism[2], toţi aceşti mici serapioni[3] şi mici scorpioni[4] trebuie ori să se alinieze la literatura proletară, ori să fie măturaţi cu un măturoi de fier, concilierea nu este posibilă. Tranşeele poziţiilor noastre literare nu trebuie să fie năpădite de ciulini! Şi noi, tinerii, noi toţi fiii şi fiicele lui Octombrie, trebuie să ajutăm, de asemenea, la stabilirea unei singure linii comuniste în literatură. Cât nu au încercat literaţii melancolici să ne sperie! Tonul fundamental al tineretului nostru trebuie să fie voioşia, nu melancolia!

Şura se manifesta întotdeauna cu atâta pasiune şi atâta incandescenţă în intervenţiile lui, încât nimeni nu se putea compara cu el, colegele amuţeau în faţa lui. Pur şi simplu le atrăgea cu discursul lui. E puţin spus că aceste discuţii erau interesante, ele făceau legătura cu viaţa vie, noi curenţi tainici se revărsau din ele. Nastenka era una dintre primele ascultătoare ale lui Şurik şi tot mai adesea îl întreba aparte câte ceva.

Şi e drept: e cu neputinţă să trăieşti doar cu literatura trecutului, trebuie să o iei în seamă şi pe cea de astăzi. Torentul viguros al vieţii curge întruna şi trebuie să te afli în el.

De unde ştia el atât de bine totul? când a reuşit să asimileze toate acestea? Se vede că în ultimii ani de şcoală nu a pierdut vremea. Acolo a trecut prin futuriştii galben – verzi – zmeurii

---

1. Boris Andreevici Pilniak (1894-1938), scriitor. Arestat în 1937, a fost împuşcat sau a murit în lagăr.

2. Anna Ahmatova (1888-1966), poetă, unul dintre reprezentanţii străluciţi ai poeziei ruse din secolul al XX-lea. Adeptă a akmeismului. Între 1925 şi 1940, poezia ei este interzisă.

3. „Fraţii Serapion" – grupare literară declarat apolitică, a cărei denumire provine de la titlul culegerii de nuvele a lui E.T.A Hoffmann. A funcţionat în perioada 1921-1926. Printre membrii fondatori se aflau Konstantin Fedin, Mihail Zoşcenko, Veniamin Kaverin, Nikolai Nikitin ş.a. Conducătorul grupării a fost Evgheni Zamiatin.

4. „Scorpionul" – editura simboliştilor ruşi, înfiinţată în 1899 la Moscova, a publicat ultima carte în 1915.

și peste acest Lef („Lef sau bluf?“[1]), apoi peste futurismul comunist și Frontul literar – toate acestea traversându-i în mod înflăcărat inima; devenise un napostovian[2] convins încă de pe băncile școlii. (De altfel, revista *Na literaturnom postu* era disponibilă în biblioteca institutului, însă nimeni nu o cercetase atât de amănunțit și nu o inspirase cu pieptul însetat.)

– Nici un fel de „tovarăși de drum“ – respingea Șurik – nu pot exista! Ori e aliatul nostru, ori – dușman! Spuneți cu ce anume se mândresc ei: cu delicatețea trăirilor. Dar totul este decis nu de inima scriitorului, ci de viziunea lui asupra lumii. Iar noi prețuim un scriitor nu pentru ceea ce trăiește el și pentru felul în care o face, ci pentru rolul lui în cauza proletară. Psihologismul nu face decât să împiedice înaintarea noastră victorioasă, iar așa-numita transformare într-un personaj slăbește clasa. Ce să mai vorbim! – în literatură, se poate spune, revoluția nici nu a început cu adevărat încă. După revoluție este nevoie nu atât de cuvinte noi, cât de litere noi! Până și virgulele și punctele de dinainte devin potrivnice.

Suna amețitor! – ți se învârtea capul. Dar cât de mult influența el gândirea lor, cu această ardoare, cu această convingere nezdruncinată!

Iar la cursuri – la cursuri totul se desfășura după manualele temeinice ale lui Kogan și Fritsche[3]. Ei doi scriau cam același lucru: Shakespeare este poetul regilor și al domnitorilor, avem noi nevoie de el? Și toți acești Oneghin și acești Bolkonski o să ne tot fie străini de clasă la nesfârșit?

---

1. Cele două cuvinte rimează în rusă („*Lef ili blef*“); calambur care s-a răspândit după publicarea unui articol al lui Viaceslav Polonski, în 1927.

2. Napostovian – membru al redacției revistei *Na literaturnom postu* (*La postul de luptă pentru literatură*), revistă militantă „de critică marxistă", care a apărut din aprilie 1926 până în mai 1932; aici, „napostovian" are sensul de adept al doctrinei acestei reviste.

3. P. Kogan (1872-1932) și Vl. Fritsche (1870-1929) – istorici marxiști ai literaturii ale căror opere consacrate dezvoltării literaturii occidentale și istoriei literaturii ruse moderne (după Petru I) au fost reeditate în anii 1930.

Da, dar cum ştiau să iubească în acele vremuri!

Cu toate acestea, vechea dispută cu Kogan nu rezista nici ea: nu putea totul-totul să fie construit pe o absurditate - existaseră şi aici în realitate fundamente istorice şi sociale?

Pe faţa tatălui ei, de la o lună la alta, părea că *ochii* ocupau din ce în ce mai mult loc şi exprimau din ce în ce mai mult. Câtă profunzime - şi suferinţă - şi înţelepciune se adunaseră în ei! Sufletul ei se frângea cu şi mai multă milă, dar nu îndrăznea să spună cu voce tare: şi totuşi, el *trece* dincolo? A depăşit o anumită limită? Faţa lui se îngălbenise, slăbise în ultimul hal, iar mustăţile cărunte îşi pierduseră elasticitatea şi atârnau de parcă ar fi fost lipite.

Şi cum tuşea el, îngrozitor, îndelung, rupând nu numai propriu-i piept, ci şi pe cel al soţiei şi al fiicei. Sentimentul de jale - acasă, în apartament - nu o mai părăsea, era tot timpul - aici. Dar ajungea la institut şi acolo era înconjurată de ale sale. Faţă de tatăl ei, Nastenka era mai apropiată, încă din copilărie, decât faţă de mama ei, întotdeauna îi plăcea să-i povestească lui totul; şi acum îi povestea tot ceea ce o captiva în afara casei şi care era atât de nou şi de tulburător.

El asculta. Nu se mira, ci privea doar, o privea cu ochii săi măriţi, prin care, de la o lună la alta tot mai evident, apărea iminenţa *pierderii* - aceasta era principala expresie a lor.

O mângâia pe cap (acum, el stătea tot timpul în pat, sprijinit de nişte perne mari). Uneori, cu ultimele puteri ale respiraţiei şi vocii, răspundea că orice cunoaştere este un proces îndelungat, nelinear şi că toate lucrurile la care a ajuns ea acum vor trece la rândul lor şi ea îşi va reexamina opiniile din nou şi din nou, iar profunzimea nu are capăt în viaţa omului.

Şurik şi cu ea erau din ce în ce mai apropiaţi şi, precum vântul de vară dogoritor în Rostov, nimic şi nimeni altcineva nu aducea asupra Nastenkăi un asemenea suflu arzător al Epocii, aşa cum o făcea el! Cât de bine o înţelegea, cu câtă forţă vitală comunica el! Fusese publicat deja şi în revista locală

Barosul, nu rata niciodată ocazia să ia cuvântul la ședințele institutului și la cursuri, la mitinguri, apoi din nou, în cadrul discuțiilor literare, și îi făcea plăcere să schimbe idei cu colegii în pauze, iar cu Nastenka în mod deosebit, de când începuse să o conducă acasă. (El provenea dintr-o familie bună, era fiul unui avocat important și nu dădea dovadă de grosolănie crasă față de fete, așa cum se obișnuia în aceste vremuri.)

Acum el recunoștea că cei de la revista *La postul de luptă pentru literatură* au greșit declarându-se, în timpul discuțiilor din partid, de partea lui Troțki, dar își recunoscuseră greșeala și se îndreptaseră! Și încă înainte de „afacerea Șahtî“ declaraseră cu îndrăzneală: „noi ne mândrim cu denumirea de cekiști ai literaturii și cu faptul că dușmanii ne numesc delatori“. El se arunca într-o luptă împotriva școlii lui Polonski, a școlii lui Voronski, împotriva grupării literare „Trecătoarea“, care tot emitea absurdități precum neoslavofilism, umanism al chiaburilor, „iubirea pentru om în general“, „frumusețea comună tuturor oamenilor“. La urmă de tot, secția literară a Academiei Comuniste a hotărât că școala lui Voronski trebuie desființată. Însă adversarii se înmulțeau: în același timp, a început lupta împotriva adepților lui Pereverzev[1]. Aceștia, deși înțeleseseră corect că personalitatea unui autor, biografia lui și precursorii lui literari nu au nici o importanță în opera sa și că sistemul de reprezentări decurge din sistemul de producție, exagerau, totuși, spunând că fiecare autor este un scriitor doar al clasei sale și că un proletar nu poate să descrie un burghez. Iar aceasta era deja o deviere de stânga.

După ce o conducea, se sărutau pe bulevardul Pușkin aflat în semiîntuneric, uneori luminat de luna plină, la vreo douăzeci de pași de-a curmezișul ferestrei dincolo de care zăcea, epuizat de tuse, tatăl ei.

---

1. Viaceslav Polonski (1886-1932), Aleksandr Voronski (1884-1943, mort în Gulag), Valerian Pereverzev (1882-1968) – critici literari și jurnaliști, acuzați de diverse „devieri" de la ideologia oficială.

Dar Şurik insista, din ce în ce mai tare: în relaţia lor, să meargă până la capăt.

Ea l-a oprit, l-a implorat. Cedase în ceea ce putea, dar există nişte limite!

Totuşi, *căsătoria* mai exista acum oare? Era ca şi cum n-ar fi existat. Cine era de acord mergea la starea civilă, dar mulţi nici nu mergeau, trăiau împreună şi se despărţeau şi fără asta.

Iar Şurik pretindea: ori – ori! Dacă nu, atunci despărţirea.

Ea se simţea rănită de neîndurarea lui. Plângea la pieptul lui şi îl ruga să mai aştepte.

Nu!!

Dar pentru *asta* ea nu era pregătită încă să cedeze.

Şi, într-una din aceste seri chinuitoare, s-a despărţit de ea, brutal şi demonstrativ.

Apoi, la cursuri, o evita cu indiferenţă.

Cum i se strângea inima!

Îl iubea, îl admira. Dar – nu putea…

Ar mai fi suferit mult oare? Şi la ce ar fi ajuns? Dar atunci s-a sfârşit tatăl ei.

Aceste săptămâni deja numărate, care preced despărţirea ce înfrigurează, când ultimul fir care lega conştiinţele şi gândurile voastre alunecă printre degetele grijulii, şi tu cu mama rămâneţi aici, iar el deja pe veci…

După înmormântare – mama ei era credincioasă, dar într-un oraş cu un sfert de milion de oameni nu mai rămăsese nici o biserică, nici un preot, însă ar fi fost şi periculos! – este momentul când vidul ajunge la extrem. Mama ei a făcut riduri, a slăbit, a pierdut orice urmă de vioiciune. Atât de repede s-a întâmplat asta, încât Nastenka se simţea parcă mai bătrână şi mai responsabilă. Mama nu mai reprezenta pentru ea nici un fel de îndrumare.

Iar Şurik parcă tăiase totul, nu a făcut nici un pas de revenire la relaţiile lor dinainte, avea un caracter de fier.

La sfârşitul iernii, absolvenţii au fost *repartizaţi* şi acum însăşi Nastenka a ţinut să primească un post în Rostov, nu voia să plece nicăieri. Şi a reuşit.

În ultima vară, emoţionată că se va întâlni cu patruzeci de căpşoare care vor fi date în grija ei, a studiat mult în bibliotecă: Enciclopedia Literară (începuse acum să apară), şi revista pedagogică a Direcţiei Centrale a Educaţiei sociale a RSFSR, şi revistele cu articole de critică literară. Nastenka parcă recupera ceea ce aflase mai înainte de la Şurik; toate acestea, într-adevăr, erau publicate cu prisosinţă peste tot, numai să găseşti timp ca să faci conspecte.

Iar Şurik a plecat pentru totdeauna la Moscova, i s-a dat un post într-o redacţie.

În acea Moscovă minunată pe care ea o lăsase în urmă şi care era deja părăsită pentru totdeauna...

Dar e mai bine că a plecat.

La bibliotecă se putea merge ori pe străduţa îngustă Nikolaevski, care plonja într-o râpă din timpuri străvechi, ori pe alături, prin grădina publică. Aceasta era variată ca aspect: aleea centrală în linie dreaptă, care nu pierdea din înălţime, având pe ambele părţi nişte pante ce duc spre scuaruri cu straturi de flori, cu fântâni arteziene, iar pe coline – de o parte un pavilion unde vara se dădeau concerte simfonice gratuite, de cealaltă parte – un restaurant tot de vară, unde orchestra de estradă cânta seara o muzică răscolitoare.

Nastenka avea o faţă cam mare, şi nici corpul nu-i era frumos, dar ochii aveau o strălucire remarcabilă şi avea un zâmbet care desfăcea inimile, i se spusese asta, însă ştia şi ea singură.

Încă din anii în care era la institut se organizau serate cu băieţi de la alte facultăţi şi, dacă reuşeau să procure discuri de patefon, dansau foxtrot şi tangou (desigur, condamnate acolo de către societate, însă dansurile sunt ale noastre!). Acum, împreună cu o prietenă sau două, care rămăseseră la Rostov, mergea seara în grădina municipală; tinerii cunoscuţi „desfăceau“ perechile de prietene și fiecare o ducea pe a sa pe aleile întunecoase. (Uite acuși ajungi profesoară și n-o să te mai plimbi așa.) Dar e de mirare: toți până la unul dovedeau o atitudine grosolană, insensibilă, nimeni nu înțelegea că sentimentele evoluează în timp; mult trâmbițata curtare „fără flori de mălin"[1] devenise acum metoda tuturor, se repeta cu convingere că dragostea înseamnă „niște chestii de burjui". Iar într-o piesă nouă un personaj se exprima astfel: „Eu simt nevoia să am o femeie, ai putea să-mi faci oare acest serviciu, ca între camarazi de komsomol?".

Nu, Șurik nu era așa.

Dar asta se încheiase definitiv.

Iar timpul gonea. („Timp, înainte!" - apăruse și un roman cu acest titlu[2].) Căpăta amploare și avea răsunet Planul cincinal în Patru ani. La Institutul pedagogic se sugera că literatura sovietică - deci și profesorii - nu trebuie să rămână în urma cerințelor Perioadei de Reconstrucție. Tocmai în acea lună, când Nastia se apropia de primele ei lecții, Asociația rusă a scriitorilor proletari a publicat o decizie referitoare la prezentarea în literatură a eroilor și la chemarea în literatură a muncitorilor de șoc de pe șantiere, pentru ca ei înșiși să devină scriitori, și, în acest fel, arta nu ar rămâne în urma cerințelor de clasă. A apărut un nou concept: literatura timpului nostru poate fi reprezentată doar de revistă sau de afișul de propagandă, și nu de roman, absolut deloc.

Ei, e prea repede, nu poate ține pasul: cum adică - nu de roman? Dar ce se va întâmpla cu romanele?

Trebuie să mergi la copii, iar recomandarea Educației sociale este: utilizarea fabulelor lui Krîlov în incinta școlii sovietice reprezintă un pericol pedagogic indubitabil.

Anastasia Dmitrievna a primit trei grupe paralele de-a cincea, cu copii de doisprezece ani și dirigenția la clasa a V-a A.

---

1. Titlul unei povestiri, publicate în 1926 de Panteleimon Romanov (1883-1938), care a provocat un mare scandal.

2. Roman de Valentin Kataev, apărut în 1932.

Prima ei lecţie! – dar şi pentru copii este tot prima: treceau în treapta a doua, din cea mică, era o mândrie! Acest întâi septembrie era o zi însorită plină de bucurie. Unul dintre părinţi a adus flori în clasă. Anastasia Dmitrievna era îmbrăcată cu o rochie de şantung de culoare deschisă, fetele erau în rochiţe albe, iar mulţi băieţi erau îmbrăcaţi cu cămăşi albe. Şi de la mutrişoarele acestea, şi de la ochişorii strălucitori – a cuprins-o un sentiment de triumf: în sfârşit, visul ei se împlinea şi putea să repete calea Mariei Feofanovna... (Şi încă un lucru: în secolul grosolan de acum, să facă în aşa fel încât din aceşti băieţi să crească bărbaţi plini de nobleţe, nu cum sunt cei de astăzi.) Acum – ar trebui să toarne în capetele lor, în multe, multe lecţii la rând, tot ceea ce păstra ea însăşi din marea şi generoasa literatură rusă.

Da' de unde! – nu se zărea deocamdată nici o breşă în această direcţie: toată programa era repartizată într-un mod rigid –

Huruie macarale
La groapa de fundaţie...[1]

şi la orice lecţie putea să apară un inspector trimis de la raion. Trebuia să înceapă cu Turksib[2], la acea vreme pe cale de finalizare, pentru a învăţa pe de rost cum merg trenurile prin deşert

...oriunde te-ntorceai,
Oameni şi turme speriau,
Pe drum de caravane
Să treacă nu-i lăsau.

Mai departe era prezentat Magnitogorskul, apoi – barajul pe Nipru şi poemul lui Bezîmenski, unde era ironizat un

---

1. Fragment din poemul *Noapte de tragedie* (1930), de Aleksandr Bezîmenski (1898-1973) (trad. de Adriana Nicoară).

2. Cale ferată, construită în perioada 1927-1931, care uneşte Turkestan (din Kazahstan) cu Siberia.

profesor care s-a sinucis din cauza unei clase care l-a dat gata[1]. Şi încă un poem despre un băiat hindus, care a auzit vorbindu-se despre Lenin, conducătorul luminos al tuturor oprimaţilor din lume, şi a venit din India, pe jos, la Moscova[2].

Iar acum – *a fost lansată* lozinca „demianizarea literaturii": să fie străbătută în întregime de spiritul militant al lui Demian Bednîi.

Şi Anastasia Dmitrievna, ea însăşi într-o stare de confuzie, nu vedea nici o posibilitate de împotrivire. Dar cum să ia asupra ei responsabilitatea de a-i separa pe copii de epoca în care le este dat să trăiască?

Măcar bine că sunt elevi în clase mici. Epoca prezentă va trece, iar peste câţiva ani de studii vor ajunge şi la scumpa literatură clasică. De altfel, Puşkin nu a fost suprimat complet nici astăzi:

> Aicea îşi duc jugul cel greu până la groapă,
> Nădejdea neştiind-o, avântul ne-ndrăznind;
> Şi fete tinere-nfloresc aicea.
> Pentru mârşava poftă şi tâlhărescul jind[3].

Citea în clasă cu voce tare, se străduia să le redea copiilor această durere a poetului, însă alături de macaralele huruitoare versurile pluteau înstrăinate, parcă venind de departe.

Clipe de răgaz avea doar la lecţiile de limba rusă: sincer, statornic şi veşnic obiect! Şi totuşi! – şi acesta a fost clătinat: ce nu s-a mai lipit la noua ortografie! şi atât de repede se schimbau regulile, încât ea însăşi nu putea ţine pasul.

Totuşi, Nastenka preda şi toate aceste chestiuni legate de cincinalul de producţie cu o asemenea dăruire faţă de cauza sfântă a Literaturii, încât copiii o iubeau, se adunau în jurul ei

1. Este vorba despre poemul *Noapte de tragedie*.
2. *Sami* (1920) de Nikolai Tihonov.
3. Versuri din poezia *Satul*, de A.S. Puşkin (trad. de Maria Banuş).

în pauze și o priveau cu recunoștință. (Oglindindu-se în ochii ei neschimbat strălucitori.)

Între timp, în oraș magazinele se goliseră, se închiseseră toate chioșcurile private. Mai întâi se vorbea despre „dificultăți în aprovizionarea cu carne", apoi despre „dificultăți în aprovizionarea cu zahăr", iar apoi nu a mai rămas absolut nimic și au fost introduse cartele pentru alimente. (Profesorii erau considerați „funcționari" și de aceea primeau 400 de grame de pâine, iar mama ei, care își pierduse din puteri, s-a angajat la fabrica de țigări pentru a avea cartelă „de muncitor", 600 de grame.) Foametea punea stăpânire pe viața tuturor, iar la piață nici un fel de salariu nu era de ajuns. De altfel, miliția îi și alunga pe vânzătorii din piață.

S-a sfârșit și cu *săptămâna* atât de bine organizată, acum erau impuse „cele cinci zile neîntrerupte", membrii aceleiași familii aveau zile de odihnă diferite, iar duminica, în calitate de zi de odihnă comună tuturor – a fost anulată... „Timp, înainte!" se rostogolea atât de repede, încât își pierdea chipul și el însuși parcă înceta să existe.

Viața devenea din ce în ce mai crudă. A început să se dea pâinea pe cartele, într-o zi două sute de grame, iar în cealaltă trei sute, alternativ. Foamea era o senzație permanentă. Și, conform zvonurilor, în satele din regiune se instalase cu totul molima. Pe străzile orașului se aflau oameni care veniseră de acolo și căzuseră morți. Nastenka nu dăduse, ea însăși, peste nici un cadavru, însă odată bătuse la ele la poartă o țărancă din Kuban epuizată în ultimul grad, abia ținându-se pe picioare. I-au dat să mănânce din zeama lor lungă, iar ea, fără să plângă, a povestit că și-a îngropat cei trei copii și a plecat prin stepă la întâmplare, ca să se salveze. Tot Kubanul era încercuit de soldați care îi prindeau pe cei care fugeau și îi trimiteau înapoi acasă. Femeia asta se furișase cumva noaptea prin încercuire, dar nu avea cum să stea în tren: erau văzuți și prinși, pe lângă gări și în vagoane, apoi trimiși înapoi, în zona în care erau sortiți pieirii, sau la închisoare.

Deci nu o laşi să rămână la tine?...

Şi a ieşit, împleticindu-se.

Mama a spus:

– Şi eu vreau să mor. Unde vor duce toate astea?

Nastenka o încuraja:

– O să ieşim la lumină, mamă! Doar comunismul e ca şi creştinismul, e construit pe aceeaşi bază, numai că are altă cale.

Din magazinele cu rechizite dispăruseră caietele pentru elevi. Era fericit cine îşi păstrase o rezervă, iar un caiet „universal“ de 200 de pagini cu copertă de muşama devenise o avere fără seamăn. Acum, caietele – îngustate şi fabricate dintr-o hârtie grosolană pe care peniţa se poticnea – începuseră să fie distribuite prin şcoli, fiecare elev primind câte două pe trimestru, şi asta pentru toate obiectele de-a valma. Copiii erau nevoiţi să împartă aceste caiete sărăcăcioase între obiectele de studiu şi să scrie mai mărunt; cum să-ţi mai formezi scrisul în condiţiile astea? Rămânea tabla, dar şi învăţatul pe dinafară cât mai mult posibil. Unii părinţi făceau rost, pentru copiii lor, de formulare, fişe de pontaj pentru depozite, iar aceştia scriau pe verso.

La vârsta copilăriei, absolut totul este uşor. Ei râdeau în gura mare şi alergau în pauze. Însă tu, după acest an atât de greu, cum să mergi mai departe şi cum să-i conduci pe copii – până la cele mai bune vremuri, păzind în ei perceperea proaspătă a ceea ce este Pur şi Minunat? Cum să-i înveţi să deosebească în tot aspectul contemporan jalnic dreptatea şi inevitabilitatea unei Noi Epoci? Nastenka îşi amintea limpede entuziasmul lui Şurik. Chiar şi până în prezent, ea era contaminată de teoriile lui: el a ştiut să vadă! De altfel, spunea poetul:

El tot o să-ndure – şi larg, luminat,
Cu pieptul lui, drum şi-o croi[1].

---

1. Versuri din poezia *Drumul de fier*, de Nikolai Nekrasov (trad. de Miron Radu Paraschivescu).

Oare literatura rusă nu se continua şi astăzi, oare dragostea de popor din zilele noastre nu-şi însuşea foarte precis şi exact sfintele porunci ale lui Nekrasov, Belinski, Dobroliubov, Cernîşevski? Toate aceste explicaţii reci ale lui Kogan şi Fritsche sau aprinsele monologuri ale lui Şurik nu se sprijineau chiar pe nimic?

Dacă stăm să ne gândim bine, această rază de lumină dobroliuboviană nu a încetat niciodată să strălucească! Ea a pătruns şi în vremea noastră, numai că acum are altă culoare, stacojiu incandescent. La fel şi astăzi trebuie să ştim să o vedem.

Dar s-a dus să citească materialele instructive ale Educaţiei sociale, mai ales articolele lui Osip Martînovici Beskin, şi inima i s-a prăbuşit: scria acolo că artistul, în opera lui, nu se poate baza pe intuiţie, ci este dator să-şi controleze percepţia prin intermediul conştiinţei de clasă. Şi mai scria că aşa-numita „căldură sufletească" este o slinoasă formulă rusofilă, care stătuse în Rusia la baza patriarhalismului aservit.

Căldura sufletească! Mai mult decât orice voia căldură sufletească!...

În programa anului următor a intrat „fondul de fier" al literaturii sovietice – *Devastarea*[1], *Pietre de ascuţit*[2], consacrată colectivizării, *Cimentul*[3] (care era înfricoşător, din cauză că prezenta copiilor de 13 ani scene cumplite de posedare erotică). Dar iată că în *Valul de oţel*[4], e drept, cu un remarcabil laconism, sunt reprezentate acţiunile maselor în întregime – aşa ceva nu a mai existat în literatura noastră? Iar în *Săptămâna*[5] trezea compasiune Robeiko, prin faptul că, forţându-şi gâtul tuberculos, îi chema pe locuitori să taie o pădurice a mănăstirii ca să

---

1. Roman de Aleksandr Fadeev, publicat în 1927.

2. Roman de Feodor Panfeorov, în patru volume, publicat în perioada 1928-1937.

3. Roman de Feodor Gladkov, publicat în 1925.

4. Roman de Aleksandr Serafimovici, publicat în 1924.

5. Nuvelă de Iuri Libedinski, publicată în 1925.

alimenteze, cu aceste lemne, locomotiva care le ducea ţăranilor seminţele pentru semănat. (Dar aceste seminţe nu le fuseseră oare confiscate complet anul trecut?)

În fiecare zi, patruzeci de perechi de ochi de copii erau îndreptaţi spre Anastasia Dmitrievna, cum să nu le întreţină încrederea? Da, copii, sacrificiile sunt inevitabile, toată literatura rusă cheamă la sacrificiu. Iată şi sabotarea, ici şi colo, dar avântul industrial nemaivăzut ne va aduce nouă tuturor şi o extraordinară fericire. Veţi creşte şi veţi reuşi să luaţi parte la asta. Fiecare episod, chiar sumbru, să-l priviţi aşa cum cu precizie spune poetul:

> Doar acela-i demn de-ale noastre zile,
> Şi păşeşte pe acelaşi drum cu noi,
> Care dincolo de nimicuri e în stare
> Să descopere Revoluţia Mondială[1].

În această vreme, au fost anulate şi manualele actuale, considerate eronate şi neadecvate la realitate. Începuseră să fie tipărite pe „foi volante", adică pe o temă de actualitate şi pentru utilizarea numai pe semestrul în curs, iar în anul următor deja erau depăşite. Gorki a publicat într-o revistă articolul *Către umanişti*[2], în care îi denunţa şi îi blestema, iar acesta a şi fost inclus în următorul manual „volant": „Este pe deplin firesc ca forţa muncitorilor şi a ţăranilor să-i strivească pe duşmani ca pe nişte păduchi".

O cuprindeau spaima, sufocarea, confuzia. *Cum* să le ofere asta copiilor? Şi *la ce* duce asta?

Dar Gorki este un mare scriitor, este, şi el, un clasic rus şi o autoritate mondială, şi oare bietul tău creieraş poate să polemizeze cu el? dar iată că el chiar scrie, câteva rânduri mai departe,

1. Versuri din poezia *Despre o şapcă*, de Aleksandr Bezîmenski (trad. de Adriana Nicoară).

2. În revista *Pravda*, pe 11 decembrie 1930.

despre cei care au căzut în nesimţire, care trăiesc în bunăstare: „Ce vrea această clasă de degeneraţi?... – o viaţă îndestulată, searbădă, destrăbălată şi iresponsabilă". În acest moment îţi aminteşti: „Departe de cei care jubilează, care pălăvrăgesc fără a face nimic"[1]. Și oare Cehov nu ne soma: în fiecare zi să ne trezim, cu un ciocănel, conştiinţa adormită?

Ea s-a gândit să înfiinţeze un cerc literar. S-au înscris zece elevi din clasa a VI-a A, cei mai sensibili, cei mai îndrăgiţi, şi, în afara lecţiilor, în afara programei, Anastasia Dmitrievna îi conducea prin ceea ce avea mai bun secolul al XIX-lea. Dar nu poţi ascunde cercul de ochii directorului de studii (o femeie incisivă, care preda sociologie). De la ea s-a aflat în raion despre acest cerc şi, ca urmare, a venit o instructoare de la cabinetul metodic care asista, ca o broască râioasă, la şedinţele de cerc. Și a distrus toată prospeţimea şi rostul, toată inspiraţia, iar ea nici nu-şi mai recunoştea vocea. Concluzia broaştei râioase a fost: destul s-a bătut apa în piuă cu operele clasice! fapt e că acestea îi distrag pe elevi de la viaţă.

În aceşti ani, cuvântul „fapt" devenise unul dintre cele mai răspândite, suna incontestabil şi ucidea ca o împuşcătură. (Dar s-ar fi putut conchide şi mai necruţător: „Aceasta este o *uneltire*!".)

Părea că mai există o cale de evadare – şedinţele de teatru. Acum se trecuse de la săptămâna de cinci zile la cea de şase şi fiecare zi a cărei dată era divizibilă cu 6 devenea zi generală de odihnă, aşa cum era altădată duminica. În aceste zile, teatrul dădea matinee la preţ redus pentru elevi. Se adunau din tot oraşul copiii, însoţiţi de pedagogii lor. Vraja luminilor care se sting treptat în sală, ridicarea lentă a cortinei, siluetele actorilor care trec pe sub luminile reflectoarelor, înfăţişarea lor scoasă în evidenţă de machiaj, vocile sonore – cât de mult captivează acestea inima unui copil; ca, de altfel, şi calea luminoasă către literatură.

---

1. Vers din poezia *Cavaler pentru o oră* (1862), de Nikolai Nekrasov.

E drept, spectacolele erau planificate și obligatorii: *Liubov Iarovaia*[1], în care soția unui ofițer alb și-a împușcat soțul din cauza ideologiei și, nu o dată, Kirșon – *Șinele vuiesc*, o piesă despre sabotajul inginerilor; o altă piesă, *Pâinea*[2], despre împotrivirea dușmănoasă a chiaburimii și entuziasmul țăranilor săraci. (Dar și să negi lupta de clasă și rolul ei în istorie – era tot imposibil.) Dar a reușit să-i ducă pe elevi la *Intrigă și iubire* a lui Schiller. Și, sprijinindu-le pasiunea, Anastasia Dmitrievna a organizat în clasa a VII-a A o lectură pe roluri. Elevul fruntaș, slăbuț, cu părul rebel, citea cu o voce care nu era a lui, tragică până dincolo de limită, imitându-și actorul preferat: „Luise, l-ai iubit pe mareșal? Această lumânare nu va arde până la capăt când tu vei fi deja moartă...“ (Același băiat reprezenta clasa și în consiliul pedagogic al școlii, ca delegat al elevilor, așa era regula.) Această piesă a lui Schiller era considerată unanim ca aparținând epocii revoluționare și nu fusese blamată. Dar s-au hotărât să recite din Ostrovski și trebuia să aleagă cu foarte, foarte mare atenție.

Rostov-pe-Don a fost proclamat „orașul alfabetizării totale“ (deși încă rămăsese un număr mai mult decât suficient de analfabeți). Iar în școli se practica „metoda brigăzii-laborator“: profesorul nu făcea lecția și nu punea note individuale. Elevii erau repartizați în brigăzi de patru sau cinci; pentru asta, băncile erau întoarse în diverse direcții, iar în fiecare brigadă cineva citea cu jumătate de glas din manualul „volant“. Apoi profesorul întreba cine va răspunde pentru toată brigada. Și, dacă elevul răspundea „suficient“ sau „foarte bine“, atunci i se dădea „S“ ori „FB“ fiecărui membru al brigăzii.

A urmat un trimestru în care nu s-au primit nici manualele volante care urmau la rând, nici programele obligatorii. Fără acestea, se zăpăceau chiar și autoritățile școlare ale orașului: poate că asta e un fel de *schimbare a liniei*? Și s-a hotărât ca

1. Piesă de Konstantin Treniov, publicată în 1926.
2. Piesă de Vladimir Kirșon, publicată în 1930.

fiecare să predea deocamdată ceea ce crede de cuviință, pe propria-i răspundere.

Și atunci directoarea lor de studii a început să predea simultan și la clasa a cincea, și la a șasea, și la a șaptea – fragmente din *Capital*. Anastasia Dmitrievna putea acum să aleagă din clasicii ruși? Dar – cum să alegi corect, să nu greșești? Pe Dostoievski – desigur, nu avea voie să-l prezinte, de altfel era și cam devreme pentru ei. Dar nici Leskov – nu, nu avea voie. Nici Alexei Tolstoi – *Moartea lui Ivan cel Groaznic*, *Țarul Feodor*. Iar din Pușkin, nu-i așa? – nu tot. Nici din Lermontov – nu tot. (Dar copiii întrebau despre Esenin, iar profesoara evita să răspundă, el era strict interzis.)

De altfel, ea însăși se dezobișnuise de o asemenea libertate. Ea însăși devenise incapabilă să exprime ce simțise altădată. Unitatea de dinainte a literaturii ruse părea fracturată, după tot ceea ce Nastenka, în cursul acestor ani, citise, aflase, învățase să vadă. Deja îi era teamă să vorbească despre un autor, despre o carte fără să dea nicăieri un argument de clasă. Îl răsfoia pe Kogan și găsea „cu ce fel de idei cooperează această operă".

Dar, în același timp, apăreau numere noi din revistele sovietice, iar în jurnale erau lăudate noile opere. Și i se strângea inima: nu se poate, într-adevăr, să-i lase pe adolescenți să rămână în urmă, doar le este dat să trăiască în lumea asta, iar ea trebuie să-i ajute să se integreze.

Și căuta ea însăși aceste lăudate versuri noi și povestiri și le aducea elevilor. Iată, copii, limita sacrificiului de sine în favoarea binelui obștesc:

> Să uit aș vrea și numele-mi, și titlul,
> Să le preschimb cu-un număr, o literă, poreclă eu aș vrea[1]!

Asta nu a avut succes. Inimile tinere trebuie aprinse cu ceva eteric, romantic. Și atunci:

---

1. Versuri din poezia *Dimineața republicilor*, de Vladimir Lugovskoi, 1927 (trad. de Adriana Nicoară).

De cai de luptă
Am fost purtaţi!
În piaţa largă
Fost-am împuşcaţi!
Dar scăldaţi în sânge
Noi ne-am ridicat,
Ochi fără vedere
Am deschis de-ndat!...
...Ca asprul pământ
Sângele să-şi verse,
Din jertfă să se-nalţe
O nouă tinereţe[1].

Şi ochişorii strălucitori, însufleţiţi ai elevilor erau pentru Anastasia Dmitrievna cea mai bună recompensă.

O recompensă – pentru toată viaţa ei atât de puţin reuşită până acum.

1993; 1995

1. Versuri din poezia *Moartea pionierei*, de Edvard Bagriţki (trad. de Adriana Nicoară).

DULCEAȚA DE CAISE

1

...Sunt cu mintea tulbure și, dacă nu scriu cum trebuie, citiți totuși până la capăt, nu vor fi vorbe goale. Mi s-a spus că sunteți un scriitor remarcabil. De la bibliotecă mi s-a adus o cărțulie cu articolele dumneavoastră. (Eu am terminat școala în sat la noi). Nu am avut timp să citesc tot, am citit doar câteva. Dumneavoastră scrieți: fundamentul fericirii este gospodăria noastră colectivă sătească și, la noi, orice țăran necăjit merge acum pe bicicleta sa. Mai scrieți și: la noi, eroismul va deveni un fapt al vieții cotidiene, iar țelul și sensul vieții este munca în societatea comunistă. În legătură cu asta o să vă spun că substanța acelui eroism și acelei munci este noroioasă, fermentată în epuizarea noastră. Nu știu unde ați văzut toate astea, vorbiți mult și despre străinătate, cât de rău este acolo și de câte ori ați observat priviri invidioase: iată, cică, vine un rus. Uite că și eu sunt tot rus, mă cheamă Fedia, Feodor Ivanîci dacă doriți, și o să vă povestesc despre mine.

Din veacul vecilor, noi am locuit în satul Lebiaji Usad din gubernia Kursk. Dar s-a pus capăt felului în care înțelegeam noi viața: am fost numiți chiaburi din cauză că aveam acoperiș din tablă zincată, patru cai, trei vaci și o livadă bună lângă casă. Livada a început cu un cais rămuros, care făcea o puzderie de caise în fiecare an. Și eu, și frații mei mai mici de câte ori nu ne-am cățărat în el! Ne plăceau caisele mai mult decât orice alt fruct și, după aceea, nu am mai mâncat niciodată altele la fel. În bucătărioara de vară din curte mama făcea dulceață din aceste caise, iar eu cu frații mei ne băgam nasul în spumă, ca să ne îndulcim. Iar când deschiaburitorii au căutat să afle de la noi unde și ce am ascuns, ne-au amenințat: altfel, o să tăiem cel mai bun copac... Și l-au tăiat.

Toată familia noastră și încă vreo câțiva am fost duși în căruțe la Belgorod și acolo am fost băgați, ca într-o închisoare, într-o biserică ce fusese confiscată; aduseseră aici oameni din multe sate, pe dușumea nu aveai unde să te întinzi, iar de mâncare nu era decât ce adusese fiecare de-acasă, de primit nu am primit nimic. Trenul a fost tras în gară la căderea nopții; s-a produs o mare harababură la îmbarcare, escorta umbla încoace și încolo, lanternele clipeau. Și tata mi-a spus: „Măcar tu să scapi". Și am reușit să mă ascund în mulțime. Iar ai mei au plecat în taiga, viața lor a ajuns într-o fundătură și nu mai știu nimic de ei.

Însă pentru mine a început o viață chinuită: unde să merg? Înapoi în sat nu puteam, iar orașul, deși nu e mic, nu are loc pentru tine, unde să te ascunzi? cine să mă adăpostească în casa lui, să-și atragă necazuri? Și, cu toate că eram deja mare, mi-am găsit loc de ședere printre copiii străzii. Ei aveau adăposturile lor, în casele distruse, în magazii, în guri de canal, iar miliția nu se ocupa de acești picioare-goale, nu avea unde să-i trimită și oricum pe toți odată nu poți să-i iei. Erau toți în zdrențe, jegoși, mânjiți pe față. Mergeau din casă în casă și cereau de pomană. Umblând în ceată, cu mic, cu mare, o luau la fugă prin piață, răsturnau tarabele, îi îmbrânceau pe negustori, unul înhăța marfa, altul tăia o poșetă de damă, altul smulgea din mâna cuiva traista cu totul – și prinde-i dacă poți. Sau dădeau buzna în cantină, alergau printre mese și scuipau în farfurii. Cine nu apuca să-și păzească farfuria renunța să mai mănânce, iar zdrențăroșii atâta așteaptă, mănâncă tot. Furau și din gară, unde se încălzeau pe lângă cazanele cu asfalt. Numai că eu, printre ei, eram prea voinic, ieșeam în evidență, deja nu mai eram un copil și nu eram atât de jerpelit. Aș fi putut să devin căpetenia lor, să stau în adăpost, iar pe ei să-i trimit la prădat, dar aveam inimă sensibilă.

Curând, o grupă operativă GPU m-a prins dintre huligani, m-a izolat și m-a dus la închisoare. La început nu le-am destăinuit cugetările mele, sunt un arestat și atâta tot; am îndrugat verzi și uscate, dar apoi m-au băgat la detenție severă și am înțeles că n-o să rezist; să minți – trebuie să știi cum, așa că am recunoscut: sunt fiu de chiabur. M-au ținut acolo până în iarnă. Au luat o nouă hotărâre: au renunțat să mă trimită pe urmele familiei mele și, de altfel, unde ar fi putut să fie urma familiei mele risipite? Pesemne toate documentele sunt deja încâlcite. Așa că mi-au spus să mă duc la Dergaci, aproape de Harkov, iar acolo să le prezint autorităților locale adeverința de punere în libertate. Cei de la GPU nu și-au pus problema cum o să ajung fără nici un ban, m-au pus doar să semnez o hârtie: din tot ce am îndurat și am auzit în cursul acestor luni în închisoarea GPU – nu trebuie să spun nimănui nici o vorbă, altfel o să mă închidă din nou, fără anchetă și fără judecată.

Am ieșit pe porți, dar nu mă puteam aduna: încotro se îndreaptă existența mea jalnică? Cum să fac acest drum? Ori să fug din nou, cât mai departe cu putință? Chiar din prima străduță s-au apropiat de mine două femei, ca și cum ar fi stat la pândă acolo, una bătrână și una tânără: nu cumva mi s-a dat drumul din GPU? Am răspuns: da. Și nu l-am văzut pe cutare om? Zic: în celula noastră nu era, dar mai erau multe celule, ticsite. Atunci soacra femeii tinere m-a întrebat dacă nu vreau să mănânc. I-am spus: m-am obișnuit deja cu foamea. M-au luat la ele. O locuință umedă, la subsol. Soacra a șușotit ceva cu nora, care a ieșit, iar bătrâna a început să fiarbă pentru mine trei cartofi. Am refuzat: „De bună seamă, sunt ultimii pe care îi aveți“. Ea zice: „Pentru un deținut, cel mai important e să mănânce“. Mi-a pus pe masă și o sticlă de ulei de cânepă. Eu îmi cer iertare și încep să mănânc precum un lup flămând. Bătrâna spune: „Noi trăim sărăcăcios, dar măcar nu suntem în închisoare, iar să hrănim un om ca tine – ne-a poruncit Dumnezeu. Poate că o să-l hrănească cineva și pe-al nostru undeva, cândva". Atunci s-a întors tânăra și mi-a întins o rublă de hârtie și două ruble în mărunțiș, să am pentru drum, mai mult, zice, nu a reușit să adune. Nu am vrut să iau, dar bătrâna mi-a băgat banii în buzunar.

Dar în gară am văzut la bufet niște gustări – și tot corpul a început să mă doară. E rău doar să începi să mănânci, căci nu te mai poți opri. Am cheltuit banii aceștia pe mâncare, dar oricum nu-mi ajungeau pentru drum. Noaptea m-am strecurat în tren fără să arăt vreun bilet, însă, după câteva stații, controlorul m-a descoperit. În loc de bilet, i-am arătat adeverința mea de eliberare din GPU. Controlorul și conductorul s-au uitat unul la altul, iar conductorul m-a luat în cămăruța lui. „Ai păduchi?" Zic: „Care deținut n-are?". Atunci, m-a pus să mă bag sub o banchetă și să-i spun în ce gară să mă trezească.

Orașul Dergaci nu mi-a făcut o impresie bună, nu mi-a fost dat să locuiesc acolo. M-am prezentat la sovietul local, m-au înregistrat și mi s-a ordonat imediat să merg la comisariatul militar, scăpându-le din vedere că vârsta mea nu este încă de mobilizare. Medicul m-a examinat din cap până-n picioare, apoi mi s-a dat un livret de carton pe care era aplicată o ștampilă de culoare gri cu inscripția: „A.T.". Asta înseamnă „armată teritorială"[1]. Și am fost trimis într-o altă casă, unde se afla un reprezentant al întreprinderii de construcții de pe lângă HPZ[2] – Uzina pentru construcția de locomotive din Harkov. I-am spus că toată îmbrăcămintea bună ne-a fost luată în timpul deschiaburirii. Eram în niște zdrențe: un veston uzat și pantaloni confecționați în casă, iar cizmele aveau tălpile crăpate, în curând aveam să rămân complet desculț. El a răspuns că asta nu e o pricină pentru a evita munca. „În spatele frontului ți se va da îmbrăcăminte aflată la a doua purtare și cizme, de asemenea."

---

1. Armata din spatele frontului.

2. HPZ – *Harkovskii parovozostroitelnîi zavod.*

Mă tot gândeam – e ceva temporar, poate că o să-mi dovedesc vârsta și cu asta suferințele mele o să se termine. Dar mă aflam într-un loc supraaglomerat, nimeni nu asculta nimic și m-au trimis la muncă. În apropierea uzinei de locomotive, fuseseră construite barăci pentru armata din spatele frontului: niște pereți din două straturi de scânduri, iar între ele rumeguș de lemn. Acolo unde vreo scândură nu este prinsă prea bine sau a căzut din ea o bucată, se risipește rumegușul, iar vântul suflă prin baracă. Saltele umplute cu talaș de lemn și perne mici umplute cu paie. O baracă este prevăzută pentru un pluton A.T. În acel loc au fost adunați patru mii de oameni, se considera că formează un regiment. Nu exista nici măcar o baie, nici o spălătorie, nu ni se dădea nici un fel de echipament, ci eram aliniați imediat la muncă. Abrevierea HPZ era explicată de cei din armata teritorială prin: „umblă până crăpi"[1]. Noi săpam gropi pentru construirea a trei secții, dar ele au ajuns, nu se știe de ce, prea adânci, așa că, atunci când au fost construite acestea, se vedeau numai acoperișurile lor. Pământul a fost cărat cu tărgile, pe toată suprafața șantierului, de câte doi oameni ca o bandă rulantă vie: intrăm în groapă câte o pereche, una după alta într-un șir legănat, iar pe drum fiecare săpător îți azvârle câte o lopată de pământ. Până străbați șirul de săpători, tărgile sunt atât de pline, încât nu le poți duce. Însă ne-am deprins. Se săpa la groapă douăzeci și patru de ore din douăzeci și patru, pentru ca în timpul nopții pământul să nu poată îngheța, iar uneori ni se prelungea schimbul. Rânduiala era una militară: deșteptarea, stingerea, adunarea la muncă – suna goarna ca pe front. Cantina fusese prevăzută pentru 600 de oameni, dar servea mai întâi o mie de muncitori liberi, apoi 4000 de oameni din A.T., așa că micul dejun nu mai era servit de dimineață, iar masa de prânz se întindea aproape până seara. Ori se întâmpla așa: grupa noastră este mânată la masa de prânz, dar acolo este o altă grupă, care nu a ter-

1. În original: *Hodi poka zdohneși.*

minat încă de mâncat și ne călcăm în picioare în fața cantinei, uneori în viscol, doar pentru o zeamă lungă, călduță. Te întorci din ger în baracă, iar aici păduchii se învioreazǎ și ne apucăm toți să-i strivim. Și în viața noastră nu mai rămânea nici un fel de râvnă. Cine nu e suficient de călit – se prăbușește cu totul.

În afară de muncă, mai erau și politrucii, care ne cântau în urechi și, din cauza lor, nu puteam avea o atitudine răbdătoare. Fie seara, fie în zilele de odihnă, ei vin la plutonul nostru și îți pompează în cap gazul ideologic pentru conștientizarea, pentru înțelegerea naturii muncii productive din timpul Planului cincinal în patru ani. Și superiorul tuturor politrucilor era comisarul lagărului, Mamaev, cu o insignă în formă de steguleț, „membru VȚIK[1]", și trei însemne de colonel pe gulerul tunicii.

Printre muncitorii din A.T. erau și câțiva fii de nepmani – veniseră cu geamantane mari, îmbrăcați călduros, și primeau pachete de acasă. Mai erau acolo și simpli deținuți de drept comun, dar care fuseseră privați, la proces, de drept de vot. Erau și oameni de-ai locului – pe ei îi lăsau chiar și acasă în zilele de odihnă. Dar mai mulți eram noi, fiii de chiaburi, aproape toți zdrențăroși, epuizați, dar conducerea parcă nu observa asta. Vestonul meu și cămașa erau găurite la coate, pantalonii se rupseseră la un genunchi, iar partea din față a cizmelor se desfăcuse, așa încât se vedea obiala, uite ce năpastă era. Îmi înveleam picioarele în cârpe din saci rupți, când reușeam să-i găsesc pe șantier, iar pe deasupra înfășuram sârmă.

Din cauza acestei vieți chinuitoare, m-am îmbolnăvit de furunculoză; totuși, medicul lagărului m-a uns cu iod și m-a trimis la muncă. Am început să slăbesc și eram deja indiferent la ce se va întâmpla cu mine, iar corpul îmi era parcă străin. Barba mi-a crescut, dar am încetat să mă rad.

---

1. VȚIK – *Vserossiiskii țentralnîi ispolnitelnîi komitet* (Comitetul executiv central panrus), organul legislativ, de dispoziție și control al puterii de Stat în RSFSR (1917-1938). În 1938 denumirea s-a schimbat, devenind Sovietul Suprem.

Într-o seară, a sunat deodată goarna pentru adunare generală. Ne-au aliniat pe toţi pe câmpul înzăpezit din spatele barăcilor. A apărut comisarul, cu revolverul la şold, iar împreună cu el au venit câţiva politruci şi un furier cu un document. Comisarul a citit cu voce puternică, tunătoare decizia sa şi ne-a adus la cunoştinţă situaţia actuală, prin urmare de acum încolo nu va exista nici un fel de milă pentru cei care se eschivează de la muncă; ei riscă să fie trimişi în judecată şi împuşcaţi. Apoi a început să dea ocol formaţiei şi să împungă cu degetul spre unii, iar furierul nota care companie, care pluton. A arătat şi spre mine: „şi ăsta". Furierul a notat. După asta, rândul a fost dispersat. Seara, plutonierul a venit în baracă: „Comisarul te-a numit ostaş-simulant, în batalionul disciplinar pentru munca din zilele de odihnă. Nu ştiu cine a raportat lucrul ăsta. Am spus la statul-major că nu, dar nu mi-au dat atenţie, nimeni nu poate schimba decizia comisarului. Hai, lucrează tu mâine, iar noi o să-ţi dăm, pe furiş, zi de odihnă poimâine".

Asta era în februarie. În timpul nopţii s-a dezlănţuit un viscol puternic, apoi a plouat, iar spre dimineaţă a dat îngheţul. Dimineaţă mi-am înfăşurat picioarele în petice şi am plecat. Noi, cei unsprezece oameni, am fost mânaţi la muncă, la depozitul de lemne din pădure. Acolo era o stivă de prăjini subţiri şi lungi; ni s-a ordonat să o mutăm într-un alt loc, la vreo patruzeci de metri de acolo. „Dacă terminaţi munca mai devreme – o să mergeţi în baracă, dacă nu – o să munciţi şi la noapte." Eu am tăcut, pentru că deja îmi era complet, complet totuna. Dar ceilalţi – toţi fii de nepmani, de la oraş, şi bine hrăniţi, şi bine îmbrăcaţi – au spus că e zi de odihnă, deci n-o să muncească. Plutonierul, dar altul, nu al meu, a plecat să raporteze acest lucru la statul-major, care era departe. Şi era doar o cărăruie bătătorită pe zăpada imaculată, pe care a plecat el, cea pe care şi aştepţi urgia. Iar eu eram lihnit de foame şi vântul îngheţat sufla pătrunzător din toate părţile. Le zic: „Băieţi, faceţi cum vreţi, dar eu o să muncesc, altfel îngheţ îndată". Unul dintre ei, vioi, a sărit la mine: „Ești un provocator, distrugi solidaritatea!". Eu: „Hai să facem schimb de haine și n-o să muncesc". Dar alții: „Nu-i nimic, lasă-l să muncească. O să vină plutonierul și o să vadă treaba făcută". Iar eu am luat un par, am desfăcut rândul de deasupra al stivei acoperite cu gheață, am făcut din ele „stăvilare" și am început să le rostogolesc. Erau acoperite cu gheață și alunecau bine. Lucram și chiar începusem să mă încălzesc.

Dintr-odată – din altă parte decât cea în care plecase plutonierul, aud un strigăt și înjurături teribile. Asta însemna că din spate, ocolindu-ne, se apropiase pe furiș comisarul, suprafața imaculată era reavănă, iar în urma lui veneau același plutonier și încă cineva din statul-major. Dar băieții îi așteptau să apară pe cărarea bătătorită și au fost luați prin surprindere.

Comisarul a început să le agite revolverul sub nas, fierbea: „Vă arestez pe toți! Ticăloși de burjui! La arest! La tribunal!". Și i-au luat. Iar către mine: „De ce arăți așa de jalnic?" – „Eu sunt un deschiaburit, cetățene comisar". Cu mănușa neagră de piele a arătat spre genunchiul meu gol: „Ce-i cu tine, nu ai lenjerie de corp?" – „Am, cetățene comisar, dar numai o pereche. Și, cum spălătorie nu există, lenjeria este murdară. Dacă o port tot timpul, corpul mă doare, iar cămașa parcă e de cauciuc. Așa că, în timpul zilei, eu îngrop lenjeria în zăpadă, lângă baracă, pentru dezinfectare, iar în timpul nopții o îmbrac". – „Dar plapumă ai?" – „Nu, cetățene comisar". – „Hai, îți dau trei zile de odihnă".

Și mi-au dat o plapumă, două rânduri de lenjerie de corp, pantaloni vătuiți uzați, cizme noi cu talpă rigidă de lemn – e greu de mers cu ele pe loc alunecos.

Dar eu tot mă chinuiam, și tot aveam furunculoză. După câteva zile am leșinat la muncă. Mi-am revenit la spitalul municipal. De aici vă și scriu. Medicul m-a dus în biroul comandantului: „Acest om este atât de epuizat, încât, dacă nu i se îmbunătățesc condițiile de viață, vă garantez că peste două săptămâni va muri". Iar comandantul a spus: „Știți, pentru astfel de bolnavi nu avem loc".

Dar încă nu m-au externat. Şi iată – vă arăt situaţia mea, cui altuia aş putea să-i scriu? Rude nu am, nu am nici un fel de reazem de la nimeni şi nicăieri, de unul singur, nu dobândeşti nimic. Mă simt captiv în împrejurările astea extreme, m-am săturat până în gât de asemenea trai. Poate că n-ar fi prea scump pentru dumneavoastră să-mi trimiteţi un pachet cu mâncare? Milostiviţi-vă...

2

Profesorul de ştiinţă cinematografică Vasili Kiprianovici fusese chemat la celebrul Scriitor pentru o consultaţie privind formele şi metodele de redactare a unui scenariu de film: Scriitorul îşi propusese, pare-se, ceva în genul acesta şi voia să profite de o experienţă deja acumulată. O asemenea invitaţie era măgulitoare şi, într-o zi însorită, profesorul, aflat într-o dispoziţie excelentă, a plecat, cu un tren, de la periferia Moscovei. El ştia bine prin ce noutăţi ale artei scenariului îl va impresiona fără îndoială pe Scriitor şi era interesant de văzut dacea confortabilă, locuibilă tot timpul anului. (El însuşi visa să aibă măcar una de vară şi nu prea mare, dar încă nu câştiga suficient de mult şi în fiecare vară era nevoit să-şi salveze familia de zăpuşeala moscovită în vreo căsuţă închiriată, chiar şi la 130 de verste, la Tarussa de exemplu, şi, având în vedere perioada de foamete generală, ducea acolo valize şi coşuri cu zahăr, ceai, biscuiţi, salam şi piept afumat cumpărate de la magazinul Eliseev[1].)

În adâncul sufletului, Vasili Kiprianovici nu îl respecta pe acest scriitor: avea talent din belşug, fraza lui avea greutate, era masivă – dar cât de cinic era! În afară de romane, nuvele, cele cincisprezece piese, slabe de altminteri (plus vodevilurile stupide, pe tema întineririi bătrânelor abandonate), nu mai prididea

---

1. Celebru magazin alimentar, înfiinţat de fraţii Eliseev, mai întâi la Moscova (1901), iar ulterior la Sankt-Petersburg (1902-1903).

să scrie articole de revistă, și în fiecare era câte o minciună. Iar la aparițiile publice, nici acestea rare, uimea îndrăzneala improvizației cu care Scriitorul bătea câmpii în mod colorat, curgător, în limitele propagandei impuse, însă în maniera lui pregnant personală. Se poate presupune că își scria articolele în acest fel: era sunat de la Comitetul Central – și, după o jumătate de oră, dicta la telefon un articol înflăcărat: de exemplu, o scrisoare deschisă către muncitorii americani – ce e cu minciuna aceasta care se urzește despre URSS, că la noi se utilizează munca forțată la exploatarea pădurilor? Sau cu un răget de leu: „Eliberați-i pe tovarășii noștri negri!" (opt negri americani, condamnați la moarte pentru crimă). Ori aluneca în reverie: vom cultiva caiși sub cerul liber în Leningrad și grâu abisinian în mlaștinile din Karelia. Era lăsat întotdeauna să se ducă în Europa, scrisese despre Berlin și despre Paris diverse infamii, dar întotdeauna cu detalii convingătoare, iar pătrunderea sa în Londra industrială a numit-o, fără șovăială, „Orfeu în infern". (Ar fi visat Vasili Kiprianovici să primească un ordin de plecare în delegație într-unul din aceste infernuri.) A putut să publice un articol cu titlul: „Instig la ură!". Adesea răspundea la întrebările revistelor cu o umilință evident prefăcută: el cuprinde bogăția temelor literare doar asimilând cunoașterea marxistă a istoriei, asta e pentru el apă vie. Sau așa: noi, scriitorii, în prezent știm mai puțin decât categoria superioară a intelighenției muncitorești. Dar și, dimpotrivă: până acum – numai sabotajul a împiedicat literatura noastră să atingă rezultate mondiale, iar romancierii americani sunt doar hoții de buzunare ai vechii culturi.

Totuși, dacă stăm să judecăm drept: cine nu e astăzi un ticălos? Pe asta se mențin toată ideologia și toată arta. Niște expresii standard de genul acesta fuseseră și în lecțiile lui Vasili Kiprianovici, dar cum să faci altfel? Și mai ales, mai ales dacă ai o mică pată în biografie. Scriitorul avea o pată neagră pe care o știau toți: în timpul Războiului civil el călcase pe alături, emigrase și publicase acolo articole antisovietice, dar își dăduse seama la timp și apoi își câștigase cu mari eforturi dreptul de a se întoarce în URSS. În ce-l privește pe Vasili Kiprianovici, exista un fapt aproape șters, totuși o pată: proveniența din regiunea Donului. La anchete, el ascunsese asta, deși niciodată nu avusese nici o legătură cu nici un fel de albgardiști și chiar era un liberal sincer (și tatăl lui, în timpul țarismului, tot liberal era, deși era judecător); dar producea frică doar cuvântul: „Don". Așa încât, din punct de vedere politic, putea să-l înțeleagă pe Scriitor. Dar nu și estetic: cum putea un om atât de talentat să bubuie cu un asemenea baros? Și cu o asemenea însuflețire a stilului, de parcă îl purta vijelia sincerității.

Dacea Scriitorului era împrejmuită de un gard înalt de lemn, vopsit într-un verde închis, care nu bătea la ochi printre copaci, iar deasupra gardului nu se vedea nici casa, din cauza adâncimii terenului. Vasili Kiprianovici sună la portiță. După un timp, deschise paznicul, un bătrân robust – un personaj din tablouri, cu aspect din vechiul regim, cu o splendidă barbă cam căruntă, despicată în două – unde mai găsești un asemenea personaj acum? Acesta fusese prevenit și-l conduse pe cărarea de nisip de pe lângă straturile de flori, în care erau și trandafiri – roșii, albi, galbeni. Puțin mai departe se afla un crâng des de pini cu trunchiuri de bronz și coroane înalte. În fundul grădinii se găseau și brazi negri, sub care era o bancă.

Un aer impregnat de rășină. Liniște absolută. Da, așa se poate trăi! (Se spune că și la Țarskoe Selo deține o casă bătrânească destul de plăcută.)

De la etaj coborî în antreu însuși Scriitorul, foarte binevoitor, iar de la primele cuvinte și gesturi se dovedi primitor, de o generoasă ospitalitate rusească, cât se poate de sinceră. Nu era gras, dar foarte masiv, cu o față mare și urechi mari. La butoniera sacoului purta o insignă de membru al ȚIK[1].

Acest om, care împlinise de curând 50 de ani și avusese parte de o aniversare fastuoasă, se vedea că se săturase deja de

---

1. ȚIK – *Țentralnîi ispolnitelnîi komitet* (Comitetul executiv central).

succese şi de faimă şi avea o atitudine de o simplitate aristocratică. Îl conduse pe musafir sus, la el, într-un birou spaţios, luminos, cu o sobă de teracotă din lespezi mari albe, care, de bună seamă, dă multă căldură; e plăcut aici iarna, să stai şi să priveşti pădurea înzăpezită. O masă de scris mare, de stejar, pe care nu sunt îngrămădite cărţi şi hârtii, un masiv serviciu de scris (reprezentând Kremlinul, probabil unul dintre cadourile de la aniversare), iar pe o planşetă mobilă – o maşină de scris descoperită, cu o foaie înăuntru. (Explică: întotdeauna scrie direct la maşină, fără un manuscris preliminar. Era ciudat că, în pofida corpului masiv, avea o voce de tenor.)

Se aşezară în fotolii la o măsuţă rotundă. Dincolo de o uşă mare de sticlă se vedea o terasă deschisă. Scriitorul fuma pipă, un tutun aromat, de calitate superioară. Părul lui neted, de culoare deschisă, nu era cărunt încă, era doar argintat puţin la tâmple, însă mult în spate, până în creştet, se întindea o chelie vastă. Sprâncenele cădeau puţin pe ochi, iar partea de jos a obrajilor şi bărbia, deja lipsite de contur, începeau să atârne.

Începură să vorbească foarte amabil, iar discuţia era plină de miez. Scriitorul nu-şi nota nimic, însă prindea totul repede şi punea cu pricepere întrebările potrivite.

Vasili Kiprianovici expunea diverse tehnici de redactare a scenariilor: şi cel succint, scris cu zgârcenie, care lasă libertate deplină regizorului; şi cel emoţional, al cărui scop principal este doar de a-i molipsi pe regizor şi pe operator de o anumită stare de spirit; şi maniera vizuală detaliată, când scenaristul hotărăşte dinainte chiar şi imaginile care urmează să apară pe ecran şi chiar procedeul, panoramic sau de îmbinare la montaj, de trecere de la o imagine la alta. Se vedea că Scriitorul asimila bine toate acestea şi-i plăcu în mod deosebit ideea că scenariul trebuie să fie coordonat, în permanenţă, cu *gestul*.

– Da! preluă el ideea, cu pasiune. Aproape că acesta este esenţialul. Eu consider că gestul este prezent în fiecare frază, uneori chiar în cuvinte separate. Omul gesticulează fără întrerupere, dacă nu fizic, atunci întotdeauna psihic. Și fiecare mediu social cere de la noi înainte de toate – gestul.

Se apropia deja ora cinci seara și Scriitorul îl invită pe profesor jos, la ceai. Coborâră la parter, trecură prin salon – acolo se afla mobilă de anticariat, o canapea sculptată, fotolii, o ramă de oglindă cu ornament geometric, pe pereţi atârnau două copii de tablouri, una după *Fata cu piersici* de Serov și alta după un peisaj de Monet cu o velă roz. Se mai afla aici și o sobă, la fel cu cea de sus, mare, de teracotă albă; după toate aparenţele, încălzeau camerele fără să cruţe lemne.

Scriitorul își conduse oaspetele după un colţ al sufrageriei, unde nu ratā prilejul să se laude candid cu o noutate remarcabilă: un aparat de refrigerare electric, adus de la Paris.

În acest moment – știa oare când era momentul potrivit pentru a veni să stea de vorbă? – apăru, într-o scurtă vizită, și vecinul lui, Efim Martînovici. Alături de Scriitorul rasat, cu o statură considerabilă, statura lui era mică, aproape ca de gnom, dar se purta cu o importanţă cu nimic mai prejos decât cea a stăpânului casei.

El avea vreo patruzeci de ani, era mai tânăr și decât Vasili Kiprianîci, dar cât de mult reușise în carieră! Numele lui răsuna amenințător în literatura sovietică, e drept, numai până de curând, nu și în prezent: critic marxist militant, cunoscut pentru articolele zdrobitor de distrugătoare la adresa anumitor scriitori și victorios de laudative la adresa altora. În toate cazurile, cerea concluzii în spiritul luptei de clasă – și le obţinea. El era pretutindeni: preda la Institutul Profesoratului Roșu[1], conducea departamentul de literatură al Editurii de Stat (adică de el depindea care scriitori să fie publicaţi și care nu) și tot el era directorul editurii Isskustvo și, în același timp, redactor la două reviste literare – pur și simplu toate frâiele căruţei literare erau

1. Institutul Profesoratului Roșu era destinat să asigure pregătirea profesorilor de științe sociale pentru universități și a cadrelor superioare de partid și de stat.

în mâinile lui, era periculos să-l ai ca duşman. El fusese şi membru în RAPP[1], condusese campania de distrugere a grupării lui Voronski şi a şcolii lui Pereverzev, iar după dizolvarea RAPP-ului se apucase fulgerător să lupte pentru „consolidarea forţelor comuniste pe frontul literar". Şi pe absolut toate acestea le făcea atât de bine, încât iată că achiziţionase alături o dacea frumoasă, nu mai rea decât aceasta, fără îndoială.

Vasili Kiprianîci, care, desigur, auzise de el, îl vedea pentru prima dată. O faţă lipsită de inteligenţă, ochi ageri, părul bătând în roşcat. Dacă întâlneşti unul de-ăsta în societate, chiar dacă e îmbrăcat cu un costum de bună calitate, nu ghiceşti că este slujitor al Muzelor, ci mai degrabă – un responsabil norocos al unui depozit de produse industriale, hai, în cel mai bun caz, contabilul unui trust. Totuşi: trebuie să se poarte cu el precum cu un brici ascuţit. Drumurile nu li se întretăiaseră până atunci, însă nu poţi să ştii ce o să fie mai departe şi era bine pentru Vasili Kiprianovici că acest critic l-a găsit în vizită la Scriitor, bucurându-se de bunăvoinţa stăpânului.

Soţia Scriitorului nu era acasă. Însă pe terasa de la primul etaj, în partea cu soarele cald aflat în declin, ceaiul fusese deja pregătit de către o servitoare în vârstă, cu o faţă simplă, din popor. Se aşezară în nişte fotolii împletite, confortabile. Pe masă fusese tăiată, pentru unt şi brânză, o pâine albă pufoasă, iar în nişte vase mici se aflau două feluri de biscuiţi şi două de dulceţuri – de vişine şi de caise.

Vântul nu bătea. Coroanele pinilor se vedeau ca nişte căciuli sus, sus de tot deasupra trunchiurilor de bronz croite curbat şi chiar fiecare acuşor de pe ramurile acelea era nemişcat. Zgomot nu venea de nicăieri.

Liniştea mirosind plăcut a răşină şi tihna saturau această izolare deplină de lume.

---

1. RAPP – asociaţie a scriitorilor proletari în perioada 1928-1932. Partidul bolşevic a susţinut această asociaţie pentru a lichida toate celelalte grupări literare. Ulterior, a fost dizolvată ea însăşi, constituindu-se Uniunea Scriitorilor.

Băură câte puţin din ceaiul proaspăt, de un cărămiziu închis, din pahare aflate în suporturi crestate. Iar discuţia, fireşte, abordă teme literare.

– Da-a, oftă Scriitorul, recunoscându-şi astfel propria imperfecţiune. Cât de mult ar trebui să scriem! Cu ce forţă ar trebui să scriem! Suntem înconjuraţi de stima întregului popor, spre noi se îndreaptă atenţia partidului, a guvernului şi distinsa atenţie a tovarăşului Stalin însuşi...

Acest ultim fragment era potrivit, oare, într-o discuţie la un ceai? Da, acum era la modă să se vorbească astfel şi la întâlnirile private. Iar Scriitorul, era clar pentru toţi, se bucura de o oarecare favoare din partea lui Stalin. Nemaivorbind despre relaţiile strânse cu Gorki.

– ...Să creezi artă de importanţă mondială – iată problema scriitorului contemporan. De la literatura noastră, lumea aşteaptă modele – arhitectonice.

Şi mâinile lui, deloc puternice, chiar umflate şi înţepenite din cauza reumatismului, atât la încheieturi, cât şi la degete, arătau că el este gata şi de un asemenea avânt. (Putea totuşi să fie chiar aşa de flămând? – înghiţea tartinele aproape dintr-odată, una după alta. Se spunea că el improviza prelegeri întregi – despre *kulebiaka*[1], despre cegă...)

Ei bine, într-o asemenea temă Criticul nu putea nicidecum să nu intre!

– Da, de la noi se aşteaptă un realism monumental. Acesta este un tip de literatură şi un gen complet nou. Epopeea societăţii fără clase, literatura eroului pozitiv.

Naiba mai ştie, începea să ezite Vasili Kiprianovici. Oricât de primitiv ar suna – poate că asta e situaţia în prezent? Oricât de ciudat sună, adevărul e că la literatura dinainte nu te mai poţi întoarce niciodată. Într-adevăr, se deschidea o Epocă absolut nouă, iar lucrul acesta era, după cât se pare, ireversibil.

---

1. Plăcintă tradiţională rusească, umplută cu carne, cu peşte etc.

Pe această terasă, la această masă, în lumina caldă și tihnită, care strălucea în culorile dulceții, aveai pe deplin impresia că toate acestea fuseseră stabilite pe veci. Iar viața comună, rămasă în urmă, va încerca să ajungă la același nivel, să se modeleze după acest trai. Nici un fel de duritate a vieții nu avea puterea de a ajunge până aici, nici un fel de ciocăneli și bocăneli ale Cincinalului, deja încheiat, de altminteri, în 4 ani și 3 luni.

Dar este oare ceva rău în elanul de a crea în artă forme epice?

– Iată, de exemplu, tragedia Annei Karenina – spuse cu un gest larg Scriitorul – în prezent este deja ceva sec, cu așa ceva nu mai reușești: roata locomotivei nu poate soluționa contradicțiile dintre pasiunea amoroasă și oprobiul public.

Dar păzitorul oprobiului public parcă nu avea atitudinea atât de sigură și de neclintită care se revărsa din articolele lui de până atunci. Dar nici nu avea această manieră amplă și convingătoare, cum era a Scriitorului. El susținea, să zicem, un lucru total neîndoielnic: *Așa s-a călit oțelul*[1] – iată culmea noii literaturi, iată noua epocă.

Era evident: Scriitorul nu era prieten câtuși de puțin cu acest critic, însă era vecinul lui și nu putea să i-o spună în față.

Nu începu o polemică în legătură cu *Oțelul*, dar o suci, spunând că nu orice noutate ne arată drumul înainte. RAPP-ul, de exemplu – care se înfățișa drept o noutate –, nu s-a dovedit un purtător de cuvânt al maselor largi și s-a delimitat de ele printr-un zid de dogmatism.

Ah, nimerise – dar se pare că și țintise! – într-o vulnerabilitate greu vindecabilă. Criticul se chirci ca o ciupercă apropiată de foc. Ah, cum s-ar fi mâniat cu un an în urmă! Dar acum – doar dădu înapoi, târâș, cu vocea lui scârțâită:

---

1. Roman autobiografic de Nikolai Ostrovski (1904-1936), tânăr proletar, luptător în Armata Roșie, militant model al komsomolului și al partidului bolșevic. Personajul principal, Pavel Korceaghin, a fost considerat prototipul „eroului pozitiv" în literatura proletcultistă și modelul „omului nou al societății comuniste", devenind obiectul unui adevărat cult.

– Dar RAPP-ul a dat mult culturii noastre proletare. I-a dat o temelie solidă.

– Nu, nicidecum! Câtuşi de puţin! obiectă cu toată puterea Scriitorul, abia abţinându-se să râdă din cauza schimbării care se petrecea cu interlocutorul său. Nu degeaba se afirmă bănuiala că în conducerea RAPP-ului s-au strecurat și sabotori. Da... Uite aşa...

– Și ei au căutat o modalitate abilă de a compromite literatura noastră. Pe mine, de exemplu, m-au defăimat spunând că sunt reacţionar şi burghez, ba chiar lipsit de talent. Iar criticul...

Făcu o pauză, holbându-se puţin la Critic şi, după cât se pare, pregătind o lovitură. Dar nu, el avea suficient simţ al umorului, aşa că o întoarse, într-un mod chiar inspirat:

– ...Criticul trebuie să fie prieten cu scriitorul. Atunci când scrii, este important să ştii că ai un asemenea prieten. Nu e acel Robespierre în Convenţia artelor care, cu o privire care interzice, pătrunde în circumvoluţiunile tainice ale creierului de scriitor doar pentru a te încadra într-o clasă ori alta, iar tu poţi să scrii cu pana, poţi să scrii cu mătura – lui îi este indiferent.

Referirea la Robespierre era deja un atac frontal. Da, Epoca s-a rupt în două în mod respingător, iar acest Scriitor, dintr-un *tovarăş de drum* suspect, se pomenise nu ştiu cum într-o poziţie mai sigură. Părea să aibă o independenţă cam misterioasă.

Şi, clipind din pleoapele fără gene, Efim Martînovici se zgribuli. Dar poate că nici nu e un *prieten*? Iar el venise ca să întrebe despre activitatea Scriitorului, despre planurile lui de creaţie. De altfel, Scriitorul, conform admirabilei sale generozităţi, nu ţinea minte răul. Îi destăinui că în prezent prelucrează partea a doua a trilogiei sale despre Războiul civil:

– Acolo nu am arătat suficient rolul organizator al partidului. Trebuie să creez şi să adaug un personaj bolşevic, curajos şi disciplinat. Dar cu inima ce faci? Da, eu iubesc şi Rusia. Din cauza asta nu am înţeles totul imediat, nu m-am împăcat imediat cu Revoluţia din octombrie, a fost o greşeală cumplită. Şi am trăit ani grei acolo, în străinătate.

Spuse toate acestea cu uşurinţă, cu o voce vibrantă de tenor şi cu o generoasă sinceritate cuceritoare, arătând şi mai palpabil forţa poziţiei lui solide în centrul literaturii sovietice. (Doar şi Gorki greşise la fel, în mod crunt, şi la fel emigrase.)

– Şi cine îndrăzneşte să vorbească despre lipsa de libertate a scriitorilor noştri? Păi eu, atunci când scriu, am anvergura amplă a cosaşului lui Kolţov[1], dezlănţuie-te, mână!

Şi fu crezut. Aceste cuvinte veneau din suflet. Da, era un om simpatic.

Iar chelia de pe capul lui distins lucea în mod cinstit, impresionant.

Numai că nu se vedea suficient de bine că el consideră stratul superior al inteligheнţiei muncitoare mai bine informat decât el însuşi.

– Dar în literatură născocirea este, uneori, superioară adevărului. Personajele pot vorbi şi ceea ce nu au spus – şi asta e o revelaţie şi mai mare decât adevărul gol-goluţ, este o sărbătoare a artei! Eu, atunci când scriu, îl pătrund cu imaginaţia pe cititor şi văd în mod reliefat *de ce anume* are el nevoie.

Se luase cu vorba şi se adresa aproape numai lui Vasili Kiprianovici, cu simpatie:

– Limbajul operei este, pur şi simplu, totul! Dacă Lev Tolstoi ar fi gândit atât de limpede ca tovarăşul Stalin, nu s-ar fi încurcat în fraze lungi. Cum să te situezi mai aproape de limba poporului? Chiar şi la Turgheniev găseşti o franceză întoarsă pe dos, iar simboliştii tind de-a dreptul spre structura limbii franceze. Eu, recunosc, în Nouă Sute Şaptesprezece – atunci eram încă boem, cu o pieptănătură îndrăzneaţă, dar timid, de fapt – am trecut printr-o criză literară. Vedeam că nu ştiu cu adevărat limba rusă. Nu simţeam ce modalitate de formulare a fiecărei fraze să aleg.

---

1. Aleksei Vasilievici Kolţov (1809-1842), poet rus, în creaţia căruia un loc important îl deţine reflectarea vieţii ţăranilor.

Şi ştiţi ce anume m-a scos din impas? Studiul actelor judiciare din secolul al XVII-lea şi de mai devreme. Pe parcursul interogatoriilor şi torturilor la care erau supuşi grămăticii acuzaţi, se notau cu exactitate şi concizie vorbele lor. În timp ce era biciuit cu cnutul, era întins pe stâlpul de tortură sau ars cu măturoiul aprins, din pieptul schingiuitului izbucneau vorbele cele mai neaoşe, urcând din chiar măruntaiele lui. Uite, asta da – noutate fierbinte! Asta e limba pe care ruşii o vorbesc deja de o mie de ani, dar nici un scriitor nu a folosit-o. Iată – turnă el din linguriţă pe farfurioara de sticlă sucul gros de dulceaţă de caise –, iată, o asemenea ambră transparentă, o asemenea culoare neaşteptată şi o asemenea lumină trebuie să existe şi în limba literară.

În vasul de cristal, fiecare caisă arăta ca un soare condensat. Dulceaţa de vişine avea şi ea o culoare enigmatică, imperceptibil diferită de un bordeaux închis – dar nu, nu se compara cu cea de caise.

– Dar iată că uneori şi din partea actualului public cititor provincial ne parvine o scrisoare într-o limbă de la începutul lumii. Nu demult, am primit o scrisoare de la un constructor la o fabrică din Harkov – ce îmbinare samavolnică de cuvinte, şi totuşi cuceritoare, şi ce stăpânire a lor! L-ar face invidios şi pe un scriitor! „Nu le-am destăinuit cugetările mele“ … „am găsit o pricină de-a evita“… Sau: „în viaţa noastră nu mai rămânea nici un fel de râvnă“… Cum vă place? Numai o ureche care nu e supraîncărcată de livresc poate inspira aşa ceva. Dar şi ce vocabular, să-ţi lingi degetele: „mi-am găsit loc de şedere“, „ne-am deprins cu munca“, „n-avem un reazem“, „am ajuns complet fără ciorapi“… Aşa ceva nu inventezi, chiar de înghiţi şi peniţa, cum spunea Nekrasov. Dar dacă un om îţi dă asemenea întorsături de frază – trebuie să ţi le însuşeşti, să ţi le însuşeşti…

– Le răspundeţi acestora? întrebă Vasili Kiprianovici.

– Ce să răspunzi, nu e vorba de răspuns. Importantă este găselniţa de limbaj.

1994

E TOTUNA

1

În regimentul lor de rezervă, cina era servită la șase seara, deși stingerea era tocmai la zece: cineva considerase, în mod just, că înainte de culcare nu-ți mai este chiar așa de foame, iar după asta – se și doarme prea mult.

Deși stingerea se dădea la zece, în serile întunecoase de noiembrie nici un fel de instrucție politică nu era de ajuns pentru a umple timpul, iar lumina în cazărmi era palidă, astfel încât pe soldați nu-i deranja să se culce înainte de stingere, de aceea și apelul de seară era făcut mai devreme.

Comandantul companiei, locotenentul Pozușcean, ținut în frâu nu atât de serviciul militar – prin școală fusese lăsat să treacă în pripă – cât de conștiința datoriei sale și a momentului îngrozitor pentru Uniunea Sovietică, înghițea cu amărăciune comunicatele radio despre luptele de la Stalingrad; după cum se vedea, noi rezistam cu chiu, cu vai, și el chiar voia ca regimentul lor să fie trimis acolo; locotenentul nu-și găsea liniștea în aceste seri palide. Și nici să adoarmă nu putea. Iar astăzi, la ora unsprezece seara, porni deodată să verifice încăperile regimentului.

În camerele în care se aflau primul și al doilea pluton dormeau toți, iar becurile albastre de camuflaj, de putere mică, erau aprinse. Sobele închise la culoare se răciseră (camerele erau încălzite cu sobe de tinichea cu nişte coşuri de fum provizorii, care ieşeau prin fereastră: vechea instalaţie de încălzire „Amos“ nu mai funcţiona de multă vreme în această clădire).

Iar în camera celui de-al treilea pluton, nu numai că ardea focul în sobă, dar cinci soldaţi ai Armatei Roşii, cu pufoaicele lor de culoare închisă şi pantaloni vătuiţi, stăteau în jurul ei, aşezaţi direct pe podea.

La intrarea locotenentului – tresăriră. Săriră în picioare.

La început, locotenentul nu dădu importanţă reacţiei lor, le acordă permisiunea să se aşeze, dar îi mustră cu voce joasă, ca să nu-i trezească pe ceilalţi: de ce nu dorm? şi de unde au procurat lemnele astea?

Soldatul Harlaşin răspunse imediat:

– Am adunat surcele, toa'rşe locotenent. Când am mers la poligon.

Aşa deci.

– Şi de ce nu dormiţi? Aveţi prea multă putere? Trebuie păstrată pentru front.

Mormăiră-bălmăjiră ceva, dar nimic limpede.

Treaba lor, la urma urmelor. Îşi povestesc unii altora cine ştie ce istorii cu femei.

Deja se întorsese să iasă, dar avea o bănuială. Aşa de târziu? (Şi doar ei nu-l aşteptau în nici un caz.) Iar în sobă – focul nu e puternic, nu prea te poţi încălzi.

– Oderkov, deschide portiţa.

Oderkov stătea chiar lângă portiţă, dar parcă nu înţelegea: care portiţă?

– Haide, Oderkov!

Dar tot aici, îşi dădu seama locotenentul, stă şi sergentul Timonov, comandantul de grupă.

Soldaţii încremeniră. Nimeni nu se mişca.

– Ce-i asta? Deschide, am spus.

Oderkov ridică o mână ca de plumb. Apucă zăvorul şi îl saltă în sus cu mare greutate.

Ei, uite că a ajuns la capăt.

Şi la fel de greu – trase, trase uşa spre el.

În sobă, printre cărbunii încinşi, se afla o gamelă rotundă soldăţească, înnegrită de fum.

Şi – în ciuda mirosului neplăcut al moletierelor întinse la uscat prin cameră – se simţea o adiere caldă şi umedă.

– Ce fierbeţi aici? întrebă locotenentul Pozuşcean cu voce scăzută, ca să nu trezească plutonul, însă foarte severă.

Şi deveni clar pentru toţi cinci că n-aveau cum să scape, nu puteau evita să răspundă.

Timonov se ridică în picioare. Șovăitor. Încercă să ia poziţie de drepţi şi să salute, dar mâinile i se îndoiau. Se dădu cu un pas mai aproape de locotenent, ca să-i spună mai încet:

– Scuzaţi, toa'rşe locotenent. Noi am fost de serviciu astăzi la bucătărie. Ne-am luat nişte cartofi cruzi, puţini de tot.

Sigur că da! – abia acum pricepu Pozuşcean: începând de astăzi şi până mâine batalionul lor era de serviciu pe regiment şi el uitase, înseamnă că plutonierul companiei lor a dat ordin să trimită o echipă la muncile de la bucătărie. Şi uite că trimisese...

Nu în ochii locotenentului se făcu întuneric – ci în piept. Se ridică un fel de tulburare. O murdărie.

Şi, fără cuvinte de ocară, dar cu o voce suferindă şi la fel de înceată, le reproşă soldaţilor, care se ridicaseră deja în picioare:

– Dar – ce-i cu voi?? Voi înţelegeţi ce faceţi? Nemţii sunt deja în Stalingrad. Ţara se sufocă. Fiecare grăunte este drămuit! Iar voi – ce faceţi?

Unor oameni atât de lipsiţi de memorie, de conştiinţă, de responsabilitate – ce le mai poţi băga în capetele confuze?

– Timonov, scoate gamela.

Era şi o mănuşă acolo. Timonov apucă toarta încinsă şi, încercând să nu atingă cărbunii, o ridică şi o scoase cu grijă.

Partea de jos a gamelei negre mai avea puncte de cenuşă încinsă.

Acestea se stingeau treptat. Timonov stătea cu gamela în mână.

Iar ceilalţi patru – aşteptau dezastrul.

– Pentru asemenea fapte – se ajunge la judecată! spuse locotenentul. E foarte uşor şi simplu. E de-ajuns să transmit numele voastre la Biroul Politic.

Acum – avea încă un sentiment neplăcut. Iată ce anume: chiar Timonov fusese la locotenent cu o rugăminte: dacă nu cumva era posibil să trimită din partea regimentului la colhozul lui, în Kazahstan, o scrisoare de susţinere a familiei, care era asuprită pentru ceva anume, Pozuşcean nu-şi amintea pentru ce, era clar doar că nu-l putea ajuta, statul-major al regimentului nu semna documente de acest fel.

Şi acum acestea se legau în mod ciudat: fie Timonov devenea şi mai vinovat, fie, dimpotrivă, mai puţin vinovat.

Cartofii erau fierţi în coajă. La prima vedere, erau cam douăzeci, nu prea mari.

Şi miroseau enervant.

– Du-te să arunci apa în chiuvetă şi vino aici, repede.

Timonov plecă, doar că nu prea repede.

În lumina insuficientă, locotenentul examină feţele soldaţilor lui, care tăceau. Ele exprimau tristeţe, dar aveau şi ceva greu de descifrat. Buzele strânse. Privirea în jos ori într-o parte. Dar să citeşti de-a dreptul părere de rău la cineva – asta nu.

Ce-i de făcut? Ce-i de făcut?

– Dacă începem să furăm avutul statului – o să reuşim oare să câştigăm războiul? Numai gândiţi-vă puţin!

Feţe stupid impenetrabile.

Şi doar cu ei mergem înainte. Să învingem. Ori să suferim o înfrângere.

Se întoarse Timonov cu gamela. Cine poate spune dacă sunt toţi cartofii la locul lor?

Fierţi pe jumătate.

– Mâine o să avem o explicaţie în prezenţa comisarului, le spuse locotenentul celor patru soldaţi. Mergeţi la culcare. Iar lui Timonov: Tu vino cu mine.

Pe coridor îi ordonă:

– Trezește-l pe plutonier și lasă gamela în răspunderea lui.

Iar el stătu mult timp fără să doarmă: cazul este îngrozitor și, în plus, este chiar în compania lui! iar el era să nu observe. Poate că și înainte s-a mai întâmplat asta? Se țin lanț ilegalitatea și hoția, iar el nici nu observa, a aflat din întâmplare.

Dimineață îl supuse la un scurt interogatoriu pe plutonierul Guskov. Acesta se jură că nu știuse nimic. Și că nu se întâmplase nimic asemănător până acum în regiment.

Însă, privind cu atenție fața zâmbitoare a lui Guskov, cu ochi mici și vioi, Pozușcean se gândi pentru prima oară: ceea ce îi plăcuse la Guskov – simțul practic țărănesc, prudența și plăcerea pentru orice lucruri greu de făcut, care ușurau atât de mult viața unui comandant de regiment – nu presupunea oare și viclenie?

Dimineața devreme, înainte de micul dejun, locotenentul se duse la comisarul de batalion Fatianov. Acesta era un om curat precum cristalul, neobișnuit de simpatic, sincer, cu ochi mari și cinstiți. Ținea în mod remarcabil ședințele de instruire politică pentru soldați – fără să-i bată la cap, fără prezentări învățate mecanic.

Statul-major al batalionului lor avea la dispoziție două cămăruțe într-o casă mică, de partea cealaltă a unui câmp întins, unde era aliniat regimentul de rezervă atunci când era nevoie – pentru defilare.

Dimineața mohorâtă de noiembrie era umedă, ploua mărunt și des. (Dar cum o fi vremea astăzi acolo, pe la Stalingrad? Comunicatul de dimineață nu spusese nimic limpede.)

În prima cameră se aflau doi furieri în vârstă, care nu se mișcară când intră locotenentul. Comisarul e aici? – ei făcură semn din cap spre a doua cameră.

Bătu. Întredeschise ușa.

– Permiteți să intru? duse mâna cu precizie la tâmplă (gestul acesta începuse de-acum să-i iasă bine). Permiteți să vă vorbesc, toa'rșe maior?

Maiorul Fatianov stătea la măsuța comandantului de batalion, dar într-o parte a ei. Comandantul nu era acolo. Iar la a doua masă, mai mare, încărcată de hârtii, la fereastră – stătea liniștitul, blajinul căpitan Kraegorski, șeful statului-major. Maiorul era fără manta, dar avea cascheta pe cap, iar căpitanul era îmbrăcat de interior, se vedea părul puțin grizonat tuns cu grijă și pieptănat spre tâmple.

– Ce ai să-mi spui, locotenente? întrebă maiorul, binevoitor ca întotdeauna și puțintel amuzat dinainte, lăsându-se pe spătarul scaunului.

Pozușcean îi raportă cu emoție totul. Cartofii luați din bucătărie, vreo două kilograme, în buzunare. Și există bănuiala că asta s-a putut întâmpla și în alte ture de serviciu la bucătărie. Și, e posibil, și în alte companii. Cazul este cu adevărat pasibil de judecată, dar nici nu se poate hotărî să facă asta. (Nu numai că îi este milă de ei, proștii, însă ar fi nechibzuit ca, mergând pe front, să-și rărească singuri formația regimentului.) Dar ce măsuri trebuie luate? cum să fie pedepsiți? Să faci cazul public – pe regiment? pe batalion? să nu-l faci public?

Ochii mari și senini ai maiorului se îngustară. Îl privi aspru pe locotenent. Se gândea.

Sau poate nu se gândea?

Nu răspunse foarte repede. Mai întâi răsuflă adânc. Duse mâna la ceafă – și cascheta lui abia se mișcă, aducând cozorocul spre frunte. Mai răsuflă o dată.

– Cazul este exemplar, spuse el cu mare severitate.

Și tăcu o vreme.

Chibzuia vreo măsură? O pedeapsă?

– Uite, tu, locotenente, în vara lui patruzeci și unu nu erai cu noi când am bătut în retragere. Nu ai văzut depozitele incendiate. Și pe lângă asta – cât au furat cu toții. Și în orașe, și chiar în armată. Ce șterpeleală a fost, măiculiță mamă!

– Da, n-am văzut asta, toar'șe maior. Însă știu din școala militară: se fură. Și intendenții, și la bucătărie, toți până la plutonieri. Noi, elevii, eram întotdeauna ca niște câini flămânzi și ni se fura totul. Astfel, cu atât mai mult trebuie să luptăm cu aceste practici! Dacă toți vor fura, vom slăbi noi înșine picioarele armatei noastre.

Maiorul căscă ușor.

– Da-a-a. Tu vezi lucrurile corect. Educă-i în acest fel pe soldați, căci instructorul politic al companiei tale este slab.

Locotenentul stătea, puțin descurajat. Aștepta de la comisar o decizie dură și neîntârziată – iar el o scălda. Oare comisarul însuși vorbise în acest mod la ședințele de instruire politică?

În acest moment, ușa se deschis cu putere și intră în grabă plutonierul batalionului, îmbrăcat cu o pufoaică nou-nouță. Iar în mâna stângă ducea de toartă o gamelă soldățească rotundă, la fel cu cealaltă, fără capac, numai că aceasta era perfect curată, verde-oliv.

– Tovarășe comisar! agită el mâna dreaptă spre căciula cu urechi, mostra! Binevoiți să gustați.

O *mostră* trebuia să ia comisarul unității care era de serviciu pe regiment. Dar aici mostra era mai mult de jumătate de gamelă de cașă de grâu, cu foarte mult unt, de nevăzut la cantina regimentului.

– Da-a-a, făcu pentru a doua oară comisarul, apoi își luă cascheta de pe cap și o așeză pe masă. Rămase descoperit părul lui blond-deschis ondulat, care îi dădea întotdeauna un aspect plăcut și inspira simpatie.

Plutonierul puse cu grijă gamela pe un colț liber al mesei. Și alături întinse trei linguri de lemn, în culori încă vii.

– Vino să te așezi, căpitane, îl rugă comisarul pe șeful statului-major. Și Kraegorski se apropie cu tot cu scaun.

Plutonierul salută și ieși.

Din gamelă se ridicau aburul și o aromă minunată.

– Comandantul batalionului nu e aici, stai și tu cu noi, locotenente, îl invită comisarul binevoitor, iar ochii lui senini sclipeau parcă de ironie. Nu la adresa locotenentului Pozușcean, nu...

Nu!!

– Mulţu-mesc, articulă cu greutate Pozuşcean. Gâtul lui era strâns, aproape blocat.

Şi, ducând mâna la cozoroc, spuse cu o amărăciune nemaiîntâlnită:

– Permiteţi să plec?

Maiorul Fatianov privi luminos, aprobator, prietenos şi înţelegător.

– Viaţa îşi urmează cursul, spuse el încet. Nu o întorci atât de simplu, e totuna. Natura umană nu o poţi schimba nici în socialism.

Miji ochii cu viclenie:

– Iar cartofii – să-i dai înapoi, să-i termine de fiert. Ar fi păcat să se piardă.

Locotenentul salută încă o dată, se întoarse pe piciorul stâng şi împinse uşa.

2

N-o să vă vină să credeţi, însă chiar înainte de război, de la gurile Angarei până la gurile Ilimului, şlepurile încărcate cu sare erau trase de edecari: cu odgoane, ajutându-se pe alocuri de cai, şi la unele braţe ale fluviului aşteptând vânt prielnic. Mergea destul de bine, făceau trei transporturi pe sezon.

Apoi fusese pusă la punct, aşa cum trebuie, pe Angara, o companie mică de navigaţie, unde Anatoli, după şcoala medie tehnică, condusese încă vreo doisprezece ani până la Enisei diverse vaporaşe. Iar în '74, când începuseră să ridice un baraj aproape de Boguceanî, nu mai rămăseseră nici compania, nici hidrocentrala electrică, nici urmă de ceva. Chiar mai dinainte, construiseră mai în sus barajele Bratsk şi Ust-Ilimsk, făcând fluviul navigabil numai pe ultimele patru sute de verste ale lui – însă viabil, nu paralizat, doar pe două sute de verste până la

Kejma; cel care de mult nu mai era Tolik (avea acum cincizeci de ani) conducea tot ce se nimerea.

Aşa stăteau lucrurile şi în prezent. El era şi căpitan, şi timonier, stătea la cârmă în cabină îmbrăcat cu o tunică albastră extrem de uzată, conducea şalupa şi îi ducea pe oaspeţii din salonul de jos. Şi suferea din inimă, ca pentru sine însuşi, pentru această ultimă parte a albiei râului în malurile lui adevărate, încă neîntinate: o să-i convingem, n-o să-i convingem? o să reuşim, n-o să reuşim?

Gemuleţul lateral era dat la o parte şi se simţea aici adierea familiară a râului.

Uite, pe Lena încă se păstrase totul – şi geamandurile, şi aliniamentele, acolo numai curse de-ai prinde, că poţi obţine şi o locuinţă. Dar aici în ultimii douăzeci de ani nici balizele n-au mai rămas, deşi adâncimea de siguranţă nu este decât de 60 de centimetri. Conduci din memorie, din pricepere, aproximând din ochi: fiecare meandru trebuie văzut din timp unde coteşte. Mergi şi descifrezi râul: toate cele cincisprezece vaduri pietroase până la Kejma, cu mici diferenţe de nivel. Nici un fel de deal de-a lungul malului, de stâncă, de promontorii, gurile râului nu le confunzi unele cu altele, numai ochiului străin i se înfăţişează toate otova, ca oile sau ca elanii în turmă.

Însă elanii şi urşii încetaseră să traverseze înot Angara: din cauza hidrocentralei electrice Ilimsk, apa se răcise puternic. Pe Lena apa este mult mai caldă.

Căpitanul îşi iubea numai Angara lui, ca pe o soţie pe care nu ar fi schimbat-o cu alta.

Pe vestitul fluviu ziua însorită se aprindea lent şi petele de lumină se aşterneau pe suprafaţa apei.

Un fuior de nori albi se întindea până departe, dincolo de malul drept. Curând însă avea să dispară.

În iunie, apa Angarei este întotdeauna liniştită. Dar de la jumătatea lui august vântul din nord va mâna valuri mari. În august se topesc şi zăpezile Munţilor Saian, se pornesc puhoaiele.

Uşiţa îngustă şi joasă dinspre scara interioară se deschise. Prin ea se strecură maşinistul Hripkin: capul ca o bombă, trunchiul – altă bombă. Se aşeză pe o mică banchetă laterală. Un al treilea n-ar mai fi avut unde să stea în cabină, n-avea decât să proptească uşiţa cu spinarea.

– Ei, ce se întâmplă pe-acolo, Semion?

Semion, deşi era un om greoi, ciufulit, negru, cu faţa lată, avea ochii ageri, isteţi:

– Pe cine interesează lucrurile serioase în zilele noastre, Anatoli Dmitrici? Valentina Filippovna abia a ajuns, iar Sţepura cară deja sticlele de băutură, încă de dimineaţă. Ba și domnul ministru, cred, trage cu ochiul la o gustare.

Căpitanul începu să vireze spre malul drept, cu o pantă abruptă şi golaşă în depărtare.

Aici nu fusese dintotdeauna un loc despuiat. Se întindea taigaua de pini, ehei! În această zonă fusese stabilită o bază de exploatare a lemnului. Locul nu era considerat zonă inundabilă, intra în categoria a doua, cu lemn prețios. Și smulseseră absolut totul. Iar după pin – alt pin nu mai creşte, aşteaptă plopul de munte. Pinul nu se scufundă, aşa că-l trimiseseră cu plutele.

– Toţi pinii de aici, oftă el, s-au împotmolit fără noimă la Boguceanî. Iar în alte locuri – câtă zadă au doborât! Câţi mesteceni! Numai că ăştia se scufundă, iar mijlocul de transport lipseşte. Aşa că şi acum stau şi putrezesc.

Tăcu un timp.

– Da, putrezesc cât vezi cu ochii.

– Când s-a întâmplat asta? întrebă Hripkin cu vorba lui repezită.

– Cu zece ani în urmă. Și cu șapte în urmă.

– În timpul perestroikăi deja?

– Și în timpul ei. Au cărat şi au tot cărat convoaie. Pe tot cursul fluviului, de aici până la Boguceanî, au răspândit 27 de baze de exploatare.

Și câtă pădure viguroasă se mai află sus, pe dealuri.

Trecu spre malul stâng: mai la dreapta zărise apa învolburându-se într-un loc puţin adânc, pe pietriş.

În mijlocul curentului – prora n-o tulbură şi n-o răscoleşte.

Iar în apă – mai persistă un albastru transparent.

Şi în cabină se făceau simţite vibraţiile uniforme ale motorului.

– De m-ar fi întrebat pe mine, i-aş fi lămurit o mulţime de lucruri, încercă să spună Hripkin.

Căpitanul se gândea. Fără să se întoarcă, zise:

– Bine, du-te să te răcoreşti măcar, îţi verşi năduful, numai vezi, nu strica totul. Îi ştim noi pe cei ca tine...

– N-am eu încredere în nici un fel de conducere, nici veche, nici nouă.

Căpitanul se întoarse, nu era nicidecum de acord, dar spuse cu blândeţe:

– Nu, nu spune asta, cu cea nouă se poate vorbi.

Maşinistul încă stătea, se uita la apă.

Coborî pe scăriţă.

Ieşi în partea din faţă a salonului. Cu faţa spre el, stăteau câteva persoane, în fotolii îmbrăcate în piele şi prinse în şuruburi. Alături de ministru – un om solid, sănătos tun, îmbrăcat cu un costum de vară de culoare deschisă – se afla Valentina Filippovna. Ea ţinea pe genunchi nişte hârtii, dar vorbea fără să se uite în ele, fără pauze, cu energie. În spate stăteau doi membri ai suitei: unul – cu umeri largi, de sportiv, un taur; celălalt – cu un bloc-notes mare, deschis. Iar puţin într-o parte – Zdeşnev de la raion şi unul din Irkutsk, uscăţiv, într-un costum negru.

Şi mai în fund încă, în spatele fotoliilor, se afla o masă, şi ea fixată în şuruburi, acoperită deja cu o faţă de masă albă; doi ospătari cu şorţuri albe aduceau farfurii, sticle, pahare şi le aşezau pe masă, iar grăsanul Sţepura, cu părul cărunt tuns chilug, cu un tricou de fotbal american, multicolor, pe sub o vestă deschisă, dădea dispoziţii încet, dar gesticula ferm cu mâinile şi cu mişcări repezi.

Maşinistul s-ar fi oprit cu plăcere să asculte, însă mutra lui nu era adecvată asistenţei. Și mai plăcut ar fi fost să spună şi el vreo două, dar e mai bine să nu te amesteci.

Și – încet, greoi, păşind pe câte o treaptă – plecă mai departe în jos, în sala motoarelor.

Valentina Filippovna era preşedinta comitetului de raion al apărării mediului înconjurător şi al exploatării raţionale a naturii. Deşi era încă foarte tânără, nimeni nu-i spunea „Valia". Avea o faţă deschisă, o privire directă fără nici un fel de cochetărie femeiască şi i se adresa răspicat oaspetelui de vază:

– Construcţia hidrocentralei de la Boguceanî a început chiar cu doi ani înainte de a fi fost gata proiectul, aşa de tare s-au grăbit. Dar astăzi şi proiectul de mult este uzat moral, din cauză că se lucrează la ea deja de douăzeci de ani. Mor toţi sturionii, chiar la nivelul intermediar, până la care a ajuns barajul în prezent. Mor şi zeci de mii de bizami. Şi, aproape de baraj, apa se acoperă cu alge şi transformă Angara în mlaştină.

E puţin spus că ministrul asculta atent, asculta cu condescendenţă. Clătina din cap, ca şi cum nu ar fi putut să creadă. De vreo două ori îi făcu semn secretarului său, un om slab, cu o faţă lungă şi inteligentă, iar acela se grăbi să noteze.

Ea vorbea cu atâta pasiune, ţinând degetele la baza gâtului, ca despre propria-i soartă.

– Și acum, dacă se aplică ultimul decret al guvernului de a termina centrala, ridicând barajul până la nivelul prevăzut, vor fi inundaţi încă un milion şi jumătate de kilometri pătraţi; şi mai mult de unsprezece milioane de metri cubi de turbă. Iar zăcământ de magnezit – câteva sute de milioane de tone...

– Notează şi minereurile! indică ministrul peste umărul secretarului.

Era de vârstă mijlocie, plin de viaţă. Cravata slăbită, după moda nouă, şi nasturele de sus al gulerului descheiat. Stătea picior peste picior, balansând uneori unul dintre ele.

Dincolo de ferestrele mari și curate ale salonului, pe ambele părți – aproape, puțin mai jos –, curgea foarte repede apa de un albastru-cenușiu a râului, iar ceva mai departe se perindau malurile ba deluroase, ba acoperite de lunci.

Motorul șalupei nu le deranja conversația.

Valentina Filippovna, ea însăși chimist tehnolog, cu Academia de Inginerie Forestieră absolvită și cu stagiu efectuat într-o secție, îi explica distinsului oaspete, fără întrerupere și neobosită – cu o speranță sporită –, care sunt dezastrele acumulate mai dinainte în instalațiile de epurare ale hidrocentralelor din Bratsk, Ust-Ilimsk și ale combinatului Baikal și cum, printr-un mod irațional de epurare chimică, sunt distruse rezultatele epurării biologice.

Se simțea la ministru o siguranță calmă, temeinic dobândită. Un om ca acesta, dacă se apucă de un lucru, nu îl duce oare la bun sfârșit?

...Și încă un lucru: lemnul tăiat în grabă, iar acum scufundat, îi transmite Angarei descompunerea de la fundul apei, fenol, terebentină – și iată că Angara, nespus de curată odinioară, este pe punctul de a trece de la categoria a cincea la categoria a șasea, cea mai gravă, de pericol ecologic. Dar, dacă s-ar opri construcția hidrocentralei de la Boguceanî, s-ar mai putea salva cel puțin două sute de kilometri din Angara cu apă curgătoare, unde va avea loc o auto-curățare. Altfel – este terminată toată Angara: și aici apa va deveni stătătoare...

În serviciul ei, deși nu de multă vreme, Valentina Filippovna văzuse șefi perfect imperturbabili, chiar dacă totul s-ar fi prăbușit sub ochii lor. Era o întreagă școală așa, și ca grad – toți importanți, din altă categorie decât noi. Dar acesta nu este așa. Nu este așa. Și cât de sus este plasat! Dacă o să vorbească el... Și faptul că are un aspect tânăr și parcă vesel – tot te încurajează cumva.

Descurcărețul Sțepura, terminând de aranjat totul acolo, în spate, pe masă, se apropie și, preocupat să atenueze eventuala oboseală a oaspetelui, îi invită, dacă nu să întrerupă complet conversaţia, atunci măcar să continue discuţia la masă. (Se uită chiorâş o dată, de două ori: şi ce se bagă aici activista asta, o să strice tot?)

Dar ministrul refuză ferm, voia să mai audă şi alte voci.

Omul acela uscăţiv, într-un costum negru, reprezentantul guvernatorului, tăcuse tot timpul, dar privise cumva sarcastic.

Atunci începu să se agite pentru a interveni şeful administraţiei acestui vast raion fluvial – Ivan Ivanîci Zdeşnev. El nu ajunsese nici la rangul de administrator, avea o faţă simplă, cu nasul cârn, un vestonaş care nu era de gală şi pantaloni de culoare diferită. Dar se forţa să amintească importanţa postului său, gravitatea actuală a nenorocirilor şi rangul înalt al interlocutorului:

– Înţelegeţi, desigur, că eu, ca primar al acestor locuri, îndur un mare „presing" din partea populaţiei. Noi toţi vom deveni ostaticii hidrocentralei de la Boguceanî, indiferent dacă va fi sau nu va fi terminată. Dacă va fi terminată, atunci traiul nostru se va înrăutăţi.

Și, privind cu atenție, încercă să desluşească pe faţa ministrului dacă nu cumva se exprimase prea dur, dacă nu întrecuse măsura.

Însă ochii ministrului erau plini de gravitate şi de înţelegere. Nici urmă de mânie.

Iar secretarul, în spatele lui, scria totul în carneţel.

Ivan Ivanîci pricepea că există o limită a argumentelor admisibile și că nu se poate să discute prea înflăcărat. Cu toate acestea...

– Iată, Starîi Keul a fost evacuat din zona inundabilă... Asta n-a reuşit prea bine. Satul are trei sute de ani. Oamenii nu pleacă – şi basta. Atunci au început să le dea foc la izbe – iar ei s-au apărat cu furci și topoare. De acord, cimitirul lor a fost lăsat acolo deocamdată. Însă oamenii au fost mutaţi în Novîi Keul. Și acesta s-a dovedit a fi pe un teren alunecos: nu se pot construi pivniţe.

Nu, ministrul nu se supără nici de data asta. Era un om înţelegător. Aşa încât Ivan Ivanîci îi mai prezentă un caz, avea multe astfel de exemple:

– Iar în satul Kata – râușorul Kata este taman în fața lui Iodorma, acolo unde mergem noi – o bătrână nu le-a permis să-i dărâme izba: „Omorâți-mă aici, pe loc!". Au lăsat-o în pace... Și uite că ea prinde mihalți în timpul iernii, îi stivuiește în magazie. Și i se aduce pâine cu elicopterul, în schimbul mihalților.

Înțelegând însă că s-a întins la vorbă, deja prea spusese totul pe șleau, adăugă:

– Binevoiți să mă iertați. Dar, ca primar preocupat de „imegi-ul" meu, nu îmi permit să tac...

De fapt, șeful sosit nu era ministru, ci doar un adjunct, dar adjunct al unui ministru plasat foarte, foarte sus. Venise aici cu afaceri legate de privatizarea enormului și greoiului Combinat de industrie forestieră, care trebuia neapărat și urgent privatizat – urgent deoarece privatizarea avea nu numai mulți prieteni, ci și nu mai puțini dușmani. Un asemenea monstru – nu-l cumpăra și nici nu se încurca nimeni cu el; soluția găsită era să fie împărțit în 42 de întreprinderi. Ultimele luni fuseseră în întregime ocupate cu realizarea acestei operațiuni, ministrul adjunct venise doar pentru a încheia mai repede formalitățile finale. Și îndeplinise cu succes acest lucru, știa că își va bucura superiorii. Iar în aceste zile îl tot îndemnaseră să facă o plimbare pe Angara și, într-adevăr, cum să nu facă o plimbare? Și astăzi, în ultima zi petrecută aici, iată că porniseră cu șalupa. Dar de unde apăruse această femeie, cine o adusese aici? Și cât de repede mai dă din gură! Nu e măritată, sau ce? Până acum nu avusese cunoștință de nici un fel de problemă cu o hidrocentrală situată la gurile fluviului – și acum, poftim...

Iar șalupa își continua drumul, încă nu ajunseseră până la Iodorma, și Sțepura, cu energia lui, convinsese grupul să se așeze la masă. El trebăluia cu sârg, era vesel, ca la o mare sărbătoare, deși ziua era din cele mai obișnuite. Începem cu șampanie?

Săriră dopurile de la două sticle, se turnă vin în pahare. Valentina Filippovna, la început, nici nu vru să se așeze la masă, refuză multă vreme cu severitate.

Pe Sţepura, grăsun, cu capul lui rotund, energic, deşi avea peste cincizeci de ani, isteţ la vorbă – cine nu-l ştia în Ust-Ilim încă de la început, cu douăzeci de ani în urmă, ca electrician, când lucra cu colegii lui, atârnând deasupra Angarei, pe cabluri? Atunci alcătuiseră aici o echipă din cei mai buni din toată Uniunea şi fusese primit şi el. Iar apoi începuse să studieze dreptul la fără frecvenţă, fusese desemnat pentru un post în procuratură, după care fusese retrimis la combinat. Atunci începuse să conducă ba administrativul, ba personalul, ba chiar secţia întâi – el semna şi autorizaţiile celor care puteau să plece din Ust-Ilim înapoi în Rusia, fusese chiar numit director adjunct al Complexului forestier. Când totul prinsese a se clătina, devenise simplu director de hotel; tot echipamentul de aici era de la el, uite că toarnă vinul, şi uite că serveşte mâncarea, iar ajutoarele lui sunt pline de zel.

Dar, înainte ca veselia să devină generală, reprezentantul guvernatorului, care tăcuse până atunci, reuşi să-i spună posomorât două-trei lucruri în plus superiorului aflat în vizită; de acesta depindea ce se va raporta mai sus. Se construiseră atâtea centrale electrice în regiunea Irkutsk, încât aproape cincizeci la sută din capacitatea sistemului energetic stătea pe loc deja de trei ani: fusese planificat ca ea să servească uzinele de aluminiu, dar acestea nu aveau să fie construite nici în douăzeci de ani de-aici încolo. Acum, dacă va fi terminată hidrocentrala de la Boguceanî, unde va fi trimisă această electricitate? Poate în China, dar linia de înaltă tensiune care va trebui să traverseze taigaua din jumătate de Siberie va deveni mai scumpă decât însăşi terminarea lucrărilor la hidrocentrală.

Ministrul era uimit. Părea imposibil de crezut, însă interlocutorul său era o persoană absolut oficială. Situaţia se complica şi mai mult.

– Da, desigur, răspunse el serios, cu o voce de bas. Desigur, aceste argumente raţionale trebuie luate în considerare.

Atunci reprezentantul guvernatorului explică mai departe că autoritățile din Krasnoiarsk erau cele care îmboldeau la încheierea lucrărilor: ele colonizaseră acolo douăzeci și cinci de mii de oameni în rezervă, dar nu era nimic de lucru pentru ei.

Sprânceana ministrului se ridică. „Îmboldesc?“ – nu este deloc un termen oficial, dar – există, există, e omenesc...

Malurile înalte rămăseseră în urmă, mai întâi pe dreapta, iar acum și pe stânga.

Ce imensitate!

Bărbații atacaseră deja și votca.

Obrajii ministrului se înroșiseră puțin.

Privi prin geamurile din dreapta, privi și prin cele din stânga. Pronunță meditativ:

– Despre Angara, parcă, este undeva la Pușkin.

Dar nimeni nu-i sări în ajutor.

Între timp, șalupa acostă la malul stâng.

Și toți-toți părăsiră masa și merseră pe mal ca să-și dezmorțească genunchii.

Discretul căpitan coborî din cabină. Și mașinistul ieși din sala mașinilor. Iar ajutoarele lui Sțepura, cu șorțuri albe, începură să se agite de zor pentru a instala pe mal, chiar lângă apă, cele necesare ca să aprindă focul pentru șașlâc și ca să facă ciorba din peștele adus gata pregătit.

Se urcară pe rând pe delușorul plin de gropi de pe mal.

...Iar acolo – de-a lungul râului se afla o uliță cu case pe un singur rând, și în spate încă una, mai scurtă. Iar pe uliță – că parcă drum nu-i?... – nu poate merge pe-aici nici un fel de căruță, se rupe osia în aceste făgașe și hârtoape cu noroi uscat.

Și oricum, căruța nu are unde să meargă, nici într-o direcție.

Și să faci o plimbare, să te dezmorțești – tot nu ai unde, numai îți rupi picioarele.

Acum, fără zgomotul motorului, se lăsase liniștea peste toată Angara, pe cele două maluri și mai departe, pe o distanță de câteva verste. Numai ţânţarii se auzeau bâzâind când se apropiau de ureche.

Casele se aflau unele lângă altele, în bună stare. Una dintre ele avea chiar dantelăria de lemn din jurul ferestrelor proaspăt vopsită în albastru, iar în faţa casei – o barcă răsturnată, cu bordurile în aceeaşi culoare albastră. Dar pe tot rândul de izbe – nici o singură uşă deschisă, nici o fereastră. Pe una dintre case era o firmă: „Articole de uz curent"; zăvorul uşii ruginise, dar firma încă nu.

Pustietate. Nu se vedea nici o găină ciupind ici şi colo, nu trecea agale nici o pisică. Numai iarba creştea cum credea de cuviinţă, neştiind ce e necazul. Şi copacii înverzeau tihnit în grădiniţe.

A fo-ost viaţă...

Totuşi uite – butuci groşi, claie peste grămadă, tăiaţi de curând cu toporul. Există viaţă şi astăzi.

Se făcea cald, ziua se înfierbânta.

Deodată – se auzi cucul. De peste Angara, de la ce depărtare putea veni? Şi ce bine se aude.

Ei da, imensitate. Ei da, linişte...

Stăteau toţi în tăcere.

Dar Zdeşnev începu să strige cu voce puternică:

– Za-bo-lot-nov! Niki-iforîci! Zabolotnov!

Aşteptând, le explica superiorilor: satul Iodorma, douăzeci şi două de gospodării, avea înainte şi dispensar, şi o şcoală cu patru clase, evacuată cu ocazia inundării. Aici e, de altfel, capătul regiunii Irkutsk, mai departe începe Krasnoiarskul. Iar Zabolotnov, la cei 63 de ani ai săi şi cu bătrâna lui, bolnavă, n-a plecat nicăieri: aici, zice, sunt îngropaţi tatăl şi mama mea, n-o să plec. Ei bine, deocamdată l-au lăsat în pace. Şi uite, în acord cu vremurile noi, fără colhoz, s-a apucat de-o fermă. De partea aceea a Angarei nu e un mal, sunt două insule, iar dincolo de ele este încă un braţ. Pe insuliţa stâncoasă ţine animalele tinere, pe insula mare, cu hrană bogată – vacile de lapte. Laptele este dus de acolo pe râu, cu şalupa. Soţia lui deja nu mai e bună de nimic, aşa că în zori el traversează râul cu barca şi mulge vacile singur. Are şi-un mic ogor aici.

– Şi munceşte totul singur?

– Nu, are doi fii cu el, uite, unul a şi vopsit pervazurile. Iar nurorile sunt la Novîi Keul, au să vină la vară, au să-i aducă şi pe cei şapte nepoţi. Dar uite-l.

Deja venea de undeva, ţinând în mână un frâu lung din curele. În pantaloni din pânză de casă, cu o haină din tricot uzată, împodobită cu desene, şi cu o şapcă neagră pluşată, pe jumătate îmblănită – un omuleţ nu cine ştie ce, prizărit, cam încovoiat, dar cu pas ferm. Încă de departe aruncase o privire spre grup şi înţelesese că e vorba de şefi.

Ajunse.

– Să fiţi sănătoşi! glasul nu era de moşneag.

N-avea barbă – bărbieritul nu era neglijat. Faţa şi gâtul de culoare brună, un neg mare pe obraz.

Doar Ivan Ivanîci întinse mâna şi i-o strânse pe a lui.

– Ei, povesteşte, Nikiforîci, câte capete de vite ai?

– Păi am crescut trei sute. Iar acum, dacă nu le pun la socoteală pe care le-am dat, au rămas şaptezeci. Şi douăzeci de cai.

Era imposibil să crezi că el administrează toate acestea.

– Şi cum o scoţi la capăt?

– Aş scoate-o eu şi mai bine la capăt, dar am de suferit din pricina speculanţilor. Cooperativele raionale s-au fărmat, abatorul înşală, combinatul de lapte înşală. Trebuie găsit un negustor bun, dar de unde să-l iei? Şi motoarele sunt imposibil de procurat.

Tot punându-i întrebări lui Nikiforîci, Ivan Ivanîci trăgea cu ochiul la ministru:

– Dar pâinea de unde-o iei?

– Eu se întâmplă să scot la hectar 30 de chintale, după ce ogorul a stat pârloagă – ne e de-ajuns. Noi şi măcinăm, noi şi coacem.

– Şi fiii tăi unde sunt?

– Pe insule.

– Doi?

– Au fost trei. Unul s-a înecat. La şaisprezece ani. – Oftă din rărunchi. – S-a răsturnat barca. – Oftă iarăşi. Ochii lui, oricum mici, se mijiră şi mai mult. – Domnul a dat, Domnul a luat.

Tăcu – şi toţi ceilalţi tăcură din politeţe.

Iar Nikiforîci – ca şi cum n-ar fi avut nici un vizitator, ca şi cum ar fi încetat să-i mai vadă, ca şi cum ar fi fost orb – termină pentru el însuşi, cu voce joasă, convingându-se pe sine:

– Pe Dumnezeu – îl iubesc.

Și toţi se simţiră incomod, penibil. Tăceau în continuare.

Dar iată că se apropia şchiopătând şi bătrâna lui, în fustă de culoare închisă, cu o bluză cafenie călduroasă. Aducea cu grijă, să nu se poticnească, o oală de lut şi două căni. Le aşeză pe un buștean lat.

Se înclină:

– Uitaţi, lăptişor proaspăt muls, poate vreţi să gustaţi?

Valentina Filippovna:

– Și încă cum, mătușă. Mulţumesc.

Turnă lapte şi începu să bea, chiar închizând ochii:

– În ziua de azi, nu ai de unde să bei așa ceva în oraș.

Nimeni nu întinse mâna spre a doua cană şi din rândul din spate ieși modestul căpitan, cu o faţă inocentă.

Totuși, schimbă o privire complice cu Valentina Filippovna.

Turnă în tăcere şi începu să bea.

Iar Ivan Ivanîci îşi reluă întrebările:

– Ia spune, Vasili Nikiforîci: cum consideri tu acum noua viaţă?

Acela spuse pe şleau:

– Păi cum, s-a îndreptat în direcţia cea bună. Pe tatăl meu nu l-au deschiaburit, dar când avea 75 de ani l-au pus sub ordinele unui brigadier care era un băieţandru. Şi spunea tata: eu sunt stăpân! – şi trebuie să ascult de un mucos? De supărare a şi murit.

Dar, în timp ce răspundea, Zabolotnov pricepuse deja și singur că nu la el veniseră acești oaspeți, nu ca să-i afle lui părerea. Păi atunci – e limpede cu ce treabă. Se porni să turuie:

– Erau așa niște oameni veseli la noi, un sătuc de oameni harnici. Și pe toate malurile – cât vezi cu ochii numai ogoare. Locuri primitoare. Secara creștea înaltă de doi metri. Și pe fiecare insuliță înverzea iarba. Fânațuri, semănături. Cartofii se făceau la noi – uite așa: unu cât treișpe. Iar acum – toți au lăsat totul. Deznădejde. Tragi la jug, însă nu știi ce-o să fie mâine.

Șeful, de altfel, este, în mod vizibil, atent, înțelege totul, dă din cap. Și ce ar fi așa greu de înțeles? Un pământ binecuvântat cum e aici – să-l părăsești sub o apă stătătoare de mică adâncime? Dar răspunse cu grijă:

– Guvernul are propriile lui considerente. De aici nu se văd.

Zabolotnov nu se intimidă:

– Dar ce-i Moscova? Am fost eu odată și la Moscova. Cerul acolo e jos. Iar oamenii – în turmă.

Așa stăteau ei grămadă pe locul acela accidentat, ales la întâmplare, care mai sus, care mai jos, lângă două gropi. Iar de la marginea apei, unde se pregăteau șașlâcul și ciorba de pește, urca un abur plin de arome.

Zabolotnov încă mai cugeta:

– Cursul care a fost stabilit pentru râu trebuie și pentru om stabilit. Acela, și nu altul.

Și deodată apăru din spate mașinistul murdar, îi ocoli pe ceilalți, hotărât, și rosti bătăios, privind la ministru:

– Și noi – ce cuvânt avem noi de spus?

Ministrul întoarse prompt și binevoitor capul:

– Sigur că aveți. Suntem în democrație acum. Și campania electorală este făcută pentru asta.

Se vedea că țânțarii nu se atingeau defel de mașinist – din cauza mirosului oare? Și nici de Nikiforovici, în jurul căruia doar se roteau, socotindu-l de-al locului.

– Şi când nu e campanie? Ursul, când prinde vaca, nu mănâncă imediat carnea proaspătă: o lasă să se învechească un pic, ca să înceapă să se simtă parfumul.

Ministrul nu înţelese, ridică sprâncenele:

– La ce problemă vă referiţi?

Maşinistul ciufulit, el însuşi bine clădit, îl fixă impertinent cu privirea pe ministru, la fel de voinic, doar că mai înalt de statură şi cu părul aranjat cu grijă:

– Păi problemele noastre întrec secara aceea care creştea aici. Dacă vreţi, să vorbim de complexul de industrie forestieră, spre exemplu: pentru ce a trebuit să fie divizat în patruzeci de întreprinderi? Acum au şi fost oprite toate. La un singur muncitor – trei conducători de lucrări, şi toţi fără lucru. Şi cine a avut nevoie şi-a umplut buzunarele cu milioane. Şi nu de ruble. Ei fură la scară mare, nu sunt ca noi, şi ştiu să se ascundă, nu sunt prinşi.

Timidul căpitan îl privea cu reproş pe maşinist, dar acela nu vedea. De asta se şi temuse, că va izbucni, furios, şi va strica totul. Dar situaţia se aranja deja, iar acest ministru era abordabil, vorbea cu el mai blând. Şi nu despre tot dintr-odată, cu toptanul.

Gura ministrului era încadrată de două dungi marcând voinţa şi siguranţa. Iar în glas, pentru prima oară, îi răsună metalul:

– Fără dovezi clare nu aveţi dreptul să faceţi asemenea declaraţii.

Dar Hripkin, fără a se tulbura câtuşi de puţin:

– Declari, nu declari, pe noi nimeni nu ne ascultă. Acum iată: a rămas din Angara doar partea de mijloc, şi ea o să fie sugrumată? Dacă oamenii ar fi avut minte, ar fi putut să obţină electricitate de la acest fluviu prin simpla învârtire de roţi, fără nici un fel de baraje. Ăstora deja li s-a adăugat o îngrăditură. Şi acum – să-i dăm lovitura de graţie? Oricum, pentru peşti, apa nu se mai încălzeşte atât cât trebuie.

Valentina Filippovna îşi aţinti privirea spre chipul ministrului. Nu, nu este indiferent, a fost atins? Nu putea să nu-l impresioneze amploarea pieirii inevitabile a acestui fluviu mândru, iată, chiar și în acest loc? Simte el ceva?

Cu siguranță ministrul simțea pișcăturile țânțarilor, deoarece îi tot lovea, însă mâna respectivă nu se crispa nervos, ci părea să fie sigură că atinge și strivește.

Iar acestui scandalagiu mânjit? Nu poți explica totul, și de ce tocmai lui?

Însă țânțarii deja îi scoteau din sărite și pe alții, iar în acest moment hop și descurcărețul Sțepura anunță încet: e gata, cică. Trecem în salon? Nu-i mai poftim și pe ei, și nici nu sunt țânțari.

Începură să coboare spre mal.

Nikiforîci, cum stătea, așa și rămase, cu picioarele depărtate. Fără să se miște. Și fără să se mire.

Zdeșnev mai avu timp să-i spună:

– Moșule, poate că vom obține ceva.

Iar mașinistul îi spuse căpitanului, pe cărare, în salon nu fuseseră chemați:

– Amatorul ăsta de plimbări? Nu-u, Anatoli Dmitrici, trebuie să știm ce le poate pielea. Oricum n-o să schimbe ei nimic, le e totuna.

Iar tristul căpitan – of, cât sperase!

Valentina Filippovna mergea nesigură, cu capul în jos, nu cumva să-și rupă un toc.

Pe mal deja, ministrul ajunse lângă ea și, încet, cu simpatie:

– Nu vă întristați, toate argumentele dumneavoastră sunt notate. Vor fi luate în considerare.

Ea ridică fericită fața spre ministru:

– Mulțumesc!

Șalupa se întoarse și porni împotriva curentului.

Din nou se perindară în depărtare, apoi începură să se apropie colinele de pe maluri. Și mai departe, o stâncă colțuroasă.

În salon, ciorba de pește însoțită de votculiță avu succes la bărbați.

Mai tare decât toți se fălea Sțepura:

– Da-a! Eu am fost, cum se spune, un conducător cu perspectivă. Dar iată că acum elanul mi-a fost tăiat.

Pe cine nu dă gata votca în combinaţie cu o ciorbă de peşte şi cu şaşlâc? Faţa ministrului se înduioşă, se înroşi, întineri şi mai mult. Numai că, dacă te afli într-o poziţie înaltă, trebuie să te porţi cu demnitate. Dar în situaţia aceasta, zău – oameni suntem toţi, şi băuturica, ciorba...

– Neplăceri de serviciu, tuna Sţepura, am avut mai multe decât anii mei! Dar nu mă dau bătut. Şi mă simt jignit când aud cum se vorbeşte acum: *toate acestea* nu erau necesare, a fost o cale greşită. Cum greşită? Dar toate victoriile noastre? Dar măcar hidrocentralele noastre Bratsk şi Ust-Ilimsk?!

La urma urmelor, rezultase o plimbare pe râu grozavă. Iar diseară – în avion, şi la Moscova. Acolo, peste vreo două zile – delegaţie în străinătate. Iar aceste obiecţii, îndoieli – desigur, ele toate sunt întemeiate. Dar – dintr-odată îşi aminti, îşi aminti, femeia aceasta spusese: „*ultimul* decret al guvernului“?...

– De când datează? îl întrebă pe cel din Irkutsk.

– De-acum trei luni. În conformitate cu cel dinainte.

E-e-e, în acest caz este inutil să te mai agiţi şi să încerci să le demonstrezi superiorilor – îţi tai singur craca.

Ce, nu ştie el care e atmosfera în *sferele* înalte? Dacă decizia e luată, ba şi confirmată încă o dată – totuna e, nu o poate schimba nimeni. Totul merge cum a fost trasat.

1993; 1995

FRACTURI

1

Cine nu a răbdat de foame în anul acela? Deși tatăl era șeful secției, *nu a luat* niciodată nimic în plus și nu a lăsat pe nimeni să facă asta. În familie erau mama, bunica, sora și Dimka în vârstă de 17 ani – și ce foame le este!!

Ziua lucra la strung, noaptea mergea cu barca, împreună cu un camarad, ca să prindă pește.

Dar ce fel de secție era? – făcea muniție pentru „katiușa". În fabrica Secera și Ciocanul din Harkov au muncit până la epuizare – întreruperea lucrului interzisă! – până când orașul era deja în flăcări, puțin a lipsit să nu cadă în mâinile nemților, au plecat sub bombardament și au fost aruncați îndărăt până la Volga.

Războiul? Părea că se apropie de sfârșit, fronturile se îndepărtau, dar ce avea să se întâmple acolo mai departe? Mai era un pas până la încorporare. Și, fiind conștient de buna alcătuire a caracterului și a minții sale, în primăvara acelui an, 1944, Dmitri a trecut examenele ca extern pentru clasele a IX-a și a X-a cu calificativul „excelent".

Iar din septembrie se putea avânta la institut. Dar unde anume? A reușit să obțină, împreună cu un prieten, o broșură informativă: „Instituțiile de învățământ superior din Moscova". Of, multe denumiri, dar și mai multe facultăți, secții, specializări, însă ce se ascunde dincolo de ele? Nu pricepe nici naiba. Și cum să decidă? Cum să se hotărască? Dar la Institutul de

Energie, Șoseaua Entuziaștilor, au citit: „trei mese pe zi"! Și asta a cântărit mai mult decât orice. (Chibzuia: la Drept? la Istorie?) Și iată, erau atât de ușori, încât simțeau că plutesc – să pornim!

Au fost acceptați. Căminul era la Lefortovo. Numai că cele trei mese pe zi se socoteau în felul următor: ciorbă de varză – o dată, un linguroi de piure de cartofi cam mucegăiți – deja a doua... Și pâinea – 550 de grame, de proastă calitate. Adică: ziua învață cum poți, iar seara și noaptea descarci marfă. Ești plătit cu țigări – mergi la magazin, schimbi țigările „Dukat" pe cartofi. (Dar îl ajuta și tatăl său.)

Leatul Douăzeci și Șase fusese deja măturat tot în armată. Iar leatul Douăzeci și Șapte se balansa, ori va fi, ori nu va fi încorporat. Dar nu a fost. S-a terminat războiul, de aia.

Războiul se terminase și nu se terminase. Stalin a anunțat: acum – *vom reconstrui*! Și viața a pornit pe aceeași cale a războiului, lipseau doar înștiințările de deces; un an, doi, trei – să reconstruim! adică – să muncim, să trăim, să ne hrănim ca și cum războiul ar continua. El era deja în anul IV, pusese deoparte 400 de ruble, ca să-și cumpere pantaloni noi, iar acum începuse să vuiască un zvon: se va face *reformă*! Și oamenii au dat buzna la casele de economii și consemnațiuni, pe două rânduri deodată; unii depuneau, alții retrăgeau, n-aveai de unde să ghicești cum e mai bine. Și Mitea Emțov n-a ghicit, s-au dus pe copcă și pantalonii. Dar, pe neașteptate, a venit și câștigul: nici bursele, nici salariile nu fuseseră diminuate de zece ori, iar cartele nu mai erau. Cu bursa pe ianuarie au cumpărat pâine de secară pe săturate, ba pe deasupra și ceai, și zahăr. Directorul institutului lor era o femeie impozantă, autoritară, soția lui Malenkov[1]; ea a făcut demersuri pentru a obține burse majorate, așa că a beneficiat și Emțov de o asemenea bursă. Așa a mai prins el putere.

---

1. Gheorghi Maximilianovici Malenkov (1902-1988), om politic. A fost secretar al lui Stalin, a preluat conducerea guvernului în 1953, demisionând în 1955. Din 1957 este eliminat din viața politică.

Dar a prins putere nu numai de la hrană și nu numai în ce privește studiul. (Au avut de optat între secția de energie atomică și cea de aeronautică, iar el a ales-o pe a doua, nepricepând încă multă vreme că altfel s-ar fi închis pentru ani buni ca într-o închisoare.) A prins el putere și în activitatea socială, komsomolistă.

Asta se întâmplă încetul cu încetul și fără un plan anume: aflăm cât valorăm numai odată cu trecerea anilor și după felul în care ne percep cei din jurul nostru („deosebit"). Toți observă că tu ești dinamic de la natură, că înaintezi cele mai rapide propuneri, știi ce și cum în privința colectivului; că opiniile tale ies învingătoare asupra altora. Atunci – locul tău e în prezidiu! Faci un referat? De ce n-ai face? Și cuvintele în prezentare se înlănțuie cu ușurință. Pe cine susții, pe cine demaști? Și băieții aplaudă. Și votează pentru tine. Și asta se întâmplă în cel mai simplu și mai natural mod din lume: șef în komsomol; începând cu anul III – secretar de komsomol pe facultatea ta; din anul V – secretar general adjunct pe tot institutul. (Dar pentru asta deja trebuie să fii membru de partid. Totuși, dispoziția Comitetului Central este următoarea: începând cu anul 1948 să se suspende primirea de noi membri; adică în timpul războiului fuseseră primiți destul de mulți. Și iată – „sub formă de excepție să fie primit tovarășul Emțov"? La ședința de partid sunt prezenți și combatanții, care au început să cârtească: de ce el? de ce să se facă o excepție (pentru un mucos)? Sala este împotrivă. Dar se ridică directoarea, impunătoare, sigură de sine – doar a cui soție este? cine nu știe asta? – și lansează convingător: „Avem *motivele* noastre". Și asta-i tot. Până și combatanții au votat pentru.)

Iar la scurt timp – încă nu ai terminat institutul, nu ai primit încă nici un fel de „repartiție" – ai fost primit în Comitetul orășenesc al komsomolului din Moscova, ca șef adjunct al tineretului studențesc. (Iar ca să ajungi la institut – de ce să mergi cu tramvaiul? Ai sunat la Comitetul orășenesc – și mergi cu

„Pobeda"; o chemi şi a doua oară; de la institut te duci acasă, deja într-un apartament, nu la cămin, iarăşi cu „Pobeda".)

Da, ascensiunea ta s-a produs dintr-o suflare, dar faţă de colegii tăi nu e jenant câtuşi de puţin, deoarece în asta nu e nimic incorect: tu n-ai cerut nimic, n-ai umblat cu şiretlicuri, ci iată – totul a ieşit de la sine. Şi apoi, cauza tineretului komsomolist este onestă, justă, chiar sacră! (Prima dată a intrat în Comitetul orăşenesc al komsomolului cu o strângere de inimă, să zicem, ca un credincios într-o biserică.) Această cauză e un suflu viu care izbucneşte, un suflu al vieţii noastre comune uimitoare: după o victorie mondială – cum se vor mai revărsa în ţară valurile regeneratoare! şi cum vor răsuna de pretutindeni succesele şantierelor grandioase! şi tu eşti o parte din toate acestea şi îndrepţi generaţia ta de studenţi spre aceste planuri şi aceste realizări.

I-a scris cu mândrie tatălui său (el rămăsese în secţia lui acolo, pe Volga, nu fusese nimeni adus înapoi la Harkov). Tatăl său poate să aprecieze ce înseamnă să răzbeşti prin propriile tale forţe. El însuşi fiu de fierar, devenise inginer. Îşi luase o soţie dintr-o familie nobilă din Poltava, care căuta o aripă protectoare la începutul anilor Douăzeci. (Dar apoi tare se supăra când soţia şi mama ei vorbeau între ele în franceză.) În 1935, a trecut printr-o nenorocire: a fost arestat din cauza unei calomnii (li s-a restrâns spaţiul locativ, pianul Schroeder stătea în pivniţă, înclinat pe o parte) – dar peste o jumătate de an a fost achitat, iar miracolul acestei eliberări a consolidat şi mai mult credinţa proletară a tatălui în trainicia regimului nostru, devotamentul lui pentru calea trasată de Lenin.

Numai că, iată, în Comitetul orăşenesc al komsomolului ceva începuse să se schimbe! Nu toţi arătau veneraţie atunci când intrau aici. La unii dintre ei, ardoarea ideologică este deficitară – falsitatea iese la suprafaţă, nu o poţi ascunde. De altfel, e drept, abia te abandonezi propriilor tale interese, că acestea te şi aspiră cu putere. Toţi se pândesc unul pe altul, ca să ocupe un post mai înalt. Pe neaşteptate, al doilea secretar al Comitetului orășenesc a fost găsit într-un birou pe canapea cu o secretară. De aici, și excluderile hotărâte de organizație...

Ești, nu ești înflăcărat, în viața noastră intră și *fapte*. Iată un Fapt: începând cu șeful adjunct și mai sus, în fiecare lună ți se strecoară printre degete un plic lunguieț de culoare mocirloasă, întotdeauna același. Se numește *plic oficial*. Iar în interior încă o dată salariul lunar, însă net, fără rețineri, impozite sau împrumuturi de achitat. Și vei minți dacă vei încerca să convingi că pentru tine este ne-plăcut, ne-necesar, ne-acceptabil. Într-un anumit fel – este acceptabil, banii întotdeauna prind bine la ceva.

S-a căsătorit cu o colegă de an, dar n-au avut lună de miere: în Comitetul orășenesc trebuie să fii de serviciu până la ora două-trei noaptea, așa cum nu doarme toată Moscova funcționarilor de partid, conform voinței și obiceiurilor lui Stalin. Tot cu „Pobeda" pleca acasă la ora patru dimineața – cum să-și trezească soția? Ea se trezea la ora șase ca să ia trenul și să meargă serviciu.

Îndeletnicirile și obligațiile s-au extins. A fost creată Uniunea Internațională a Studenților (acolo a făcut cunoștință cu Șelepin însuși), iar el a fost cooptat în lupta mondială pentru pace, însă aici era prevăzută și o activitate suplimentară – să scrie, pentru șefii importanți, discursuri de genul: „Nu vom permite ca cerul senin al patriei să fie acoperit iarăși de vârtejul războiului". Oricum ar fi fost munca lui, ascunsă ori nu – el era în văzul tuturor și ținea capul sus.

În această perioadă a venit la el, în concediu, tatăl său. A rămas aici o săptămână. Și-a ascultat fiul, l-a privit. Dar nu și-a exprimat mândria părintească, așa cum aștepta Dmitri. Mai rău. A oftat și a spus: „Păcat, te-ai apucat să-i mâni pe alții. Dar ar fi trebuit să te conduci pe tine însuți, în producție. *Esențialul* este numai producția".

Dmitri era jignit, ofensat. El se simțea într-un zbor continuu, iar dacă atingea pământul, atunci mergea semeț. Și dintr-odată – reproșul că-i mână pe alții?

Tatăl lui citea numai *Pentru industrializare*. Şi trăia „pentru fericirea poporului", aşa cum spunea nu o dată.

Fiul respingea aceste lucruri, considerându-le bombăneală părintească. Dar săptămânile treceau şi ceva începea să-l sfredelească înăuntru şi să-l apese. Dezaprobarea părintească se aşază ca o greutate pe inimă. Dacă ar fi venit de la altcineva, ar fi trecut peste ea cu uşurinţă. Dar aşa?...

Dar oare nu avea dreptate tatăl său: care este „esenţialul"? Vezi şi tu: pălăvrăgeală şi iar pălăvrăgeală, şi pânde, şi intrigi, şi beţii. Te uiţi la colegii tăi – nişte bătuţi în cap. Şi birocraţi. Dar dacă tu ai aptitudini – încotro s-o apuci ca să obţii mai mult? (Numai – ce anume? Încă nu-i era clar.)

Dar nu-i este uşor încă să se despartă nici de plicuri, nici de „Pobeda".

Rodea ceva în el, rodea. Dar nu-i era uşor să se hotărască.

Dintr-odată – aşa, pe negândite, în mod nechibzuit – a aruncat pe hârtie o cerere de plecare. Şi a depus-o.

Dar ce fel de cerere e asta? Cum poate un membru al partidului să scrie o *cerere*? Împotriva voinţei partidului? Înseamnă că în mijlocul nostru se află un element instabil! S-a declanşat o asemenea tulburare şi l-au supus pe Emţov unei asemenea prelucrări şi atâta l-au schingiuit la şedinţele de partid, încât stătea roşu ca racul fiert şi nu făcea decât să-şi recunoască vina, iarăşi şi iarăşi.

Dar poate că totul a fost spre binele lui. Ulterior, cariera i s-a redresat. (Şi iată ce misiuni-ghicitori avea: într-un institut, studenţii au creat, chipurile în glumă, „Societatea de apărare a viperelor, şopârlelor şi a altor târâtoare". Dar dacă ne uităm mai atent? – e clar că asta este o chestiune politică subversivă.)

Iar atunci – Moscova a tras o mare sperietură: la şedinţa plenară a Comitetului orăşenesc de partid al Moscovei, obişnuitul prim-secretar al său, Popov – cel atât de solid, impozant, de neclintit – a fost doborât brusc. (Uneltirea era a lui Mehlis, duşmanul lui, iar decizia fusese a lui Stalin, să fie epuraţi cei care se îngrăşaseră în timpul războiului; nu s-au zgârcit cu învinuirile:

de ce drumul asfaltat dincolo de oraş ajungea taman până la casa amantei lui, şi nu mai departe?) În locul lui Popov a fost numit Hruşciov.

Atunci a sosit ziua sărbătoririi Komsomolului. Activul Komsomolului a fost primit în sala Gheorghievski, la un banchet. Vioiul şi generosul Hruşciov, cu un cap rotund, care parcă era ras, promitea: „Străduiţi-vă! Străduiţi-vă şi veţi fi toţi secretari în Comitetul Central!".

Şi, deodată, ca şi cum un fel de diavol i-ar fi răsucit limba, Emţov s-a repezit, fără nici o fereală:

– Nikita Sergheici! Pot să pun o întrebare?

– Da.

– Sunt doi ani de când am terminat institutul, iar diploma mea stă în noptieră. Oare nu e nevoie de oameni în producţie? Sunt gata să merg unde mă trimite partidul.

(Şi cum a sunat asta în sala Gheorghievski! Îşi admira singur curajul.)

Hruşciov, gândindu-se puţin, şi-a ridicat, cu o mişcare rapidă, capul chel:

– Tovarăşe Sizov, cred că această cerere se poate examina.

„Examina!" – venind de la cei din conducere, asta e deja lege! (Nu se aştepta la acest răspuns definitiv. S-a grăbit oare, s-a repezit?...)

Sizov l-a chemat la o discuţie. Cu bunăvoinţă: „Dar de ce ai procedat aşa? Ar fi trebuit să ne spui. Te-am fi promovat în Comitetul Central". Ei bine, a trecut deja ocazia. „Şi unde vrei să lucrezi?" – „În aeronautică". – „VIAM? ŢAGHI[1]?" – „A, nu, direct în producţie!"

S-a trecut peste administraţia ministerială şi a fost numit la periferie. E adevărat, a ales oraşul din care a plecat, unde locuiesc părinţii lui. Întortocheate, deghizate denumiri mai avem:

1. VIAM, ŢAGHI – institute de cercetare a materialelor de construcţie pentru industria aeronautică.

„Uzină de agregate“ – apucă-te să descifrezi ce se ascunde în spatele lor! Iar dincolo de ele – și echipament electric în aeronautică, piloți automați, dozajul combustibilului; dar există și o comandă pentru mărfuri de larg consum: să se pună la punct producția de frigidere, să ne fie rușine că avem un asemenea decalaj față de Europa!

După faima că „însuși Hrușciov l-a trimis“, a devenit destul de repede șeful secției. (Iar de la salariul din plicul oficial, primit de la comitetul orășenesc – a ajuns la unul scăzut dintr-odată de 5 ori, vai-vai!, erau deja palpabile chiar și cele 30 de ruble de „spor de pâine“.) Numai că taman secția lui a primit sarcina de a fabrica frigidere! Iată, aveți la dispoziție un model englezesc, trebuie doar să faceți o copie exactă. Dar, naiba știe, au copiat exact, dar n-au prins anumite secrete: în circuit ba se înfundă una dintre conducte, ba îngheață complet de la propriul ei frig. Clienții se întorc cu plângeri și blesteme – „nu răcește!“, magazinele – cu reclamații.

Dar munca era ușurată de faptul că acum, la începutul anilor ’50, se mai păstra în fabrică o disciplină necondiționată, ca și cum războiul ar fi continuat și astăzi – chiar și în „fabrica lor amețită de băutură“, așa cum i se spunea în oraș (li se trimitea mult alcool pentru curățarea aparaturii).

Moartea lui Stalin i-a zguduit! Nu pentru că Îl considerau nemuritor, dar se părea că el este un Fenomen etern și nu poate *să înceteze să mai fie*. Oamenii plângeau în hohote. Plângea bătrânul tată. (Mama nu.) Plângeau și Dmitri cu soția.

Și toți au înțeles că au pierdut un Om Măreț. Dar nu, Dmitri nici nu a înțeles atunci până la capăt cât de Măreț este, a trebuit să mai treacă ani și ani ca să conștientizeze cât Avânt spre Viitor a primit de la el toată țara. Se estompează, iată, această senzație că totul ar fi un război necontenit – iar Avântul va rămâne, și numai prin el noi vom realiza imposibilul.

Bineînțeles, Emțov nu era un om obișnuit, nu era obișnuit. Nu erau obișnuite mintea și energia lui. În fabrică nu foloseau atât cunoştinţele dobândite în universitate, cât abilitatea de a o scoate la capăt cu utilajele şi cu oamenii. Ca şi înainte, aproape că nu apuca să ajungă acasă. I se născuse un fiu totuşi, dar când să-l educe? Nu avea nici o secundă a lui. Dar a primit o lecţie importantă de viaţă de la directorul Borunov.

Se schimbaseră câţiva directori, rezistaseră câte un an, câte un an şi jumătate. Ultimul, iar împreună cu el şi inginerul-şef, au fost destituiţi „din cauza producţiei de proastă calitate": au apărut pe neaşteptate comisii de la nemilosul Control de Stat, de la procuratură, au oprit fabrica, interogatorii prin cabinete, toată lumea era în stare de groază. Şi iată că a intrat ca nou director Borunov – un om de vreo patruzeci de ani, înalt, frumos, cu o nobilă prestanţă. Nu de la zâmbet, nu, strălucea pe faţa lui o superioritate fermă, ci mai degrabă de la ceva indefinibil: că el ştie cum să rezolve orice situaţie.

Şi – da, uluitor! În două-trei săptămâni, întreaga fabrică, inclusiv secţia frigiderelor, a devenit alta. Oamenii parcă ar fi căzut într-un câmp magnetic puternic: toţi parcă erau întorşi în aceeaşi parte, toţi priveau în aceeaşi direcţie şi înţelegeau în acelaşi fel. Despre noul director se povesteau episoade fabuloase, cu tot felul de detalii. (Acum Emţov a avut o săptămână liberă, a plecat la o partidă de pescuit la copcă şi nu a apărut la apel, iar când s-a întors, secretara lui Borunov l-a anunţat: „A spus că nu mai are nevoie de dumneavoastră". Şi timp de trei zile nu i s-a permis accesul la director!) Pe neaşteptate, în ianuarie el a anunţat: „De la 1 februarie, fabrica va lucra ritmic!". La sfârşitul fiecărei zile, au început să deseneze pe planşetele de prezentare pentru fiecare secţie fie un bastonaş roşu (plan îndeplinit), fie albastru (plan neîndeplinit). Şi s-a instituit o asemenea rânduială, încât, din cauza bastonaşelor albastre, nimeni nu mai avea zile bune în secţie. Altfel spus, agaţă-te, ţine-te cu ghearele! Au fost livrate cumva frigiderele? dar secţia de galvanizare nu reuşeşte să furnizeze rafturile pentru ele. Un fleac, nu contează! – dar să livrezi frigiderele fără aceste rafturi este imposibil. Şeful secţiei de galvanizare imploră: „Tu semnezi că ai primit azi, iar eu o să ţi le dau mâine dimineaţă". Şi a doua oară, şi a treia, iar deficitul e tot mai mare. Emţov a refuzat, iar secţiei de galvanizare i s-a trasat un bastonaş albastru. La următoarea şedinţă de plan, Borunov: „Emţov, ieşi afară!". Emţov şi-a ridicat mâinile, într-un gest de rugăciune: doar sunt corect! Nu, era ca în faţa unei stânci. A fost pus la punct.

În timpul şedinţelor de plan, se uita atent: prin ce se impune Borunov? Doar nu o face nici răcnind, nici lovind cu pumnul. El e convins că este superior oricăruia dintre subordonaţii lui. Din punct de vedere intelectual. Prin viteza de a prinde ideea. Prin precizia zdrobitoare a judecăţii. (Dar toate aceste calităţi – Emţov le găsea şi la el însuşi!) Cu Borunov era imposibil să te cerţi. În acelaşi timp, era imposibil şi să nu îndeplineşti dispoziţiile.

Dar iată ce e posibil: să-l depăşească în agerime şi să facă propuneri. Iată, releele din Kursk au început să ajungă la ei neregulat şi au compromis întregul plan. Emţov a chibzuit şi a mers la Borunov: „Daţi-mi un avion! Bani! Mă duc la Kursk cu o brigadă de montori!". Directorul s-a înseninat la faţă şi i-a dat numaidecât. La uzina din Kursk, Emţov a pus şi brigada lui să regleze releele, a organizat acolo o consfătuire şi un miting. Oricât ne-ar fi costat – veneau numai bastonaşe roşii.

Borunov nu a mai rămas director pentru mult timp. Numai că nu a fost îndepărtat, ci avansat în funcţia de secretar al Comitetului local de Partid.

Dar în cursul acestei instruiri Emţov s-a maturizat foarte mult şi a înţeles următorul lucru: aici nu e vorba de Borunov personal, ci de faptul că Borunov (sau oricare altul, sau chiar tu) avansează pe creasta marelui Avânt stalinist, care ne va fi de ajuns pentru alţi cincizeci – o sută de ani. Iată unica Regulă: *niciodată nu trebuie să asculţi explicaţiile nimănui* (te epuizezi în explicaţii, te descurajezi şi strici treaba). Un singur lucru contează: *ori e făcută treaba – ori nu e făcută*. Atunci să te ţii!

Dar oamenii nu aveau altă ieșire!! Executare fără discuție! Iar întregul sistem se administrează destul de ușor.

La scurt timp, era deja tehnician-șef, înainte de a împlini 30 de ani. Iar după ce a trecut puțin de 30 – inginer-șef.

Iată o sarcină de partid: să pună la punct producția de magnetroane – niște generatoare puternice de înaltă frecvență, care urmau să fie utilizate în radarele pentru apărarea antiaeriană. Modele? Iată unul nemțesc, iată unul american. Copiază cât vrei, dar cu magnetronul problema e mai complicată decât cu frigiderul: cum să evacuezi căldura? Cum să-i mărești capacitatea? Și este insuficient să produci unde de înaltă frecvență – nu, trebuie făcut acest lucru cu niște caracteristici foarte precise, altfel ținta nu va putea fi descoperită. (La tot acest aspect lucrau grupuri teoretice în birourile de proiectare.)

Anii treceau, iar complexul de apărare, răspândit prin țară, dar legat prin canale de aprovizionare neîntrerupte, îndeplinea, una după alta, sarcini care păruseră irealizabile nu cu mult timp înainte. Obișnuiau să repete vorbele lui Hrușciov (nașul lui...): „Acum, noi facem rachete cum faci crenvurști pe bandă rulantă". Dar, pentru ca aceste rachete să zboare pe un curs cât mai precis, apărea problema giroscoapelor: pentru viteza de lansare a rachetelor, ele sunt conectate în permanență, dar din cauza asta se uzează și, după ce a apărut în tehnică laserul, au început să se gândească la giroscopul laser, fără frecare internă, disponibil imediat. Și Emțov, deja obișnuit să nu stagneze, să se miște fără să fie împins de la spate, să caute singur noi direcții, le-a propus ministrului, care venise la uzină, și șefului secției de apărare a Comitetului Central: încredințați-ne nouă aparatura laser! (Pasul era îndrăzneț! Dar îl împinsese ceva irezistibil, ca pe un kamikaze.)

S-a aprobat. Și, drept urmare, brusc – la cei 33 de ani ai săi –, a devenit directorul fabricii.

Asta se întâmpla în aprilie 1960. Iar pe 1 mai au doborât cu o rachetă de-a noastră avionul lui Powers.

Dar în ce fel? Peste câteva zile a fost o mare consfătuire la Ustinov – atunci deja vicepreşedinte al Consiliului de Miniştri, adjunct al lui Hruşciov în Apărare, dar se simţea încă foarte legat de vechiul lui post la Ministerul de Industrie a Apărării. (Și tânărul proaspăt director se afla pentru prima dată într-o companie atât de selectă.) De la Ministerul Apărării a venit o delegaţie în frunte cu Baidukov, şi acesta, cu o respiraţie șuierătoare, a aruncat acuzaţia gravă conform căreia complexul militar-industrial compromite apărarea sovietică.

Aceste blestemate U-2 americane (coincidenţă amuzantă a denumirii cu avioanele noastre „kukuruz“ de placaj, de joasă altitudine) zburau la înălţimi de neatins pentru distrugătoarele noastre; în plus, dezorientând radarele prin crearea unor ţinte false, aruncau benzi metalice, sistemul nostru nu distingea cu certitudine natura ţintei și ochirea însăși era și mai imprecisă când încercau să doboare aceste avioane – vulpea, dacă nu ajunge la struguri, zice că-s acri.

Și acum Powers a scăpat fără dificultate de sistemele noastre de apărare antiaeriană, a zburat chiar pe deasupra poligonului nostru antiaerian Kapustin Iar de pe Volga Inferioară și, apropiindu-se dinspre Iran, a tăiat o jumătate din URSS; trăgeau după el, dar nu puteau să-l doboare. (În locul lui, au doborât unul de-al nostru.) Și abia în Ural l-au lovit, întâmplător, de fapt. (Iar Powers a preferat captivitatea în locul sinuciderii prin injecţia letală, prevăzută în contract. Apoi a publicat o carte de memorii și a scos bani.) La vremea aceea, toată întâmplarea a fost făcută publică în varianta următoare: la început, Hruşciov nu a vrut, din milă, ca avionul să fie doborât. Dar noi înşine ştiam la ce eram buni!

Se vedea cât de greu îi era lui Ustinov, cât de neplăcut – Emţov stătea chiar aproape, dar nu la masa principală, ci pe rândul de scaune de lângă perete. Ustinov, cu o faţă și mai lungă decât de obicei, căuta, în mod evident, cum să se justifice, cui să dea cuvântul pentru asta, ca să aducă argumente ingenioase?

În acest moment, pe Emţov l-au apucat dintr-odată, ca atunci în faţa lui Hruşciov sau atunci când se angajase să producă giroscoapele laser, şi spaima, şi curajul, ca şi cum ar fi zburat fără aripi – o să te ridici sau o să te prăbuşeşti? –, a ridicat mâna, înclinată spre Ustinov, pentru a cere cuvântul! (În sinea lui: vai, de nu mi l-ar da! La şedinţele de asemenea nivel, este mai periculos decât pe un câmp de luptă, decât pe un teren minat: o exprimare un pic imprudentă sau o mică frângere a vocii te pot nenoroci. Totuşi, inginerii lui îl convinseseră că soluţia era aproape găsită.)

Ustinov văzuse mâna, dar nu risca să-i dea cuvântul acestui slăbănog: fiind aşa de tânăr, cine ştie ce vorbă ar putea să trântească? Au luat cuvântul un general, apoi altul, un director, alt director. Acum, Emţov ridica mâna de fiecare dată (deşi încă se temea). Ustinov îl privea iscoditor în ochi şi, în acel moment, Emţov a simţit cum în ochii lui s-a aprins o flacără şi a pornit cu un semnal sigur spre Ustinov. Şi Ustinov a înţeles clar, a primit semnalul. Şi i-a dat cuvântul.

Emţov a sărit ca împins de un arc şi a început să vorbească energic. Îi dădea avânt şi experienţa cu secţia de galvanizare: da, uneori trebuie să declari ca fiind realizat ceea ce încă nu a fost realizat! Şi cu experienţa Kursk a fost la fel: întârzierea o recuperăm ulterior, dar bastonaşul roşu trebuie obţinut neapărat! Şi, chiar dacă ştia că selecţia ţintelor mobile nu era deloc pusă la punct, ea *trebuia* sa fie! Trebuia – conform legii Marelui Avânt!

Şi, clătinând din cap cu aroganţă, i-a asigurat pe generali cu o voce răsunătoare:

– Problema selecţiei ţintelor de înaltă altitudine a fost deja rezolvată la noi. În scurt timp va fi pusă în practică.

Toţi au încremenit, au rămas cu gura căscată.

Ar trebui să se oprească la asta? Nu, victoria încă nu era deplină. Acum a adăugat, cu un aer foarte îngrijorat, dar şi cu înfumurare:

– În prezent suntem ocupați deja cu o altă problemă și ea este importantă pentru toți: să creăm un sistem de detectare a țintelor la joasă altitudine. Americanii coboară fără încetare altitudinea de zbor...

A zguduit Adunarea! În pauză, Ustinov i-a zâmbit recompensator: „Ei bine, nu ai făcut de râs Complexul militaro-industrial". Un alt general important l-a luat de braț (Emțov nu a reușit să-și dea seama – de ce el? apoi a aflat că generalul respectiv începea să nu mai fie atât de important și voia să-și consolideze însemnătatea) și l-a condus către un grup care părea alcătuit din mareșali: „Iată, noi...".

Bine, așa este, e plăcut, dar și înfricoșător: *dar dacă nu iese*? Da, ar fi putut să nu iasă... Ar fi putut, dacă nu ar fi fost Marele Avânt! În cursul verii, a trebuit să repete și la altă reuniune (șefii Complexului militaro-industrial *ardeau de nerăbdare*) cum că totul merge așa cum trebuie – dar încă nu se făcuse nimic!

Și nu era vorba de faptul că îi va fi distrusă cariera, ci de faptul că va fi trimis la închisoare...

Dar avea experiența lui Borunov: să se dovedească mai rapid și mai ager decât subordonații lui, să nu-i lase să aibă inițiativă (și să prindă imediat din zbor orice idee inteligentă). Să acționeze psihologic asupra subordonaților: bastonașe albastre nu pot apărea cu nici un pretext! El se simțea deja un strașnic lucrător în producție și un director luminat. La orice oră din noapte, o mașină venea acasă la el: „S-a oprit banda rulantă" sau altceva acolo, iar el dădea fuga la uzină. (Și despre el se povesteau deja episoade fabuloase.) Și a început să creadă că poate face minuni. S-ar părea, după legile firești ale naturii, că fie cutare proces nu poate fi comandat dinainte, fie cutare dispozitiv ar putea să nu reziste, însă există și o lege psihologică: „Vom rezista cu orice preț!!".

Și au rezistat. În al patrulea trimestru din același an, uzina a primit steagul Comitetului Central și al Consiliului de Miniștri, iar directorul a fost numit Erou al Muncii Socialiste.

Iar mai departe – un salt, și alt salt, și alt salt. (În ochii și în atitudinea oricărei fete din uzină își percepea victoria fermă – oare putem să avansăm în carieră fără să fie atinse în noi aceste corzi? Doar prin venele lui curgea sânge nobil, se vedea asta în felul în care își ținea capul.) Uzina lui, redenumită cifrat „Tezar", se extindea în noi și noi clădiri, aduna mii de noi muncitori. Scotea generatoare de unde de înaltă frecvență, inima radarelor, și sisteme complexe de alimentare a lor, și un alt sistem de ghidare a undelor spre antene, și, pe deasupra, dispozitive de calcul pentru radare. (Semnalele trimise în căutare, pentru localizare, trebuie să aibă frecvențe variabile, pentru ca inamicul să nu reușească să se deprindă cu ele și să se apere.) Se construia prima antirachetă defensivă. Deja fusese realizată „umbrela Moscovei": 140 de dispozitive pentru fiecare dintre cele patru puncte cardinale (se așteptau la atacuri în mod special pe la Polul Nord), cu detectare de rachete care zboară cu o mie de kilometri la oră, iar aceste dispozitive sunt plasate în trei centuri: cele din interior termină de adunat ceea ce le-a scăpat dispozitivelor externe. O mie de ținte sunt prelucrate simultan, iar mai departe sunt repartizate cu mașini de calcul electronic către complexele de tir: cine în care țintă trage. (Și, în ce privește această umbrelă, noi i-am depășit pe americani!!)

După aceea a sosit vremea focoaselor cu capete multiple – îi ajungeam pe americani și în această chestiune. Și, după semnalele returnate ale radarelor, am învățat să distingem capetele explozive de cele neîncărcate, destinate demonstrațiilor.

Și s-a revărsat peste Emțov o ploaie de premii. A pierdut și socoteala înaltelor adunări la care alerga și a înaltelor birouri, unde, cum se spune, intra aproape fără să atingă ușa (nu oricare, firește). A făcut parte chiar și din comisia însărcinată cu redactarea rezoluțiilor Comitetului Central. Și câte din aceste figuri cu obrajii și bărbiile lăsate, cu fețe și ochi inexpresivi, cu buzele care se deschid doar puțin atunci când e absolut necesar să pronunțe niște fraze inevitabile, câți dintre aceștia, întâlnindu-l pe Dmitri Anisimovici, își schimbau fără să vrea expresia de obicei ostilă! (Nu era de-al lor, era altfel acest director de la Apărare – foarte tânăr, suplu, sprinten, cu ochii strălucitori, înflăcărați și frunte aristocratică.) Iar Dmitri Feodorovici Ustinov pur și simplu a început să-l îndrăgească pe Emțov.

(Dar s-a frânt coloana vertebrală a carierei lui: un prieten apropiat al lui Emțov, un savant electronist, inițiat în majoritatea secretelor noastre, a plecat în Europa la o conferință și nu s-a mai întors! – s-a răzvrătit împotriva Sistemului! Lui Emțov i s-a consolidat statutul de *persoană căreia îi este interzisă plecarea în străinătate* – pentru două decenii! Dar ar fi putut să fie mult mai rău, ar fi putut să fie dat jos cu totul. Cum să înțelegi această întorsătură imprevizibilă și bruscă a prietenului tău? Să-l *înțelegi* este imposibil, și-a pierdut capul. Nu a făcut asta de dragul opulenței occidentale, avea și aici de toate. Libertatea? – dar în ce îi lipsea lui libertatea? Dar *personal* – o trădare? Dar ce-i asta – „personal"! Din cauza fugarului, au fost obligați să schimbe, în tot sistemul de apărare antirachetă, toate codurile, numerele, denumirile...)

Iar în următorii douăzeci de ani „Tezar-ul" s-a dezvoltat din ce în ce mai mult. Conducerea uzinei – un palat de marmură. Dar și noile secții – o frumusețe, clădiri luxoase. Au construit fără să le pară rău de bani. Deja nu mai era o uzină, erau cinci uzine împreună, într-o singură incintă de piatră și trei Birouri Speciale de construcții (mai secrete decât uzinele înseși). Și 18 mii de muncitori și angajați. Și iată că în unul și același fotoliu directorial (îl mutase în noua clădire) stătea Emțov, se făcea în curând un sfert de secol de când îl ocupa. Își păstrase silueta zveltă, ușurința mersului și privirea inteligentă și ageră. Părul îi căzuse, dar ceea ce rămăsese nu albise. Dădea dispoziții numai în mod poruncitor și știa să pună la punct pe oricine. Avea peste cincizeci de ani.

La o asemenea vârstă, nu soția este cea care îți dăruiește un al doilea fiu. Însă chiar acest fiu este un motiv de atâta mândrie și de căldură, reprezintă un aflux de speranțe și promisiunea de a te continua pe tine atât de mulți ani mai departe! Primii lui pași, ai impresia că îi faci împreună cu el! Fiul mai mare este de mult pe cont propriu, dar nu își duce viața așa cum ți-ar plăcea ție, însă acesta, după douăzeci de ani de la primul, ce viitor minunat va avea! Și ce sens profund aduce în viața ta!

Iar Tezar-ul pătrundea din ce în ce mai mult cu toate fundațiile în pământul de lângă Volga, acaparând din ce în ce mai mult, printr-un gard extins, hectare vecine de terenuri construite și de pășune, însă prin producția lui, prin menirea și activitatea lui, se infiltra în apărarea noastră ca un gigant al întregii Uniuni Sovietice. Împreună cu el – și directorul lui, căruia nu-i scăpa nimic și care nu obosea să marcheze toate noile orientări ale descoperirilor și producției. (Cu toate acestea, era o *persoană căreia îi este interzisă plecarea în străinătate*: Comitetul Central avusese încredere în el, nu avea cum să nu aibă! – dar prudența Direcției Speciale nu era, totuși, inutilă...)

Da, apărarea sovietică – și atacul! – erau întotdeauna invincibile și eficace. Însă cineva care cunoștea detaliile rapoartelor secrete de dincolo de ocean și care, totodată, avea și o minte ageră începea să priceapă, la începutul anilor '80, pe vremea lui Reagan, că noi nu eram în cursă, că noi rămânem puțin în urmă. Acest lucru nu fusese tolerat niciodată, nu ni se permisese niciodată să ne oprim! – dar pe acești șefi prăbușiți în fotolii, cu ochii morți, cu sprâncenele căzute pe ochi, cu ochii închiși pe jumătate, care ascultă fără prea multă atenție, ostili față de toți subalternii, cum să-i înduioșezi? S-ar putea oare să ajungi la conștiința lor muribundă? (Spre bătrânețe, nici Ustinov nu mai era cel dinainte.)

Și dintr-odată – a apărut Gor-ba-ciov, o revelație! Chiar de la prima ședință a Comitetului Central, el a trezit speranțele. Vom renaște! Alături de el – și Lihaciov, care l-a autorizat pe Emțov chiar să ia cuvântul în Biroul Politic! Dar în mintea lui Dmitri

Anisimovici, încă de la reforma îngropată a lui Kosîghin, licărea înţelegerea faptului că atunci, în 1965, venise timpul să reconstruim economia, însă din teamă, din lâncezeală, din indiferenţă se pierduse totul. Iar atunci – atunci industriaşii adoptaseră o atitudine combativă şi credeau în lozinca: să planificăm – într-o nouă manieră! să stimulăm munca – prin metode noi! Şi Emţov nu se exprimase doar în numele lui când se apucase, cu entuziasm, să citească referate auditoriului compus din membri de partid, chiar în şcoala superioară de partid: ce este noul sistem economic şi cum va salva el ţara. Au ascultat atunci şi s-au minunat. În aceeaşi perioadă, a fost invitat şi de universitatea locală la un ciclu de prelegeri: „Bazele politicii economice a socialismului" – şi Emţov a acceptat provocarea, s-a dus. El însuşi era deja pasionat de cibernetică, pe atunci interzisă, se cufunda în lectura lui Ashby, aşa că a introdus în cursul lui şi elementele de cibernetică pe care reuşise să le asimileze. S-a mirat şi el: să abordezi totul, absolut totul de pe poziţii sistemice! – nu e rău, nu?... (De la universitatea recunoscătoare primise titlul de „candidat".)

Dar apoi – toată reforma s-a dezumflat ca un balon spart. Şi a îngheţat pentru 20 de ani. Ei, nu-i nimic, o duceam, de bine de rău. Aveam să ne trăim traiul şi fără reformă.

Nu, iat-o! Gorbaciov! Deja răcita încredere a început să se reaprindă. După vechile, dar reînnoitele teze, Dmitri Anisimovici a pornit să citească la universitate cursuri despre sistemul modern de administrare a industriei (totuşi, fără vechiul adaos de cibernetică, parcă poţi să ţii pasul cu ea timp de 20 de ani?).

Dar – Gorbaciov? – despre ce vorbiţi? Acest neghiob cu vederi înguste – ce făcea el? Ce ordine distrugătoare lansa, nişte prostii, una după alta? S-au creat Sovietele Colectivelor de Muncitori! – şi aceste Soviete examinează şi *ori aprobă, ori nu aprobă* planul comunicat de minister?! Dar o să vă folosesc vorbele contra voastră: care bucătăreasă dă voie cuiva să-şi bage nasul în bucătăria ei? – cu atât mai puţin directorul unui celebru combinat puternic! Nu, ascultaţi, şi mai bine: aşa-numitul

„colectiv de muncitori" de acum *își va alege directorul*! Dar jumătate din activitatea mea are loc, în general, în afara uzinei: toate livrările, relațiile externe, organele directoare, achizițiile de devize – și cine din colectivul de muncitori, care neisprăvit poate să ia decizii în legătură cu toate astea? E o aiureală! Și o gazetuță oarecare, ba încă una literară, lansează rubrica: „Dacă aș fi eu director..." Trimiteți dorințele... A existat asta în viața noastră dinainte? Probabil că memoria voastră este excelentă. Dar eu am însușirea de a generaliza. Și vă spun: acesta e sfârșitul!

Însă, oricare ar fi sfârșitul, orice vietate trebuie să trăiască. (Iar tu ai un al doilea fiu, crește. Dar ce muzică e asta în suflet! Acum e vremea să trăiești! Și să tot trăiești!)

Așa s-au târât, timp de cinci ani de „perestroika". Au găsit soluții prin „metoda încercării și a erorii", cum spun experimentatorii. Și deja făceau asta singuri, la distanță de cei care guvernau, fără plecăciune, de fiecare dată, la Moscova. Spre sfârșitul anilor '80, toate legăturile dintre întreprinderi în URSS s-au destrămat atât de mult, încât nu se mai putea conta pe nici un furnizor. Și monstrul Tezar căuta să crească producția prin mijloace proprii.

Dar nici măcar atunci nu cunoșteam suferința adevărată. Am aflat asta când a fost desființat Partidul. Da! Eu eram primul căruia nu-i plăceau aceste sprâncene pleoștite la nivel înalt, nu vă uitați la decorațiile mele, nu-mi socotiți steluțele de aur sau de câte ori am luat cuvântul în fostul Comitet Central, considerați că sunt un om onest, un simplu profesor de cibernetică. Așa. Însă partidul era Pivotul nostru. Sprijinul nostru! Dar a fost izgonit.

Și s-au aruncat în marea Reformă, așa cum a spus un pescar bătrân la copcă: cu capul înainte!

La Tezar, a ajuns în felul următor. Exact după trei săptămâni de la strălucitul debut al reformei, într-o zi mohorâtă de sfârșit de ianuarie, Emțov a primit o telegramă de la ministerul apărării: „Să înceteze livrarea producției, codul cutare, codul cutare din lipsa finanțării".

Dmitri Anisimovici stătea singur în cabinetul lui mare, în vechiul lui fotoliu, aplecat asupra telegramei, și simțea furnicături pe pielea capului.

Ca și cum un spirit rău, un demon i-ar fi zburat chiar pe deasupra capului, foarte jos și foarte aproape.

Sau ca și cum un pod grandios peste un râu mai lung decât Volga s-ar fi prăbușit într-un minut și n-ar mai fi rămas decât praful, depunându-se încet.

Timp de patruzeci și unu de ani, din ziua în care vorbise în sala Gheorghievski, Emțov fusese un lucrător în producție. Timp de treizeci și doi de ani, de când fusese doborât Powers, fusese directorul Tezar-ului. Iar această telegramă îl anunța că totul se sfârșise...

Dacă după doar trei săptămâni de la startul „reformei" la Ministerul Apărării nu este finanțare pentru așa ceva, înseamnă că nici nu va fi vreodată. Și un om înțelept este obligat să prevadă totul, neîmpiedicându-se de nici un obstacol. Într-adevăr, totul s-a sfârșit. Și cel mai nechibzuit ar fi să se zvârcolească încercând să se apere, să trimită telegrame cu implorări, să se mintă pe sine însuși, să amâne deznodământul. Da, se spune doar „să înceteze livrarea", nu se spune „să înceteze producția", iar în secții și în depozite este încă spațiu, procesul de producție poate continua.

Nu. Trebuie să taie dintr-o lovitură. Să nu prelungească agonia.

A stat așa un ceas? Nu aprinsese lumina, iar biroul era acum cufundat în semiobscuritate.

A aprins lampa de birou. A chemat trei responsabili. Și a ordonat cu detașare, cu o voce inertă, ca și cum asta nu ar fi avut legătură cu el: codul cutare, codul cutare – imediat trebuie să se întrerupă furnizarea materialelor către ateliere.

Înseamnă că Marele Avânt s-a încheiat.

În săptămânile acelea, dintr-o sută de directori de uzine de război, nouăzeci și cinci s-au repezit la Moscova pentru a încerca să convingă: „O să pierdem tehnologia! Dați-ne o comandă de stat, iar noi o să lucrăm până una-alta să refacem stocurile!". Se temeau de un singur lucru: numai de nu i-ar exclude din aprovizionarea publică, „numai de nu m-ar arunca în privatizare". Acest cuvânt devastator înspăimânta ca un monstru marin.

Lui Dmitri Anisimovici i-a devenit clar următorul lucru, la fel de clar cum îi era că temperatura Zero Absolut este de minus 273° C: acesta era sfârșitul Electronicii noastre. Tehnologiile noastre superioare vor pieri în mod iremediabil, căci branșele sau uzinele nu vor putea să se mențină separat: întotdeauna va lipsi ceva la seria de producție. Sistemul se va degrada *în întregime*, era inevitabil. Înalta noastră tehnologie de război se va prăbuși, se va prăbuși – iar apoi nu o va putea reconstrui nimeni nici măcar în zeci de ani.

Totuși, reforma lui Gaidar-Elțîn-Ciubais este genială! Fără jumătatea de măsură a lui Gorbaciov: trebuie distrus tot – tot – tot – până la capăt! Și doar după aceea, vreodată, va fi reconstruită Cartagina, dar nu de noi și nu în maniera noastră.

Însă, la o mică întâlnire agitată a unor directori uniți în sectorul aprovizionării de stat, Emțov a declarat: „Eu merg în privatizare!" – „Dar parcă ai mâncat mătrăgună! – s-au înfuriat cei care lucrau în industria de apărare. – Cum se poate închipui asta în lucrul cu care ne ocupăm noi: privatizarea? Cât o să mai trăim, nici nu poate fi vorba de privatizare!".

– Da-a? a zâmbit Emțov cu siguranța lui inefabilă, chiar dacă amară de data asta. Bine, haideți să judecăm, vă fac praf imediat. Dacă v-am înțeles bine: la noi, de exemplu, va continua să se dezvolte metalurgia? Producem oțeluri ieftine, iar oțelurile speciale sunt pierdute? Aveți o excelentă memorie a trecutului. Dar trebuie să uităm trecutul. Nici conducerea Complexului militaro-industrial, nici cadrele Complexului militaro-industrial nu vor mai exista. Și în curând vom ajunge în situaţia de a nu mai putea să obţinem producţia pe care o avem în prezent.

Printre toate lozincile prosteşti – „perestroika“, „accelerare“, „piaţa socialistă“, apoi „reforma“ (nu se ştie după care program) – era una de o profundă înţelepciune, dacă nu o treceai cu vederea. Se adresa directorilor de uzină: „Deveniţi patronii producţiei!“.

Exact! Bine zis! Aici e piatra de temelie.

Dar dacă tu eşti, cu numele, „patron al producţiei“ – de ce să nu devii în mod real?

Totuşi, să devii *patron* – ce ar însemna asta?

Pe o cale neumblată, primului îi este întotdeauna mai greu. Însă ar fi câştigat timp pentru reconstruirea Tezar-ului.

E adevărat, s-au găsit câteva cazuri asemănătoare și s-a înfiinţat „Partidul Libertăţii Economice“. S-a înscris în acest partid. Dar nu era decât pălăvrăgeală sau voiau puterea politică. Nu, nu se rezolvă nimic prin politică.

La început, Emţov a crezut în contribuţia investitorilor occidentali. I-a primit cu amabilitate și cu încredere pe bancherii veniţi din Occident în vizită la Tezar, i-a ospătat cu generozitate, în stil rusesc. Foarte politicoși, zâmbitori, au mâncat bine icre, dar nu au oferit drept ajutor nici un cent.

Dar de la guvern – cu atât mai mult nici o para chioară. Trebuie să se grăbească.

Cum fiecare era acum liber să iasă din ţară, a plecat singur în America. A fost întâmpinat foarte bine, ca un „antreprenor progresist“. Întâlniri, consultaţii, prânzuri de afaceri. Dar investiţii – nu i-au dat nici o leţcaie. Dar i-au tot dat unul și același sfat temeinic: nimeni nu va investi niciodată într-un monstru precum Tezar-ul vostru, cu el se iese doar în pierdere. Trebuie să-l decongestionaţi în mai multe întreprinderi distincte și apoi fiecare răzbește prin forţe proprii.

Din copilăria lui petrecută la Poltava își amintea bine de Gogol: „Eu te-am făcut, eu te omor“.

În Consiliul de Miniştri – agitaţie, învârteală, fiecare obţine câte ceva, îşi dau brânci unul altuia. Aşa s-a furişat Emţov în avionul vice-premierului şi, până să ajungă la conferinţă, a primit rezoluţia de privatizare a Tezar-ului şi de scindare a lui.

Însă, dacă rupi un trup viu în bucăţi, ele se vor crispa căutându-se una pe alta. Dar nu ne rămăseseră multe variante.

Şi iată care va fi de-acum înainte principiul meu: nu acceptăm nici un fel de comenzi de stat de-ale voastre! – plata înainte, comanda după. Banii înaintea mărfii – nu aşa se obişnuieşte? Nu ne-a rămas altă soluţie: bănuţii înainte! A redus secţiunea „apărare" a Tezar-ului la 5 procente – piesele de schimb pentru apărarea antirachetă, nişte rămăşiţe. Ai fracţionat Tezar-ul în şaizeci de filiale, dar tu rămâi director general. După statutul lor, o parte vine din vechiul Tezar, dar, pentru restul – căutaţi acţionari bogaţi, căutaţi-i singuri. Fiecare celulă are propriul ei interes de a supravieţui, crispaţi-vă. Toate cele şaizeci sunt egale din punct de vedere juridic, dar direcţiunea generală este ceea ce în termeni noi se numeşte „holding", susţinere.

Un principiu pentru toate filialele: de acum înainte, *ne este indiferent modul în care se vor câştiga banii*! Frecvenţe înalte pentru a lucra hrişca? Bine. Dar cuptoare cu microunde, care nu au existat niciodată la noi, pentru uz domestic? Daţi-i zor! Cineva a început să producă magnetofoane? Minunat. Rame de plastic pentru ferestre, jucării pentru copii. Şi dacă cineva nu a găsit nimic de făcut şi nu aveţi pentru ce să-l plătiţi? Atunci, nu-l plătiţi. Atunci, concediaţi muncitorii.

Tot oraşul a început să vuiască: „Fabrica radioelectrică a trecut la producţia de greble!". (Nu era departe de adevăr.) Dar cei care ştiau mai multe despre afacerea asta – inginerii electronişti sau directorii de apărare din toată ţara – strigau: „Emţov distruge imperiul Tezar!". Muncitorii care nu fuseseră concediaţi încă, dar lucrau fără salariu de peste trei sau patru luni şi cei deja concediaţi fierbeau de mânie nepotolită. S-au adunat, strigau în faţa administrației fabricii și îl blestemau pe director. Emțov a hotărât să meargă la club, pentru a ține o ședință.

Și – neschimbat la bătrânețe, la fel de subțire, suplu ca o trestie, cu privirea și chipul senine – a ieșit să înfrunte furtuna. Și simțea aceeași prezență de spirit și același curaj care îi fuseseră de folos de câteva ori în viață. Știa cum să-i zguduie.

Sala urla. Emțov a ridicat mâna lui subțire cu degete lungi ca pe o baghetă și a vorbit, cu forța care îi mai rămăsese în voce:

– Dar cine este vinovat? Sovietul suprem actual – cine l-a ales? Directorii? Sau muncitorii? Pe cine ați votat? I-ați ales voi – pe directori, organizatori, directori administrativi, pe cei care cunosc problema?! Nu!! V-ați repezit să-i alegeți pe democrații de dată recentă, majoritatea profesori de marxism-leninism, economiști, conferențiari de birou și jurnaliști... Hasbulatov, Burbulis, Gaidar, Ciubais, vă pot numi treizeci dintr-ăștia – cine i-a ales? Acum luați-vă steagurile roșii și tropăiți la acești pedagogi, căutați dreptatea! Dar eu – o să vă salvez preventiv! Vă las șomeri, da, însă țineți minte: în anul 1992, nu mai târziu! Este încă timp pentru voi, care părăsiți Tezar-ul, o să reușiți să găsiți de lucru sau să vă adaptați la o muncă nouă. Și cine defilează cu steagurile pentru a primi salariul – o să rămână cu buzele umflate.

E ușor să-i reorganizezi unui tânăr viața, opiniile, proiectele. Dar unuia de 65 de ani?

Iar tu ești sigur că ai dreptate. Dar simți un gust amar în fața acestui naufragiu.

Trebuie să ai o excelentă mobilitate a spiritului: să-ți schimbi complet viața pe care ai dus-o până acum. Ca și cum totul ar fi fost în zadar, iar tu ai început să mergi într-un fel nou, cu vioiciune.

Și te poticnești la fiecare pas. Și cuptoare cu microunde, și videomagnetofoane – mai bune și mai ieftine decât cele de la Tezar – veneau în valuri din Japonia. Așa stând lucrurile, nu are de ce să se zbată, trebuie să închidă și această branșă de activitate. (Și să concedieze în continuare, să concedieze. De altfel, unii ingineri, funcționari și muncitori au plecat singuri, fără să aștepte concedierea – și cine a plecat? Mai întâi cei mai talentați, apoi a doua categorie. Au rămas doar masa cenușie și balastul, din 18 mii – doar 6 mii.)

A trecut un an, iar un sfert din cioburile rămase din Tezar au dat faliment, s-au spulberat, s-au risipit. Dar câteva unități au ieșit din încurcătură, au scos profituri. Trebuie să te uiți cu atenție, să cauți căi pe care nimeni nu le-a trasat încă, nu le-a prevăzut, nu le-a imaginat, chiar și pământul să-l sapi – și sub pământ să cauți, ba chiar și în cosmos. A sclipit ceva nou: telefoane mobile, la îndemână, care funcționează prin satelit – susținem invenția! Construim relee și antene pentru ele, vindem abonamente, uite și câștigul! Și apoi, simplele contoare de gaz, care nu există nici la Gazprom, dar de care au nevoie toți – iarăși un câștig!

Da, domnilor-tovarăși, nimic nu trebuie să ne facă să ne jenăm, ne convine orice negoț! – chiar și cu greble, chiar și cu pălării, chiar și să închiriem oricare dintre clădirile noastre luxoase – palatele noastre și grădinițele noastre de copii –, chiar și pentru un magazin de mobilă scandinavă! chiar și pentru un supermarket! pentru un cazino sau pentru un veritabil bordel! (Obiecte de uz zilnic – vânzare asigurată, dar vechile secții – cine să le cumpere? De ce nu, Statul, care s-a dezis de noi, pune mâna pe ele – pentru achitarea datoriilor, pentru alimentarea cu energie.)

Dar cea mai rodnică idee a fost să ne creăm propria bancă, în legătură cu filierele Tezar-ului care aveau succes. Cu abilitatea noastră, am profitat de scurta perioadă în care băncile s-au deschis ciorchine, iar cine a întârziat și-a mușcat mâinile după aceea. Banca este sistemul nervos a tot ceea ce trăiește și creează! Și nici noi înșine nu ne așteptam: după trei ani, banca „Tezar-ului" a primit premiul american „Făclia Birminghamului". (În acel Birmingham din Statele Unite începuse cândva refacerea în Marea Criză, de unde și premiul.)

Acei directori de la sectorul de apărare, care au tot așteptat un an, doi comenzi de la stat sau care au produs pe datorie se tăvăleau acum într-un mod jalnic, ca broaștele pe nisip. Însă Emțov nu numai că a reușit totul la timp, dar nici măcar nu s-a extenuat din cauza acestei cotituri, umbla prin fostele lui teritorii arătând și mai autoritar și mai mândru decât înainte, pe vremea când era un celebru director roșu. Trecând pe lângă cazino, uneori se strâmba: „Acestor neputincioși, neisprăviți eu însumi le-aș plăti ca să nu le aud muzica". Era din nou învingător, chiar dacă își ascunsese într-un sertar îndepărtat al mesei decorațiile de altădată și stelele aurite de erou al muncii socialiste. Mobilitatea spiritului și pasiunea durabilă pentru afaceri – și nu vei fi niciodată pierdut! Spunea:

– Părerea mea este că a face bani este o ocupație interesantă. Cu nimic mai prejos decât a lua pulsul Complexului militaro-industrial ori, să zicem, a te descurca în cibernetică.

Iar fiul său crește – lasă, că o să studieze în străinătate.

2

Într-o casă de pe strada Karl Marx nr. 15 a avut loc un atentat asupra unui bancher. S-a produs o explozie în marchiza de la intrarea în casă, însă bancherul a rămas în viață și a plecat imediat după aceea, împreuna cu soția lui, cu mașina.

La Direcția Regională de Luptă împotriva Crimei Organizate, semnalul de alarmă a ajuns seara târziu. Locotenentul de serviciu ar fi trebuit să meargă imediat în anchetă, însă, chiar dacă ia cu sine doi oameni înarmați cu pistoale-automate, noaptea pot să nimerească într-o situație periculoasă: unde a avut loc o explozie, acolo se pot produce și a doua, și a treia. De aceea locotenentul a așteptat până în zori – o dimineață de februarie, adică nu prea devreme – și abia atunci au plecat.

Casa era o coproprietate, locatarii instalaseră singuri o ușă metalică exterioară și, dincolo de ea, construiseră o marchiză. La ușă rămăsese și acum structura magnetică a uneia dintre cele două mine care explodaseră. Ușa interioară de lemn fusese spartă de explozie la nivelul pieptului unui om și întreaga marchiză fusese tăiată circular de schijele care acum acopereau podeaua: conform avertizării locotenentului, serviciul de menaj nu atinsese nimic în timpul nopții, iar locatarii care veniseră seara acasă trecuseră cu mare precauție. Locotenentul a făcut toate măsurătorile și a întocmit procesul verbal. Bancherul (se numea Tolkovianov, un om încă tânăr) nu era acasă. Din apartamentul lui – unul standard, cu două camere, ceea ce l-a uimit pe locotenent – nu a răspuns nimeni atunci când au sunat: nu se întorseseră nici el, nici soția după explozie, iar copilul de doi ani, le-au explicat cei de acolo, era fără îndoială la bunică.

Încheind deocamdată ancheta, locotenentul s-a întors în grabă la biroul său de la Direcțiune, pentru a ajunge înaintea maiorului și a altor colaboratori. A reușit să ajungă. Însă maiorul, nu se știe de ce, nu a venit, iar la ora 10 a ajuns însuși locotenent-colonelul Kosarghin. Locotenentul și-a asumat riscul de a merge să-i prezinte raportul direct lui.

Locotenent-colonelul avea patruzeci de ani, acum era îmbrăcat în civil, dar cu o evidentă ținută militară. El fusese în serviciul Organelor timp de 15 ani, dar plecase de acolo cu un an și jumătate în urmă. Și era aici de un an deja.

Locotenentul își tot prezenta raportul, arăta chiar și o schiță. La un moment dat, Kosarghin a ridicat o sprânceană, mirat cu privire la apartamentul modest.

– Ce ordonați, Vsevolod Valerianîci?

Fața lui Kosarghin era uscățivă, energică și avea întotdeauna o expresie care arăta că e gata să facă un lucru fără întârziere.

– Care e numele complet al lui Tolkovianov, ați aflat?

– Da. Aleksei Ivanîci.

– Și câți ani are?

– Douăzeci și opt.

Pe fruntea netedă a lui Kosarghin a apărut o cută oblică – un gând? o amintire?

– Cred că am să mă ocup singur de asta. Sunaţi la bancă, găsiţi-l pe Tolkovianov.

Locotenentul a făcut stânga-împrejur, uşurat că nu a fost acuzat că întârziase intervenţia din timpul nopţii, şi a plecat să îndeplinească ordinul.

Iar Kosarghin a rămas nemişcat. Memoria sa profesională reţinea perfect: Aleksei Tolkovianov fusese adus la interogatoriu în 1989, atunci când avuseseră loc revoltele studenţeşti de aici şi, la o stradă distanţă, ciocnirea dintre ei și elevii de la şcoala de poliţie de frontieră: elevii fuseseră transformaţi într-o armată și trimişi să-i pună pe studenţi la locul lor. Despre Tolkovianov existaseră informaţii conform cărora, dacă nu era chiar conducătorul studenţilor, atunci era unul dintre principalii instigatori. La vremea respectivă, interogatoriul lua o direcţie severă: nu vă lăsaţi fermecaţi de *glasnost* şi de tot felul de ticăloşii a căror publicare în ziare și reviste este permisă acum; mai întreceţi-vă puţintel cu gluma – și pe unii ca voi o să vă închidem într-un lăgăraş şi acolo o să vă şi găsiţi sfârşitul.

Pe atunci… Pe atunci, Kosarghin nu putea să-și imagineze ce turnură va lua totul. Și încotro se va îndrepta. Și cu ce rapiditate şi în ce haos! – au fost zdruncinate şi Organele înseși în interior, iar cei mai inteligenţi şi mai activi dintre cekişti au început – fiecare în parte – să-şi caute ceva nou de lucru şi chiar *să se retragă*. Şi unde anume? În aceste noi societăţi comerciale, consilii de administraţie, puţin a lipsit să nu devină chiar bancheri, provocând o adevărată ciudă celor care rămăseseră acolo și celor care rămăseseră în urmă...

Uite că şi un student pornise în această direcţie şi reușise fără greş, în timp ce tu...? Această schimbare circulară depășea capacitatea de înţelegere.

Dar cu atât mai mult ar fi vrut să ducă la capăt ancheta aceasta, chiar şi pentru el însuşi.

Tolkovianov era la bancă şi aştepta deja vizita Direcţiei.

Kosarghin a plecat. L-a lăsat pe şofer pe o stradă liniştită, în faţa unei clădiri noi a băncii, cu faţada de sticlă, cu şapte etaje, cu o denumire complicată, aşa cum se inventează acum, şi a intrat. La etajul al doilea era amenajată sala pentru clienţi, după model occidental, cu separare fără sticlă. Încă de la uşă, l-au identificat imediat pe cel care sosise, în pofida hainelor civile, i-a ieşit înainte un tânăr şi l-a condus imediat la reprezentantul conducerii băncii. Acesta a venit personal în întâmpinarea lui, în anticameră.

Da! De la acel interogatoriu se fac în curând şase ani, dar Kosarghin l-a recunoscut de la prima privire: el e. La fel de înalt, cu o expresie cam naivă pe chip, ca un cioban de la ţară îmbrăcat frumos. Dar nu în costum, aşa cum ar fi fost normal pentru un director de bancă, ci cu un pulover larg, neglijent, de culoare verde-oliv, e drept cu o cămaşă cu gulerul scos, de culoare mai deschisă, în acelaşi ton. Pe deget – un inel îngust de aur, aşa cum poartă acum cei logodiţi.

Nu se vedea dacă îl recunoscuse pe cel sosit.

Au intrat în cabinetul directorului. Aici, mobila era disparată: şi piese moderne, enorme fotolii de piele, joase, în jurul unei măsuţe pentru reviste, dar şi câteva scaune de modă veche sau care imitau mobila veche, rigide, cu spătare înalte şi drepte, sculptate, în jurul unei mese acoperite cu postav verde. Iar pe perete – un ceas tot vechi, cu o pendulă de bronz şi cu o bătaie uşoară, insinuantă, care a sunat imediat ce au intrat.

Kosarghin a refuzat să se aşeze pe fotoliu şi a luat loc, ţinându-şi servieta subţire, la masa verde, iar bancherul s-a aşezat la biroul lui, plasat de-a curmezişul faţă de masă.

Se stăpânea bine: chipul său nu trăda nici spaimă, nici stupoare după ceea ce trăise, ci exprima o atenţie severă. Se bărbierise de dimineaţă, ca de obicei. Forma alungită a feţei devenea şi mai evidentă din cauza urechilor plasate sus.

Kosarghin a spus doar din partea cărei instituţii vine, dar nu şi-a spus numele, iar Tolkovianov nu i-a cerut legitimaţia şi doar asta a trădat neatenţia lui sau zăpăceala.

Împrejurările? Totul s-a petrecut în felul următor. El a deschis uşa metalică şi a pornit să iasă, iar soţia venea din urmă. Brusc, s-a gândit să ia încă o geantă pentru ea şi – după o secundă? o jumătate de secundă? – a făcut un pas în spate, atunci când deja ar fi trebuit să fie în marchiză, uşa metalică aproape s-a închis din nou, iar în interior a răsunat explozia. Cel care a declanşat explozia s-a grăbit în aceste jumătăţi de secundă, a estimat că victima va fi exact în marchiză.

A zâmbit strâmb, ca şi cum s-ar fi scuzat.

Simplitatea feţei lui completa pieptănătura simplă a părului, pe o parte, băieţeşte.

– Şi care sunt presupunerile dumneavoastră? Cine a comandat asasinatul? Cine a declanşat explozia?

Tolkovianov l-a privit drept în ochi. Cu atenţie. Meditativ. Chibzuind.

Acum l-a recunoscut! Kosarghin a înţeles dintr-odată, după expresia feţei lui.

Dar nu i-a ieşit în întimpinare, nu i-a amintit.

Iar Tolkovianov nu a pomenit nici un nume.

Se tot gândea.

Şi, aşezând circular cele cinci degetele răsfirate de la o mână cu cele cinci de la cealaltă mână, ca o emisferă, încrucişându-le şi, cu un efort parcă, despărţindu-le, tot aşezându-le – şi despărţindu-le, a răspuns:

– Nu sunt sigur că departamentul dumneavoastră poate fi efectiv de vreun ajutor.

Alioşa nu-şi imaginase, nu presimţise că asupra lui va fi un atentat, şi atât de curând.

Totuşi, pornind pe un drum sinuos în această lume obscură, ar fi trebuit să se aştepte de mult la asta şi să se aştepte în orice moment.

Cine *a ordonat* – Alioşa bănuia, deşi nu avea cum să dovedească: capii firmei Ellomas. Relaţiile cu ei erau instabile, cereau multă prudenţă şi acum Alioşa înţelesese cu ce anume se făcuse vinovat. Se întâmplă să spui o frază imprudentă, iar concluziile se îndreaptă împotriva ta. Cine s-a apucat de o afacere financiară nu are voie niciodată să dea frâu liber vreunui sentiment, nici să dea greş.

Iar cine *a executat* – e mai greu de găsit. Şi imposibil de ghicit. Deşi numai de la *el* poate începe depănarea ghemului.

Dacă s-ar apuca de această investigaţie? Ori poate ar trebui să mai rabde?

Şi de unde se naşte în noi un asemenea impuls neclar, de neînţeles: de ce nu a luat o geantă pentru Tania mai devreme, ci tocmai în acele jumătăţi de secundă?

Puteau să cadă amândoi în capcană...

Programul lui Alioşa era atât de regulat, încât nu-l costa nimic pe asasin să ghicească momentul potrivit.

Dar de ce au ales o metodă aşa de complicată? Nu e mai simplu cu pistolul, drept în faţă?

Fără îndoială, planul era să orienteze căutările pe piste false: nu aici, în capitala regională, ci în B., de unde venise Alioşa odată ca să înveţe la universitate; în B. fuseseră nu demult două crime, identice: explozia unei mine acţionate la distanţă. Nu au estimat rău.

Dar pe cine să convingi că Alioşa nu avea cu B. nici în clin, nici în mânecă, doar amintiri duioase din copilărie şi tinereţe.

Amintirile duioase nu erau legate numai de fântâna din curtea care îşi păstrase aspectul provincial; nici de iarba bătătorită ici şi colo prin curte; erau legate de tot cartierul de căsuţe cu un etaj, ale căror ferestre erau împodobite cu dantelărie de lemn, şi de băieţii din acest cartier. (Câte năzbâtii nu făcuse cu ei: lipiseră prin oraş un manifest cu textul „Moarte popilor!" şi plănuiau să arunce în aer ultima biserică din B. China dădea semne că ne-ar declara război? Aşadar, dacă o să ajungă până la Ural, o să alcătuim grupe de partizani chiar aici, lângă Volga, prin păduri.) Dar și de școală – ce interesant refugiu, de la primul pas și chiar din prima zi! Iar după cinci ani – fizica! și puțin mai târziu – chimia! – ce materii minunate, până acum neidentificate, nebănuite în lumea înconjurătoare, iar ele fuseseră tot timpul cu tine! La chimie – o profesoară remarcabilă, și ce frumusețe! Toți învățau chimia cu entuziasm, dar Alioșa îi întrecea: începând din clasa a noua luase un avans în programă și îi lăsa în urmă chiar și pe colegii lui dintr-a zecea. Dar fizica? Profesorul nu era bun de nimic, era nepăsător, pur și simplu nu-și înțelegea obiectul de studiu, nu înțelegea substanța sclipitoare pe care o primise în mâinile lui neglijente. În ce privește experimentele, era cu desăvârșire incapabil să le facă, Alioșa era cel care pregătea totul pentru el. Mergând înainte de cursuri dincolo de misteriosul perete despărțitor al laboratorului de fizică, el își lăsa imaginația să hălăduiască și se cufunda în visuri printre acele cercuri rotitoare, acele tije generatoare de scântei răsărind dintr-o bobină închisă, acele ace în spatele dispozitivelor de sticlă, acele căni gradate și cilindri gradați, toate acele varietăți de spirale... Un fel de flux invizibil trecea prin toate și nici un western nu putea concura, probabil, cu această lume fascinantă.

În scurt timp, însă, Alioșa, puțin mai în vârstă, și-a dat seama că toate acestea erau depășite, erau ceva infantil: fluxul încântător al fizicii curgea mai repede undeva, dar nu aici. Elevii mai mari l-au sfătuit să citească reviste – *Știința și viața*, *Cunoașterea este o forță*, *Natura* –, iar el a început să alerge la biblioteca orășenească și să petreacă acolo multe ore cufundat în lectură. Câte lucruri se făceau în lume! Câte lucruri se făcuseră ori erau pe cale să se realizeze: calculatoare, milioane de operații pe secundă, care controlau fără intervenția omului procese mari în uzine! Calculatoare care fabricau alte calculatoare! Tot calculatoare – în radionavigație! Transformarea căldurii în electricitate fără dispozitive mecanice! Baterii solare! Dezvoltarea vertiginoasă a electronicii cuantice, laserele!

Vederea şi fotografierea în condiţii de întuneric total!! Ca şi cum toate ramurile fizicii, asemenea câinilor care aleargă după pradă, rupseseră legăturile în acelaşi timp şi se aruncaseră în toate direcţiile pe întrecute. Ceasuri moleculare. „Ştiinţe de frontieră", sinteza fizico-chimică a substanţelor cu proprietăţi predefinite. Din clipă în clipă, alte invenţii erau pe punctul de a fi realizate: sinteza termonucleară controlată. Biofluxurile. Bionica: dispozitive tehnice care copiază sistemele biologice. Iar în astronomie: teoria Big-Bang-ului! Universul nu e câtuşi de puţin veşnic: el a fost *creat* – dintr-odată? Şi Găurile Negre care, definitiv şi ireversibil, înghit materia – în nimic??

Iar Alioşka pierdea vremea în anemia cabinetului de fizică şi învăţa cine ştie ce noţiuni perimate, paragraf după paragraf!

Toată lumea savanţilor alerga, zbura, se rotea, se transforma într-un ritm nebunesc, încât era imposibil să mai rămână, imposibil să stea mai departe în înapoiatul oraş B., chiar dacă aici existau acum uzine. Desigur, nu se va descoperi, nu se va inventa totul, totul până la ultima limită, până la frontiera extremă, va rămâne ceva şi în sarcina lui Alioşa?

Cu o diplomă de absolvire excelentă, s-a repezit aici, la universitate, la facultatea de fizică, şi în primii doi ani s-a uitat cu admiraţie, cu nesaţ la specializările care îl aşteptau. Va trebui să obţină cel puţin două specializări – şi pentru că este pasionant, dar şi pentru că, cu cât erau mai multe, cu atât mai amplă ar fi fost ulterior opţiunea care să-l ducă la reuşită.

Şi în aceşti doi ani – cei mai fericiţi din viaţa sa! – Alioşa a studiat cu frenezie şi s-a străduit să afle şi să înţeleagă cât de mult se putea.

În plus, un soi de certitudine vibra în pieptul lui: de orice m-aş apuca, indiferent cu ce lucru m-aş ocupa, în toate voi avea succes! (A reuşit să intre şi în rândul activiştilor din komsomol, nu se odihnea niciodată, era acaparat de treburi. Chiar a reconstruit o maşină dintr-o vechitură, o rablă abandonată de cineva; în fiecare seară urca bateria până la etajul al treilea al căminului pentru a o încărca, iar dimineața o ducea înapoi, colegii râdeau și îl ironizau, însă chiar ei ajungeau să-l roage: du-ne, suntem în întârziere!)

Pe neașteptate, după doi ani de studii, în 1986 – când speranțele întregii societăți începuseră să prindă formă! – a fost ca și cum i-ar fi tăiat o parte din viață: a fost luat în armată pentru doi ani.

Ar fi putut să fie mai devreme sau la sfârșitul studiilor – dar de ce chiar la jumătate?

În plină inspirație.

Și, poate, iremediabil pierdută.

Armata și așa nu-i totdeauna lapte și miere, însă acum era la apogeu fenomenul, cunoscut în armată, al despotismului „bătrânilor" față de recruți. Iar de la „bătrâni" să nu aștepți milă. Dar în anii aceia Alioșa nu era atât de slab, ca acum, ci masiv și rezistent, lovea destul de bine, se apăra.

În armată a fost luat la radiocomunicații. A încercat să citească și acolo cărți de fizică. Da' de unde... A renunțat...

Apoi a început să citească ziare, să se uite la televizor – trebuia să se pregătească pentru viață, care se schimbase la 180 de grade în timpul celor doi ani de serviciu militar. Se agitau un fel de *marginali*, era un fel de inițiativă generală, nemaivăzută!

S-a întors din armată în anul trei de facultate – a sa? Nu mai era a sa. Aceeași universitate? Deja nu mai era aceeași. (Deși înțelegea că, printre majoritatea instituțiilor de învățământ superior cu denumiri umflate care apăruseră ca ciupercile după ploaie și chiar printre institutele de cercetare, Universitatea lor își menținea încă tradiționalul nivel înalt.) Părea că armata îi scosese din suflet un sâmbure viu – setea de știință. Primea în continuare cele mai bune note, dar iată ce pierduse: senzația constantă a frumuseții în știință, asemănătoare cu o stare febrilă. Rămăsese nu frumusețea, ci doar posibilitatea aplicării practice. Să înceapă oare o afacere, așa cum vezi acum peste tot?

Acum, studenții se agitau cu niște societăți libere, mișcări autonome, autorizate în prezent, care atrăgeau mulți tineri – l-au atras și pe Alioșa: dacă se poate căuta pentru oameni Dreptatea – cum să rămâi deoparte? – încă din copilărie era un vis sacru al tău: să nu trăiești numai pentru tine, ci pentru toți! Și toate structurile din jur sunt niște vechituri care împovărează și trebuie sfărâmate de avântul tineresc. Și se organizau reuniuni, asociații! Unele autorizate, altele nu, proteste, cu lozinci pe stradă, acum asta se poate, dar depinde când, cum. A ieșit multă fierbere din cauza asta, până la încăierări cu elevii ofițeri, apoi și interogatorii la KGB. (Înainte – i-ar fi trimis în lagăr pentru câțiva ani și nimeni nu ar fi suflat o vorbă.)

Viața lua acum mii de căi dintre cele mai diverse. Apăruse o lege care autoriza crearea cooperativelor. Numai că, pentru a deschide o cooperativă, să obții autorizație nu se putea fără o *pilă serioasă*. Iar acum – imediat după acele tulburări studențești, atunci când Tolkovianov fusese adus la KGB –, a sosit la universitate prim-secretarul Comitetului regional. A permis să i se pună întrebări, iar Tolkovianov a și ridicat mâna: lucrările de restaurare a universității sunt prea scumpe, cu depășirea cheltuielilor și pierderea resurselor; autorizați crearea unei cooperative studențești, iar noi vom face munca mai bine și mai ieftin. Și – s-a aprobat! Tinerii s-au repezit în număr mare. Era prima oară când erau pe cont propriu, entuziasmul e mare, câștigul real, dar în țară deja pornise valul contrar: să fie sugrumate toate cooperativele! Și – au fost sugrumate.

De altfel, asta nici nu era cooperativă – plecată de la nimic, fără un capital inițial. „Cooperativa“ le reușea celor care se foloseau de ea pentru a ascunde bani deja disponibili, dar păstrați în secret. Iar acum, deși au pus la punct încuietori complicate pentru uși metalice ori sonerii pentru uși, cu diferite melodii, sau chiar antene parabolice pentru a capta sateliții, oamenii veneau să le cumpere, dar nu le cumpărau, nu aveau încredere în produsele „sovietice“, le căutau și le așteptau pe cele străine.

În același timp, vești triste soseau de la vechii colegi ai lui Alioșa, care absolviseră. O diplomă de la prestigioasa facultate de fizică fusese întotdeauna un pas sigur pentru a intra, chiar și într-un colțișor, în știința noastră triumfală, sub cupolele grandioase ale gândirii ei, în domeniul suveran al institutelor de cercetare de elită. Și iată că tinerii căutau, încercau să găsească și se descurajau: se întâmplase ceva în Marea Știință, parcă îi fusese tăiat suflul (înainte de asta – fuseseră tăiate toate finanțările). Dar într-o stare de uluire și mai mare se aflau doctoranzii. Existau locuri vacante? Și chiar mai multe decât înainte? – asta pentru că savanții *plecau, părăseau țara*. Se prăbușea ceva enorm, se producea o avalanșă care bloca drumurile și tăia răsuflarea. Coridoarele institutelor deveneau pustii, în laboratoare colțurile erau acoperite de pânze de păianjen, pe mese se aduna praful.

Nu-ți venea să crezi?... Asta era o întrerupere a vieții întregi! O insultă! – pentru ce??

Suportând o fractură încă din anii de armată, Alioșa era acum mai bine pregătit pentru a o suporta și pe asta.

Da, e clar, va trebui să trăiască într-un fel nou.

Deja începuse epoca lui „cumpără și vinde" – nemaipomenitele „firme"! firmele! ghiciseră cum să vândă cu amănuntul ceea ce aparținea statului, dar în cadrul unor legi încă lipsite de experiență, și cum să facă avere imediat. Cum să rămână în urma acestei epoci? Trebuie să trăiască bine, trebuie să cumpere și apartament, ca să se însoare (cu Tania, în anul cinci la facultatea de litere).

Alioșa a încercat să se lipească de o firmă, apoi de alta, dar a rămas la marginea lor, prestând mici servicii; ce senzație de superficialitate detestabilă, de inutilitate! Și să-și dedice viața unui asemenea lucru superficial, să „taie frunze la câini", nemaisperând să creeze vreodată ceva – e cu putință?...

Totuși, în ziua de azi nu se poate altfel. Și nu puteai decât să te miri de felul în care anumite cadre de partid – mai înainte inabordabile, care păreau de piatră păzind „avuția poporului" – s-au transformat dintr-odată în descurcăreți, grăbiți, atenți la ocaziile de a se procopsi, astfel încât să le ajungă, să înhațe cu lăcomie.

Existau, pe deasupra, și acele *Burse*, peste tot Burse, apărute ca ciupercile după ploaie. De la primele vizite acolo, Alioșa era complet buimac, încontinuu îi vâjâia capul: brokeri, cumpărători și vânzători pătimași de vouchere, de acțiuni, de valută, panouri electronice orbitoare, inscripții care se derulau cu repeziciune. Și toți se năpustesc nu se știe încotro (mai mult decât atât, fiecare își păzește servieta-diplomat – nu cumva să se țină, după aceea, careva pe urmele norocosului câștigător și să bage cuțitul în el) – cum e posibil, oare, să trăiești așa?

Va fi nevoit să se obișnuiască. Alioșa s-a asociat cu doi prieteni – un fizician și un matematician. Toți erau aproape de aceeași vârstă, cu idei asemănătoare, speranțe, concepții de viață. Idei aveau multe, dar ideile nu înseamnă bani. Vedeau că apar bănci comerciale, uneori chiar și mici. O afacere în care ei nu aveau nici un fel de experiență, și chiar contrară naturii lor, dar atât de bogată în perspective și atât de flexibilă! Cu rigiditatea finanțării de stat, nu era posibilă nici un fel de dezvoltare. Dar unei bănci mici îi este greu să stea pe picioare, se clatină la fiecare adiere de vânt în economie sau în politică. Mai întâi: trebuie să aibă o mare sumă de bani – ca să plătească mita pentru autorizația de deschidere a băncii. Și, o dată banca deschisă, trebuie să ai un capital inițial. Din fericire, s-a găsit, cum se spune acum, un „sponsor" care i-a ajutat să demareze afacerea, având, și el, scopurile lui. Și-au luat o denumire răsunătoare: „Banca Trans-Kontinental". S-au aciuat mai întâi în două camere la subsol, iar primilor clienți nedumeriți le-au explicat: „E ceva temporar, sediul nostru principal este acum în renovare".

Ce s-ar fi întâmplat mai departe? Alioșa s-a întâlnit cu un vechi coleg, Rașit, care abandonase studiile universitare, dar nici în armată nu fusese. Atunci erau prieteni. Acum s-au revăzut, au băut împreună o dată, au băut de două ori – și Rașit a intrat în „Trans-Kontinental", având susținerea compatrioților lui – aici, în acest oraș, formau o comunitate mai solidă decât în altă parte; comunitatea lor dobândise și în regiune poziții financiare puternice și el avea deja conexiuni cu administrația regională care căuta, de asemenea, *noi căi*. Și într-un timp scurt au construit o clădire cu șapte etaje, cinci etaje superioare au fost închiriate, iar banca s-a instalat la parter și la primul etaj.

Rașit avea relații solide, Alioșa avea un cap limpede, se completau unul pe altul și au început să trăiască în armonie toți patru, având cote de participare diferite. Tolkovianov pășea pe teren necunoscut, ca primul cosmonaut pe Lună. Dar își pusese mintea la contribuție și aici: cum să utilizeze curat și rapid cliringul în condițiile destrămării relațiilor comerciale sovietice – pentru ca ei să continue să funcționeze. Bineînțeles, important era norocul – cu valuta care oscila în permanență și, dacă intuiau corect, aceasta putea să ducă la câștiguri uluitoare. Și aici, intuiția lui Alioșa a fost câștigătoare.

Valul succesului – atunci să te ții – te ridică fără încetare, din ce în ce mai sus. (Fusese nevoit să le îndruge verzi și uscate cunoscuților: cine putea să te ajute atât de mult?...)

Dar în sufletul lui era dezgustat. Este evident că te bagi în una, două, trei afaceri nu prea curate, dar și într-una în mod clar murdară. Dar fără asta nu avansezi. Și tu nu ești singur doar, sunteți patru membri, afacerea este comună. Ai putea face asta până la o anumită limită, apoi, mai târziu, când activitatea se va întemeia pe bani palpabili, te vei debarasa de această murdărie, iar mai departe vei lucra doar cinstit, nu-i așa? Dacă ai reuși, ai începe atunci să faci și lucruri bune: primul – să ajuți educația școlară; ori să susții la un moment dat muncitori aflați în grevă sau, dimpotrivă, să ajuți o făbricuță utilă să nu dea faliment, de exemplu una de deshidratare a legumelor. Nu trăim o singură zi, pe de-o parte ne sacrificăm, iar pe de alta câștigăm.

Numai că era puțin probabil că va avea când să se smulgă din aceste vâltori care îl trăgeau în jos. În afaceri se lovise deja de asemenea ticăloși – îl treceau fiorii.

Cu Tania discutase de multe ori. Este și consiliera ta, și cea care vine în întâmpinarea gândurilor tale, iar uneori este și împotriva lor. Ea voia și mai mult decât el ca totul să fie curat. Dar înțelegea și ea că acest lucru era imposibil, că te-ai scufundat și nu poți să ieși prea ușor. Să nu abandoneze totul acum făcând pe delicații – și pentru ce? Să cadă în sărăcie?

Iar apoi – mai erau și relațiile cu autoritățile. Pierzând totul, de jur împrejur, aparatul de stat păstrase doar tenacitatea de a-l sufoca pe cetățean cu impozite iraționale și absurde care nu existau nicăieri în lume, de a-l persecuta cu reglementări, cu o documentație excesivă, îndreptându-i pe toți într-o singură direcție: să eludeze legea și să înșele. Așa au și pornit, pe căi ocolite, ca să nu fie ultimii proști. (Cu toate că, și în această privință, parcă era bine: dacă stai deja bine pe picioarele tale, plătești cinstit la stat: doar trăim în el și prin el. De la stat nu te aștepți să te jefuiască.)

Și atunci s-a produs explozia.

S-au sfătuit împreună, dar el era cel care trebuia să ia o decizie.

Dacă începeau să ucidă, ce i-ar fi împiedicat să continue? Și – în afară de propriile sale pistoale și, bineînțeles, de gardianul înarmat cu pistol automat din holul băncii – nimeni nu îl va apăra, nu îl va proteja. Și mai puțin decât toți – luptătorii împotriva crimei organizate... La Ellomas, de exemplu, Tolkvianov știa, existau nu numai comercianți propriu-ziși, dar și unii dintre acești luptători împotriva crimei și unii eroi ai aceleiași crime – totul se amestecă acum în mod indisolubil și îngemănat.

Iar noi, în cercul nostru, putem fi oare siguri că suntem în întregime la adăpost de ei?

Se poate apăra într-un mod trainic? – numai dacă ar ștergeo în străinătate. Bani pentru asta are.

Așa ceva așteptau toți. Tot orașul, cei care îl cunoșteau asta și așteptau, nimeni nu s-ar fi mirat.

Dar putea să-și abandoneze banca pentru care muncise trei ani? Imediat se va răspândi zvonul despre fuga bancherului principal, depunătorii se vor repezi să-și retragă banii și firma se va sparge în bucăți lipsite de apărare. Forța unei bănci constă în suma mijloacelor financiare pe care le atrage.

A avut câteva seri dificile cu Tania.

Au vorbit. Au tăcut.

Astfel – îl vor băga în mormânt și pe băiețelul lor, cu o explozie?

Au tăcut iarăși.

Deodată Tania a spus, parcă fără nici o legătură:

– Bunica mea spunea: acele de cusut sunt de folos atâta vreme cât au urechi, iar oamenii – atâta vreme cât au suflet.

Și, se pare, așa a și fost. Și încă un lucru: în străinătate, dacă nu te apuci de jaf și contrabandă – nici nu-ți iei avânt. Oamenii de știință ruși? – se prea poate să fie utili acolo. Dar nu noi, tinerii neisprăviți.

Aparent, viața merge ca și înainte. Nimeni nu vede lupta sufletească, nimeni nu știe hotărârea lui: rămân, ca și cum nimic nu s-ar fi întâmplat!

Între timp, asociația de locatari a decis: Tolkovianov trebuie să repare pe cheltuiala lui cele două uși de la intrare și marchiza. Fiindcă totul este din cauza lui...

Asta l-a jignit: asta e singura lor preocupare? Atunci pentru cine să-ți dai osteneala?

Chiar în aceste săptămâni, au fost uciși la Moscova oameni cunoscuți – unul după altul. Care împușcați, care în explozii.

În fiecare zi aștepți. Nu are cum să nu-ți fie frică.

A început să poarte vestă antiglonț, să meargă cu gardă de corp.

Acum apăruse următoarea modă: „Recompensă celui care va indica...". Să încerce?

Și a dat un anunț în ziare: cine va da informații despre participanții la atentat va primi zece mii de dolari.

Nu spera, o făcuse pur și simplu. Dar, uimitor: după numai o zi, găsește o scrisoare: voi da informații! Pentru unsprezece mii.

L-a mirat diferența atât de mică. Părea o farsă ori o provocare.

Dar era propusă o întâlnire în timpul zilei în centrul orașului, într-un scuar foarte frecventat.

Că doar n-ai să te duci chiar tu! – Vitea, asociatul lui, un prieten din școală, s-a oferit să meargă el. (Încă unul urmărea întâlnirea stând deoparte.)

Și totul s-a petrecut fără nici o farsă. Acela era gata să dea nume. Dar nu, nu unsprezece mii, ci douăzeci și cinci.

Era deja mai verosimil. Dar Vitea i-a râs în nas: nu, doar douăsprezece și jumătate. Să dea numele celor care au comandat atentatul și al celui care a executat. Și să aducă și fotografii (era mai sigur).

Celălalt ezita. Ezita. S-a gândit un moment, apoi a acceptat.

Deocamdată, pentru primele informații – un avans. Persoana care a comandat lucrează la Ellomas. Pe executant nu-l știu. O să vă spun numele celui care a comandat.

A fost plătit.

De altfel, asta bănuia și Alioșa: Ellomas! Dar în mod sigur cineva mai în vârstă, un director.

Și acum ce e de făcut? S-au întâlnit prietenii, decizia a fost unanimă: mai departe, fără Organe nu facem nimic.

Nu este etic?

Dar în raport *cu cine*?

Și Tolkovianov l-a sunat pe Kosarghin.

Da, în acest tânăr era ceva. Întâlnirea de astăzi îi făcuse o impresie foarte puternică lui Kosarghin. Cum să ghicească? Era lunganul acela de student, oarecum disident, pe care ar fi putut să-l trimită mai departe, undeva în Iakuția, și acolo i s-ar fi pierdut urma. Și uite – ce clădire construiește, de sticlă, cu șapte etaje, și ce afaceri învârte, patronii se dau bine pe lângă el pentru a obține sprijin, ajută-ne să acoperim deficitul bugetar până la termen. În această sumbră și blestemată epocă nouă, el se înșurubase perfect, ca și cum s-ar fi născut în ea.

Iar tu, poate pentru că ai deja peste patruzeci de ani, și ești obișnuit cu ordinea – of, nu te descurci ușor, nu te înghesui.

Organele!! Ce anume exista mai veşnic şi mai statornic decât ele? Ce fusese în URSS în ultimii ani mai dinamic, mai clarvăzător, mai ingenios? Sub conducerea lui Andropov, câţi absolvenţi de învăţământ superior nu dăduseră buzna aici! Vsevolod Valerianovici însuşi nu făcuse decât studii de drept, dar alături de el lucrau acolo şi fizicieni, şi matematicieni, şi psihologi: să intri în KGB însemna şi un avantaj personal evident, şi o muncă interesantă, şi senzaţia că ai, în mod real, o influenţă asupra mersului ţării. Erau băieţii cei mai inteligenţi pe lângă veteranii deja îmbătrâniţi, înţepeniţi. (În schimb, câtă experienţă aveau aceştia!)

Și deodată toată această construcţie – mai armonioasă şi mai frumoasă decât clădirile înalte ale Moscovei – nu s-a prăbuşit, nu, dar a început cumva să se găurească, să se fisureze din cauza incertitudinilor, a îndoielilor şi chiar prin dezertarea celor care au început să se îndoiască: unii la cererea lor, alţii ca urmare a unei reduceri de personal, iar alţii pentru a merge în consiliul de conducere al Uniunii Veteranilor. Iar unii s-au îndreptat spre aceste structuri comerciale. Aceştia, la început, au fost consideraţi trădători ai Cauzei, dar apoi au început să fie invidiaţi ca şmecheri, norocoşi, nu s-ar putea oare să le urmăm exemplul?

Dacă s-ar întâmpla o minune – ca Organele să recapete Forţa dinainte! Importanţa dinainte!

Dar se poate oare întâmpla aşa ceva? S-a pierdut ocazia.

Și încotro se va îndrepta totul? Nu ai cum să prevezi.

Kosarghin îi ura pe aceşti fugari, şi-a interzis să-i imite. Dar fisurile se deschideau tot mai larg, aerul trecea dintr-o parte în alta prin edificiul atât de solid. Și cel mai important era că stima de sine slăbise, se pierduse Obiectivul Suprem. Și – nu din dorinţa de a fugi, nu, ci pentru a alege o poziţie totuşi deosebită în vârtejurile noii epoci nebune – Kosarghin pornise la lupta împotriva crimei organizate. (Oare să nu răspundă deloc la chemarea vremurilor? Ce să facă, să înlemnească precum un butuc şi, poate, să nu mai fie util nimănui niciodată?)

Uite la băiatul acesta. Îl mira faptul că el nu cerea ajutor. Din cauza vechii ofense? Ori se pregătea să fugă, să se ascundă? – parcă nici asta nu.

De altminteri, nu a refuzat pentru mult timp ajutorul. După câteva zile a sunat.

Dar personalul lui Kosarghin lucra formal, cu indolenţă, iar ancheta a deschis-o el însuşi. Acum, Kosarghin mergea din nou singur. Din nou în acelaşi birou. Numai că, de data asta, pe postavul verde a găsit trei-patru copii mărite ale unor bancnote de o sută de dolari, plastifiate – o momeală în bătaie de joc?

Şi, din nou, impresia plăcută a recentei întâlniri cu Tolkovianov s-a confirmat: ceva naiv, de la ţară, în fizionomia lui, dar o privire directă şi atentă, cu o uşoară încruntare. Şi o voce mereu calmă, egală, care nu se ridică şi nu se aprinde. Şi aceasta nu era o poză, nu făcea nici un efort, nu îşi compunea o expresie a feţei – era modul lui obişnuit de a fi? În fiecare zi se putea repeta atentatul, dar el nu manifesta nici un fel de teamă.

Au pus la punct operaţiunea de capturare. Doi poliţişti în civil au plecat în acelaşi scuar, în apropierea locului de întâlnire; era posibil ca informatorul să fi renunţat la prudenţă, să nu prevadă nimic? La semnalul prietenului lui Tolkovianov, l-au luat cu uşurinţă.

Da, atât de mult s-a tulburat, s-a zăpăcit, nu-şi luase nici o măsură de siguranţă. Încă un lucru neaşteptat: chiar el s-a dovedit a fi asasinul, ulterior – s-a denunţat singur!

Cazul s-a dovedit neînsemnat, anecdotic. Tot un fizician! – în acord cu nuanţa acestei Epoci ameţitoare. Şi – un ghinionist desăvârşit, deja condamnat de două ori şi de două ori eliberat înainte de a-şi fi ispăşit pedeapsa. Aspectul lui era vrednic de toată mila. Nimic nu-i reuşise, era în datorii până la gât, soţia îl blestemase – ea era cea care îi transmisese din partea cumnatului, fratele ei, propunerea: să ucidă pentru zece mii de dolari, însă obligatoriu prin metoda exploziei. Din cauza lipsei de bani, din cauza certurilor cu soţia, i se tăia răsuflarea – şi s-a angajat, cinci mii, în avans. Şi iată – nu reuşise. Cei care comandaseră asta, scoşi din sărite, se arătaseră pe atât de meschini pe cât fuseseră de imprudenţi făcând afaceri cu el: având în vedere eşecul, să restituie nu numai cei cinci mii primiţi, ci dublu – zece. Şi în acest moment apăruse anunţul care îi dădea posibilitatea de a primi zece mii de dolari. Buimac, ceruse unsprezece, apoi se dezmeticise – douăzeci şi cinci. Iată – a adus şi fotografia cumnatului.

Oamenii lui Kosarghin s-au repezit după cumnat, dar nu mai era nici urmă de el, dispăruse cu desăvârşire. Rămăsese o urmă reală: el lucra la Ellomas, dar nu într-un post important. Veriga dispăruse şi nu se putea dovedi nimic. Rămăseseră în mâinile lor criminalul în carne şi oase, depoziţiile lui, fotografia persoanei celei mai apropiate dintre cele care comandaseră atentatul, presupunerile victimei şi constatările anchetatorilor. Toate acestea au fost trimise la tribunal.

În timp ce afacerea îşi urma cursul, Tolkovianov s-a dus de două ori la Direcţia regională şi s-au întâlnit din nou. Intuiţia profesională îi spunea lui Kosarghin că descoperiseră totuşi un filon care ar putea să ducă departe.

Departe?... Kosarghin se lovise deja de ceva: să meargă *departe* – nu l-ar fi lăsat forţe de sus.

Au vorbit despre caz, apoi au început să vorbească şi despre altceva. Pierzându-şi ţinuta fermă pe care o avusese în viaţă, Kosarghin voia să-l înţeleagă pe acest tânăr de succes – poate ar fi o bună modalitate de a se reorienta şi el? Nu-i vorbă, la urma urmei, nici acum nu ratezi ocazii şi nu laşi să treacă vreo oportunitate.

– Nu bem ceva? i-a propus dintr-odată tânărului, întinzând deja mâna spre un dulăpior în perete.

Celălalt a dat din cap. Era de acord.

Au început o conversaţie deschisă. Cum în oraşul lor se suprapuseseră forţe oculte cu valută forte, şi parveniţi ticăloşi, şi bandiţi ordinari, se va putea oare, cândva în viitor, să se stârpească toate acestea? Şi va fi posibilă oare, la noi, iniţiativa privată onestă, când tocmai pe ea şi numai pe ea o înăbuşă statul?

Atunci au început să vorbească chiar despre stat. Şi atunci, pe principiul vaselor comunicante – de ce nu şi despre Organele înseşi? – cum sunt ele astăzi şi cum vor fi mai târziu? Îşi vor urmări doar propriul interes? Sau, totuşi, vor urmări şi interesul Rusiei?

În timpul conversaţiei, Tolkovianov avea un mod anume de a se comporta: se sprijinea pe coate şi compunea cu cele zece degete un fel de figuri vii pe care le deplasa uşor, ca şi cum ar construi ceva – îl ajutau să găsească o soluţie? Sprâncenele şi fruntea lui se contractau. Apoi îşi îndrepta spre interlocutor ochii inteligenţi, dar calmi. Îl interesa această discuţie, era clar.

În timpul tuturor acestor zile, el nu dăduse niciodată impresia că ar fi fost hărţuit, presat ori că i-ar fi fost frică.

Şi, puţin câte puţin, pe neobservate, Vsevolod Valerianovici a început să-i împărtăşească acestui tânăr, care nu demult era un mucos, nu numai preocupările lui de serviciu, dar şi pe cele existenţiale: ce-i de făcut deci? Rusia va fi distrusă până la capăt? Şi câte miliarde se duceau! (Desigur, asta suna cam ridicol chiar din partea luptătorului şef împotriva crimei organizate din regiunea lor.)

Tolkovianov ştia toate acestea, dar le privea cu seninătate: banii care s-au scurs din Rusia se vor întoarce oricum singuri la noi peste câţiva ani, în deceniile următoare, şi vor învârti roţile ruseşti.

Cum se poate aşa ceva? Pădurile defrişate nu se mai întorc. Nici ceea ce a fost scos din adâncul pământului nu se mai întoarce.

– Şi ceea ce s-a furat le va rămâne hoţilor? s-a revoltat cu sinceritate Kosarghin. Acum el îi ura visceral pe aceşti şperţari. (Dar în secret nu îi invidia oare?...)

– Să zicem că le rămâne lor, a spus Tolkovianov. Dar se va întoarce şi va intra în PIB-ul nostru. Bineînţeles, deja nu mai putem scăpa de criminalitatea de astăzi. Dar toate aceste fonduri vor fi spălate în aceeaşi albie cu investiţiile străine.

Nu! O asemenea soluţie *fericită* Kosarghin nu putea accepta nicicum.

Dar Tolkovianov încerca să-l aline în continuare:

– Şi creierele, extrem de multe, se vor întoarce şi ele, chiar dacă nu cele mai bune, nu se vor căpătui toţi acolo.

Şi se vedea cât era de îndurerat că, iată, atât de mulţi fug, fug, să caute posturi mai bune în locuri mai calde. Iar la noi bursa doctoranzilor era acum de 10 dolari pe lună.

Dar pe străzi ce se întâmplă? Aceste mutre grase în Mercedesuri se întâlnesc la intersecţii şi blochează tot traficul: ei trebuie să stea de vorbă! Iar miliţianul se dă la o parte cu teamă. Cum este pentru cineva de la serviciul de *cadre* să vadă aşa ceva?

Atunci când, datorită paharelor, se înţelegeau tot mai bine unul cu celălalt, pe Kosarghin l-a luat gura pe dinainte:

– Aleksei Ivanîci. Iată, dumneavoastră, om cu educaţie tehnico-ştiinţifică... ce părere aveţi: ce ar trebui să facem *noi* în această situaţie blestemată? Ei bine... *noi*... – explica el, fără să găsească tăria de a pronunţa acel cuvânt, acele sunete, însă referindu-se la foştii lui colegi, care se împotmoliseră. Şi chiar – profesia în general?...

Tolkovianov s-a abţinut să zâmbească şi, într-un mod cât mai raţional posibil, a început să caute diferite variante de comportament rezonabil.

În drum spre casă, Kosarghin a trecut pe lângă cunoscutul monument al Luptătorilor Revoluţiei – o stâncă ascuţită, orientată în sus, din care apăreau trei capete dispuse în evantai – unul de muncitor, unul de soldat şi unul de ţăran. Datorită cine ştie cărui hâtru de pe stradă, acest monument era numit în tot oraşul „Zmei-Gorînici". (Şi chiar că semăna.)

Şi a zâmbit: cum ştiu vremurile să se schimbe!

Da, inimaginabile căi: de exemplu – Kosarghin. În biroul ăla al lor stau cu pistoalele automate nişte indivizi raşi în cap – dar asta nu e oare mutra lor tot timpul? Kosarghin nu e prost deloc şi se pare că se lăsa luminat de fostul său protejat. Cine e mai deştept nu poate să nu înţeleagă că simpla grijă pentru binele propriu nu rezolvă nimic: tu iei cea mai bună cabină, dar ce folos, dacă vasul oricum se scufundă?

Numai că: pot *ei* oare să se schimbe? Să şi-l amintească aşa cum era la interogatorii. Totuşi, nici să nu se gândească la interesul general al Rusiei – nu se poate nicicum, şi nici ghebiştii de astăzi nu pot să o ignore. Nu poţi să te gândeşti numai la tine. Deşi acei *diriguitori* de la Ellomas au destulă minte pentru a şti că, dacă reuşesc să se strecoare până la putere, atunci capitalul lor va creşte rapid de patru ori.

...Astfel au trecut două luni de la atentat, fără nici un incident. Iar depunătorii de la „Trans-Kontinental" aveau încredere în bancă, nu şi-au retras depozitele, ci chiar le-au mărit. Producătorii agricoli veneau din raioanele lor la Trans-Kontinental, şi nu la o bancă de stat, nici la administraţia financiară.

Paştele a căzut la sfârşitul lui aprilie. Şi Tania a început să trebăluiască, ceea ce nu făcuse în alţi ani, să coacă cozonaci şi să vopsească ouă.

– Nu, a implorat-o Alioşa, te rog, numai nu le vopsi, nu pot să iau în mână ouăle roşii. Cozonaci, fie – dar să nu te gândeşti să-i sfinţeşti, n-am să mănânc.

– De ce vorbeşti aşa? o şuviţă ondulată îi cădea pe frunte. Bunica sfinţea cozonaci întotdeauna şi vopsea ouă. Nu e asta credinţa noastră?

„Credinţa noastră"? Ei nu vorbeau aşa înainte, cu toate că asta era, care alta?

Bine, de acord, poate că religia e capabilă să-l scoată pe om din depresie, totuşi ce au a face aici cozonacii sfinţiţi?

Tania s-a apropiat de el – obraz lângă obraz:

– Dar tu nu înţelegi că noi eram condamnaţi? Că ne-a salvat o Forţă Superioară? Şi că în aceste luni ne protejează tot Ea?

Da, se poate spune şi aşa. Dar mai există şi teoria probabilităţilor. Şi variantele posibile ale oricărei experienţe.

De altfel, a fost şi Big-Bang-ul.

Există şi Găurile Negre.

Şi incredibilul instrument de anticipare care sunt celulele ADN.

Peste câteva zile a avut loc procesul ucigaşului. Şi chiar Kosarghin s-a mirat: în condiţiile în care infractorul îşi recunoştea complet implicarea în atentat şi ale tuturor dovezilor materiale, el a fost condamnat nu pentru tentativă de crimă, ci pentru „deţinere ilegală de armă", 4 ani de lagăr, şi nu în regim sever.

Înseamnă că mituise bine cineva.

Acum Tolkovianov a început să se îngrijoreze serios.

L-a rugat pe Kosarghin să-i obţină o copie a fotografiei cumnatului, existentă la dosar.

Dar aceasta – ea, şi nu alta – dispăruse fără urmă din dosar. Deşi era trecută la inventar...

La proces, numele directorilor care comandaseră atentatul nu fuseseră pronunţate, se poate ca ei nici să nu fi aflat că Tolkovianov *ştie*. Dar iată că a dat peste unul dintre ei pe stradă – ca o ironie, asta s-a întâmplat lângă universitate, mergea să asiste la o conferinţă ştiinţifică, uneori simţea un imbold să meargă acolo; a trebuit să facă un mare efort să nu-l privească drept în ochi, doar să alunece cu privirea şi să nu se exteriorizeze.

Să fugă peste graniţă? – desigur, ar fi fost salvarea şi a soţiei, şi a fiului, şi a lui însuşi. Dar Alioşa nu putea să fugă.

O menaja pe Tania ca pe un pahar fragil. Dar să fugă nu putea.

Se mira de el însuşi: să mergi în fiecare zi cu această vestă antiglonţ grea, să umbli cu garda de corp după tine, să ai un al doilea apartament pentru a deruta... Cine nu e asasinat în ziua de azi? Creditorii – dintr-un motiv, debitorii – dintr-altul. Şi capul este năucit de depuneri, investiţii, deconturi, calcule de bilanţ, impozite, susţinerea întreprinderilor, dar, în toată această tensiune, chiar la capătul puterilor, se păstra înăuntru, în piept, un mic sâmbure indestructibil: să urmărească ce se întâmplă în fizică, ori prin intermediul unui eveniment, ori prezentat de cineva, ori prin parcurgerea unui articol științific. S-a dus vestea despre niște experimente reușite ale unui grup de tineri cercetători: prin iradiere au reușit creșterea cifrei octanice a benzinei. Este colosal! – se va micșora necesitatea mondială de petrol. Arabii au aflat și s-au și repezit să cumpere invenția și să o înăbușe. *Ai noștri* nu au opus nici un fel de rezistență, totul se face de mântuială, nu-i interesează decât să-și umple buzunarele. Și băieții l-au vândut.

Cu toate acestea, ai noștri, rușii, au făcut descoperirea! Nu, nu au murit încă nici știința rusă, nici ingeniozitatea rusă.

„Stai să vezi! vorbea el în gând cu cineva." Cu cine? Imaginea avea contururi vagi, dar era un personaj odios și respingător. „O să ne ridicăm noi și mai mult!"

Totuși – nu, s-a întâmplat în așa fel că nu bancherul Tolkovianov va ridica știința rusă. A fost trasat un „culoar valutar", au dispărut acele jocuri înverșunate și câștigurile. Statul a aprobat înmulțirea băncilor, dar nu s-a gândit deloc să le susțină. Dimpotrivă, a fost adoptat un regulament în ce privește fondurile proprii, stabilitatea, lichiditatea. Și băncile slabe au început să agonizeze. Să zicem că deocamdată încă mai rezista piața de acțiuni, mai mult sau mai puțin asigurată de stat. Sau cei care aveau clienți importanți – însă Tolkovianov nu era obedient față de acești foști nomenclaturiști, care îți dădeau aprobarea printr-o mișcare ușoară a capului. Și cel mai dureros era că în acest impas a început neînțelegerea între prietenii-asociați, iar apoi s-a produs dezbinarea. Unde dispăruse entuziasmul lor de altădată, când creșteau văzând cu ochii, aveau succes, când puneau, în discuții prietenești, halbele de bere pe acele suporturi în formă de bancnote de o sută de dolari? Acum, ba unul, ba altul își exprima dezacordul: nu, nu așa se obține acumularea de capital; nu, nu așa se fac cheltuielile. Rașit primul, apoi altul dintre ei și-au cerut partea, iar acestea erau esențiale. Banii îi uniseră, banii îi și despărțeau.

Aceste certuri zdruncină mai tare decât eşecul afacerilor. Avea sufletul negru de supărare.

Acolo unde este vorba de bani, nu există limită nici pentru patimi, nici pentru răzbunare.

Cercul apropiaţilor lui Alioşa s-a restrâns. Situaţia financiară devenise obscură şi nu poţi şti unde iese la iveală groapa sub picioare sau de unde intră în tine tăişul cuţitului. Mergea la întâmplare: a cumpărat o clădire a unui magazin din oraş; şi-a deschis două magazine; şi-a deschis zece case de schimb valutar. Dar fondurile de rulment erau insuficiente, mai avea nevoie de credit. De unde să-l ia? S-a dus să-l roage pe Emţov, care îl proteja pe Alioşa: doar trebuie să creşti generaţia următoare.

Îl ajuta întotdeauna cu o veselă familiaritate:

– Ei, a venit ţâncul? Cum îţi merg afacerile în faşă?

Avea deja aproape şaptezeci de ani, dar îşi păstrase pofta de viaţă, pe femei nu le scăpa din ochi şi era la fel de vioi la trup şi la minte. Şi cum a putut să treacă peste toate acestea? Doar se prăbuşise de la o asemenea înălţime şi, în fond, cine e acum?

Dmitri Anisimovici nu considera că situaţia este fără ieşire: am luat-o într-o direcţie – să mergem, nu te teme! Ne-am lovit de un zid? – ne întoarcem şi mergem pe altă parte.

– Te împotmoleşti? Ai nevoie de o mână e ajutor? Ei bine, pot să te ajut.

Dar dacă tu nu ai încă nici treizeci de ani? Şi ai putea fi ucis? Şi prietenii te abandonează? Şi – de câte circumvoluţiuni cerebrale mai ai nevoie pentru a ieşi din acest labirint variabil? Şi – vei ieşi oare vreodată?

Şi astfel – regreta-regreta-regreta tinereţea, primii doi ani la facultatea de fizică, până când fusese luat în armată. Dar poate că atunci trebuia să reziste, să nu se abată? Departe-departe se vedea lumina, şi slăbea.

Dar era totuşi fosforescentă.

1996

JELIABUGSKIE VÎSELKI

1

Este a patra zi de când am început ofensiva pentru străpungerea frontului de la Neruci. În ultimele douăzeci și patru de ore, centrala mea a fost instalată într-o *conductă* de sub terasamentul de cale ferată, unde este o construcție solidă, care protejează bine de bombardamente. Acolo s-au înghesuit, înainte să ajungem noi, mai multe țărănci cu o droaie de copii și s-au încuibat douăzeci de țigani și țigănci veniți nu se știe de unde; a fost ciudat pentru noi să-i vedem pe toți aceștia, după două luni în care n-am văzut nici un civil. Și în această noapte, la ora 3, bateria mea a primit ordinul să încetăm focul și să avansăm. Până când au fost strânse toate posturile, s-a făcut lumină deja. Și, până să ajungă avioanele, ne-am deplasat în Jeliabugskie Vîselki.

Ne-am deplasat – este mult spus. O baterie de reperaj acustic are dreptul, conform regulamentului, la șase mașini special echipate, dar noi aveam o mașină de trei tone și o camionetă de o tonă și jumătate, rablagite. Cu ele transportam numai aparatura militară și obiectele de uz gospodăresc, dar și câțiva însoțitori, urmând ca restul bateriei să vină pe jos. De obicei, bateria este condusă de locotenentul Ovsiannikov, șeful plutonului de transmisiuni, iar comandantul plutonului de măsurători – Botnev – și cu mine mergem cu mașinile, ca să alegem amplasarea centralei.

Acesta este un factor al cuceririi: toată formația de luptă depinde de alegerea poziției centralei. Cu cât se face asta mai rapid, cu atât mai repede şi mai în siguranţă ne organizăm. Dar alegerea trebuie făcută şi fără greşeală, pentru că centrala este inima bateriei; o schijă în inimă – şi s-a dus toată bateria. Să săpăm o groapă şi să o acoperim cu o prelată într-un câmp de secară – s-a întâmplat să facem şi asta, dar numai în condiţiile în care eram presaţi de bombardamente şi nu aveam timp.

De patru zile sunt ca ars, sunt zbuciumat, iar agitaţia din jur nu se domoleşte. Facem totul, totul cu bucurie. Marea noastră mişcare comună, şi alături arcul Kursk – paşi de gigant.

Şi ce sentiment profund faţă de locurile acestea şi denumirile lor! Fără să fi pus încă piciorul, de câte ori am fost deja aici, câte ţinte am împuşcat din cauza străpungerii de la Neruci, cât ne-am mai pironit ochii în hartă pentru a fixa pe retină fiecare crânguşor de aici, fiece râpă, deluşor, pârâul Beriozoveţ, satul Setuha (acolo am stat alaltăieri), Blagodatnoe (acum îl depăşim prin stânga, deja nu-l mai vedem), Jeliabuga şi, iată, Jeliabugskie Vîselki. Şi în fiecare sătuc ştiam dinainte cum sunt situate casele.

Aşa e, cum ştiam: Vîselki se află pe o pantă lină care duce spre pârâul Panikoveţ. Iar noi suntem deja aici, am ajuns de pe drumul bătătorit pe povârnişul plin de gropi. Deocamdată avioanele nu sunt aici, aşa că am început să explorăm. Către băieţii din camioane:

– Dughin! Petrîkin! Kropaciov! Împrăştiaţi-vă şi căutaţi, poate e pe undeva o pivniţă.

Şi ei sar ca boabele de mazăre pe pământ, se duc să caute. În Vîselki a ajuns deja câte cineva: ici şi colo, camioane camuflate, cu partea din faţă înclinată, în pantă. Aruncătoare de mine (ele pleacă înainte). Tunurile divizionului sunt mai la dreapta, în altă parte a depresiunii. Iar eu, până una-alta, urmăresc, urmăresc pe hartă: unde să instalez posturile. În faţa noastră, la vest – Mohovoe, un sat mare; încă de săptămâna trecută, au ajuns până acolo, pentru nemţi, trenuri pe care ei le-au şi descărcat. Vor încerca să păstreze Mohovoe; după cum se vede, vom încartirui aici.

Schițez posturile aproximativ. (Cu exactitate le fixează numai Ovsiannikov.) Pe linia frontului, ele trebuie să acopere vreo cinci kilometri (conform regulamentului, chiar și până la șapte, dar noi am rectificat de mult regulamentul, niciodată nu desfășurăm șase posturi, e prea mult, iar în caz de nevoie, în grabă – patru; acum avem cinci). Dar, înainte să decidem posturile, trebuie să găsim un loc pentru postul nostru de observare – un post de prevenire. El trebuie să stea (cel mai adesea în tranșeele infanteriei) astfel încât să audă fiecare sunet care vine de la inamic înaintea oricărui post dintre cele periferice și – din proprie inițiativă, asta e o artă – să decidă la care sunet să apese butonul care pune în acțiune bateria și la care să nu apese.

– Am gă-sii-it! strigă, apropiindu-se în fugă, cine oare? „fiul regimentului" nostru, Mitka Petrîkin, un băiat de 14 ani, adunat din orașul Novosil complet distrus de război – odinioară reședință de județ, iar acum strajă mută din piatră albă, așezat pe un deal, la confluența râului Neruci cu Zușa. Toa'rșe locot'nent ... o pi-iivni-țăă! Una bună!

Am pornit repede cu Botnev într-acolo. Era una așa cum se construiesc aici – nu sub casă, ci separat, cu o proeminență de cărămizi, apoi o duzină de trepte care duc în jos. Dar pivnița nu este răcoroasă, ci înăbușitoare: stăpânii, poate, sau vecinii au încărcat aerul cu răsuflarea lor timp de o noapte – două – trei, erau ascunși aici, își îngrămădiseră și lucrurile. În schimb, bolta de cărămidă în formă de arc – mai bună nici n-am fi putut găsi.

Pentru noi era atât de ciudat și de îmbucurător să vedem țărani ruși vii, pe lângă casele lor, grădinile pline de viață, iar pe câmp – grâu. De partea sovietică a frontului, toți locuitorii fuseseră trimiși, din cauza neîncrederii, la vreo douăzeci de kilometri în interior, era al treilea an de când nu mai rămăseseră nici un suflet viu, nici o semănătură, toate câmpurile erau în paragină, ca pe vremea polovților.

(Dar pământul acela – deposedat de roade, despopulat – îl iubești și mai tare. E clar: tocmai pentru această Rusie Centrală nu-ți pare rău să mori. Mai ales după mlaștinile din Nord-Vest.)

Pe partea germană am pășit cu greu și vedem: oamenii trăiesc!

Cei din pivniță ne privesc cu teamă. Nu, n-o să-i alungăm, sunt ai noștri:

– Va trebui, prieteni, va trebui să vă strângeți mai în spate. Iar în față – o să intrăm noi, aici.

Femeile – bărbați nu sunt, decât unul foarte bătrân, și o ceată de copii – se tânguie blajin: unde să ne mișcăm? Dar toate fețele acestea ne sunt atât de familiare! Și sunt bucuroși că nu-i alungăm defel.

– Imediat băieții o să vă arunce sacii și coșurile mai sus, unul peste altul. Haideți, băieți.

Cum să nu-i restrângi, ne trebuie destul de mult loc: și pentru aparatul propriu-zis, și pentru cele patru măsuțe pliante. Dar se pare că vom încăpea.

Să alegem locul centralei a fost primul vârtej care ne-a zorit. Acum al doilea: să coborâm mai repede stația în pivniță. Pentru asta, ne-au sosit forțe suplimentare: Dughin și Blohin, doi operatori care se ocupau de aparat cu schimbul, și cei de la plutonul de măsurători.

Am urcat din nou.

De la răsărit, trandafiriul promițător se ridicase deja în înălțimea cerului. Și astfel au devenit vizibili câțiva nori cirus, care nu se văzuseră până acum.

Dar – la fel de promițător s-a făcut auzit și un zgomot de avion.

Tare ne-am mai săturat de blestemații ăștia, cât oare o să ne mai chinuie?

Dar – nu. Nu-nu! Sunt ai noștri!

Începând din primăvara asta, ai noștri apar tot mai des pe cer. Ridicăm și noi capul. Avioanele noastre stătuseră în apărare nopți întregi, într-un îndepărtat raid de bombardament, și acum, cu huruitul lor greoi, se revărsau în grupuri mari, mergeau să bombardeze undeva, în depărtare. (Și de ce ne bucuram așa, de vreme ce asta se face peste orașele noastre rusești?) Când erau deasupra Oriolului, le și vedeam de la șaizeci de verste depărtare: fasciculele încrucișate ale proiectoarelor, exploziile sonore ale tunurilor antiaeriene, rachetele roșii și exploziile tunătoare ale bombelor. Nu de mult, am învățat să recunoaștem și stolurile triumfătoare când se întorceau, zburând la joasă altitudine, dintr-o operațiune efectuată în apropiere – „IL-urile[1]", avioanele de asalt – și strigam „ura!" pe sub aripile lor, pentru că acesta era ajutorul acordat nouă direct aici, alături.

Ai noștri zburau la înălțime. Precis calculat pentru a-i orbi pe nemți: dintr-o clipă în alta va apărea o margine a soarelui.

Plutonul de calcul lucrează în bună organizare, sunt obișnuiți cu asta. Au luat cu grijă din bena camionului aparatul centralei și l-au dus jos. Apoi măsuțele și tot ceea ce servește pentru calcule și planuri. Cei însărcinați cu transmisiunile stivuiesc afară, în apropierea pivniței, bobinele cu etichetele posturilor: cuplăm – aici, întindem toate liniile – de aici. Iar plutonierul Kornev, un gospodar priceput, a ales pentru bucătărie un locușor – puțin mai jos în tufe, deloc protejat, dar îndepărtat de izbe: de-a lungul șirului de izbe, există riscul să ne execute de sus cu mitralierele. Le-a indicat șoferilor să sape, alături de tufe, adăposturi pentru mașini și el însuși, om zdravăn, îi ajută: important este să cobori oricât de mult posibil motoarele în pământ. Trebuie să facem totul cât mai repede.

Umblu de colo până colo, mă enervez, fumez. Desfășor inutil planșeta și mă uit pe hartă, iar și iar, cu toate că o știu aproape pe de rost.

Soarele s-a ridicat de tot. Norii îl ascund.

---

1. Avioane de tip Iliușin, numite astfel după constructorul lor, Serghei Vladimirovici Iliușin (1894-1977), a căror exploatare a început în timpul celui de-al Doilea Război Mondial.

Nu departe de noi urcă una dintre uliţele din Vîselki – deja plină de gropi de obuz recente, de un negru intens. Iar dincolo de o râpă mică, la dreapta – o altă ulicioară, în linie dreaptă. Acolo este desfăşurată bateria a 76-a. Izbele parcă n-ar fi însufleţite: unii sunt prin pivniţe, alţii au luat-o din loc spre crânguri. Nici un firicel de fum.

Haide, haide, Ovsiannikov, nu-i atât de mult de mers.

Dar uite-i că vin! – urcă din valea închisă într-o coloană descoperită. Şi, fără să mă uit prin binoclu, simt că sunt ai noştri. Ei merg vioi, Ovsiannikov dă ritmul mersului. Acum, ei se apropie, acesta va fi al treilea vârtej: fiecare post de reperaj îşi pune în ordine aparatura, bobinele, sacii cu obiecte, hrana uscată – şi, în timpul acestor minute numărate, Ovsiannikov trebuie să fixeze pe hartă, după socoteala lui, amplasarea posturilor de reperaj; evaluând forţele detaşamentului, să desemneze cui îi revine primul post, al doilea... al cincilea, şi fiecărui şef de post de reperaj să-i indice direcţia bună, cum să ţină, pentru a nu greşi, azimutul. Iar celui din avanpost îi dă şi mai multe detalii. Şi iată că aceste zece-cincisprezece minute, până ca toată bateria să fie regrupată, sunt cele mai periculoase. Ne vom dispersa, nu vom mai sta toţi grămadă şi va fi mai uşor.

Se apropie ai noştri, se apropie, iar mai departe totul se petrece ca şi cum ar fi fost scris dinainte şi învăţat pe dinafară. Posturile se pregătesc iute de desfăşurare.

Mă aşez cu Ovsiannikov pe un trunchi răsturnat, pentru a stabili cu exactitate locurile posturilor.

Cineva ocărăşte din cauza unor bobine, agăţase una bună, care nu era a lui, şi apoi a lăsat-o cu firul cârpit.

Feţele tuturor sunt nedormite, epuizate. Bonetele pe capetele lor sunt tocite. Dar mişcările sunt rapide, pe toţi îi stimulează conştiinţa faptului că noi nu participăm la o simplă operaţiune anonimă, locală, noi luăm parte la Marea Ofensivă! Asta sporeşte mult puterile.

Oamenii responsabili cu legăturile au fixat capetele și au întins liniile cu două fire.

Însă de la nemți deja vine în zbor un obuz de mari dimensiuni, care pleoscăie distins peste capetele noastre – și buu-uf! Fără îndoială, peste Setuha, aproape de drumul principal.

Și – prima „ramă" de astăzi, avionul de recunoaștere cu două fuzelaje „Focke-Wulf" atârnă stabil la înălțime, vuiește, examinează cu atenție, căutând în cine să tragă. Tunurile noastre antiaeriene nu răspund, mai ales că în „ramă" este aproape inutil să lovești, din cauză că face manevre de eschivare întotdeauna.

Și acolo, pe Setuha, au mai căzut câteva obuze grele.

Atâta vreme cât dimineața este răcoroasă, ar trebui să ne ocupăm de reperaj. Nu fusese momentul potrivit să fim mutați din loc.

La fiecare post există 4-5 oameni, iar ca să duci aparatura este greu, obiectele sunt numeroase și grele, de la un singur acumulator îți seacă umărul; este nevoie de câte opt bobine, și uneori chiar mai mult de zece; receptorul nu este greu, dar e un cub dificil de apucat cu mâinile, căruia mai trebuie să-i și protejezi mai mult decât orice urechile, altfel îi strici membrana mare, sau dacă îl străpunge o schijă? Și mai sunt transformatorul, telefonul, alte mărunțișuri. Și pușca automată, unii au carabine, lopețile geniștilor – cară toate astea. (Măști de gaze nu mai purtăm de mult, le-am aruncat toți în camioane.)

Burlov, robust, își duce lucrurile la primul post, cel din stânga; are compasul în mână, ca un ceasornic, el verifică întotdeauna azimutul, merge la fix. La el în echipă se află și lunganul siberian Ermolaev, care suportă întotdeauna totul netulburat; pentru posturile marginale, Ovsiannikov îi alege pe cei mai puternici. Șmakov este pasibil aproape de a fi trimis într-un batalion disciplinar: într-o luptă antitanc, nu a rezistat confruntării directe, a fugit unde a văzut cu ochii și a nimerit în formația noastră. Noi duceam lipsă de oameni tot din cauza unor dezertori, iar comisarul a renunţat să-l pedepsească şi a spus: „Ia-l". De atunci slujeşte cu devotament.

Şuhov cel isteţ (noi l-am avansat la gradul de caporal în locul unui sergent rănit) şi-a dus obiectele la al doilea post. – Volkov cel posomorât şi întunecat – la al cincilea post, la dreapta, în partea de nord, la fel de departe. – Iar la posturile intermediare linia va fi mai scurtă, mai puţine bobine, patru oameni sunt de ajuns.

Cu Emelianov cel ursuz şi cu faţa ciupită de vărsat ne sfătuim şi cu harta în faţă (când vom avea un exemplar în plus, atunci îi vom da şi lui): avanpostul presupune o muncă delicată, aproape o activitate de ofiţer, dar, conform regulamentului, cel de aici are gradul de sergent major şi este întotdeauna plasat în faţa tuturor. La fiecare sunet de împuşcătură considerat folositor, el nu trebuie să piardă nici o jumătate de secundă şi trebuie să determine calibrul după auz. (Apoi, cine este mai aproape de explozie, mai corijează.)

S-au animat liniile din faţă – înghesuială de mine din ambele părţi. Din Vîselki, avioanele IL-76 trag deja, dar noi vom trage abia când vom fi pregătiţi. Iar solicitarea nu va aştepta.

Picioarele lui Ovsiannikov zbârnâie ca să ajungă în faţa ultimului post: este importantă nu numai alegerea finală a gropii pentru aparatul de recepţie (soldaţii aleg unde le este mai uşor să se instaleze, mai aproape de o sursă de apă), dar şi ce se află în apropiere, ca să nu apară ecranarea. (A fost un caz: ploua, am dus receptorul tot aşa într-o magazie şi ne mirăm: ce naiba, toate recepţiile sunt şterse?) Şi a mers ca să-l ajungă pe Burlov.

În spate, încă o grupă vine spre noi pe jos. După barele în dungi, după trepiede, se vede că sunt topografi. Hei, voi, haideţi mai repede!

Acest grup a fost adus de comandantul de pluton, locotenentul Kuklin, cel mai simpatic puşti, cu o faţă de copil, şi statură la fel. Botnev al meu, nu cu mult mai în vârstă, îi face observaţie:

– Ce dormiţi atât? Fără voi, trebuie să stabilim coordonatele din ochi, cui mai folosesc?

Şi aşa este: noi suntem verificaţi amănunţit şi toate erorile în determinarea ţintelor, în reglarea tirului ne sunt imputate nouă. Dar cine merge să-i controleze pe topografi? – asta nu s-a întâmplat vreodată. Greşesc ei în stabilirea datelor – nici noi nu vom stabili corect ţintele.

M-am aşezat împreună cu locotenentul Kuklin, ca să-i arăt unde vor fi dispuse posturile. Îl rog:

– Iurocika, nu, nu te grăbi. Faceţi mai întâi trei posturi apropiate, chiar şi pentru primul reperaj. Şi trimite-ne imediat cifrele.

Zice: am văzut pe drum al treilea divizion de foc al nostru, se deplasează încoace, încă nu şi-au ocupat poziţiile.

Kuklin şi-a adus oamenii în şir indian spre primul punct de orientare clar, de la el va merge la cel al lui Şuhov. (Punctul de orientare va fi îndepărtat de pe hartă, el fiind aproximativ.) Dar în luptele aflate în desfăşurare reţeaua trigonometrică este întotdeauna mai mult decât necesară.

Nu se poate spune cine are, în război, o muncă mai rea. Topografii nu luptă propriu-zis, dar au de dus cu ei teodolite, nivelmetre, trebuie să întindă benzi peste câmpuri – drept, pe cea mai scurtă distanţă posibilă: nu întrebi unde este deminat, unde nu, şi în orice moment poţi nimeri sub un bombardament.

Dar – deja ne-au găsit cei de la plutonul de transmisiuni. Şi întind cablul pentru centrală, iar cei cu bobinele vin spre noi de la pârâul care este îndiguit.

Dar cine ne-a găsit? Nu sunt de la divizioanele de foc, nu sunt cei cu care va trebui să lucrăm şi care se află încă în tranzit. Aceştia întind cablul – sunt de la statul-major al brigăzii, desigur – şi dintr-o clipă în alta vor începe să ceară ţintele.

Măcar dacă am fi făcut reperajul de dimineaţă, înainte ca aerul să se încălzească. Nemţii deja ne şi bombardează: iată un foc de armă, acolo – un raid, vreo zece obuze, iar noi nu suntem încă regrupaţi. Iar munca din timpul zilei va fi astăzi redusă: se va face arşiţă, este deja evident, şi se va produce *inversiunea termică*: straturile superioare de aer se vor rarefia din cauza încălzirii şi semnalele sonore nu se vor mai întoarce în jos, spre pământ, ci se vor pierde în sus. Dar asta se percepe și cu auzul simplu: obuzele, iată, cad, însă detunăturile se aud tot mai slab. Pentru cei care lucrează la reperaj, vremea perfectă o constituie umezeala, ceața și întotdeauna – noaptea întreagă. Atunci înregistrările sunt deosebit de precise, iar țintele – fie bombe care răsună, fie tunuri, fie obuziere cu zgomot mai surd – sunt imediat localizate.

Dar comandamentul nu pricepe deloc această regulă. Dacă ar fi avut minte, ne-ar fi mutat ziua, nu noaptea.

Noi, divizionul instrumental de recunoaștere, suntem o unitate separată, dar întotdeauna subordonați în mod operativ artileriei grele, acum – brigăzii de tunuri. Astăzi vom avea de făcut parc de artilerie: deservim două divizioane simultan: al 2-lea – la dreapta, dinspre Jeliabuga și al 3-lea – la stânga, dinspre Șișkova.

În pivniță, la Botnev, s-au adunat deja toate: au fost montate și verificate. Camertonul mare bâzâie într-o vibrație continuă a tijelor. Acele instrumentelor abia tresaltă. Toate cele șase penițe capilare de sticlă, înconjurate de inele electromagnetice, sunt pregătite să redea cu cerneală înregistrarea pe bandă. La aparat este acum Dughin, suplu, sprinten. (El are mâini îndemânatice: în fiecare minut liber meșterește ceva – unuia o pipă, altuia un portțigaret, iar pentru mine a avut ideea de a coase din benzile audiometrice niște carnete îngrijite, pentru jurnalul meu de front.)

Alături de dispozitiv, pe o băncuță, se băgase telefonistul, agerul Enko. La urechile lui atârnă două receptoare, legate cu un șnur peste creștet. Într-un receptor este cel din avanpost, iar în celălalt – toate posturile acustice laolaltă, toate se ascultă unul pe altul și, atunci când vorbesc prea zgomotos, centrala îi oprește, dar chiar și ea este avidă de noutăți: ce se întâmplă undeva, cui i-a fost răsturnată găleata de o schijă.

Și imediat în spatele dispozitivului se află măsuța decodificatorului. În spatele ei, foarte aproape, strâns lipită, abia ai unde să te așezi, o măsuță pentru strângerea citirilor. Iar lângă un alt perete – măsuța dispozitivului de calculat și planșeta pusă pe picioare înclinate. În semiîntunericul din subsol – trei becuri electrice de 12 volți, unul suspendat deasupra hârtiei Whatman, liniată cu grijă. Suntem gata.

Fedia Botnev nu este, în luptă, nici brav, nici îndrăzneț, dar nici nu trebuie, judecând după faptul că face parte din plutonul de măsurări și calcule. Dar este un chițibușar, perspicace în observarea detaliilor, imediat la locul potrivit. (Chiar și de fiecare detașament vecin este curios, de tehnica lor, când este posibil merge să se uite atent. A terminat școala de arte și meserii.) Îi place să stea și la planșete, să traseze linii directoare pornind de la repere.

Dar bunul mers al fiecărui reperaj depinde de decodificator. La noi, acesta este Lipski, un inginer-tehnician pe care noi l-am avansat sergent. Atunci când la lucru nu e grabă, el este singurul din baterie căruia ne adresăm cu nume și patronimic. (Cu studii superioare, în bateria mea mai este și Pugaci, jurist. Un jurist foarte convingător, care găsește întotdeauna o portiță de scăpare ca să-i fie cât mai ușor. Nu poți să-l trimiți la orice corvoadă: ba „îl ajută pe instructorul politic", ba „publică gazeta de război".)

În fundul pivniței se aude un bombănit surd:

– Vai, ce mai bubuie! Vai, ce mai trosnește!

– Tare m-aș duce s-arunc o privire: s-o fi-ntâmplat ceva pe la mine, ori ba? Numa' ligheanul ăl smălțuit mi-o mai rămas, numa' el cât face.

– Nu poți lua cu tine tot avutul, Arefievna. Ăștia nimeresc precis – s-ar putea nici izba să nu ți-o mai găsești.

– Ei, o da Dumnezeu ș-om scăpa.

Iar afară – ziua însorită, fierbinte, se încinge și mai tare, căpătând o nuanță galben-deschis. Și norișorii aceia s-au împrăștiat, cerul e curat-curat. Ei, astăzi trebuie *să ne așteptăm* la ceva de sus.

Bucătăria de campanie a lui Isakov, cea din tufe, fumegă deja. Șoferii termină cu efort camuflarea mașinilor, fiecare dintre ei ajutat de câte un soldat disponibil. Leahov, înalt și flegmatic, nu va lăsa niciodată să se vadă nici cel mai mic semn de oboseală. Iar micul și grăsunul Pașanin, din Nijni-Novgorod, s-a dezbrăcat până la brâu, dar, cu toate acestea, pieptul lățos și spinarea îi sunt acoperite de sudoare, iar fruntea și-o șterge cu încheietura mâinii. Avusese imprudența să-și povestească necazul: că l-a părăsit soția iubită, cântăreață de operetă; și a devenit obiect de compătimire, însă și de batjocură.

Tot în bateria mea taie frunză la câini Kocegarov, comisarul politic al bateriei; într-un moment încordat, când toți sunt în plin avânt, nu ai cum să-i dai ceva de făcut, și nici să muncească nu-l poți obliga. În civilie, el însuși fusese șofer, dar la un comitet regional de partid, iar acum să ia lopata și să-l ajute pe Pașanin – nu se pricepe.

Primul semnal vine de la al treilea post, cel mai apropiat: am ajuns, ne-am conectat, ne camuflăm. În același timp, noi ne-am verificat și aparatul: bateți acolo (în fața membranei). Așa. Înregistrează și împușcăturile. În regulă.

Dar când asupra unui singur post zboară un avion – atunci, cu un dispozitiv, bruiază înregistrarea a trei posturi.

De la pivniță, liniile se răspândesc în evantai; cei responsabili cu acestea le îngroapă, fiecare pe a sa. La cincizeci de metri distanță, ca să nu se ia de picioare – și pentru a le proteja de schije.

Dar deja încep să zboare!! Sunt șase avioane Heinkel. Mai întâi la înălțime, apoi coboară în cerc în stânga noastră. Poc, poc, tunurile antiaeriene. Pe lângă. Au bombardat, au plecat.

Ai noștri sunt concentrați pe câtiva kilometri pătrați de-a lungul primelor linii: mortiere ușoare și grele, tunuri de 45 și de 76, obuziere de 107, diverse mașini îngropate pe jumătate, camuflate – poți să lovești oriunde pe toată suprafața, n-o să ratezi.

Între timp, în pivniță mai trebuie găsite încă trei locuri – pentru telefonistul cuplat la brigadă și alți doi detașați de divizion. Dintr-un tei doborât, ai noștri au făcut rapid cu un ferăstrău – avem întotdeauna un joagăr – trei butucei, pe care i-au rostogolit aici, în jos.

Leahov şi-a adus ZIS-ul aproape gol în adăpostul de camuflaj.

Şi GAZ-ul lui Paşanin a fost coborât. Ei, acum e mai uşor.

De la al doilea post, Şuhov comunică, puţin peltic: am sosit!

I-am verificat şi pe ei. În regulă.

De fapt, ei toţi ajung doar pe aproape de posturile stabilite şi le place să-şi mai schimbe locul, ca să le fie cât mai comod. Dar, până când nu verifică Ovsiannikov, nu are rost să se camufleze.

Din pivniţă, un strigăt:

– Toar'şe comandant, sunteţi apelat!

Rupe-ţi picioarele alergând pe scările de piatră.

Aşa şi este, e brigada: patruzeci şi doi, aşteptăm ţintele.

Mă apăr: dar lăsaţi-ne să ne organizăm, să facem legăturile, oameni sunteţi voi?

Dar aş dormi puţin, cad din picioare de somn. Mă uit la băieţi, în pivniţă – şi ei la fel.

– Ei, câtă vreme nu e de muncă, puneţi-vă capetele pe mese!

Şi nu trebuie să-i rog – au făcut-o instantaneu. Este ultima jumătate de oră privilegiată.

Soarele se ridică, şi căldura cu el.

Au stabilit legătura şi al patrulea post, şi cel din avanpost. La trei posturi deja se poate indica în mare – cel puţin din care cadran se trage.

De la începutul activităţii, la centrală fac de serviciu doi oameni: ei trebuie să alerge şi, dacă este vreo legătură întreruptă, să o racordeze. Şi, de la fiecare post, oamenii aleargă unul în întâmpinarea celuilalt, astfel încât la o singură întrerupere sunt doi oameni, niciodată nu se ştie care se va afla cel mai aproape. Repararea liniilor este cea mai periculoasă: eşti descoperit şi stai în picioare, iar în cazul unui raid – te trânteşti la pământ. Când nu pare să se apropie nici un raid, cel care este de serviciu aleargă şi singur, ştie ce are de făcut. Iar într-o situaţie extrem de încordată, cineva trebuie să decidă şi să trimită un om. Dacă este aici Ovsiannikov – atunci el face asta, dacă nu – atunci eu. Dar, având în vedere scopul activităţii – se poate şi fără ofiţeri, sergentul de la centrală se duce şi din proprie iniţiativă, el răspunde: dacă nu sunt suficiente posturi acustice şi nu facem reperaj – pierderea poate să fie mai mare. Fiecare astfel de cursă poate să-l coste viaţa pe cel care o face, noi l-am pierdut deja în felul acesta pe Klimanski. Dar imediat ce apar întreruperi de linii, când zboară obuzele – atunci este şi nevoie de reperaj.

Acum este de serviciu Andreiaşin. Stătea pe pământ, cu spinarea rezemată de arcul de cărămizi. Un băiat sprinten, înnegrit de soare, nu prea înalt, urechi mici. Abia-abia fusese recrutat, leatul 25. Eu trec – el se ridică brusc.

– Stai jos, nu te ridica!

Dar se ridicase deja, ochii întunecaţi îi strălucesc rugători:

– Toar'şe locotenent! În Oriol, o să-mi daţi o învoire de trei ore?

El este din Oriol. A crescut ca un copil abandonat, dar e foarte sârguincios când face un lucru. Chiar dacă nu are familie, cu siguranţă are şi el în Oriol pe cine să viziteze, pe cine să caute.

– Mai avem până ajungem la Oriol, Vania. Ai răbdare.

– Dar când ajungem? Eu o să vă ajung din urmă, o să vă ajung, să fiţi sigur de asta!

– O să te învoiesc, bine. Poate chiar pentru mai mult timp. Doar ne oprim la Oriol, nu?

– Şi pe Burlov! mi se strigă din pivniţă.

Extrema stângă! Acum, suntem în formaţie completă.

Dughin îşi freacă mâinile:

– O, ce petrecere! Cu ve-se-li-e!

Din pivniţă răsună:

– O să faceţi mare chef!

Ei, acum să nu mai pierdem vremea, să înregistrăm. Ne-ar trebui fixarea coordonatelor. (Până la fixare, posturile pe planşetă sunt aşezate deocamdată aproximativ, cum au fost indicate pe hartă.)

În linia întâi – un huruit întrerupt al unei descărcări de schimb de focuri. Dar – cu plescăituri. Şi, dacă tirul de artilerie cade între două momente, atunci noi îl înregistrăm.

La Isakov, cașa este gata. Cei de la centrală alergau în grabă cu gamelele.

Iar pe cer s-au îndesit și ai noștri, și nemții, dar ai noștri sunt mai mulți! Lupta nu se vede, și unii, și alții atacă în picaj primele linii. Acolo are loc o ciocnire mare, și exploziile răsună pe pământ, ia și înregistrează.

Emelianov cu cel din avanpost:

– Deocamdată stăm cu infanteria, nu ne-am săpat propriile adăposturi, n-am avut cum. Și nu avem cu ce să ne acoperim. Lui Ptașinski gloanțele i-au smuls un epolet – cum de n-a fost nici măcar zgâriat?

Ptașinski, schimbul lui în avanpost, este un tânăr luminos, cu ochi senini, foarte riguros în luptă.

Cu toate acestea, noi, cu cinci posturi, am localizat două ținte – a 415-a și a 416-a. Misiunea noastră – coordonatele; calibrul mai poate fi ghicit de o ureche obișnuită cu asta, dar și după depărtare.

Cei din brigadă mă sâcâie:

– Care a tras acum, peste Arhanghelsk? (Asta e acolo, alături de statul-major.)

– De la postul al treilea, al lui Zolotariov, știm că este 415.

– Dați-mi coordonatele!

– Fără să fim legați – deocamdată sunt inexacte...

Ei îmi răspund cu o înjurătură.

S-a întors Ovsiannikov de la posturi, mersese împrejur vreo zece kilometri. M-am dus cu el să îmbucăm la repezeală ceva cald. Ne-am așezat pe un trunchi de tei culcat la pământ.

Îl iubesc pe Ovsiannikov ca pe un frate, cu simplitatea lui, cu pronunția lui ca în regiunea Vladimir. Am făcut împreună cursurile, dar ne-am împrietenit când am nimerit în aceeași baterie. Pe frontul de Nord-Vest, cu o oră înainte de pornirea gheturilor de pe Lovat, el a salvat bateria, a trecut-o pe celălalt mal fără să se producă nici o fisură în gheață. Ne-a mai intersectat căile acel cătun Grimov – pârjolit tot, numai coșurile de fum mai stăteau în picioare, şi putea fi văzut complet de nemţi din clopotniţă. Centrala era ca şi aici, într-o pivniţă, noi doi stăteam pe pământ, cu picioarele în adăpost, iar între noi se afla gamela comună. Încă nu terminaserăm de mâncat supa făcută cu carne din conservă - de trei ori am sărit în adăpost din cauza împuşcăturilor, iar gamela a rămas sus. Ieşim anevoie - şi cărăm din nou cu lingurile.

Aici, dincolo de panta noastră, nemţii nu pot vedea direct Jeliabugskie Vîselki, o pot face numai din aer. Eu răsucesc o ţigară de mahorcă, dar Victor nu fumează deloc. Povesteşte cum şi unde a corectat poziţia posturilor. Pe cine a văzut mergând pe drum, unde staţionează un detaşament sau altul. În Mohovoe, la nemţi, se vede un incendiu puternic, pe care l-au provocat ai noştri.

– Stau pe capul lor. O să-i împingem mai departe, nu ne oprim.

Nu-mi terminasem ţigara, când, din stânga, de pe drumul principal de aici, se leagănă spre noi nişte maşini, înaintează prin hopuri - sunt multe! Dar astea sunt aruncătoarele „katiuşa"!

Opt maşini încărcate complet, un divizion, nu se deplasează altfel. Încoace, încoace! Nu este întâmplător că a fost aleasă dinainte pentru ei această întindere. Sunt aşezate toate opt în rând, iar gurile de foc sunt îndreptate spre nemţi. De la noi sunt douăzeci de metri, la o asemenea apropiere nu le-am văzut trăgând niciodată. Dar ştim că nu trebuie să stai chiar în spatele lor, de aceea ne-am dat la o parte. Şi alor noştri le fac semn cu mâna, îi avertizez, ieşiseră toţi să se uite mai bine.

Foc! Începe de la margine, dar trece repede prin formaţie şi, înainte să termine prima - trage şi a opta! Dar „trage" nu e cuvântul potrivit. Este un şuierat neîntrerupt, ca de şarpe! - nu, un şuierat asurzitor, ca de dragon. În spatele fiecăreia, coloane de foc oblice pătrund adânc în pământ, arzând complet tot ce creşte, şi aerul, şi solul; mine vizibile zburau cu zecile în faţă şi în sus, aici, în apropiere, iar în depărtare nu le distingi, până când nu se risipesc, într-un evantai de flăcări, peste tranşeele germane. Ce putere! Ce monstru! (În pivniță, din cauza șuieratului scos de „katiușa", femeile au încremenit de moarte.)

Iar mașina din margine, imediat după ce a executat tragerile, întoarce să plece. Și a doua. Și a treia... Și toate opt au dispărut la fel de vertiginos cum apăruseră, și mai vedem doar cum se încolăcesc prin hopurile drumului lansatoarele lor golite.

– Ei, acu' să te ții, ce pârjol vine peste noi! spune cineva dintre noi.

Dar nu vine nici un pârjol. Știu ei, nemții, că tunurile noastre „katiușa" pleacă într-o clipită.

Merg cu Ovsiannikov să ne așezăm pe trunchiul de tei.

Abia avem o pauză de odihnă – imediat apar gânduri mai vaste.

– Da! încep eu să visez. ...După un asemenea război nu poate să nu fie o revoluție, nu?... asta e conform cu ce spunea Lenin. Și războiul așa-numit patriotic se va transforma într-un război revoluționar?

Ovsiannikov are o privire pașnică. Nu zice nimic. De când a găsit la nemți pulbere de benzină, nu mai crede, cum scrie în gazete, că nemții se vor opri dintr-o clipă în alta, din lipsă de combustibil. Neliniștea lui este legată de avanpost.

– Acolo, ei n-au cum să scoată capul afară, cu atât mai mult să facă rost de niște apă fiartă. – Îl pronunță pe „o" accentuat, ca în regiunea Vladimir: – E rău de ei acolo. Să ne uităm pe hartă: pe câți dintre ei pot să-i mut într-o parte? sau înapoi? Îi mut repede, chiar fără să tai legătura.

Am măsurat cu compasul. Vreo trei-patru sute de metri se poate.

A plecat – neobosit la mersul pe jos.

Iar Mitka Petrîkin, văd, caută o modalitate de a merge să se scalde în iaz. Îi cheamă pe cei de la calcule, care sunt liberi, ca să-i sape un șanț.

Și iată că se apropie de noi: la dreapta – divizionul al 2-lea, la stânga – al 3-lea. Își îngroapă și ei racordul. Centrala noastră seamănă, după fire, cu un stat-major, cu raze în toate direcțiile. În pivniță s-au înghesuit și ei, toți trei, pe butuci, iar telefoanele le țin pe genunchi.

Și deodată – sunt chemat la telefon. Din detașamentul al 3-lea, comandantul bateriei a 8-a, Tolocikov. Mă place foarte mult. Mic de înălțime, îndârjit, destoinic la muncă, când muncește uită de toate. Se poate colabora bine cu el.

– Țintele, dă-mi țintele! Mă plictisesc.

– Așteaptă, o să le primești în curând. Așteptăm legăturile. O tatonăm pe a 418-a.

Fără recunoaștere acustică, găsești rar ținta de artilerie: doar în semiîntuneric, la explozie, prin observare directă – și dacă dispozitivul este deschis.

Și din al 2-lea divizion – mi se dă brusc receptorul. După voce aud – este însuși comandantul de divizie, maiorul Boev.

– Sașa, avem o treabă serioasă azi, nu ne dezamăgi.

– Acum o să dictăm câteva, însă deocamdată nu avem legături.

– Dă-le oricum. Și uite ce: diseară vino la mine în *căsuță*.

În statul-major al divizionului, adică.

– Despre ce e vorba?

– O să vezi acolo.

Eu eram în afară, iar încoace, pe scări, Iura Kuklin vine aproape în fugă. Și îmi întinde o foaie cu toate coordonatele noastre.

– Dacă mai stați, o să mai detaliem.

– Mulțumesc, de acord. Și le predau pe loc planșetistului Nakapkin.

Imediat, el înscrie cu un instrument de măsurat cu precizie de până la un metru, cu ajutorul unui echer metalic cu liniament oblic, pe planșeta cu scara albastră corespunzătoare unui kilometru, coordonatele *x* și *y* ale fiecărui post de reperaj prin sunet, corectând pozițiile precedente, care fuseseră provizorii.

Acum – din nou leagă prin drepte punctele reprezentând posturile, din nou trasează linii perpendiculare pe ele, iar de la ele, din nou – duce raze la ţinte. Începând cu 415, toate ţintele au poziţiile rectificate.

Pe banda dispozitivului central, pentru fiecare receptor se desenează cu cerneală o linie dreaptă. Acolo, la fiecare post, ondulaţia membranei se vede aici, pe bandă, în oscilaţiile înregistratorului. După diferenţa oscilaţiilor respective de la receptori vecini, se calculează direcţia razei pe planşetă. Şi, în condiţii ideale, cum este noaptea sau pe vreme friguroasă şi umedă, aceste trei-patru raze converg toate într-un singur punct: acolo este amplasată arma inamică, ia şi dicteaz-o armelor noastre de foc!

Dar când sunt multe bariere acustice şi, în plus, această inversiune provocată de căldură, care deviază sunetul, atunci toate variaţiile sonore sunt difuze, deformate sau percepute slab, momentul oscilaţiei este imprecis – cum să calculezi? Şi, dacă nu ghiceşti citirea astfel, nici razele nu vor merge pe planşetă în direcţia corectă. Şi punctul căutat nu e, s-a întins într-un triunghi alungit. Ce să-l mai cauţi, e ca şi pierdut.

Se pare că aşa este şi acum. Botnev se apleacă peste Nakapkin, se încruntă.

Cu Botnev tot aşa, am multe amintiri. Mergeam, ca de obicei, în două maşini. Spre locul fixat nu puteam merge altfel decât pe acest drum de ţară care duce la Belousovo. Dar stop: au înfipt aproape de drum un stâlp cu o pancartă: „Posibil mine“. Inscripţia pare ştearsă. Să o luăm pe rute laterale – ne-ar duce departe, chiar în lături. E-e-eh, fie ce-o fi, norocul rusesc. Cu autocamioneta lui Paşanin mă arunc înainte! Apăs cu picioarele pe duşumea, ca pentru a ţine mina să nu explodeze, iar cu ochii sfredelesc drumul înainte: n-o fi sub această moviliţă? N-o fi în această afânătură? Ne-am plimbat vreo trei sute de metri şi auzim în spate o explozie. Ne-am oprit, am sărit jos, o mină antitanc nu prezintă pericole pentru cei care merg pe jos, ne uităm în urmă: la maşina lui Leahov fusese smulsă roata dreaptă şi o aripă, dar restul era întreg, şi Leahov, ca şi soldaţii din benă – numai Botnev, cu partea lui, sărise în aer; era nevătămat, dar tot fugea undeva, fugea pe deluşor în sus. Şi acolo s-a dezmeticit într-o stare de neînţelegere puternică, plin de lovituri pe o parte. (Dar prima maşină a plecat mai departe şi a ajuns la locul convenit; ce a rămas, a trebuit să ducem cu mâinile.)

Nu-u, un triunghi destul de mare. Undeva, undeva acolo este a 415-a, dar nu se lasă fixată. Este vorba clar de un o sută-cincizeci, şi nu o singură armă. Trebuie să continuăm reperajul; dar şi din înregistrările obţinute trebuie să ştii să scoţi ceva. Mă cufund în examinarea benzilor ţintei 415.

Pe baza unor puncte iniţiale nesigure – nu ai cum să faci citiri, dar ce-ar fi să cauţi altul – un punct de maxim, o curbură – şi să iei citirea după el?

La oamenii de aici, din subsol, chiar nu ne mai uităm deloc, uneori ne răstim la ei, să nu facă larmă. Dar iată că un băiat de vreo zece ani îşi croieşte drum spre trepte.

– Unde te duci?

– Să mă uit.

Faţa îi este hotărâtă.

– Dar un raid de foc ştii ce e? Nu reuşeşti să te uiţi împrejur – eşti găurit de o schijă. În ce clasă eşti?

– În nici una – trage aer pe nas.

– Şi de ce?

Când e vorba de război, nu ai ce să explici, e o întrebare zadarnică. Dar băiatul explică încruntat:

– Când au venit nemţii, mi-am îngropat toate manualele în pământ. – O faţă îndârjită. – Şi nu vreau să învăţ atâta vreme cât sunt ei aici.

Şi se vede: cât *îi* urăşte.

– Şi în toţi aceşti doi ani a fost aşa?

Trage aer pe nas:

– Acum o să le dezgrop.

Abia ne-am întors privirea şi el, pe duşumea, în patru labe, pe sub măsuţa calculatorului a scăpat şi s-a dus în satul lui.

Sunt chemat la telefon. Comandantul secund al statului-major al brigăzii, cu nerăbdare:

– Care este ţinta indicată de Zolotariov, care loveşte? Daţi-mi coordonatele!

Dar eu tot pe asta o şi caut, lăsaţi-mă să mă gândesc. Mi-ar fi mai uşor să înfig acul în planşetă, ei aruncă vreo zece obuze şi se linişteSC. Iar în cazul unui nou bombardament să spunem că asta, chipurile, e o ţintă nouă. Dar n-o să fac eu aşa ceva.

Îi explic a nu ştiu câta oară despre bariere, despre avioane, despre inversiune. Aveţi răbdare, lucrăm.

Sunt chemat la alt telefon. Din al 3-lea divizion, şeful statului-major. Aceeaşi întrebare şi cu aceeaşi nerăbdare.

Pe acesta, căpitanul Lavrinenku, îl ştiu bine. Un ucrainean şiret. Odată mi-a cerut să colaborăm la tragere: trimitem primul obuz, corijaţi. – Îi aduc la cunoştinţă decalajul: acum trebuie mai la stânga două sute de metri şi mai departe o sută cincizeci. – Îl trimitem pe al doilea, reperaţi. – Nici o explozie. – Cum se poate să nu fie? noi am tras. – Ah, uite ce era: noi am reperat o explozie, dar la jumătate de kilometru mai la dreapta. Unde trageţi voi? Voi sunteţi beţi acolo? – Bombăne: da, aici am greşit puţin, dar reperaţi în continuare. – De această primă dată nu a avut încredere. Altă dată, a apelat, pe ascuns, şi bateria acustică 1 – a mea este a 2-a – şi s-a adresat ambelor separat: reperaţi tragerea! Şi – din nou, s-au potrivit datele. Acum are încredere. Dar iată că mă sâcâie: când o să-mi daţi coordonatele?

Da, trage un o sută-cincizeci greu, exploziile sunt în stânga noastră, între statul-major al brigăzii şi statul-major al detaşamentului al 3-lea; este, cu siguranţă, a 415-a, dar vuieşte o asemenea bătălie, şi pe linia întâi şi de la cele două artilerii, că nu reuşeşti să prinzi: la fiecare înregistrare, pe planşetă ţinta scapă, triunghiul, dilatându-se, ia noi forme.

Cel din avanpost aruncă întruna banda. Un vraf de bandă nereuşită aruncată i-a acoperit picioarele lui Dughin până la genunchi. Am înlocuit deja o bobină mare.

Dar trebuie să poată dormi puţin, pe rând. Fedia, du-te în izbă să tragi un pui de somn. Iar eu în vremea asta o să fiu aici, o să rod ţinta 415.

Enko, cu cele două receptoare pe cap, e un mucalit. A observat că acolo, în capătul subsolului, stă aşezată o fată încântătoare.

– Dar pe tine, frumoaso, cum te cheamă?

Zulufii de culoare deschisă îi cad dintr-o parte pe frunte. Și are ochi vioi:

– Iskiteia.

– De ce ai numele ăsta?

Bătrâna de lângă ea:

– Părintele i l-a dat. Noi îi spunem Iskorka.

– Și câţi ani ai?

– Douăzeci, spune cu elan.

– Și nu eşti măritată??

– Războ-oiul, obiectează bătrâna în locul fetei. Ce măritiş...?

Enko aproape că nu a întrerupt comunicarea în receptor, detaşează unul dintre ele de la urechea lui şi mi-l dă:

– Locotenentul Ovsiannikov.

Comunică Victor cu cel din avanpost. Trebuie să meargă târâş. I-a mutat puţin în spate. Aici sunt două pietre mari, în spatele lor vom săpa o tranşee. Dar oricum e un loc fierbinte.

– Și în general?

– Și în general: la dreapta, spre satul Podmaslovo, tancurile noastre au făcut două incursiuni. Au reuşit să pătrundă, dar deocamdată staţionează. Se trage tare asupra lor.

– Ei bine, ajunge. Întoarce-te şi du-te să te odihneşti. Cine ştie ce noapte ne aşteaptă.

– Nu, mai rămân puţin cu ei.

Cu toate acestea, alte ţinte încep să se adune, puţin câte puţin. Direct într-un punct precis – nici măcar una. Pentru unele, triunghiul nu e mare – noi punctăm în centrul lui de greutate şi dictăm coordonatele celor două detaşamente. Dar, la fiecare lovitură, ţinta 415 se dilată într-un mod diferit, nu se lasă fixată.

Dar această Iskorka nu mai stă la locul ei, îşi croieşte drum spre ieşire. Rochia ei este strânsă în talie, dar mai sus şi mai jos se revarsă din abundenţă.

– Unde te duci?

– Să mă uit, să văd ce-a fost dărâmat la noi, acolo. Au distrus toată gospodăria.

– Dar cine a făcut asta?

– Păi bine! Şi ai voştri prind găinile, îşi aţinteşte ochii asupra mea.

– Şi unde e izba voastră?

Face semn cu mâna uşoară în sus, ca într-o figură de dans:

– În rândul ăsta, e ultima, aproape de răchitiş.

– E departe – o ţin de cot.

– Şi ce să fac?

– Ei, ai grijă. Dacă vine vreun obuz, te arunci imediat la pământ. O să mai vin – să verific dacă eşti teafără.

A ţopăit de vreo două ori pe trepte, neastâmpărata, şi a fugit.

Continuăm să derulăm banda. În cer, un vuiet contopit, de la avioanele noastre şi ale lor. Ah, urlă, se răsucesc în aer, e de-ajuns! Şi se mitraliază unele pe altele.

De sus, de la intrare, un strigăt disperat:

– Unde-i comandantul vostru?

Şi cel care este de serviciu la legături – încoace, pe scară:

– Tovarăşe locotenent major! Sunteţi chemat.

Mă urc.

Un sergent, curăţel, cum sunt cei din statul-major, cu mitraliera pe umăr, ţeava îndreptată în jos, spune repede, gâfâind:

– Toar'şe locot'nent major! Sunteţi chemat de comandantul brigăzii! Urgent!

– Unde? Încotro?

– Urgent! Să fugim, vă duc eu!

Şi ce să fac? Alergăm. În goana mare. Pistolul loveşte la şold, îl ţin pe loc.

Prin toate hopurile ramificaţiei drumului de ţară spre Vîselki. Uite un Willis cu remorcă oprit pe drum. Nu a reuşit să ajungă până la postul nostru? Sau a vrut să-mi dea o lecţie? Alergăm.

Ajungem. În maşină, colonelul Airumetov, negru-aprins. Eu mă prezint, mâna la tâmplă.

Nimicindu-mă cu o privire întunecată:

– Comandant de baterie! Pentru o asemenea treabă, o să te trimit într-un batalion disciplinar!!

M-am ars. Pentru ce?... Ei chiar te trimit imediat, la noi asta se face rapid.

Cu mâinile de-a lungul corpului, mormăi ceva despre inversiunea atmosferică. (Nu vor accepta niciodată explicaţii! – şi pentru ce ar înţelege ei ceva?) În ce priveşte mitralierea colaterală, este absurd să te legi de asta: în activitatea militară, nu poţi evita niciodată toate celelalte zgomote.

A renunţat puţin la aerul său ameninţător şi a zâmbit:

– Dar să te razi – trebuie, locotenent major, chiar şi în luptă.

Ce-aş fi putut să mai spun? Dar, nu se ştie de unde, s-au ivit brusc de deasupra unui crâng două monomotoare Junkers. Şi cum să nu vadă un Willis izolat pe drum, care înseamnă că e vorba de comandament? Da! S-a răsucit, a pornit în picaj!

Agentul de transmisiuni a sărit deja în spate, în remorcă. Iar şoferul vigilent, fără să aştepte decizia comandantului brigăzii – î-na-poi! Î-na-poi!

Astfel, colonelul nu a mai terminat de vorbit.

Primul Junkers este în picaj deja. Întotdeauna, roţile lui din faţă arată ca nişte gheare, îndreptate spre tine, iar bomba – o lasă ca pe o picătură din clonţ. (Apoi, ieşind din picaj, când redresează spatele, chiar freamătă de plăcere.)

Sunt iertat? – alerg şi eu spre post. Şi – buf într-o adâncitură. În spate – o explozie! Asurzitoare!

Am scos capul în afară, m-am încovoiat: Willis-ul s-a du-us parcă luat de vânt! A șters-o prin praful ridicat al drumului!

Dar – al doilea? Al doilea Junkers a continuat cercul început și vine direct spre mine? Pricepe că, dacă mă aflam lângă un Willis, nu sunt nici eu mai mic în rang. Sau poate face asta de ciudă, drept răzbunare?

Nu am timp să mă gândesc, e prea târziu să mai fug, iar să mă uit în sus nu am putere. Mă cufund din nou în groapă, cu fața la pământ – cu ce aș putea să-mi acopăr capul? Doar cu mâinile. E oare cu putință – chiar aici?... într-un mod atât de întâmplător și de stupid?

Un trrăss-snee-et! Și – ceva ars. Mirosul de ars e puternic! Și – sunt plin de pământ.

Sunt întreg?? Uneori li se întâmplă să rateze. Zgomotul din cap este groaznic, mă simt amețit.

Să fug! Să alerg, poticnindu-mă prin gropile astea blestemate. Dar – se ridică din nou.

Numai să nu fi bombardat și Vîselki, acolo avem toate liniile desfășurate în evantai. Dar oare pivnița va rezista?

Nu, am scăpat de avioanele Junkers: acolo sus se desfășoară viața lor, se gonesc unele pe altele, cerul începe să nu mai fie interesat de pământ.

Și, din cauza acestui vuiet contopit, nu poți să înregistrezi absolut nimic. Te așteaptă detașamentul disciplinar.

Bateria învecinată, șaptezeci și șase, se mută din Vîselki, se deplasează înainte, acolo unde frontul e mai fierbinte.

Of, ce-mi vâjâie capul! Parcă s-a umflat, a dat în copt. Dar și de la tensiunea acestor zile, de la faptul că zilele nu au avut 24, ci 240 de ore.

Totuși, în ciuda insomniilor, simți urcând în tine o dispoziție de o forță extremă, care te depășește, se vede într-o ușurință a mișcărilor, ca și cum ai fi purtat de niște aripi.

– Mihail Longhinîci, dați-mi toate benzile lui 415, o să caut eu însumi, iar dumneavoastră – pe celelalte.

L-am trimis pe Mitka să-mi aducă măsuţa pliantă, mai există încă una, în plus faţă de ce prevede regulamentul. O pun în apropierea pivniţei, la umbra unei sălcii.

– Găseşte-mi un taburet în vreo izbă.

Mi-l aduce într-o clipă.

Stau jos, mă lămuresc cu benzile. Mă gândesc.

Metoda regulamentară presupune ca citirea să se facă pornind de la prima oscilaţie a fiecărui post de reperaj. Dar când punctul iniţial este instabil, nu reuşeşti, aşa că noi am învăţat să lucrăm cu metode diferite. Se pot compara punctele oscilaţiilor – primul punct de maxim, al doilea maxim. Sau, dimpotrivă, minim. Sau să cercetăm în cinci serii de oscilaţii elementele convergente, cele mai mici inflexiuni şi să facem citirile pornind de la aceste locuri.

Fac şi-aşa, fac şi-aşa, iar Mitka duce benzile în pivniţă pentru prelucrare. Când triunghiul se micşorează la intersecţii, Nakapkin mă cheamă să văd planşeta.

Între timp, divizionul al 2-lea ne cere corecţiile. Nu departe de noi, la dreapta, se aude zgomotul surd al tunurilor de la bateriile 4 şi 5.

În măsura în care reuşim să le distingem, izolăm exploziile lor de alte zgomote şi dictăm coordonatele. Ei ajustează – noi verificăm din nou.

Cei din bateria 5 a lui Miagkov au reuşit totuşi să împuşte şi să înăbuşe ţinta 421. Miagkov sună din avanpost, mulţumit, şi spune: a tăcut.

Şi – câtă recunoştinţă pentru harnicul detaşament de calcul!

Mâinile moi şi albe ale lui Lipski sunt pe banda întinsă de-a lungul mesei. Cu stânga o ţine, iar cu dreapta, cu un creion ascuţit ca o suliţă, urmăreşte continuu unde să înţepe corect, unde să indice printr-un bastonaş foarte fin trasat pe verticală începutul oscilaţiei. (Dar se mai întâmplă să nu fie cel bun. Se întâmplă să nu ai decât trei secunde de gândire, şi de asta poate să depindă mersul bun sau rău al acţiunii.)

Concentrat, cu umerii puţin încovoiaţi, Uşatov plimbă vizorul pe rigla lui Ciudnov, ia citirea la milimetru.

La mese, Feniuşkin, cel responsabil cu calculele, aduce corecturi ţinând cont de vânt, de temperatură, de umiditate (măsurate de noi înşine în proximitatea postului) şi transmite cifrele planşetistului.

Planşetistul (Nakapkin a fost înlocuit de săritorul Konciţ), aproape fără să respire, cercetează aceste cifre cu un instrument de măsură pe marginile striate ale goniometrului. Şi pune deoparte unghiul citirii de la perpendiculara fiecărei baze a posturilor. Acum el trasează dreptele şi vom vedea în ce măsură coincid.

De exactitatea scrupuloasă a fiecăruia depinde soarta tunului german ori soarta alor noştri, care se află sub foc.

(Nakapkin, fiind eliberat, găseşte un colţ pentru a completa, folosind cerneală de la instrument, o carte poştală cu o scenă teribilă de luptă, în care se văd soldaţi ai Armatei Roşii care îl zdrobesc pe inamic – ori o scrisoare de trimis acasă, ori pentru iubita lui.)

Toate posturile noastre de reperaj sunt deocamdată intacte. Aproape de cel al lui Volkov a avut loc un bombardament, dar ei au rezistat şi iată-i deja camuflaţi. Au existat două sau trei întreruperi de legături, dar le-au remediat pe toate.

Vremea uscată are avantajele ei: cablurile noastre, în înveliş de pânză, nu se udă. La noi, cauciucul este de proastă calitate, iar umezeala provoacă ba contact cu pământul, ba scurt-circuit. Şi a restabili calitatea liniilor sub împuşcături este o bătaie de cap şi mai mare. Nemţii nu cunosc acest necaz: teaca lor de izolare este din plastic roşu. Un cablu capturat de la ei este foarte preţios pentru noi.

Între timp, mă strigă Konciţ: 415 dă o intersecţie bună, aproape de punct. Mă decid. Îl sun pe Tolocikov:

– Vasea! Poftim 415. Nu trage în ea, mai bine decât atât nu vom putea să corijăm, aruncă nişte obuze peste ea, să o speriem!

Asta-i în stil rusesc! Tolocikov trimite o incursiune de foc: douăzeci de obuze dintr-o lovitură, câte cinci din fiecare tun.

Ei, și acum ce facem? O vom ține sub observație.

În acest moment, se produce, puternic și vijelios, o învălmășeală pe povârnișul nostru. Mă uit: unde se găsesc izbele din partea de sus de pe ulița noastră și un grupuleț de sălcii albe pletoase, unde alergase Iskiteia – și toată împrejurimea, pe aceeași culme –, și alături văd douăzeci de fântâni arteziene de brazde negre; nemții toarnă încontinuu! O sută cinci, cu siguranță. Este cineva acolo dintre ai noștri? – au fost dibuiți sau observați de sus.

Cu toate acestea, pe cer, ai noștri apar la fel de frecvent. Ceea ce face să ne mai venim în fire.

Cobor în pivniță, mi se spune: a fost o scuturătură zdravănă. Femeile își spuneau deja: la ce stăm aici degeaba? să mergem să ne salvăm bunurile. Acum s-au liniștit.

Însă – iarăși, iarăși o zguduitură a pământului – cu siguranță, și mai aproape decât cea de pe delușorul acela.

Dughin urlă nervos, cu disperare:

– Al doilea este întrerupt!... Și al treilea!! Și al patrulea!!

Înseamnă că e aici – aproape, unde se despart liniile. Iar de la posturi – toți cei care au grijă de linii vor fi trimiși degeaba, pentru că nu știu unde sunt întrerupte.

Sunt tras în spate, este telefonistul branșat la baterie. Aproape îngrozit:

– Sunteți chemat *chiar de unitatea superioară*!

Măi să fie! Mai sus decât brigada este statul-major al artileriei Armatei. Apuc receptorul:

– Patruzeci și doi la telefon.

Se aude prost, de foarte departe, dar vocea este aspră:

– Tancurile noastre sunt oprite în cvadrantul 74-41!

Cu mâna stângă, desfășor febril planșeta pe genunchi, caut din ochi: da, este lângă Podmaslovo.

– ...De la Kozinka, sunt loviți cu obuze de o sută cincizeci de milimetri... De ce nu ne comunicați nimic?

Ce pot să le spun? Nu poți să te întinzi mai mult decât ți-e plapuma. Ne dăm silința! (Să le spun din nou despre inversiune? De la înălțimea statului-major ar trebui să înțeleagă imediat.)

Răspund, o brodesc cum pot.

Aproape de noi, iarăşi – explozie! explozie!

Şi de sus un strigăt:

– An-dre-ia-a-şiin!!

Iar în receptor (îmi astup urechea stângă pentru a auzi mai bine):

– Uite ce e, patruzeci şi doi. Noi vom înainta şi vom trimite o comisie pentru a verifica armele germane. Şi dacă se dovedeşte că ele nu sunt acolo, veţi răspunde penal. Eu am terminat.

Cine – „eu"? Nu-şi dăduse numele. N-o fi chiar comandantul artileriei? Totuşi, mi s-a uscat gâtul.

În acest timp – aici e o mare învălmăşeală, se ţipă, se aleargă în sus şi în jos.

Am predat receptorul, îndrept planşeta care îmi cade de pe genunchi, nu pot să înţeleg: ce se petrece aici?

Enko şi Dughin într-un glas:

– Andreiaşin a fost rănit!

Alerg pe scări. Văd: pe pantă aleargă deja în sus, cu o brancardă, Komiaga şi Lundîşev. În spatele lor, parcă şchiopătând, fără să se grăbească, instructorul sanitar Cerneikin, cu trusa lui.

Şi acolo, la vreo sută cincizeci de metri – da, zace el. Nu se mişcă.

Şi dacă acum porneşte acolo un al doilea raid? Îi prinde rapid şi pe aceştia trei.

Strig:

– Căutaţi-l pe Paşanin! Pregătiţi maşina!

E o chestiune de secunde: haideţi, nu trageţi! nu trageţi! Nu, deocamdată ei nu trag, nu repetă bombardamentul.

În pofida regulamentului, Dughin părăseşte aparatul, are faţa cam strâmbă, a desfăcut braţele:

– Toar'şe locot'nent major! Doar posturile exterioare au rămas, nu mai putem face nimic!

Au ajuns. S-au aplecat deasupra lui Andreiaşin.

Haideţi, nu trageţi! Cel puţin nu acum!

În mâinile lui Cerneikin a apărut bandajul alb. Aplică pansamentul. Lundîşev îl ajută, iar Komiaga întinde brancarda pe jos.

Prea încet trec secundele.

Paşanin a ajuns în fugă, încă adormit, cu ţepii negri ai bărbii neraşi.

– Scoate maşina. Pentru plecare.

Acolo, ei trei îl aşază pe brancardă.

Doi dintre ei îl aduc încoace.

Cerneikin, în spatele lor, duce încă ceva. Îl ţine la mare distanţă, ca şi cum s-ar feri să nu se murdărească.

Dar – oare nu cumva duce un picior?

Piciorul pornind de la genunchi, cu bocancul și cu moletierele rupte care se legănau.

Îl duc, mergând cu un pas greu.

Galkin și Kropaciov aleargă să-i ajute.

Și Mitka după ei: băiatul vrea să vadă sângele de aproape.

Și un băiat de aici, care nu stă locului, după el.

Despre Galkin cineva îmi spune:

– A întârziat puţin. Ar fi trebuit să fie și el acolo, și linia lui a fost întreruptă.

Înseamnă că Andreiașin s-a avântat singur, ca o pasăre.

Uite – pleca și la Oriol... Făcea vizite...

Tânăr cum este, va trebui să trăiască fără un picior. El, care nu are nici mamă, nici tată...

Este adus, este întins, geme:

– Băieţi, aşezaţi-mi piciorul drept...

Chiar acela.

Compresele de bumbac abia ţin sângele. Cerneikin încă mai pune bandaje.

Lundîşev:

– Mai are şi alte răni. Uite – nişte pete într-o parte, pe piept. Din cauza schijelor.

Uite şi permisia lui...

Faţa lui negricioasă este mai întunecată decât oricând.

– Băieţi, se roagă el, aşezaţi-mi piciorul...

Acela smuls...

Lipsit de echilibru, moale, dureros – e greu să-l cari fără să-l zdruncini.

Sângele picură – pe pământ, pe oblonul din spate, lăsat în jos, al camionetei.

– Dar şi... – fac semn spre picior –, luaţi-l şi pe el! Cine ştie, poate vor avea nevoie medicii.

L-au luat.

– Acum, Paşanin: şi repede, şi uşor!

Chiar prin gropile alea.

Iar Paşanin are multă delicateţe, conduce ca şi cum el ar fi rănitul.

Ceilalţi doi urcă în benă împreună cu Andreiaşin.

Au închis oblonul, iar maşina a demarat.

Va supravieţui, cine ştie, dar pe noi ne-a părăsit.

Dar la Oriolul lui – mergem direct acolo, frontal.

Ne-am risipit posomorâţi.

Da, mi-am amintit: să răspundem penal.

Iar pe Dughin îl preocupă slujba:

– Toar'şe locot'nent major! Să lipim ţevile? Facem asta?

Cei de la linii sunt pregătiţi. Cu frică. La fel şi Galkin, rămas întreg printr-o întâmplare.

Iar acolo – se trage asupra tancurilor noastre.

Pe cine să menajezi? Pe cine să menajezi – acolo? Pe cine să menajezi – aici?

– Aş-tep-taţi, le spun rar. Mai aşteptăm un pic.

Şi – cum resimţeam! Împuşcăturile aproape nu se auzeau, şi din cauza zgomotului, şi din cauza arşiţei – dar şi cu toată îmbulzeala! –, cincizeci de obuze de 150 se abat din nou încoace! acolo unde fusese lovit Andreiaşin, dar şi mai aproape – vârtejuri negre pe pantă!

O izbă – în fum. De la alta – acoperişul smuls.

– Să nu le spuneţi nimic celor din pivniţă.

Uite aşa ar fi putut să fie surprinşi când l-au luat pe Andreiaşin.

Mitka – de jos, cu un mesaj de la Dughin:

– Și avanpostul a fost lovit! strigă de parcă e bucuros.

Cu atât mai mult trebuie să prindem momentul cel mai bun.

Cum spunea bunicul meu: „Lovi-i-ar damblaua!". Una după alta.

Nu eu răspund pentru toată armata. Și nici comandantul-șef nu răspunde. Eu răspund pentru aceste șaizeci de capete. Cum spune Ovsiannikov: „Noi trebuie să avem grijă de oameni, of, să avem grijă".

Mai așteptăm.

Fumez fără rost, dar am o greutate și mai mare pe suflet.

Și – un fel de năuceală care mă umple până la refuz, ca și cum creierul meu ar fi deraiat, lucrurile cele mai simple îmi scapă.

Au trecut vreo douăzeci de minute, nu a mai fost nici un raid. Acum i-am trimis pe Galkin și pe Kropaciov să repare liniile. Dacă posturile au fost, toate, atinse de o lovitură, secționările au avut loc aici, la doi pași de centrală, altfel spus sub ochii noștri. Fiecare dintre ei poartă pe o parte un receptor pentru a apela și a verifica liniile.

La telefoanele din pivniță – sunt chemat din nou.

Comandanților de baterie din vecinătate le explic: posturile sunt întrerupte.

Tolocikov calculează: 415 a fost înăbușită, nu mai apare.

Raid – în continuare nu. Au făcut reparațiile. Inclusiv acolo unde încă se vede sângele lui Andreiașin.

S-au întors. Bravo, băieți!

Dar zgomotul tunurilor germane este în continuare la fel de indistinct. Soarele arde – nu mai am putere. Norii cumulus și-au făcut apariția, dar nu se adună.

Botnev m-a înlocuit la centrală.

S-a întors Ovsiannikov. S-a chinuit, e transpirat tot, tunica e acoperită de pete umede întunecate. Despre Andreiașin aflase pe fir, știa deja. La întoarcere, nimerise și el sub foc. S-a întins pe pământ, fără să se acopere cu nimic. Avanpostul, chiar dacă este acum dincolo de pietre – e greu de ei, nu pot nici măcar să scoată capul.

Şi-a scos boneta militară; capul i se învârte, şuviţele de păr se învălmăşesc. Şi povesteşte tot ce s-a întâmplat, punct cu punct, accentuând vocala „o", cum se vorbeşte la el, în Vladimir.

– Du-te, Vitea, să tragi un pui de somn.

A plecat.

Orele se scurg; şi, din cauza întregului tărăboi, din cauza haosului, a încordării agitate, peste puteri, încep să fiu cuprins de năuceală. Un fel de zgură a sufletului, capul umflat – şi de la insomnie, de la explozie – nu a trecut, iar ochii îmi ard. Este ca şi cum diferite părţi ale creierului şi ale sufletului s-au despărţit, şi-au schimbat locul şi nu au reuşit să-şi reocupe locul iniţial. Mai ales noaptea trebuie să ai capul limpede. M-am dus să dorm şi eu, într-o izbă. Pe pat – o pătură murdară şi o pernă, nici ea mai curată. Şi muşte.

Am pus capul pe pernă şi – nu mai exist. Ca şi mort.

Am dormit mult? Soarele trecuse bine pe partea cealaltă. Coboară.

Mă duc spre post.

Iar aici este Paşanin cu gamela lui, mâncase.

Se întorseseră?

El – cu o voce compătimitoare, tristă, ca şi cum ar fi fost el însuşi vinovat:

– La infirmerie, a şi murit imediat. Ciuruit tot.

Iată – aşa.

Aşa.

Cobor la instrumente, să văd cum merge treaba.

Toţi ai noştri sunt deprimaţi. Deja e un alt schimb la toate mesele.

Femeile nu mai fac larmă: e un mort în casă.

– A fost vreo ţintă care seamănă cu 415?

Konciţ de la planşetă:

– Nimic de felul ăsta.

În vremea asta, aflu, ai noştri au bombardat puternic de două ori primele linii germane şi, mai ales, satul Mohovoe. Dar eu nu auzisem nimic.

Liniile fuseseră secţionate ici şi colo, iar ei alergaseră să le repare.

Şi Ovsiannikov, unde e?

A plecat la posturile din dreapta.

Neobosit.

Pare că au încetat să ne mai hărţuiască.

Dar abrutizarea nu trece. Uite, aşa, dacă ar fi putut să ne lase liniştiţi încă puţin, ne-am fi echilibrat. Până la căderea nopţii.

Nici să mănânc nu apucasem, dar nu vreau deloc să mănânc.

Mi s-a telefonat din partea lui Boev, pentru a ne aminti: la douăzeci zero-zero este aşteptat patruzeci şi doi.

Mai e şi asta... Dar nu e mai mult de un kilometru, pot să mă duc.

În curând se face ora şapte...

Parcă şi împuşcăturile au devenit mai slabe. Toţi sunt sleiţi de puteri.

Nu avansăm.

Şi avioane nu sunt, nici de-ale noastre, nici de-ale lor.

M-am aşezat sub un copac, poate reuşesc să scriu ceva în jurnal. De la ţiganii de ieri, nu am mai adăugat nici un rând.

Dar gândurile nu se mişcă, s-au împotmolit. Şi – nu am putere să ţin creionul.

Ce s-a întâmplat în aceste patru zile? Omul nu e capabil să cuprindă atât de multe. În care zi ce anume a fost? S-a amestecat totul.

S-a întors Ovsiannikov, s-a aşezat pe iarbă, alături de mine.

Tăceam.

În legătură cu Andreiaşin.

Tăcem.

– Dar când Romaniuk s-a împuşcat în deget, în ce zi a fost?

– Prostul, se gândea că va fi scutit cu atâta uşurinţă. Acum, curtea marţială îl aşteaptă.

– Kolesnicenko e mai şiret, a fugit din vreme, înainte de ofensivă.

– Și deocamdată i s-a pierdut urma.

Am plecat în jos, spre pârâu, ne-am spălat până la mijloc.

Se face seară. Soarele cade în spatele izbelor noastre din partea de sus, în spatele coamei, în curând va fi în spatele nemților. Acum îi orbește pe toți observatorii noștri.

Șapte și jumătate. Peste vreo oră și jumătate vom începe adevărata muncă.

Dar ce înseamnă șapte și jumătate? Ce trebuie să fac la opt? Ah, m-a chemat Boev. Să mă duc, să nu mă duc? Nu e superiorul meu, dar e un bun vecin.

– Ei, Botnev, mai rămâi de serviciu. Eu lipsesc un cesuleț.

Dar tot sunt amețit de cap.

Drumul este simplu: mergi pe firul lor. (Numai să nu te rătăcești la intersecția lor.)

M-am afundat într-o vâlcea, pe acea uliță dreaptă, situată mai sus. Pe ea sunt vreo zece case, intacte, toate obuzele au trecut pe lângă ele. Și asupra serii, trăgând nădejde, ici și colo apar din când în când locuitorii, își fac treburile gospodărești, unii au și animale.

Iar mai departe – un câmp cu grâu, cu cartofi. Din nou o pantă – și în tufe se află mașina statului-major al divizionului lui Boev, un ZIS acoperit cu prelată. Probabil că a ajuns aici peste un teren cu iarbă neatinsă, fără să urmeze drumul.

Lângă mașină – comandantul batalionului, Miagkov, și comisarul divizionului stau și fumează.

– Dar comandantul divizionului e aici?

– E aici.

– De ce m-a chemat?

– Urcă, o să vezi.

Și pentru ei este timpul să plece. Pe o scară mobilă ne cățărăm înăuntru, printr-o ușiță scundă de placaj.

De pe masa de lucru din mijloc, prinsă cu șuruburi, erau luate planșeta, hărțile, hârtiile, toate acestea erau undeva prin colțuri. Iar pe masă erau așternute două prosoape brodate – în chip de faţă de masă, şi deasupra se afla o sticlă albă care nu ţine de regulament, erau deschise conserve de carne, americane şi de-ale noastre, de peşte, pâinea tăiată, biscuiţi pe o farfurie. Pahare şi căni de diferite culori.

Pe pieptul lui Boev, în stânga – două decoraţii „Steagul Roşu", rar întâlneşti aşa ceva, în dreapta – decoraţia „Războiul patriotic", „Steaua Roşie", iar medalii nu poartă. Capul lui nu este rotund, ci arată ca şi cum abia ar fi fost cioplit pe laterale, ceea ce îi conferă mai multă fermitate la nivelul bărbiei şi frunţii. Şi – o strângere puternică de mână, e o bucurie să strângi o asemenea mână.

– Ai venit, Saşa? Bine. Te aşteptam.

– Dar ce sărbătoare e? Încă n-am cucerit Oriolul.

– Ştii, este ziua mea de naştere, treizeci fără unu. Iar acest unu va trece în asemenea condiţii, încât nu poţi să nu-l iei în seamă.

Comandantul bateriei a 4-a, Proşcenkov, e mai scund de statură, nu seamănă cu Boev, dar şi seamănă: aceeaşi fermitate fără cusur în oasele feţei şi în umeri. Cam bădăran. Şi – simplitate.

Dar care dintre sufletele noastre nu e simplu? Până la război, nu m-am frecat de un asemenea mediu. Mulţumită războiului, i-am cunoscut şi am fost acceptat de ei.

Dar Miagkov este complet altfel, blând. Pe lângă Boev – e ca un fiu.

Aici, toate numele de familie sunt pe măsură[1], se întâmplă adesea.

Iar comandantul bateriei a 6-a a rămas singurul observator.

Şi sufletul meu se reîncarcă aici. E bine că am venit.

Lângă un perete lateral sunt înşurubate două bănci. Aici dorm ei, iar acum stăm toţi şase – şi comandantul statului-major, care este căpitan.

Fără să ne scoatem bonetele.

Suntem toţi acoperiţi de praf, unii nici nu s-au uscat de sudoare.

---

1. Nume derivate de la cuvinte din limba rusă: Boev – de la *boi* („luptă"), Miagkov – de la *miagkii* („blând, blajin, delicat").

Boev îmi spune pe nume, iar eu lui – „toa'rşe maior", deşi sunt mai tânăr decât el doar cu patru ani. Dar peste această regulă militară nu pot să trec, şi nici nu vreau.

– Toa'rşe maior! Dacă toasturile nu sunt împărţite deja, se poate să fac eu unul?

Nu când veneam încoace, ci iată, în aceste împrejurări – strângerile de mână, această neaşteptată masă de sărbătoare, într-adevăr, nu se ştie cine va ajunge unde, în ce loc va fi peste un an, uite că şi Andreiaşin visa – s-a eliberat ceva în mine de la întreaga zi de năuceală. Cu Boev nu eram doar apropiat, eram prieteni! Toţi eram aici într-o frăţie.

– Pavel Afanasievici! Doi ani de război – sunt fericit să întâlnesc asemenea oameni, ca voi! *Asemenea* oameni nu întâlneşti în fiecare zi.

Eu privesc cu admiraţie ţinuta lui în permanenţă dreaptă, faţa lui: de unde vine această inflexibilitate de fier în uitare de sine, când pare că nu ţine la viaţa lui? Când în fiecare minut orice gest al lui este milităresc.

– Şi cum v-aţi procopsit cu acest nume? – mai bine nici că s-ar potrivi. Ca şi cum v-aţi fi identificat cu războiul. Ca şi cum aţi fi descoperit în el fericirea. Şi astăzi parcă văd cum aţi tras asupra acelei clopotniţe...

Lângă cătunul acela în care eu şi Ovsiannikov nu puteam scoate capul din cauza nemţilor din clopotniţă, văd următorul lucru: sub acelaşi tir neîntrerupt, nişte pricepuţi şi vicleni de-ai noştri au aprins o serie de fumigene. O cortină cenuşie compactă a început să se mişte, dar pentru scurt timp! – a ieşit Boev singur cu un tun cu tragere directă. E un calcul ingenios, trebuie să reuşească: din poziţia de marş – în cea de luptă; au încărcat – au reuşit să zărească vârful clopotniţei, şi au nimerit chiar din prima – buf! Au încărcat din nou, şi a doua oară – buf! Doborât! Şi – repede, repede iarăşi în poziţia de marş, agaţă tractorul şi au plecat. Şi nemţii au făcut, cu un raid, să răsune locul acela, dar întârziaseră. Şi s-a isprăvit cu postul lor de observare.

– ...Pentru dumneavoastră, războiul este existenţa însăşi, ca şi cum în afara luptelor nici nu existaţi. Astfel – reuşiţi să treceţi prin tot războiul...

Boev ascultă cu uimire, ca şi cum n-ar fi ştiut asta despre sine.

Ne-am ridicat. Cling-cling, pahar de sticlă cu cană de metal, fiecare cu ce-a nimerit.

Şi ne-am încălzit toţi, ne-am însufleţit.

Iar votca, după o asemenea zi – v-a-ai, să te ţii!

Ce zile luminoase, plăcute! Şi – unde se duce totul?

Marea ofensivă! Pe toată durata războiului, avem puţine asemenea lupte – le numeri pe degete. Un sentiment care îţi dă aripi. Suntem plini până sus, deja peste limită. Şi încă se revarsă în noi.

Ne ridicăm din nou şi ciocnim, bineînţeles – pentru Victorie!

Miagkov:

– Când se va termina războiul, atunci inima se va da de-a dura, îmi imaginez.

Şi conversaţia mergea alandala, vorbeam toţi, care mai de care.

Boev:

– Ne-au atins, o să le pară rău. O să-i pârjolim.

Comandantul statului-major:

– O să le pârjolim tălpile.

Comisarul:

– Ehrenburg scrie: nemţii se gândesc cu spaimă ce îi aşteaptă la iarnă. Mai bine s-ar gândi ce îi aşteaptă în august.

Toţi cu înflăcărare, dar fără ură, pe aceea o lăsăm ziarelor.

– Încerci să vorbeşti cu nemţii în germană, iar ei trec la rusă. Au învăţat-o grozav de bine în doi ani.

– Dar uite: vom fi înţeleşi noi, oare, când ne vom întoarce? Sau deja nu ne mai înţelege nimeni?

– Imaginează-ţi cât din Rusia este încă la ei. Monstruos.

– De ce nu deschid Frontul al Doilea, ticăloşii?

– Pentru că ţin la pielea lor, se pun la adăpost pe socoteala noastră.

– Dar în Italia au atacat, totuşi.

Comisarul:

– America cea capitalistă nu dorește ca războiul să se termine repede, se pune capăt profiturilor.

Eu mă pun de-a curmezișul:

– Dar și noi ne abatem prea mult de la internaționalism.

El:

– De ce? Dizolvarea Internaționalei a III-a a fost absolut corectă.

– Ei bine, mai degrabă ca o camuflare, un joc de tactică. – Și refuz: – Nn-nu! Mie nu-mi mai trebuie, pentru mine acum începe munca.

Proșcenkov povestește o întâmplare de la canonada de azi. Crede că a doborât ținta 423: din locul acela, nu a mai venit nici o împușcătură.

– Dar poate că și-a schimbat locul?

Da, e vorba de armele *nomade*. Cum e la nemți – nu știm, dar nouă ni se ordonă să umblăm dintr-un loc în altul cu tunul, așa că servantul, prost la cap, trage și trage, de lene, din același loc până când tunul se decalibrează.

Dar puține prostii se fac oare? Dar cum trag la nimereală, numai ca să facă darea de seamă pentru consumul de obuze?

Se întâmplă...

Proșcenkov:

– În seara asta suntem bine camuflați. Măcar în noaptea asta dacă nu ne-am muta.

Prin ferestruica benei deja se vedea mai puțină lumină, au aprins lampa cu acumulator de sub tavan.

– E plăcută cocioaba noastră de stat-major? zice Boev, uitându-se împrejur. Cum să o cărăm pe ea, bătrânica, până în Germania?

Am început să-i trecem în revistă pe cei dintre noi care nu o să mai ajungă. Unul. Al doilea. Al treilea. Al patrulea fusese condamnat să intre într-un batalion disciplinar, iar acolo fusese ucis.

Eu m-am aflat între oameni și mai cultivați, dar mai curați cu inima nu am cunoscut. Mi-e bine cu ei.

– Da-a-a, și cum ne aducem aminte unul de altul...

Răsună desluşit horcăitul infam al unui lansator de mine cu şase tuburi.

Minele urlau – într-o succesiune de şase explozii, înghesuite.

– Ei, mulţumesc, fraţilor, şi rămâneţi cu bine. E timpul să plec.

Într-adevăr, afară amurgise. Trebuie să ajung până la căderea întunericului, să nu mă rătăcesc.

Toate liniile noastre sunt neatinse.

Emelianov cu cel din avanpost:

– Uite acum o să ne camuflăm, aşa cum trebuie. E drept că neamţul aruncă adesea rachete.

Ele ne luminează şi nouă zona, sunt de lungă durată, ba roşii, ba alb-aurii.

Am reperat arma cu şase tuburi, dar fără mare precizie: lansatoarele de mine sunt întotdeauna greu de reperat. Dar tunul era ţinta 428, fără îndoială, un şaptezeci şi cinci cu o singură tragere – l-am reperat bine dintr-odată, chiar în punct.

Aparatul este în ordine, toate acele sunt în poziţie normală. Şi o nouă rolă de bandă este băgată la locul ei. Şi cerneala a fost turnată în jgheaburile de sub capilare. Şi schimbul a dormit, este odihnit. Trei becuri cu voltaj mic luminează toată partea din faţă a pivniţei. Hârtiile albesc întunericul, străluceşte metalul lucitor.

Mai sunt aici doi responsabili cu liniile, echipaţi cu telefoane la centură, cu cabluri de schimb, lanterne, patente, bandă izolatoare. Uite cine are noaptea o soartă vitregă: reuşeşti să ajungi în direcţia unuia dintre capetele secţionate, dar o să-l găseşti pe celălalt, cel care a fost smuls?

În fundul pivniţei este întuneric, copiii dorm, ţărăncile se aşază şi ele, nu li se văd feţele. Dar aud vocea politrucului din bateria mea. Nu văd unde s-a băgat, dar explică el cu plăcere, cu vocea lui cântată:

– ...Da, tovarăşi, i s-a dat permisiunea şi bisericii. Puterea sovietică nu are nimic împotriva lui Dumnezeu. Acum lăsaţi-ne doar să ne eliberăm patria.

O voce neîncrezătoare:

– Oare o să spargeţi cu berbecele până la Berlin?

– Şi încă cum! Vom distruge tot acolo. Ceea ce neamţul a distrus la noi, vom reconstrui. Şi ţara noastră va străluci şi mai bine decât înainte. După război va începe o viaţă frumoasă, tovarăşi colhoznici, o viaţă cum noi n-am mai văzut.

Banda pornise. Avanpostul a auzit asta.

Posturile înregistrează.

A ajuns până la noi o împuşcătură în lanţ. Haideţi, de-acuma începem să lucrăm!

2

Şi iată că, după cincizeci şi doi de ani, în mai 1995, am fost invitat la Oriol la sărbătorirea semicentenarului Victoriei. Vitea Ovsiannikov, locotenent-colonel în retragere, şi cu mine am avut şansa de a parcurge din nou, pe jos sau cu maşina, drumul ofensivei noastre: de la Neruci, de la Novosil, de la postul nostru de comandă 259,0 – până la Oriol.

La Novosil, acum cu totul de nerecunoscut faţă de acea pustietate de piatră pe un deal expus tirurilor, i-am făcut o vizită fostului nostru „băiat de regiment“, Dmitri Feodorovici Petrîkin, care a ieşit să ne întâmpine, cu o pălărie de fetru pe cap, şi ne-am fotografiat cu toată familia lui, copii şi nepoţi.

Orăşelul nostru subteran de la cota 259,0 este acum arat în întregime, nici urmă de el, iar accesul este chiar imposibil. Dar, nu departe, o vâlcea împădurită, unde se aflau bucătăria noastră de campanie, intendenţa şi unde a fost ucis ghinionistul Dvoreţki (nu venise pentru caşă, ci avea o rană şi îl căuta pe instructorul sanitar) – o schijă mică de tot, însă chiar în inimă. Vâlceaua, formată din două aripi, şi păduricea se păstraseră foarte bine – ca formă, dar şi ca soi: arătura anuală nu a permis lemnului să crească, să evadeze în afara vâlcelei.

Dar ce-i cu hotarul Krutoi Verh! Era lung de vreo trei verste, adânc de vreo cincizeci de metri – uşor sinuos, ca un râu neşovăitor – şi atât de abordabil, încât deschidea o cale de acces vastă, comodă şi complet ferită de observatorii de la sol. Infanteria, caii şi căruţele treceau toată ziua fără să se ascundă, în timpul nopţii treceau şi camioane încărcate cu obuze, cu provizii, iar spre dimineaţă se duceau în spatele frontului sau se camuflau, acoperindu-se cu ramuri verzi şi cu plasă. Gura Hotarului, cotind, dădea direct spre Neruci – acolo unde a fost pregătită, unde s-a concentrat pătrunderea armatei noastre a 63-a, pe 12 iulie 1943.

Dar cât s-a schimbat Krutoi Verh într-o jumătate de secol! Unde sunt povârnişurile acelea? unde este adâncimea aceea? Dar şi acea stabilitate în lanţ a pantelor şi a străfundului. El s-a înnămolit, s-a surpat, parcă a şi chelit, şi nu mai are contururi clare – nu mai este defileul înfricoşător de altădată! Dar – ne e drag! Însă, bineînţeles, nici urmă de săpăturile în pantă pentru camuflarea vehiculelor, nici de bordeie.

Dar până la Neruci, pe un urcuş, se întindea atunci linia fortificată a nemţilor – şi ce fortificare! Ce cazemate impenetrabile, câte turele blindate înfipte separat în pământ! Şi imaginea asta, care nu se uită: trecerea a fost deminată imediat după străpungere. Zeci şi zeci de soldaţi căzuţi în luptă, ai noştri şi ai lor, ai noştri mai degrabă cu faţa la pământ, cum se târau, în poziţia culcat, nemţii mai degrabă invers, cum se apărau sau se ridicau să fugă – în posturi care exprimă groaza, feţe desfigurate, capete smulse pe jumătate; un mitralior german în tranşee, ucis chiar la mitralieră, a rămas agăţat de ea. Din loc în loc – acolo, aici –, grămezi şi grămezi de metal topit: tancuri, şenilete, cu urme de arsuri roşiatice, ca pe un corp viu.

Şi adăposturile lor blindate nu erau ca ale noastre, îţi aduci aminte? Ce adânci erau! Acolo undeva, sub zece straturi de pardoseală – o ferestruică, iar în spatele ei, flori; pentru a desăvârşi peisajul, fusese săpată şi o fântână îngustă. În adăposturi pluteşte un miros neplăcut, ca de câine – s-a dovedit a fi de insecticid praf. Și – sunt aruncate în toate părțile reviste în culori pe hârtie lucioasă, cum nu existaseră niciodată la sovietici și, în aceste reviste – articole despre curaj și onoare, dar și fotografii cu femei frumoase. Un univers străin, nemaivăzut.

Și cum, pentru ca într-o singură zi să oprească ofensiva spre Oriol, au lansat asupra noastră – din zori și până la asfințit – dintr-odată două armate aeriene? Asta nu se uită. Nici o clipă cerul nu a rămas neacoperit de avioane germane: abia se îndepărta un stol, bombardând, că pe același traseu, urmând același cerc, începea altul să huruie. Și băgăm de seamă că în sectoarele vecine se întâmplă același lucru. O moară neîntreruptă de avioane – și așa toată ziua, de la un capăt la celălalt. Dar unde sunt ale noastre? – în acea zi nu era nici unul. De la un val la altul abia reușim să fugim ca să ne regrupăm undeva. Am cutreierat prin Safonov, să găsesc un loc pentru a ascunde stația noastră. M-am oprit la o colibă pipernicită, în care trei transmisioniști tocmai deschiseseră o cutie de cârnați americani, pe care îi împart și se ceartă. Ce tristețe! Am alergat mai departe. Mă întorc peste zece minute – coliba deja nu mai era, fusese lovită în plin.

Dar în locurile acelea vom ajunge peste câteva zile. Deocamdată un jeep acoperit cu prelată, asemănător cu cel în care venise la mine comandantului de baterie (în cincizeci de ani, modelul nu se schimbase tare), ne aduce în Jeliabugskie Vîselki. Într-un alt jeep, dar cu acoperiș metalic, merg administratorul raionului și administratorul local – ospitalitatea obligă.

Fără îndoială, nici un alt tip de vehicul nu ar fi putut să ne ducă la Vîselki. Drumul e doar gropi, bine că sunt întărite, nu a mai plouat de mult. Noi nu mergem, ci ne hurducăm cu tot cu mașină dintr-o parte în alta, ne agățăm de bare.

Da! Iată și povârnișul, așa cum îl țineam minte, nu s-a schimbat. Sus, pe culme, și sălciile sunt la fel ca atunci. Și acolo – lângă ele, trei izbe. Dar încoace, în jos, izbele de-a lungul uliței sunt mult mai rare: unele – au fost doborâte de război, altele – de timpul îndelungat, iar altele noi nu au fost construite. Ulița nu este cu adevărat o uliță, cu insulițe de case, și nici drum: partea din mijloc este invadată de iarbă și urmele roților au rămas ca două cărări paralele.

La dreapta, în spatele unei ravene, în sus, a doua uliță a respectat urma celei vechi. Dar nici pe ea nu se vede vreun semn de viață.

Pe partea descoperită a povârnișului, pe o deviere a drumului, o căruță desfundată, inutilizabilă: trei roți, o hulubă strâmbă, înclinată, coșul căruței în bucăți. Și roțile sunt acoperite de o iarbă tânără.

Dar stația noastră centrală? Iată – aici ar trebui să fie, aici.

Dar nu se văd proeminența și bolta de cărămizi, și nici rămășițe ale gropii. Unde au fost duse toate cărămizile? și groapa a fost acoperită?

Am părăsit mașina, administratorii au rămas în mașina lor, nu vor să ne deranjeze în această rememorare.

În jos – uite, iazul, un loc memorabil.

Coborâm spre iaz.

Malul era năpădit de o iarbă cu frunze late, tăioasă.

Un cal costeliv cutreieră singur, fără căpăstru, ca și cum nu ar avea stăpân. Și pare abătut.

Puțin la o parte se află un schelet din prăjini, în formă de grilaj – să fi fost o colibă? Se înclinase.

O apă stătătoare, ce pare nemișcată de ani buni. De la verdeața bogată de mai, care o înconjoară, pare și mai albastră decât este. Pe apă – o creangă uscată, nemișcată, un strat de frunze – înseamnă că sunt de anul trecut? – frunzele nu au crescut încă. Nu se scaldă nimeni aici.

Peste pârâu – un podeț din lătunoaie. Ies în afară patru-cinci piloni, ca să te ții cu mâinile.

Dar uite – lăcrămioare. Nimeni nu are nevoie de ele, nu sunt de remarcat.

Culegem câte un buchețel.

Încet-încet urcăm din nou pe povârniș, de data asta – mai departe, în sus. Pe lângă căruța aceea.

Pe lângă Andreiașin...

Trei izbe în șir. Una – văruită, mai curată. Celelalte două – din bârne cenușii, la fel de vechi, cum se mai țin? Acoperișuri de șindrilă strâmbe, decolorate. Pot fi luate drept niște magazioare.

Un câine latră slab. Nu la noi.

Câteva găini au trecut în rând, caută de mâncare.

Oameni – nici unul.

În spatele acestor izbe – iarăși paragină. Aici, separat, se află ceva care nu este tocmai un hambar, alcătuit în grabă: pereți îmbrăcați cu plăci de ardezie zgrunțuroase, acoperit cu o foaie de tablă – dar deja povârnit, și susținut de două bârne. Nu poți să înțelegi: pentru ce este, cui servește?

Iar în cer – atâta liniște! Poate că nici nu trec pe aici avioane vreodată, a fost uitat și zgomotul de avion. Și de obuz.

Atunci însă – ce mai bubuia...

Priponită de un țăruș cu o funie lungă – o vacă, paște. S-a speriat de noi și a sărit într-o parte.

Urcăm spre izbele cele mai de sus.

Iar aici, între doi mesteceni alăturați, se află o grindă bătută în cuie, ca o bancă, cu un stâlpișor drept reazem în mijloc. Și pe această bancă stau pașnic două bătrâne – fiecare s-a aciuat lângă mesteacănul ei și fiecare are câte un băț cam strâmb, cojit. Ambele poartă pe cap câte o basma groasă și sunt îmbrăcate cu haine călduroase, de culoare închisă.

Ele sunt așezate sub copaci, dar frunzele mestecenilor sunt încă mici, așa că, prin verdeața rară, amândouă stau în plină lumină, la căldură.

În stânga, cea cu basma gri închis este îmbrăcată cu o haină scurtă marinărească și încălțată nu cu încălțăminte adevărată, ci cu ceva improvizat, din pâslă sau din vreo treanță. Pentru vreme uscată, așadar. Ea apucase cu toate degetele ambelor mâini partea de sus a bățului cojit și îl ținea așa lângă obraz.

Ambele bătrâne au fețele ridate, bărbia proeminentă între obrajii căzuți, ochii adânciți în orbite - nimic nu dă de înțeles dacă ele ne văd sau nu. Nu au schițat nici cea mai mică mișcare. A doua, cea cu basma colorată, ține la fel bățul și îl aduce spre bărbie.

– Bună ziua, bunicuțelor, salutăm noi cu vioiciune, într-un glas.

Nu, nu sunt oarbe, ne-au văzut apropiindu-ne. Fără să-și slăbească degetele, ne răspund – chipurile, bună ziua.

– Locuiți aici de mult timp?

Cea cu basma de culoare închisă răspunde:

– Păi de când ne știm – tot aici.

– Și în timpul războiului, când au venit ai noștri?

– A-icea.

– Și din ce an ești, mamaie?

Bătrâna se gândi:

– Păi am optzeșcinci.

– Și matale, mamaie?

Aceasta are basma înflorată toată: cu margine albastru pal sau roz pal. Și e îmbrăcată nu cu o scurtă, ci cu un fel de paltonaș din pluș negru ponosit și răsponosit. În picioare nu poartă vechituri, ci niște ghete înalte.

Depărtează bățul de bărbie și spune distinct:

– Eu sunt din 23.

Dar e posibil? zic eu aproape cu voce tare. Le tot spunem: „bunică, mamaie" și uităm să ne privim pe noi, de parcă noi am fi fost tot tineri. Remediez situația:

– Înseamnă că eu sunt cu cinci ani mai bătrân decât dumneata.

Fața ei este în plin soare, iar obrajii roșesc ușor, s-au încălzit. Este în plin soare, dar nu se încruntă, și din cauza asta ochii s-au dus înăuntru și pleoapele sunt puhăvite.

– După față nu arăți, își mișcă ea buzele ușor. Noi la șaptezeci nu mai mergem, ci ne târâm.

În timp ce vorbește, se întrezăresc dinții de jos, dar nici nu mai are, nu se mai țin decât doi, izolați și galbeni.

– Am mai văzut şi eu câte ceva la viaţa mea, spun.

Într-un fel – sunt vinovat faţă de ea.

Buzele ei, acum devenite roz şi ele, zâmbesc cu bunătate:

– Ei, să dea Dumnezeu să mai trăieşti mult de-acum înainte!

– Şi cum te cheamă?

Cu un murmur:

– Iskiteia.

Şi inima din mine se strânge:

– Şi patronimicul?

Ce avea a face patronimicul? Ea era cu cinci ani mai tânără decât mine.

– Afanasievna.

Mă emoţionez:

– Păi noi v-am eliberat. Chiar îmi amintesc de dumneata. Uite acolo, în jos, a fost o pivniţă, vă ascundeaţi acolo.

Iar ochii ei sunt deja în ceaţa bătrâneţii:

– Mulţi ca voi au trecut pe-aici.

Ezit. E ciudat, aş vrea să-i comunic ceva din bucuria acelei vremi, dar despre ce bucurie ar putea fi vorba, dacă nu e cea a tinereţii? Repet fără sens:

– Îmi aduc aminte de dumneata, Iskiteia Afanasievna, îmi aduc aminte.

Faţa ei ridată e luminată de soare, modul ei de a vorbi are accentele calde ale vârstei. Şi vocea:

– Dar eu uit şi ce trebuie să ţin minte.

A răsuflat adânc.

Cea cu basma închisă la culoare este mai necăjită:

– Dar noi nu suntem nimănui de folos. De-am putea să ne cumpărăm pâinică.

Linişte. Păsările ciripesc în mesteceni. Soare bun şi moale.

De sub pleoapele umflate, cu vederea slăbită care i-a mai rămas, Iskiteia caută să mă examineze, nu-mi dau seama dacă vede clar sau în ceaţă:

– Dar dumneavoastră de ce-aţi poftit pe la noi? Ce veste ne aduceţi?

Cealaltă:

– Poa' să ne puneţi traiul în rânduială?

Am schimbat o privire cu Vitea. Dar ce anume stă în puterea noastră?

– Păi nu, noi suntem doar în trecere. Am venit să vedem locurile pe care le ştim de mult.

– Dar aici sunt şi autorităţile. Poate că ele...

Cea cu basma de culoare închisă, gata să se ducă:

– Ş-unde-s?

– Păi undeva pe-aici.

Nu departe, un cocoş începe să cânte sonor. Cântecul cocoşului este întotdeauna, orice s-ar petrece în jur, proaspăt, vesel, promiţător de viaţă.

Dar noi... ce facem? Mergem mai departe?

Ne-am luat rămas-bun şi am plecat mai sus, peste deluşor. Dar ni se strânge inima.

– Satul nostru e la mare ananghie, spune Vitea, cu modul lui particular de a vorbi. Aşa cum a fost tot timpul.

– Da, acum nu obţii mai mult pentru oameni decât înainte.

În toate părţile loc deschis. Mohovoe este aproape. Şi mai aproape, se construiesc acum case noi.

Mai la dreapta, spre a doua uliţă, pasc vreo cinci oi. Fără nici un om.

Ne-am aşezat pe o moviliţă. Privim încolo, înainte.

– Uite, acolo era avanpostul nostru. Cum de-a rămas întreg în ziua aceea?

– Dar apoi, noaptea, am efectuat grozav de multe reperaje. Şi am doborât multe ţinte.

– Iar dimineaţa – am fost mutaţi din nou.

– Comandamentul umbla forfota. Aici am fi făcut mai mult, pentru ce am fost mutaţi la Podmaslovo?

– Nu mergem şi la Podmaslovo?

– Păi nu, sigur nu. Nu ne mai rămâne timp.

Stăm jos. Soarele ne încălzeşte din spate umărul stâng.

– Să-i ajuţi – nu poţi să-l scoţi din sărăcie pe câte unul. Tot regimul din ţară trebuie asanat.

Dar cine s-o facă? Nu ai unde să găsești asemenea oameni.

De multă vreme nu mai erau ei în Rusia.

De mult.

Stăm jos.

– Şi ce prost eram, Vitea. Îţi aduci aminte ce spuneam despre revoluţia mondială? Tu cunoşteai satul nostru. Din temelii.

Vitea e modest. Chiar dacă este lăudat, nu se fuduleşte. Și peste câte durităţi nu a trecut viaţa lui, dar el este același, cu un zâmbet răbdător.

– Uite acolo, puţin mai la dreapta, am sărbătorit atunci ziua de naștere a lui Boev. Zicea: voi ajunge oare până la treizeci de ani? – nu ştiu. Dar până la treizeci şi unu nu a ajuns.

– Da, era o noapte prusiană, își amintește Ovsiannikov. Şi ce pustietate lipsită de viaţă era, de unde ar fi putut să vină ofensiva? Eu am traversat lacul până la capăt, nimeni, nimic. Acolo a fost ucis Şmakov.

– Cum am ieşit noi din acel Dietrichsdorf? Ne-a ajutat Dumnezeu.

Ovsiannikov – acum zâmbind deja:

– De la Adlig, peste vâlcea, în zăpadă – în fugă, de-a berbeleacul...

Ne uităm: la stânga, în ocolişul Vîselki, pe locul fără drum, veneau încoace zgâlţâindu-se cele două jeep-uri ale noastre.

Erau îngrijoraţi, nu ştiau unde am dispărut.

Ambii administratori erau în cămăşi albe şi cu cravate. Cel local era mult mai simplu, iar scurta pe care o purta pe deasupra costumului era de ploaie. Cel de la raion avea cravată albastră, un costum gri frumos cu nişte dungi rare – şi nimic pe deasupra. Faţa lui era largă, cu pomeţi puternic accentuaţi, cu o expresie posomorâtă. Părul era negru-smolit, aspru, foarte des, cu o strălucire întunecată în lumina soarelui.

Le spunem:

– Oamenii de aici au fost abandonaţi.

Administratorul raional:

– Dar ce anume depinde de noi? Le plătim pensii. Le dăm curent electric. Unii au şi televizoare.

Dar administratorul local – cel care înainte se numea responsabilul de la „sovietul sătesc" – se vedea că e de aici, s-a păstrat până acum ceva ţărănesc în el. Faţă alungită, urechi alungite, păr de culoare deschisă şi sprâncene roşcate. Adaugă:

– Unii au şi vaci. Şi găini. Toţi au grădină de legume. După puteri.

Urcăm în jeep-uri şi – administratorii înainte – mergem pe un drum bolovănos chiar prin sat, pe panta noastră.

Dar ce-i asta? Patru bătrâne au venit cât ai bate din palme şi s-au aşezat de-a curmezişul drumului, formând un baraj. Au adus cu ele, ca susţinător, un bătrânel pirpiriu, cu o şepcuţă pe cap.

Şi, din direcţii diferite, se apropie şontâc-şontâc încă trei bătrâne cu beţe. Una dintre ele şchiopătează puternic de un picior.

Şi nici una nu e puţin mai tânără.

Aşadar, au aflat că au venit autorităţile. Şi se adună.

De mers – nu mai e cale. Ne-am oprit.

Puţin mai sus este locul lui Andreiaşin, la vreo douăzeci de paşi.

Administratorul local a coborât din maşină:

– Ce-i? N-aţi mai văzut de mult şefi?

Au blocat drumul, nu ai pe unde să mergi. Sunt deja şase bătrâne la rând. Nu putem trece.

Coboară şi administratorul de raion. Şi eu cu Vitea.

Basmalele femeilor sunt cenuşii, cafenii, una este verzuie. La unele, basmaua este lăsată pe ochi, altele au fruntea descoperită şi se vede orice mişcare a pielii zbârcite. În spatele lor, se află o femeie corpolentă, cu basma de un roșu-brun, și stă nemișcată, cu o atitudine dârză.

Iar bătrânelul – în spatele tuturor.

Și – s-au apucat bătrânele să se îmbulzească:

– Ce ne facem noi fără pâinică?

– Trebuia să ne aduceți pâinica!

– Trăim singură-singurică fiecare...

– Și-așa nu ne-ajunge multă vreme...

Reprezentantul sovietului sătesc e jenat că totul se întâmplă în fața administratorului raional:

– Așa. Înainte vă aducea Andoskin, de la prăvălie.

Cea cu basma lila-cenușie, cu o scurteică de sub care se vede o bluză de un albastru intens:

– Numai că era plătit prea puțin. Cum s-a scumpit pâinea, zice – pentru prețul ăsta n-o să mai aduc. Să vin toată ziua la voi, zice, n-am chef. Și s-a lăsat.

Responsabilul de la soviet:

– Corect.

Bluza albastră:

– Nu, nu-i corect!

Tânărul a dat din cap:

– Eu spun că da, așa a fost. Dar acum, după o bucată de vreme, trebuie să vă aducă pâinea Nikolai. Practic, el vine după lapte și o să vă aducă și pâinea.

– Dar nici el n-o s-aducă pe degeaba! Mai întâi dă laptele – iar cealaltă dată oi aduce pâinea.

Cunoștința noastră dinainte, cea cu basma gri-închis. Făcea sforțări ca să vadă mai bine, să audă mai bine: ce-o să zică? ce decizie o să ia oare?

Una, cu basma cafenie:

– Dar cine n-o să dea lapte ce-o să facă? Îl rogi: Kolea, adu-mi o pâinișoară! Iar el: salariul meu e unul singur. Eu am adunat și știu cui să-i aduc.

Cea cu basma gri în pătrățele, cu vioiciune:

– Noi, cei din Vîselki, am ajuns la capăt. Nu ne mai ducem traiul, nu mai avem ce îmbuca.

Cea cu basma verzuie, mică:

– Adevărat, nu mai avem nici o cale...

Cel din sovietul sătesc se grăbeşte să se dezvinovăţească, mai repede:

– Dar eu mă interesez întotdeauna la el: Nikolai, ai să aduci? Zice – am să aduc.

Bluza albastră s-a aprins:

– Dar la noi v-aţi interesat? Aţi mai venit vreodată aici? Dumneavoastră, preşedintele sovietului sătesc, dacă aţi fi venit măcar o dată... De mult de tot n-a mai fost nimeni.

Dar vociferează şi altele:

– S-a stricat de nu se mai poate...

– De noi nu-şi aminteşte nimeni...

Iar bătrânelul bărbierit, din rândul al doilea, stă în tăcere, fără să înţeleagă prea bine. Ba molfăia, ba depărta buzele şi rămânea aşa, cu gura căscată.

Ovsiannikov şi-a lăsat în jos capul care chelea. Îl doare sufletul lui de om de la ţară.

– Ia staţi puţin, se grăbeşte cel de la sovietul sătesc, dar de ce nu aţi spus chiar de atunci că el nu vă mai aduce?

Cea cu basma verde:

– Nu ştim noi să spunem.

Iskiteia:

– Ne temem.

În acest moment, intervine administratorul de raion, cu voce puternică:

– Dar eu vă spun: trebuie să vorbiţi. Iată, noi ne temem să-i spunem lui Nikolai, iată, ne temem să-i spunem lui Mihal Mihalîci, ne temem să spunem mie, dar de ce ne temem?

Bluza albastră:

– Păi eu nu m-aş teme, aş veni. Dar nu pot pleca nicăieri. Şi bătrânul meu nici atât.

Iar cea cu basma roşie îşi sprijină pe băţ cotul stâng, îşi duce pumnul spre umăr, ochii complet închişi: „De nu v-aş mai vedea pe nici unul...“.

– Dar eu n-am venit oare la voi? L-am întrebat pe Mihal Mihalîci: se aduce pâine? Se aduce, în fiecare zi. De ce nu aţi spus?

Cea cu basma gri în pătrăţele, retezând aerul cu mâna:

– Uite că acum a explodat tăcerea noastră!

– Cât ne chinuim, nici noi nu ştim.

Cea pe care o cunoscusem, cu basma gri închis, cu mâinile înnegrite, cu negrul mâinii încrustat pentru totdeauna în piele şi cu margini negre în jurul unghiilor, rămâne acolo, cu degetele strânse pe băţ. Riduri, riduri cu zecile, unde îşi mai găsesc locul pe faţa asta? Acum, s-a liniştit, privea ţintă undeva pe alături, aşa a şi încremenit...

Administratorul raional a hotărât deja:

– Haideţi să ne înţelegem aşa. Acum, o săptămână întreagă va veni la voi Mihal Mihalîci...

– Da' în fiştecare zi – pentru ce? O dată la două...

– Da' pâinica cel puţin o dată-n trei zile de-ar fi...

– Eu nu spun că o să vă aducă pâine în fiecare zi. Dar în cursul unei săptămâni, uite, până la sărbătoarea Victoriei, de 50 de ani, el o să vină în fiecare zi şi o să verifice dacă aveţi tot ce vă trebuie.

(Numai de-ai reuşi să notezi totul...)

– ...Noi l-am ales aici, am votat pentru el în administraţia rurală, astfel ca el să-şi poată face datoria ca responsabil al administraţiei locale autonome. Cel puţin să vă aducă pâine. Nu spunem că el ar trebui să construiască şi case – fireşte că nu e posibil, la viaţa noastră.

– Case-e-e... De unde-e-e...

– ...Iar apă – aveţi. Dar iată – vă lipseşte pâinea. E strict necesar. El e obligat să facă asta.

În cor:

– De-am avea pâinică – am trăi, nu ne-am jeli...

– Numa' nădejdea ne-a rămas...

– Iar pâinea de secară e îndesată...

Își revenise și cel de la soviet:

– Haideți să ne înțelegem așa. Nu numai că veți avea pâine, dar în fiecare săptămână va veni un automagazin.

Femeile au rămas uimite:

– Ba încă și automagazin o dată pe săptămână? Ei, așa da!...

Cea cu basma gri cu pătrățele nu stă gură-cască:

– Am mai avea o trebuință. De demult. Câtă vreme a fost aici frontul, noi aici, unele, am lucrat pentru front...

Iskiteia:

– Din august patruzeci și trei, când a trecut frontul...

Iar cea cu basma gri cu pătrățele este, parcă, mai tânără decât celelalte: pleoapele ei nu sunt lăsate, ochii ei cenușii sunt larg deschiși, vioi. Vorbește repede, numai un dinte din rândul de jos se ivește din când în când, e singurul:

– Eu, de exemplu, am lucrat aproape trei ani într-o uzină de război. În orașul Murom, din regiunea Vladimir. Noi, așadar, pentru cine am muncit? Nici de sărbători n-am știut, fără zile de odihnă, fără pauze. Ce ni se spunea nouă atunci? Munca voastră o să fie victoria noastră, războiul o să se termine mai repede și țara o să se liniștească. Și de ce ne-ați uitat pe noi, cei care am trudit, ha? Acum primim pensii chiar mai mici decât iau alte bătrâne...

Administratorul raional își netezea ciuful smolit:

– Da, pentru prima oară în acest an s-a amintit de cei care au lucrat în spatele frontului. Eu, de pildă, în fiecare zi acum distribui medalii aniversare mamelor noastre. Unele sunt emoționate până la lacrimi... În fiecare zi, ele primesc medalii aniversare și plâng. În sfârșit, spun ele, și-au adus aminte de noi, pentru că am purtat tot frontul pe umerii noștri. Am arat, am semănat cu mâinile noastre, le-am dat soldaților ultimii ciorapi. Și dacă ați lucrat într-adevăr – conform Regulamentului trebuie ori să găsiți documentele care arată că ați lucrat, ori să aduceți măcar doi martori...

– Păi numai două suntem. Depunem mărturie una pentru cealaltă.

– E nevoie de o a treia.

– Este una în Podmaslovo.

– Dacă până în anul 1945 aţi lucrat în spatele frontului mai mult de şase luni şi găsiţi un document sau pe cineva care să depună mărturie, noi vă vom acorda o medalie. Şi în conformitate cu medalia veţi primi înlesnirile care derivă de aici.

Dar se vede că responsabilul de la soviet ştie mai bine legile. Şi îi spune celui de la raion, cu precauţie:

– Din păcate, vă întrerup. Numai dacă nu este vreo modificare, dar la ora actuală în Regulament atestările cu martori nu sunt luate în considerare. Și dacă în cartea de muncă nu apare această menţiune, atunci medalia aniversară nu se acordă. Problema asta o ridicăm noi mereu...

Administratorul raional se încruntă, puţin jenat:

– După mine, mărturiile trebuie să fie.

Cea cu basma gri cu pătrăţele – cu un avânt nou:

– Cum aşa?? Noi am fost mobilizate de biroul de recrutări și am fost considerate personal militar. Cele dintre noi care își abandonau postul erau judecate de curtea marţială. Înţelegeţi ce eram noi?

Iskiteia doar clatină din cap:

– Da, da.

Responsabilul de la soviet:

– Atunci trebuie făcută o cerere la biroul de recrutări.

Administratorul raional:

– Da. Întocmim listele, facem o cerere oficială și rămâne să caute documentele din anul patruzeci și trei. Apar foarte multe situaţii de acest fel.

Văd cum Ovsiannikov s-a crispat: a ascultat, a ascultat, a lăsat capul în jos cu totul și se ţine deznădăjduit de cap cu o mână.

Și cea cu basma verzuie, mică, vrea atât de mult să intervină, încât e lăsată să vorbească:

– Dar eu am o medalie pentru anii de război. Bineînţeles, n-o mai am, dar am documentul în bună formă. Şi – ce înlesniri am, plătesc jumătate la lumină. Bineînţeles, cine ştie la ce alte înlesniri am dreptul. M-am dus la conducere, mi-au zis: colhozul nostru e sărac, nu avem de unde să vă dăm. Şi nici seminţele nu le-am primit, preşedintele nu a trimis maşina cu seminţe pentru pensionari.

– Înlesniri? Acum – totul este inclus în bugetul raionului. Şi prin intermediul acestui buget raional plătim ceea ce furnizăm la jumătate de preţ. Dar, fireşte, eu nu pot să vin să vă văd în fiecare zi...

– Înţelegem noi asta... – brusc trei zâmbete.

Şi acum s-a hotărât Iskiteia. Cu vocea ei blândă de bătrână, fără insistenţă, aşa cum vorbise cu mine sub mesteacăn:

– Soţul meu a şi participat la război. A fost şi invalid. Am avut şi înlesniri. Dar, cum el a murit, plătesc pentru toate fără înlesniri.

Locotenentul-colonel Ovsiannikov tresare de indignare. Şi, accentuând puternic pe „o":

– Trebuie să existe! Toate înlesnirile care i s-au dat soţului dumneavoastră, şi dacă nu v-aţi măritat a doua oară...

Iskiteia – emoţionată, cu un zâmbet timid:

– Da' de unde-e...

– ...atunci toate aceste înlesniri se păstrează pentru dumneavoastră! Şi nu contează când a murit.

– Păi, e-al optulea an de când nu mai este...

– Ei bine, a sărit administratorul de raion, uitându-se la ceas. Problemele care vă privesc pe dumneavoastră, veteranii noştri, mamele noastre – le voi rezolva eu personal. Dacă nu voi putea eu, atunci ne vom adresa administraţiei regionale. Dar pe cei de la Moscova – nu-i vom deranja, nu e nevoie.

1998

ADLIG SCHWENKITTEN

Povestire în douăzeci și patru de ore

În memoria maiorilor
Pavel Afanasievici Boev și
Vladimir Kondratievici Baluev

1

În noaptea de 25 spre 26 ianuarie, în statul-major al brigăzii de tunuri s-a aflat, de la statul-major al artileriei: corpul nostru de tancuri care era în avangardă a răzbătut către țărmul baltic! Ceea ce înseamnă: Prusia Orientală este separată de Germania!

Separată – deocamdată doar de această breșă lungă și subțire în frontul inamic, în urma căreia încă nu s-a întins trena armatelor de toate felurile. Dar au trecut acele vremuri când noi băteam în retragere. Prusia este separată! Încercuită!

Puteți deja să considerați, tovarăși politruci, că aceasta este victoria finală. Să se reflecte în gazetele de front. Acum, Berlinul este la o aruncătură de băț, chiar dacă nu noi vom fi cei care se vor îndrepta într-acolo.

Sunt deja cinci zile de când ne deplasăm prin Prusia în flăcări – am ținut-o într-o sărbătoare. Cu unsprezece zile în urmă, când am străpuns linia frontului de la vastul câmp de luptă de pe râul Narev – cam cinci zile prin Polonia luptele încă au mai fost crâncene – de la granița cu Prusia parcă ar fi fost trasă o cortină-minune: trupele nemțești se prăbușeau de o parte și de alta, iar în fața noastră se deschidea o întreagă țară îmbelșugată care se revărsa în mâinile noastre. Case de piatră, înghesuite, cu acoperişuri pieziše şi înalte; dormit pe moale, iar uneori şi sub plapumă; în pivniţe – provizii de alimente cu aperitive neobişnuite şi dulciuri; ba încă şi băutură gratis, cine-o găsi.

Şi ne deplasam prin Prusia cu un fel de însufleţire aşa cum au oamenii pe jumătate beţi, pierzându-ne parcă precizia în mişcări şi în gânduri. Ei bine, după atâţia ani de sacrificii şi de pierderi de război – la un moment dat poţi să te mai destinzi niţel.

Această senzaţie de dispensă binemeritată pusese stăpânire pe toţi, până la comandanţii superiori. Iar pe soldaţi – cu atât mai mult. Şi găseau, şi beau.

Şi s-a mai adăugat şi cu ocazia încercuirii Prusiei.

Dar, spre dimineaţa zilei de 26, şapte şoferi ai brigăzii – unii de pe autotractoare, alţii de pe ZIS-uri – au murit în chinuri din cauza alcoolului metilic. Şi câţiva servanţi. Iar câţiva s-au apucat cu mâinile de ochi.

Aşa a început ziua aceasta în brigadă. Cei orbiţi au fost duşi la spitalul militar. Iar căpitanul Toplev, cu o faţă copilărească durdulie, de curând promovat de la gradul de locotenent major, a bătut la camera unde dormea comandantul divizionului al 2-lea, maiorul Boev, pentru a-i aduce la cunoştinţă cele petrecute.

Boev dormea profund întotdeauna, dar se trezea uşor. Într-un asemenea pat minunat, ba încă şi cu o plapumă pufoasă, el şi-a permis să-şi scoată în acea noapte tunica, pe care acum o îmbrăca, iar pe covor stătea în ciorapi de lână. Pe tunica lui erau decoraţii peste decoraţii, să te minunezi: două Steaguri Roşii, Ordinul Alexandr Nevski din timpul Războiului civil şi două Stele Roşii (primise decoraţii şi la Hasan[1], şi în războiul cu Finlanda; mai avusese şi un al treilea Steag Roşu, chiar ultimul primit, dar atunci când fusese rănit se pierduse ori îl furase cineva). Aşa le şi purta, tot pieptul cu metal, fără să le schimbe cu panglici: este o greutate plăcută şi singura bucurie a soldatului.

---

1. Câmp de luptă la graniţa dintre Siberia şi Coreea, unde trupele sovietice au purtat lupte victorioase împotriva armatei japoneze, în 1938.

Toplev, care avea o lună de când avansase de la funcţia de comandant al serviciului de recunoaştere al divizionului la comandant al statului-major, a salutat regulamentar, ceremonios şi a raportat. Faţa lui mică era îngrijorată, vocea încă era cald-copilărească. Din divizionul al 2-lea erau doi morţi prin intoxicare: Podkliucinikov şi Lepetuşin.

Maiorul era de înălţime mijlocie, avea capul alungit, o tunsoare scurtă îngrijită, iar faţa arăta ca un dreptunghi întins, colţuroasă la tâmple şi mandibulă. Sprâncenele nu erau câtuşi de puţin la acelaşi nivel şi nasul parcă era întors puţintel spre o cută laterală adâncă – expresie a unei încordări permanente, care nu dispărea.

Cu această încordare a şi ascultat. Şi a spus amar, după o pauză:

– O-o-of, prostuţii...

Merita să rămâi teafăr sub atâtea obuze, bombardamente, la atâtea traversări ale râurilor şi pe atâtea câmpuri de luptă – ca să te îneci din cauza unei sticle în Germania?

Să-i îngropăm – dar unde? Singuri îşi aleseseră locul.

După ce trecuseră de Allenstein, brigada, pentru orice eventualitate, se desfăşurase şi aici pe poziţii de luptă – chiar dacă nu se presupunea că vor trage din aceste poziţii, ci pur şi simplu pentru păstrarea rânduielii.

– Nu într-un cimitir nemţesc. O să-i îngropăm lângă poziţia de luptă.

Lepetuşin. Aşa şi era, cum îi spunea numele. Flecar, însă gata să slujească, fără să comenteze. Dar Podkliucinikov? – un ţăran înalt, puţin gârbovit, serios. Dar cedase tentaţiei.

2

Pământul este îngheţat şi bolovănos, nu poţi să sapi adânc.

Sicriele au fost asamblate rapid şi cu îndemânare de dulgherul Sortov, originar din Marieţ, din nişte scânduri găsite aici, gata pregătite, rindeluite.

Să ridicăm un drapel? Nu a văzut nimeni nici un drapel, niciodată, în afară de parada brigăzii, atunci când a fost decorată. Întotdeauna se păstra un drapel undeva în unitatea de intendență, în eșalonul al 3-lea, pentru a nu exista riscul să se piardă.

Podkliucinikov era din bateria a 5-a, iar Lepetușin dintr-a 6-a. A ieșit să țină discursul secretarul de partid Gubaidulin – bătaia de joc a întregului divizion. Astăzi de dimineață era deja beat și articula împleticit scumpele fraze – despre Patria sacră, despre bârlogul fiarei, în care am pătruns acum, și că o să-i răzbunăm.

Comandantul plutonului de foc al bateriei a 6-a, locotenentul Gusev, încă foarte tânăr, dar cu trupul puternic, asculta cu rușine și iritare. Acest secretar de partid – datorită ușurinței cu care se avansa în posturile politice? sau, pesemne, datorită enormei îngăduințe a comisarului brigăzii? – într-un an și jumătate fusese avansat, în fața ochilor tuturor, de la caporal la locotenent major și acum le dădea lecții tuturor.

Iar Gusev avea doar 18 ani, dar era deja de un an locotenent pe front, cel mai tânăr ofițer al brigăzii. El dorise atât de mult să meargă pe front, încât tatăl său, un general, îl înscrisese, când era încă minor, la cursurile de scurtă durată pentru sublocotenenți.

Fiecare cu destinul lui. Alături stătea Vanea Ostanin, din plutonul administrativ al divizionului. Foarte isteț, coordona singur tragerile tunurilor în locul ofițerului. În zilele luptelor pentru Stalingrad din anul 42, din școala lor, unul din trei elevi fusese aruncat pe front, fără să fi terminat studiile. Trierea era făcută de serviciul de cadre, iar pe dosarul lui Ostanin era o mică scrijelitură referitoare la apartenența lui la familia unui țăran îndărătnic, cu gospodărie individuală. Și acum, acest tânăr de 22 de ani, de fapt ofițer, purta epoleți de sergent major.

Secretarul de partid a terminat de vorbit, iar Gusev a făcut doi pași în față, spre morminte. Ar fi vrut să sune altfel, ar fi vrut atât de mult! Dar discursul nu ieșea. Și nu a făcut decât să întrebe, cu vocea gâtuită:

– De ce-aţi făcut asta, băieţi? De ce?

Au închis capacele.

Au început să bată.

Au coborât sicriele cu ajutorul funiilor.

Le-au acoperit cu pământ străin.

Gusev şi-a amintit cum lângă Reciţa au fost bombardaţi de un Junkers pe drum. Nu a fost rănit nimeni şi au fost puţine pagube, doar în vehiculul intendenţei o schijă a spart o damigeană de 3 litri cu votcă. Ce rău le-a părut băieţilor! – aproape mai rău decât dacă ar fi fost ei înşişi răniţi. Soldaţii sovietici nu sunt răsfăţaţi cu băutură.

În moviliţe au bătut nişte stâlpişori funerari, încă nevopsiţi.

Şi cine le va supraveghea? În Polonia, existau pietre funerare militare germane din anul Cincisprezece. Lângă râul Narev, Işciukov, şeful transmisiunilor, le smulgea, le arunca claie peste grămadă – *se răzbuna*. Şi nimeni nu-i spunea nimic: alături stătea un agent SMERŞ, Larin.

Gusev a trecut pe lângă grupuleţul de soldaţi tăcuţi şi a auzit cum, din plutonul lui, din aceeaşi unitate a 3-a de unde era şi Lepetuşin, micuţul şi agilul Iurş se lamenta:

– Dar cum să te abţii, băieţi?

Cum să te abţii? În asta constă esenţa: te gândeşti că va trece.

Parcă a trecut o aripă cenuşie peste feţele lor. S-au posomorât.

Comandantul unităţii, Nikolaev, tot din Marieţ, privea foarte dezaprobator, cu ochii mijiţi. El nu accepta deloc votca.

Dar viaţa şi munca îşi urmează cursul, îi cheamă. Căpitanul Toplev a plecat către statul-major al brigăzii: să afle cum vom scrie înştiinţările de deces.

Comandantul statului-major, locotenent-colonelul Veresovoi, slab, deşirat, a răspuns din mers:

– Comisarul a dat ordin deja: „Căzut pe câmpul de luptă pentru apărarea Patriei".

La rândul lui, îşi bătea capul: cine să conducă maşinile când vom porni.

3

Străpungerea uluitor de rapidă făcută de tancurile noastre către Marea Baltică modifica întreaga imagine a operaţiunii din Prusia; brigada grea de tunuri nu putea să ajungă la timp nicăieri, astfel încât să fie de folos azi-mâine.

Iar comandantul brigăzii şchiopăta de câteva zile: abces la genunchi. Medicul de brigadă l-a convins să nu întârzie, să meargă azi la spital, pentru a fi operat. Comandantul brigăzii a şi plecat, lăsându-l pe Veresovoi în locul său.

Nici un sunet îndepărtat de trageri nu se auzea, de niciunde. Nici aviaţie, nici a noastră, nici germană. Ca şi cum s-ar fi terminat războiul.

Ziua nu era rece, dar foarte înnorată. Cu lumină puţină. Între timp, au plecau de pe poziţiile lor provizorii de foc, şi toate cele trei divizioane s-au strâns către statul-major al brigăzii.

Se lăsa încetişor amurgul. De când pătrunseserăm în Europa, foloseam tot fusul orar moscovit. De aceea se lumina abia pe la nouă dimineaţa şi se întuneca, iată, pe la şase.

Şi dintr-odată a venit din statul-major al artileriei o radiogramă cifrată: cu toate cele trei divizioane să începem imediat deplasarea spre nord, către oraşul Liebstadt, iar pe măsură ce ajungem acolo – să ocupăm poziţiile de foc la 7-8 kilometri la est, cu un unghi direcţional de bază de 15 grade.

Ne-au smuls totuşi! Având noaptea înainte. De altfel, aşa se şi întâmplă întotdeauna: când ai cel mai puţin chef să te deplasezi şi n-ai vrea decât să petreci noaptea pe locul deja ocupat. Dar ne uimea acest 15. Aşa ceva nu se mai întâmplase în tot războiul: direct spre est! Am ajuns s-o vedem şi pe asta. Eram obişnuiţi cu un unghi de la 40 la 50 de grade – spre vest, cu variabile.

Nu, şi mai înainte de asta, comandantul statului-major era strivit de necesitatea de a înlocui imediat şoferii care se otrăviseră. Înlocuitori aproape că nu existau. Din care maşini să scoţi şi ce vehicule să laşi imobilizate? Divizionul întâi a suferit cel mai mult, şi locotenent-colonelul Veresovoi a solicitat statului-major al artileriei să fie lăsat pe loc, iar pe seama lui să fie completată tracţiunea celui de-al 2-lea şi celui de-al 3-lea.

Nici nu este altă soluţie. S-a dat permisiunea.

Să te forţezi la o deplasare nocturnă – doar primele minute sunt dificile. Iar 24 de obuziere de mare calibru erau deja agăţate de tractoare, toate având farurile aprinse insolent. După ele se aliniau maşinile auxiliare. Totul în jur huruia.

Cei doi comandanţi de divizie, îmbrăcaţi cu nişte cojoace albe scurte, precum şi comandantul diviziei de recunoaştere operaţională, îmbrăcat cu o manta lungă, s-au dus la şeful statului-major pentru a primi coordonatele exacte de desfăşurare a operaţiunii şi obiectivul.

Dar obiectivul – şeful statului-major putea doar să-l născocească. Nu primise nici un fel de informaţii de la serviciul de recunoaştere al statului-major al armatei, însă ei nici nu aveau cum să ştie, în condiţiile unei străpungeri atât de rapide şi la finalul zilei care tocmai trecuse. „Şapte-opt kilometri mai la est" era departe de a spune totul. Harta topografică, la scara de un kilometru la doi centimetri, reda relieful zonei, dar nu tot, desigur; şoseaua şi drumurile de ţară – care sunt mărginite de copaci şi care nu; şi meandrele râului Passarge, care curge din sud spre nord, şi cătunele izolate, împrăştiate prin împrejurimi – dar sunt toate cătunele oare? şi câte poteci n-or mai fi acolo? Iar satele – sunt locuite, nu sunt locuite?

Locotenent-colonelul a estimat la nimereală: al 2-lea divizion iată aici, puţin mai spre sud, al 3-lea – iată aici, mai spre nord.

Au fost marcate cu nişte ovale aproximative.

Maiorul Boev stătea cu planşeta larg deschisă şi examina posomorât harta. De câte sute de ori în cursul carierei lui fusese nevoit să facă asta – *să primească o misiune*. Şi nu rareori se întâmpla ca în aceste cazuri să nu i se comunice amplasarea inamicului, aceasta rămânând necunoscută: va începe acţiunea de luptă şi se va clarifica de la sine. Iar acum – de departe, la 25 de kilometri de acel Liebstadt – cum să ghiceşti unde este pustietate și unde este întrerupt flancul nemțesc? Dar cel mai important: unde este infanteria noastră? și unde-or fi cei din divizia care a fost trimisă aici? Cu siguranță au rămas în urmă, nu vor ajunge tancurile, s-au întins – și pe câți kilometri? Și unde să-i cauți?

Dar vocea fermă, ca de obicei, a lui Veresevoi nu trăda șovăiala. Divizia de infanterie – da, fără îndoială, era cea care trebuia să se afle deja acolo. S-a extins, desigur. Păi nemții, uluiți, cu siguranță se vor aduna spre Königsberg. Statul-major al brigăzii va fi la Liebstadt sau în apropiere. Pe undeva pe-acolo va fi și statul-major al diviziei.

Ce rost avea să ocupe pozițiile de foc până la miezul nopții? În întuneric n-ai cum să faci legăturile topografice, doar cu ajutorul reperelor locale, aproximativ; la fel de aproximativă va fi și tragerea.

În ce privește tunurile, nu vor avea deloc muniția completă.

Serviciile din spatele frontului au rămas în urmă. Ce să faci, o să ajungă ei.

Boev i-a aruncat o privire pe sub sprâncene lui Veresovoi. Cu superiorul, chiar și apropiat, n-ai cum să cazi la înțelegere. Asta i se întâmplă și lui cu superiorul său. Superiorul are întotdeauna dreptate.

Pe un drum de iarnă cu puțin polei mai trebuie să și ajungi nevătămat până la acest Liebstadt, ar fi fost nevoie de vreo trei ore. Dincolo de nori, deja trebuia să fie luna. Măcar să nu meargă în beznă.

Tractoarele hârâiau la unison. Toată coloana, luminând cu zeci de faruri, se întindea din sat pe șosea.

Au răzbit în aproape o jumătate de oră. Apoi zgomotul s-a îndepărtat.

4

Și ce entuziasm datorită Victoriei!

Și datorită liniștii, calmului – toate acestea sunt tot semne ale Victoriei.

Și datorită bogăției nemțești abandonate peste tot, caldă încă. Strânge, pregătește pachete pentru acasă: soldatul – cinci kilograme, ofițerul – zece, generalul – un pud[1]. Cum să alegi ce e mai bun fără să greșești? Iar tu însuți aici – mănâncă, bea, până nu mai poți.

Fiecare casă în care încartiruim este ca o minunăție. Fiecare noapte petrecută aici este ca o sărbătoare.

Comisarul brigăzii, de-acum locțiitor al comandantului responsabil cu ideologia, locotenent-colonelul Vîjlevski, a ocupat cea mai vizibilă casă din sat. La parter nu era tocmai o cameră, ci o sală mare luminată cu o duzină de lămpi electrice montate pe tavan și pe pereți. Și curentul venea de undeva, fără să se întrerupă, tot un miracol. Radioul de aici (o să-l luăm noi) difuza, la volum mediu, muzică de dans.

Când Veresovoi a intrat să raporteze, Vîjlevski – lat în umeri, cu cap mare, cu urechile clăpăuge, stătea cufundat într-o canapea moale la o masă ovală și avea fața fericită, trandafirie. (Acestui cap nu i s-ar potrivi chipiul militar, ci o pălărie cu boruri mari.)

Pe aceeași canapea, lângă el, ședea comisarul SMERȘ al brigăzii, căpitanul Tarasov – întotdeauna prompt să înțeleagă totul, să noteze, să meargă să vadă. O persoană foarte energică.

Cele două canaturi ale ușii care dădea spre sufragerie erau larg deschise – acolo se servea cina, tot apăreau două-trei siluete feminine, una într-o rochie de un albastru intens, fără îndoială nemțoaică. Dar era și cea de la secția politică, se schimbase de uniforma militară, doar dulapurile prusace sunt pline cu haine frumoase. Se răspândise un miros de mâncare caldă.

Cu ce scop venise acolo Veresovoi? În absența comandantului brigăzii, el era formal superiorul și ar fi putut să ia în continuare orice decizie. Dar, slujind în armată deja de 15 ani, învățase bine lecția: să nu hotărască nimic fără avizul politrucilor, întotdeauna trebuie să știi ce vor ei și să nu te cerți.

---

1. 1 pud – 16,38 kg.

Aşadar, în privinţa deplasării statului-major, n-ar fi timpul să mergem acum?

Dar e clar: nu era posibil nicidecum! În timpul cinei, se aşteptau şi la alte lucruri plăcute. Nu se poate cere un astfel de sacrificiu de la nişte oameni vii.

Comisarul asculta muzica, mijind ochii. A răspuns binevoitor:

– Dar, Kostea, unde să mergem acum? În puterea nopţii – ce să facem acolo? unde o să ne oprim? Mâine o să ne trezim mai devreme și o să plecăm.

Și oper-ul[1], întotdeauna sigur de fiecare gest al său, a aprobat precis cu o mişcare a capului.

Veresovoi nu l-a contrazis, nu a aprobat. Stătea ca un băţ.

Atunci Vîjlevski i-a spus, încercând să-l îmbuneze:

– Hai, vino să cinezi la noi. Uite, peste vreo 20 de minute.

Veresovoi stătea, se gândea. Nici lui nu-i venea să plece: aceste înnoptări prusace te înmoaie tare. Și mai era un motiv: primul divizion rămâne incomplet, nu poţi să-l abandonezi aşa.

Dar ei pot să-ţi tragă şi o săpuneală.

Tarasov şi-a dat seama, a dat un sfat:

– Dar voi nu aveţi decât să suspendaţi legătura şi cu armata, şi cu divizioanele. Și iată, pentru toţi noi vom fi pe drum, în curs de mutare.

Atunci, dacă un comisar din SMERȘ dă un sfat – înseamnă că n-o să ne *toarne*?

Iar să pleci în timpul nopţii – într-adevăr, este peste puteri.

5

Toată seara a căzut o ninsoare fină, acoperind cu un strat subţire şoseaua îngheţată uşor. Mergeau încet, nu doar din cauza pojghiţei, dar şi ca să nu rămână caii în urmă.

---

1. Delegat operaţional, reprezentând poliţia politică.

În Liebstadt și-au luat rămas-bun, s-au îmbrățișat cu comandantul divizionului 3, care se ducea mai spre nord.

Pe drum, privind harta cu lanterna: Boev trebuia să traverseze pe malul estic al râului Passarge, apoi încă un kilometru și jumătate pe un drum de țară, și să instaleze pozițiile de foc, de bună seamă în spatele satului Adlig Schwenkitten – în așa fel încât înainte, spre est, până la pădurea din apropiere mai rămâneau vreo 600 de metri de fâșie și nu este periculos să tragi sub un unghi mic.

Podul peste Passarge s-a dovedit de fier-beton, intact, și nu era nevoie să se verifice dacă este practicabil. Malul vestic stâng era abrupt, iar de pe el se mergea în pantă spre pod.

Aici am lăsat un far, pentru săniile cu cai. Nici caii, nici căruțele nu erau prevăzute prin regulament pentru unitățile motorizate, iar conducerea credea că în mod sigur acestea nu existau. Dar, încă din timpul ofensivei de la Oriol și pe măsură ce mergeau – toate bateriile au prins cai slobozi, capturați de la inamic, fără stăpân, iar uneori și cu stăpân și au făcut un convoi de căruțe suplimentare. În fruntea unui astfel de convoi plasezi un sergent educat, iar el întotdeauna va ajunge din urmă unitățile, o să le găsească. Tractoarele Allice-Willness sunt, desigur, excelente, dar numai cu ele te prăpădești. Apoi, și îndeosebi mai aproape de Germania, adunau în locul cailor noștri mediocri – cai nemțești de povară, puternici, cai uriași. Iarna schimbau căruțele cu săniile. Iată astăzi, dacă n-ar fi avut sănii – de la pozițiile de foc până la pozițiile de supraveghere, pe pământul înzăpezit – cât ar fi trebuit să se spetească?

Ninsoarea s-a potolit, dar a căzut, uite, până aproape de jumătatea gambei. Pe prelatele tunurilor au crescut căciulițe de zăpadă.

Nicăieri – nimeni, nici un suflet. Totul este mort. Și nici un fel de urmă.

Luminând cu farurile atât cât trebuia, am pornit pe drumul străjuit de copaci, ca o alee. Nici aici nimeni. Iată – satul Adlig.

Clădiri care nu seamănă cu ale noastre. Toate casele sunt în beznă, nu se vede nici o luminiță.

Au trimis să se uite prin case. Casele satului sunt pustii și toate încălzite încă. Sunt abia câteva ore de când au plecat locuitorii.

Înseamnă că nu sunt departe. Bine, dacă doar fetele ar fi fugit în pădure – dar nu, au fugit toți, fără excepție.

La marginea estică a satului Adlig au fost instalate cu totul opt tunuri, totuși nu douăsprezece, dar ar fi fost și fără sens așa. Boev i-a ordonat comandantului batalionului, Kasianov, să-și plaseze bateria a 6-a la vreo 800 de metri mai la sud și de-a curmezișul înapoi, lângă sătucul Klein Schwenkitten.

Dar în continuare – absolut nimeni. În Liebstadt nu am căutat, dar de la Liebstadt nu am văzut nici un suflet viu. Unde este infanteria? Dintre frații noștri slavi – nici țipenie.

Și a rezultat ceva de neînțeles: iată, dacă vom instala tunurile aici, nu vor fi prea departe de nemți? Sau, dimpotrivă, nu ne-am apropiat periculos de mult? Poate că ei stau chiar în această pădurice din apropiere. Deocamdată să trimitem înainte, spre acea pădurice, unitatea de pază.

N-ai ce face. Tractoarele hârâiau. Brigada a 6-a se întindea pe drumul lăturalnic spre Klein. Brigăzile a 4-a și a 5-a au fost plasate alături, într-un singur front. Servanții s-au adunat fiecare la tunul său pentru a trece de la poziția de marș la cea de luptă și pentru a scoate obuzele. (Bineînțeles, au ochit deja niște căsuțe din apropiere, unde să zăbovească și să tragă un pui de somn.)

Căsuța pare de jucărie; păi așa arată o izbă țărănească? Mobilier de oraș, aranjat prin casă ori suspendat pe pereți. Nu este curent electric, a fost tăiat, dar au găsit două lămpi cu gaz și le-au așezat pe masă. Boev stătea în fața hărții. Harta spune întotdeauna multe. Dacă te uiți cu atenție pe ea, chiar și în cea mai mare deznădejde poți să vezi ceva, să găsești soluția.

Boev nu grăbea pe nimeni, oricum trebuie să așteptăm săniile. I se mai întâmplase lui să ajungă în situația de a nu avea nici o veste de la ai săi. I se întâmplase – dar în țara lui.

Radiotransmisionistul făcuse legătura deja cu statul-major al brigăzii. Răspuns: plecăm în curând. (Încă nu plecaseră!) Dar noutăți, dispoziții? Deocamdată nu sunt.

Dintr-odată – pași pe coridor. A intrat, îmbrăcat cu o manta de ofițer care i se potrivea bine, comandantul bateriei de reperaj, subordonat, din punct de vedere operativ, lui Boev. Un prieten vechi, din timpul ofensivei asupra Oriolului, matematician. Imediat își desfășoară spre lumină planșeta cu hartă. El crede așa: uite, un drum de țară direct spre nord-est către Dietrichsdorf, încă doi kilometri și ceva, acolo va fi instalată centrala, într-acolo să aduceți legătura.

Boev examinează harta. Pe cea topografică o citea mai rapid și mai exact decât o carte. Și:

– Da, vom fi undeva alături. Eu – mai spre dreapta. O să-ți dau legătura. Dar topografii unde o să fie?

– O grupă este cu mine. Dar noaptea ce poziționare poți face? O să facă reperaje aproximative. Și o să vină la voi.

Iar tragerea va fi tot așa. Aproximativă.

Se grăbește și nu au când să stea de vorbă. Își strâng mâinile prietenește:

– Pe curând?

A rămas ceva nespus. Ar fi trebuit să le dau instrucțiuni și comandanților de batalion, dar și ei sunt ocupați. Trebuie așteptați și caii.

Boev s-a întins pe canapeluță: cu cizme pe pat – este incomod. Dar fără cizme – nu ești soldat.

6

Pentru unii, războiul a început în '41, dar pentru Boev – încă de la Hasan, în '38. Apoi și în războiul cu Finlanda. Pentru el, era al șaptelea an de război, fără întreruperi. A fost rănit de două ori – războiul continua, iar permisii pentru a merge în locurile natale nu există. Era deja al unsprezecelea an de când nu mai fusese nici în stepa lui din Ișim, cu sute de lacuri ca oglinda și cu turme dese de animale sălbatice, nici la sora lui în Petropavlovsk.

Și abia când a ajuns în armată a văzut Pavel Boev ce e viața. Ce era în libertate? Siberia de Sud nu se mai ridica de multă vreme din cauza războiului civil și din cauza revoltei reprimate din Ișim. În Petropavlovsk, ici și colo gardurile, grădinile fuseseră distruse, arse, iar unde rămăseseră întregi se înclinaseră. Ochiurile de geam sparte erau astupate cu cârpe ori acoperite cu hârtie. Din căptușeala ușilor, pe alocuri atârnă în fâșii pâsla, în altă parte ies în afară paiele sau curmeiele. Cu locuința era cel mai rău, locuise la sora lui, Praskovia, care era căsătorită. Dar nici cu încălțămintea nu era mai bine: coși, tot coși tălpile, dar degetele tot ies afară. Iar cu mâncarea era și mai rău: pâinea aceasta care se dădea pe cartelă era mai nimic pentru un bărbat robust... Și peste tot oamenii se așază la cozi: în unele locuri – de la ora 5 dimineața, iar în altele dau buzna grămadă, pe neașteptate, fără să întrebe: ce se dă? Odată ce oamenii s-au așezat la coadă, înseamnă că au aflat ei ceva. Și – câți săraci pe străzi!

Dar în armată – pentru masa de prânz se face o ciorbă cu carne, consistentă, pâine este pe săturate. Echipamentul nu este atât nou, cât intact. Soldații din armată sunt cei mai iubiți fii ai poporului. Petlițele sunt de culoare zmeurie pentru infanterie, de culoare neagră pentru artilerie, albastre pentru cavalerie, plus altele diferite (roșii pentru GPU). Program riguros de activități, alinieri în formație, saluturi, marșuri – și viața ta se umple de sens: viața este slujba, și nimeni nu este de prisos aici. Ardea de dorința de a merge în armată încă înainte de a fi recrutat.

Astfel, nu s-a adaptat la nimic în afară de ceea ce ține de armată, și nu s-a căsătorit, însă goarna l-a chemat și la acest război.

În armată a înțeles Pavel că el este soldat înnăscut, că unitatea lui este ca și casa lui. Că ordinea militară, tragerile, strângerea lucrurilor pentru deplasare, deplasările, schimbarea hărților, regulile noi – asta era viaţa. În '41 au pierdut tunuri şi mijloace de transport cu tracţiune, dar mai târziu nu s-a mai întâmplat asta, decât dacă vreun tun a fost nimerit în plin sau vreun tractor cu şenile a explodat pe o mină. Războiul înseamnă pur şi simplu muncă, fără zile libere, fără permisii, cu ochii mereu în stereoscop. Divizionul este familia ta, ofiţerii sunt fraţii, soldaţii sunt fiii tăi, şi fiecare dintre ei ţi-e drag. S-a obişnuit cu perturbarea constantă din viaţa de zi cu zi, cu norocul schimbător, deja nici un fel de întorsătură a evenimentelor nu mai putea nici să-l mire, nici să-l sperie. *Uitase*, cu desăvârşire, *ce înseamnă teama*. Şi, dacă apărea o posibilitate de a se oferi pentru o sarcină în plus ori una mai periculoasă, se ducea întotdeauna. Şi sub cel mai crunt bombardament şi sub focuri dense, Boev nu se pregătea de moarte, ci numai cum să înţeleagă şi să îndeplinească mai bine operaţiunea comandată.

A deschis ochii (nu mai dormea). A intrat Toplev. Caii fuseseră aduşi.

Boev şi-a pus picioarele pe podea.

Toplev este doar un băiat încă, prea firav pentru postul de comandant al statului-major. Dar nici nu a vrut să sacrifice vreun comandat de baterie pentru a-l plasa în statul-major şi l-a luat pentru postul acesta pe şeful detaşamentului de recunoaştere.

– Cheamă-l pe Boroneţ.

Este solid şi ager la minte plutonierul divizionului, Boroneţ, şi ochii îl arată perspicace. A priceput singur ce trebuie făcut: scoate din sănii ce e de prisos – pradă de război, catrafuse. Trei sănii sunt pentru încărcarea instrumentelor pentru cele trei posturi de supraveghere – bobine cu cablu, staţii de emisie-recepţie, stereoscoape, grenade, armele unora şi sacii altora din detaşamentele administrative, şi provizii.

– După ce am trecut de Liebstadt, pe cine ai văzut pe drum? Infanteria?

Boroneţ a plescăit doar din limbă, clătinându-şi capul rotund şi mare.

– Nim-m-eni.

Dar unde este infanteria? A dispărut de tot?

Boev a ieşit afară. Noaptea mohorâtă se tulbura, înălbită de zăpadă. Domnea o tăcere apăsătoare. Deplină. De sus, nu mai cădeau fulguşori.

Toţi cei trei comandanţi de baterii au apărut cât ai bate din palme. Aşteaptă ordinele. Unul dintre ei va fi, ca întotdeauna, pe lângă comandantul diviziei, Miagkov va fi acesta, aşa cum a fost de cele mai multe ori. Iar Proşcenkov şi Kasianov vor merge câte un kilometru, unul în stânga, celălalt în dreapta, la posturile lor de supraveghere, şi legătura cu comandantul diviziei se va face doar prin poziţiile de foc.

Ei bine, băieţii au văzut deja multe, ştiu şi singuri ce au de făcut. Acum, cel mai important lucru este să alegi corect locurile pentru poziţiile de supraveghere. Dar mai înainte de asta: la ce distanţă poţi şi trebuie să te infiltrezi. În asemenea condiţii de întuneric, de linişte şi fără linia de infanterie – cum să ghiceşti? Dacă avansezi prea puţin – vei sta acolo degeaba, dacă avansezi prea mult – nu va fi o minune să nimereşti la nemţi.

– Totuşi, înţelegeţi, băieţi: asemenea linişte şi asemenea pustietate pot să fie un lucru foarte, foarte grav.

Către Toplev:

– Jenea, caută infanteria, dibuieşte cu toţi mesagerii. Dacă o găseşti, să mă caute comandantul regimentului. Asta e deja... atât de... Să afli tot timpul care e situaţia, dar să rămâi cu brigada. Iar eu o să aleg postul de supraveghere şi o să iau legătura cu tine.

Şi a sărit în prima sanie.

7

În absenţa comandantului bateriei, ofiţerul cel mai mare în grad al bateriei a 6-a era comandantul plutonului 1, locotenentul major Kandalinţev. Şi ca vârstă el era mai mare decât toţi comandanţii de brigadă ai plutoanelor: spre 40 de ani. Şi de înălţime impunătoare, deşi fără o ţinută prezentabilă, umerii nu îi erau chiar aşa drepţi, capul încărunţit înainte de vreme, şi un spirit organizatoric rezonabil – ceilalţi comandanţi de plutoane îi spuneau „nene".

Iar Oleg Gusev, deşi crescuse printre derbedeii de copii ai străzii, câştigase multă experienţă de viaţă datorită lui Kandalinţev, ceea ce altfel nu ai avea de unde să capeţi.

Încă înainte de a fi instalate toate cele patru tunuri în poziţia de luptă, Kandalinţev a ordonat să fie dispusă, în formă de evantai, o unitate de pază la 50 de metri în faţă. Iar când nu s-au mai auzit tractoarele retrase de la poziţiile de foc, le-a permis unităţilor să stea cu rândul la tunuri. Iar lui Gusev i-a arătat un şopron de piatră, aflat în apropiere, undeva în spate:

– Până una-alta, să mergem să ne odihnim oasele.

Mutând puţin bateria, puteai să o instalezi şi mai aproape de casele confortabile, însă de aici o să fie mai bine să tragi.

Servanţii care făceau cu schimbul au dat fuga acolo să se culce. Şi Gusev a intrat în două case şi a răsucit butoanele aparatelor de radio sperând că va nimeri vreunul alimentat şi va începe să vorbească – dar nu, rămâneau toate mute. Aparate de radio în casă – era o noutate de peste hotare cu care se deprindeau cu frică: în întreaga Uniune Sovietică, ele fuseseră confiscate pe toată perioada războiului, nu-l predai – mergi la închisoare. Dar aici, uite...

Oleg voia foarte mult să afle câte ceva despre ofensiva noastră, măcar câteva detalii. Iar staţiile radio ale bateriei prindeau un singur post de-al nostru pe frecvenţe lungi şi nu era nici un comunicat despre străpungerea frontului.

Kandalinţev fusese recrutat în '41 din rezervă, luptase din greu timp de doi ani pe frontul din Leningrad, iar după ce fusese rănit îl trimiseseră aici, în brigadă, se făceau în curând doi ani de atunci.

Când exista posibilitatea să se odihnească măcar puţin, Kandalinţev nu rata niciodată o asemenea ocazie.

S-au dus în şopron şi s-au întins în fân, unul lângă celălalt.

Şi ce linişte-e-e.

– Dar poate că nemţii sunt leşinaţi, Pavel Petrovici? Sunt izolaţi, respinşi, se înghesuie pe lângă Königsberg. Poate că, în felul ăsta, războiul o să se termine?

Cu toate că Oleg nu a obosit deloc din cauza războiului, încă se mai poate, se mai poate. Ca să se facă remarcat.

– O-of, a lungit-o Kandalinţev.

Şi stătea în tăcere. Dar încă n-a adormit?

Tinerilor le place să mediteze:

– Se spune că după război totul o să se schimbe în bine la noi. O să fie libertate! O să începem să trăim! Şi se mai spune că or să fie desfiinţate colhozurile.

El personal nu avea nimic de-a face cu colhozurile, însă armata combatantă era plină de asemenea speranţe.

Dar Kandalinţev ştia şi răsştia toate acestea, el trecuse prin toate epurările de partid. Şi, cu o voce lipsită de împotrivire, obosită:

– Nu, Oleg, la noi n-o să se schimbe nimic. Vezi ca nu cumva să devină mai rău. Colhozurile? – n-or să fie desfiinţate niciodată, ele sunt foarte utile statului. Nu pierde vremea, să dormim puţin.

8

Da, războiul este o povară cotidiană grea, cu exploziile acelor zile în care e uşor să cazi în luptă ori să sângerezi până la moarte, fără să te ridice nimeni. Totuşi, în război nu se întâmplă să ai inima grea, aşa cum o are un intelectual paşnic, nevoit să lucreze într-un sat care este prădat în anii douăzeci şi nouă – treizeci şi unu. Când se dezlănţuie în jur ciuma premeditată cu rea intenţie, vezi ochii celor care mor, auzi bocetele femeilor şi plânsul copiilor; s-ar părea că tu însuţi eşti ferit de această ciumă, dar nu îndrăzneşti să ajuţi pe nimeni.

Asta a suferit Pavel Petrovici imediat după ce a terminat institutul, un agronom tânăr care a luat în primire o stație de selecție a legumelor în regiunea Voronej. Avea grijă de mlădițele răsadurilor din seră, atunci când alături mlădițele omenești de doi ani, de trei luni erau trimise în gerul crâncen cu săniile – într-un drum lung, să moară. Te vezi și pe tine însuți opresor. Și în taină știi, fără să împărtășești nimănui, că țăranii, împotrivindu-se colhozului, își strică singuri uneltele primite pe inventar. Și chiar cele mai bune semințe pentru semănat le macină pentru făină, ca să le mănânce. Și taie vitele – nici nu ascund asta și nu ai cum să-i oprești. Apoi activiștii strâng ultimele boabe din hambare, formează un „convoi roșu" și îl duc în oraș: „satul își duce surplusul", iar acolo, în oraș, în fața convoiului va merge fanfara.

De la acele luni și acei ani, Pavel Petrovici a început să perceapă tot ce-l înconjoară parcă nu în totalitate, nesigur, parcă i-ar fi amorțit terminațiile tuturor nervilor, parcă i s-ar fi stins și vederea, și râsul, și mirosul și simțul tactil – deja pentru totdeauna, fără întoarcere. Așa trăia. În teama permanentă că s-ar putea enerva pentru ceva comitetul raional de partid și el, care nu era de încredere, nu era membru de partid, va fi alungat de la slujbă. (E bine dacă nu va fi arestat.) Și s-au supărat nu o dată, iar el, cu aceleași degete amorțite, a depus cererea pentru înscriere în partid și cu aceleași urechi amorțite asista la ședințele de partid. Și ce dezordine răscolea creierul și sufletul oamenilor! – de la abolirea săptămânii, luni – miercuri – vineri – duminică, pentru totdeauna, ca nici o astfel de numărătoare să nu mai existe, „săptămâna neîntreruptă" de cinci zile, toți muncesc și învață în zile diferite și în nici o zi nu ai cum să te întâlnești cu soția și copilașii. Din acel moment, așa a și început să zdrăngănească șenila neîntreruptă a vieții, ca atunci când se înfig în pământ paletele oblice ale unei șenile.

Și cu aceste sentimente pentru totdeauna tocite Pavel Petrovici nu a simțit pe deplin trimiterea la război în august patruzeci și unu ca sublocotenent, datorită recrutărilor precedente.

Şi cu aceeaşi insuficienţă a simţurilor, parcă era îşi străin lui însuşi, şi corpului său, era al patrulea an de când lua parte la război şi stătea întins pe câmp în apropiere de Leningrad, grav rănit, înainte să fie dus la batalionul sanitar şi apoi la spitalul militar. Şi, aşa cum înainte de război orice mitocan din comitetul raional îi putea da lui Kandaliţev indicaţii referitoare la selecţia plantelor, la fel şi în război deja el nu se mai mira niciodată de nici un ordin prostesc.

Iată că războiul se termina. Părea că a supravieţuit cumva. Dar şi acum Pavel Petrovici nu rămânea cu prea multe sentimente: poate că va fi ucis, mai e timp. Cineva trebuie să moară și în ultimele luni.

Neatrofiat, se păstrase un singur sentiment: pentru tânăra lui soţie, Alla. Îi era dor de ea.

Ei, cum o vrea Dumnezeu.

9

Săniile mergeau fără să scârţâie, pe zăpada moale. Din când în când, caii fornăiau.

Noaptea devenea mai luminoasă: dincolo de nori se vedea luna, se risipeau norii. Se vedeau pe alocuri un fel de crânguleţe, pe alocuri câmp liber.

Acoperind fasciculul de lumină al lanternei cu mâneca scurtei lui îmblănite, Boev mai arunca pe hartă câte o privire, încercând să determine, după cotiturile drumului lor înzăpezit de pe câmp, unde să se despartă de comandanţii bateriilor, pentru a merge fiecare la punctul său de supraveghere, pe zăpada imaculată.

Se pare că aici se vor despărţi.

Kasianov şi Proşenkov au sărit din sanie şi s-au apropiat.

– Să nu vă îndepărtaţi de mine prea mult, nu mai mult de un kilometru. E puţin probabil că va trebui să lucrăm, fără îndoială o să ne mute de dimineaţă. Totuşi, pentru orice eventualitate, săpaţi.

Şi s-au despărţit. Caii urcau cu pas ferm. Împrejurimile au puţine neregularităţi, nu poţi să alegi prea repede un loc mai înalt. Dacă până dimineaţă nu vor fi puşi să se deplaseze, va trebui să găsească un loc mai bun.

Şi la fel – nici un sunet. Pe câmp nu se mişcă nici o umbră neagră.

Pe cine îl iubeşti, pe acela îl şi pui pe drumuri. L-a chemat pe Ostanin cel ager:

– Vanecika, ia un soldat şi mergi înainte un kilometru, să vezi ce fel de relief este. Crezi că o să găseşti pe cineva? Luaţi şi grenade.

Ostanin, cu felul lui de a vorbi din regiunea Viatka, ca un ţocăit:

– Acu' dacă pe câmp vezi pe cineva de departe – nu-l somezi. Strigi: „Cine-i acolo?“ – şi trage în tine cu pistolul automat. Sau, prefăcut, în nemţeşte: „Wer ist da?“, iar atunci trag ai tăi, direct, fără să mai ridice revolverul.

Au plecat.

Acum au scos târnăcoapele şi lopeţile şi au început să sape. Stratul de deasupra era tare ca lespezile de pe mormintele din ziua de azi. Caii au fost duşi în spatele tufişurilor. Radiotransmisionistul, cu aparatul de emisie-recepţie pe sanie, cheamă:

– Balhaş, Balhaş, vorbeşte Omskul. Dă-mi-l pe Doisprezece, Zece întreabă.

Doisprezece – Toplev – răspunde.

– Dintre *pifani* aţi găsit pe cineva?

– Nu sunt pifani, nu e nimeni – o voce foarte îngrijorată.

Aşa deci. Dacă până acum infanteria tot n-a ajuns în preajma satului Adlig, atunci nu va ajunge nici la noi. Unde este, aşadar?

– Şi ce zice Uralul?

– Uralul spune: mai căutaţi, n-aţi căutat bine.

– Cine anume spune?

– Zero cinci.

Era şeful brigăzii de recunoaştere. Ar trebui să vină el să caute, nu să stea în statul-major al brigăzii, la treizeci de verste de aici. Încă nu se mişcaseră din loc? Când vor ajunge aici?

Săpau cu greu.

Ei bine, trei tranşee, dar nu suficient de adânci. Oricum nu au cu ce să le acopere.

Sprintenul Ostanin s-a întors chiar mai devreme decât era aşteptat.

– Tovarăşe maior. La o jumătate de kilometru începe o vâlcea. Se pare că marginea este la dreapta noastră. Iar eu am mers la stânga, de-a curmezişul. Am văzut nişte siluete care mişunau. Abia puteau fi recunoscuţi: unul a început să înjure, i se blocase bobina, aşa mi-am şi dat seama: sunt ai noştri.

– Şi cine era?

– Postul de reperaj de pe dreapta. De aici până la ei ne ajunge o singură bobină şi se va face legătura directă cu centrala. E bine.

– Atunci, să întindem cablul. Lasă-l pe partenerul tău să-l tragă.

Dar pe cine să împuşti? Şi cu ce localizare, de vreme ce toate coordonatele vor fi stabilite din ochi?

– Şi nu mai era nimeni? Infanteria nu era?

– Nici urme pe zăpadă nu erau.

– Da-a-a. Doisprezece, Doisprezece, caută pifanii! Împrăştie oamenii în toate părţile!

10

Acum se vede puţin mai bine: tufele se află la stânga, înainte de Adlig; la dreapta se desenează urma întunecată a unei păduri mai întinse, care, fără îndoială, se găseşte dincolo de vâlcea.

Statul-major al brigăzii a încetat să răspundă la staţia de emisie-recepţie. E bine, înseamnă că au plecat, dar fără să ne avertizeze.

Toplev este foarte agitat. El avea adesea nervii întinși. Își dădea silința ca totul la el să fie în ordine, nimeni n-ar fi putut să-i reproșeze nimic. Nu admitea în serviciul lui nici un neajuns, nici o scăpare, chiar mai înainte ca șefii să observe ceva și să-l beștelească. Însă de multe ori nu știi ce e corect de făcut.

Acum, nu-și găsea locul. Ba merge să verifice șirul unității de siguranță, ba tunurile bateriilor a 4-a și a 5-a. În fiecare detașament de servanți fac de serviciu câte doi oameni. Iar ceilalți se risipesc prin case. Cinează? – au ce să mănânce în case. Adună catrafuse? – tot au ce, iar în remorca bateriei va încăpea totul. (Rămăseseră în sat câțiva bătrâni și bătrâne, care nu îndrăznesc să obiecteze nimic.)

E pur și simplu o nenorocire că s-a autorizat trimiterea de pachete din Germania. Acum, fiecare soldat are săculețul lui, care se tot umple. Și apoi, nu știe ce să aleagă: ce-a luat înainte, aruncă, deoarece a găsit ceva mai bun pentru cele cinci kilograme. Toplev înțelegea acest lucru, dar nu-i plăcea, pentru că deranja activitatea.

A pornit spre mașina statului-major al diviziei, la marginea localității Klein Schwenkitten. Acolo, alături, într-o căsuță, se afla un pat cu o plapumă cu puf, întinde-te și trage un pui de somn, deja e trecut de miezul nopții. Oare o să poți dormi aici?

Dincolo de nori, totul se lumina. Pașnic și liniștit, de parcă n-ar fi fost război.

Dar iată: acum, mișcă-te foarte încet spre est – cum ar fi asta? Obuzele noastre cântăresc câte patruzeci de kilograme; cu încărcare și descărcare, de la o tragere la alta nu durează niciodată mai puțin de un minut. Și nu ai timp s-o ștergi – un obuzier are opt tone. Măcar dacă s-ar ivi alte tunuri – ale divizionului, tunuri antitanc – nimeni.

În mașină, din nou la stația de emisie-recepție. I-a dat raportul maiorului: legătura cu Uralul s-a întrerupt. Și *pifani* nu sunt, mai căutăm, i-am trimis pe băieți să caute peste tot.

Însă chiar acum – unul dintre sergenţii trimişi şi-a făcut treaba. Pe drumul pe care au venit încoace – un zgomot uşor. Un Willis. Până în ultimul moment, nu se distingea nici cine e, nici ce e.

Din Willis a sărit cineva într-un mod tineresc. Maiorul Baluev.

Toplev i-a raportat: suntem poziţiile de foc ale divizionului de artilerie grea.

Maiorul avea şi vocea foarte tânără, însă fermă. Şi a spus, cu un ton vesel:

– Ei, nu mai spuneţi! Artilerie grea? La asta nu m-aş fi aşteptat!

Au intrat în casă, la lumină. Maiorul era uscăţiv, bărbierit neted. Dar se vedea că este extenuat.

– E chiar excepţional! Ne-ar fi trebuit ceva mai uşor.

Şi s-a dovedit că este tocmai comandantul acelui regiment din divizia pe care o căutau. Toplev s-a bucurat:

– Perfect! Acum totul va fi în ordine.

Nu tocmai. Până când va ajunge primul batalion aici – va mai trece o jumătate de noapte.

S-au aşezat aproape de lampa cu gaz, pentru a studia harta.

Toplev a arătat unde vor fi posturile noastre de observare. Uite acolo, în Dietrichsdorf – bateria de reperaj acustic. Dar mai mult – deocamdată nici o unitate nu a fost fixată.

Maiorul, cu căciula pe-o parte, pe părul lui ca inul, îşi pironise privirea avidă pe hartă.

Nu era câtuşi de puţin vesel.

Se uita, se uita pe hartă. Nu cu un creion, ci cu degetul trasa o linie presupusă, undeva acolo, în faţa posturilor de observare. Acolo unde se va instala infanteria.

A desfăcut planşeta, a redactat ordinul. I l-a întins sergentului major care era cu el:

– Să i-l dai şefului de stat-major. Pune mâna pe-o maşină. Dacă undeva pe drum găseşti vreun mijloc de transport pe roţi, ia-l cu tine. Măcar o singură companie să ducem înainte.

Iar pe doi cercetaşi i-a oprit la el.

– Mă duc la comandantul vostru de divizie.

Toplev, prevenitor, l-a condus pe maior în Adlig. Şi, la capătul drumului:

– Mergeţi drept pe această urmă de sanie.

Urma se vedea bine sub picioare.

Se lumina din ce în ce mai mult. Răzbătea lumina lunii.

11

După ce fusese rănit uşor în lupta de lângă Soj, maiorul Baluev fusese trimis la nişte cursuri de un an de zile la Academia Frunze. Risca astfel să rateze războiul, dar iată că reuşise, şi ajunsese în statul-major al celui de-al Doilea Front al Bielorusiei – la timp pentru ofensiva din ianuarie.

De aici – în statul-major al armatei. De aici – în statul-major al corpului de armată. De aici – în statul-major al diviziei.

Şi l-a găsit abia în această după-amiază – dar nu, deja trebuie considerat că asta se întâmplase ieri.

Însă, la ei, chiar cu o zi înainte fusese ucis comandantul detaşamentului şi era al treilea din această toamnă. Şi astfel ajunsese în locul lui, ordinul va fi semnat ulterior.

Cu comandantul diviziei nu a reuşit să stea de vorbă decât cinci minute. Dar unui ofiţer experimentat îi este de ajuns: aproape că nu ştia să descifreze o hartă topografică, se vedea după cele două erori şi după mişcarea degetelor pe hartă. Şi înţelege oare mai bine toată situaţia? Bălmăjeşte ceva neclar. Dar cine nu e făcut la noi general? Ba, mai mult, conform unei cote obligatorii de cadre naţionale, se cerea o reprezentare uniformă a minorităţilor.

După buna organizare academică a unui război teoretic, iată, dintr-odată, să fii aruncat în luptă, te zăpăceşti puţin. Iar dacă ţi-ai pierdut obişnuinţa, nu contează – înviorează-te.

Când era în departamentul strategic al statului-major al armatei, Baluev a reuşit să înţeleagă câte ceva din atmosferă. În cursul anului patruzeci şi patru, cum s-au mai repezit ostaşii noştri înainte, cu impetuozitate! – cum să nu se devină impertinenţi? De o impertinenţă minunată, frumoasă şi victorioasă. Cu ea au şi dat buzna în Prusia. Deja rămăseseră în urmă şi serviciile din spatele frontului, şi infanteria, dar goneşte divizia a 5-a de tancuri, goneşte – şi chiar până la Marea Baltică. Efectul este copleşitor, încântător!

Cu toate acestea, anvergura unei asemenea străpungeri consta în faptul că unei singure divizii îi revin, în loc de obişnuiţii de la trei la cinci kilometri de front – dintr-odată patruzeci!

Apucă-te şi întinde-ţi regimentul. Apucă-te şi cere cel puţin două tunuri de 76.

Dar asta înseamnă armată în mişcare: o construcţie schimbătoare, ba împietreşte, devenind ca marmura, peste douăzeci şi patru de ore, ba începe peste două ceasuri să se destrame ca o vedenie. De altfel, pentru asta eşti ofiţer de carieră, pentru asta ai trecut prin cursuri academice.

Şi în această surpriză impetuoasă, în această asprime şi încordare stă voluptatea războiului.

12

Totul se luminase, spre ora unu noaptea întunericul a fost sfâşiat. Luna este în creştere, nu va rezista toată noaptea. Partea invizibilă este deja orientată spre est, a început să străbată, ca într-o pictură, dincolo de nori, ba mai strălucitoare, ba mai înceţoşată.

Se luminează – se luminează, dar nici prin binoclu nu poţi vedea prea mult pe câmpul înzăpezit din faţă – vezi doar că e pustiu – până unde începe vâlceaua. Însă ici și colo este întretăiat de crânguri, vor avea unde să se grupeze.

Luna avea asupra lui Pavel Boev încă din tinereţe o putere deosebită, și a rămas așa pentru totdeauna. Ea îl obliga pe adolescent să se oprească sau să se așeze sau să se întindă – și să o privească, să o privească, să se gândească la viaţa lui, cum va fi. Și la o fată – cum va fi?

Dar, deși el era zdravăn, puternic, cel mai bun sportiv, fetele nu prea trăgeau, nu se știe de ce, la el. Își bătea capul: de ce nu are succes? Bine, nu e tocmai frumos, buzele și nasul nu sunt tocmai în linie, dar unui bărbat oare frumuseţe îi trebuie? Frumuseţea aparţine în întregime femeilor, chiar dacă nu tuturor. În faţa oricărei femei, lui Pavel i se strângea sufletul, se închina în faţa acestei gingășii, fragilităţi, se temea să nu o frângă sau chiar să o ardă cu respiraţia. Ori din cauza tuturor acestora, ori nu din cauza asta – dar de însurat, nu se însurase până la război. (Și numai Tania, de la spitalul militar, i-a explicat după aceea: prostuţule, dar nouă ne place tocmai forţa care ne subjugă.)

Luna deja lumina și în spate. S-a întors să se uite la ea. Ea s-a împăienjenit din nou.

Și totuși – nici un sunet de nicăieri. I-am pocnit zdravăn pe nemţi.

Între timp, liniile telefonice au fost întinse de la poziţiile de foc la cele trei posturi de observare. Prin intermediul postului acustic aveau legătura și cu bateria acustică de la Dietrichsdorf, iar aceasta avea posturile ei din stânga situate și mai la nord; a sunat comandantul lor de baterie: nimeni-nimeni, am instalat avanpostul dincolo de lac, în faţă.

Iar lacul e un luminiș descoperit, acolo i-am fi văzut pe nemţi, datorită lunii. Înseamnă că nici pe o distanţă de doi kilometri spre est nu e nimeni.

A mai spus: topografii, la lumina lunii, fixează deja posturile de reperaj, s-au dus și în Adlig, să fixeze și posturile de luptă.

Ei bine, peste o oră se va face pregătirea pentru tragere! Dar e puţin probabil că vom rămâne aici: ne vom mai schimba poziţia.

Era clar, nu va fi dezgheţ. Vom încartirui la noapte aici; a luat din sănii pâslarii, pentru a-şi schimba încălţămintea.

Dar iată, Toplev a raportat: cu statul-major al brigăzii, legătura nu-i şi nu-i. Ciudat. Cât le trebuie ca să ajungă aici? Nu cumva i-au surprins nemţii pe drum?

Acum şi-a amintit: comandantul brigăzii plecase la spitalul militar în timpul zilei. Înseamnă că acolo ţine frâiele Vîjlevski?

Boev îi evita pe toţi acei politruci de tot felul, nu-i plăceau, mai mult decât oamenii neserioşi. Dar Vîjlevski îi era antipatic în mod deosebit, avea în el ceva jegos – din cauza asta; şi în mod special din cauză că era un comisar care doar trăncănea. Se cam şuşotea în brigadă că în timpul anului '41 ceva nu se potrivea în biografia lui Vîjlevski: fusese în Odessa încercuită, apoi două-trei luni o întrerupere obscură – apoi, ca şi cum nimic nu s-ar fi întâmplat, înaintat în grad, pe Frontul de Vest. Şi ce legătură avea cu toate astea Gubaidulin? pentru ce l-a luat brusc Vîjlevski din rezervă în departamentele politice şi l-a avansat rapid în grad? (Şi lui Boev i-a revenit funcţia de secretar de partid.)

De la Toplev: legătura cu brigada tot nu este. Dar se găsise comandantul plutonului de trăgători, plecase pe urme, la punctul de observare.

Ei, în sfârşit. Măcar acum se va lămuri ceva.

13

– Tovarăşe locotenent major! Tovarăşe locotenent!...

– Ce-i? a răspuns deodată Kandalinţev, cu o voce trează.

– Acum am adus un neamţ! Un dezertor!

Asta raportase caporalul Neskin, care făcuse un pas înăuntru, în şopron. Neamţul fusese reţinut de unitatea de pază – mergea de-a dreptul peste câmp.

Auzise şi Gusev. Uimitoare noutate! Ambii comandanţi de pluton au alunecat în jos de pe claia de fân.

S-au dus afară, ca să se uite. Luna lumina şi se puteau vedea bine uniforma nemţească şi faptul că nu avea armă. Caschetă călduroasă.

Neamţul i-a văzut pe ofiţeri şi a dus cu precizie mâna la tâmplă.

– *Herr Oberleutnant! Diese Nacht, in zwei Stunden wird man einen Angriff hier unternehmen*[1]*!*

Dar germană amândoi, ehei!, aşa şi aşa. Poţi să ştii câte un cuvânt separat, dar toate împreună nu le cuprinzi.

Dar e foarte agitat.

Totuşi, cu el – trebuie mers la statul-major al divizionului. I-au făcut semn să avanseze. În faţă – Neskin, iar în spate – micul Iurş cu carabina, care vine peste tot acolo unde se petrece ceva; pe drum, le raportează ofiţerilor: deja, zice, am sporovăit cu el, bla-bla-bla. Aproape că ştie şi cuvinte de-ale noastre, dar totuşi nu se înţelege.

El tot vrea ceva urgent, dar mergeau înainte.

Până la maşina statului-major aici, în Klein, nu e departe. Deocamdată mergeau şi îl mai întrebau câte ceva. Şi neamţul îşi dădea silinţa, a început nu în germană, ci în ceva oarecum recognoscibil. Recognoscibil, dar oricum nu înţelegi nici o boabă.

Şi tot repeta un cuvânt separat:

– *Angriff! Angriff!*

Dar asta parcă ştim: ofensivă? atac?

Păi la asta şi trebuia să ne aşteptăm.

În maşina statului-major, radiotransmisionistul nu dormea, l-a trezit pe planşetist, care ştie nemţeşte. Dar nici el foarte bine. S-a ridicat repede, a început să vorbească cu neamţul şi traduce, dar nu cursiv, nu cuvânt cu cuvânt.

– Uite ce e, ăsta e un neamţ din Regiunea Sudetă. Ştie şi puţină cehă. A venit să ne avertizeze: peste o oră-două aici, în sectorul nostru, o să înceapă o mare ofensivă generală a nemţilor.

---

1. Domnule locotenent major! În această noapte, în două ore, o ofensivă va fi declanşată aici (în limba germană în original).

Dar nu ne prostește?

Dar pentru ce? o să-i fie mai rău.

Vocea neamțului este rugătoare, plângătoare, imploratoare chiar.

Dar este foarte în vârstă, mai bătrân și decât Pavel Petrovici.

Lui Kandalițev îi părea rău de el. Se săturase să mai lupte, amărâtul.

Dar cine nu se satură în atâția ani?

Sărmanul de tine, sărman. Și de la noi – când o să-ți mai vezi familia?

L-a trimis pe neobositul Iurș la Adlig, să-l caute pe căpitanul Toplev, să-i raporteze.

14

Interogându-l pe dezertor prin intermediul planșetistului și ascultându-i chiar el vocea și văzându-i hotărârea binevoitoare, Toplev l-a crezut că nu minte. Dar cum a traversat? – nu e greu. Peste câmpul pustiu, fără nici o linie de luptă – de ce să nu-l parcurgi pe jos?

Bine, de acord, dezertorul va fi ținut pe lângă mașina statului-major.

Dar, dacă el nu minte și nu se înșală, înseamnă că tunurile noastre sunt complet lipsite de apărare: infanteria tot nu-i aici!

Toplev este un executant model: culcat! drepți! Și întotdeauna se străduia să știe, să aprofundeze, să izbutească.

Dar ce trebuia să facă el acum? Ce putea să facă acum?...

De s-ar găsi mai repede, mai repede statul-major al brigăzii!

Îl zorea pe radiotransmisionist: cheamă-i, cheamă-i!

Dar tot nu se face legătura.

Haide, ce-i cu ei? E inexplicabil.

A înhăţat receptorul telefonului, pentru a-l suna pe comandantul diviziei – dar ce-i asta? Nici aici nu se face legătura. Nu a fost un bombardament, de unde vine atunci ruptura? L-a trimis pe cel care era de serviciu la linii, ocărând, dar fără să înjure, nu face asta niciodată. Telefonistul e un gură-cască! Să fie verificat în fiecare minut!

Dar cum să le spună prin staţia de emisie-recepţie? În mod direct, este imposibil, dar pentru un asemenea caz nu este prevăzut nici un cod. Radiotransmisionistului:

– Cheamă-l pe Zece!

Auzind vocea lui Boev, densă, întotdeauna fermă, de nădejde – s-a mai liniştit puţin. Acum va găsi o soluţie. Şi, fără să scape din ochi ferestruica roşie luminată a staţiei de emisie-recepţie, Toplev s-a apucat să explice, cu degajare.

Iată, a ajuns aici la noi un nene... Nu de-al nostru, nicidecum... Păi, din partea cealaltă... Nu pare să mintă, am verificat în lung şi-n lat. Zice: peste oră, două... iar acum deja a rămas mai puţin... Cică, *vor porni*! Şi – buluc! Da, vor da năvală... Iar Uralul tace în continuare... Ce ordonaţi?

Boev nu răspunde imediat. Nici nu e vorbăreţ. Se gândeşte. Mai întreabă o dată:

– Şi Uralul tace?

Toplev, aproape plângând:

– Nici un sunet!

Se mai gândeşte.

– Hai să facem aşa. Mută toată aparatura lui Kasianov dincolo de râu. Imediat. Să-şi ocupe acolo poziţiile.

– Iar pentru ceilalţi doi?

S-a putut auzi chiar cum Boev a răsuflat adânc în receptor:

– Iar pentru ceilalţi doi? Deocamdată să rămână acolo unde sunt. Şi fii, fii cu ochii în patru. Dar ce e cu linia?

– Am trimis să vadă, nu ştiu.

– Toţi să fie pregătiţi de luptă, să se uite, să asculte. Cum e ceva, raportează.

La scurt timp după aceea, a sosit în fugă cel care era de serviciu la linii. Se jură, jură pe Dumnezeu:

– În pădurice, o bucată uite-așa de mare de cablu a fost tăiată, pare o tăietură de cuțit. Și sunt urme pe-o parte.

Nemții?!

Sunt deja aici?

15

Astfel, pe făgașele lăsate de sănii, a ajuns Baluev cu doi agenți de transmisiuni de-ai săi până la un grupuleț de oameni, întunecat, pe un loc deschis înzăpezit.

Și-a spus numele și gradul.

Maiorul Boev, puțin mai mic de statură, este îmbrăcat cu un cojoc scurt alb.

Și-au strâns mâinile. Baluev are o strângere puternică, dar Boev înșfacă mâna.

Și, cu o simplitate a oamenilor de pe front:

– Unde e regimentul tău?

Regimentul lui! El însuși nu l-a văzut încă prea bine. Răspunde:

– Dar cine a așezat tunurile voastre în felul acesta?

Boev a pufnit de râs:

– Încearcă numai să nu le așezi așa. A fost un ordin.

I-a povestit situația, ce știa și el.

Chiar dacă bate lumina lunii, plimbă încă lanterna pe hartă.

– Petersdorf? Da, acolo mi s-a și indicat poziția pentru statul-major. Acolo, v-ar fi aproape pentru a întinde firul. Iar eu aș veni încoace la postul de observare.

Deși – ce fel de post de observare? pe un teren fără denivelări, lipsit de acoperire?

– Dar, până una-alta, am vreo două ore de rezervă, trebuie să plec eu însumi în recunoaştere: unde-i neamţul? Unde să punem prima linie?

Uite, asta – dacă ar fi ştiut!

Boev este chemat la staţia de emisie-recepţie. S-a aşezat acolo pe vine.

Iar Baluev ducea punctul luminos pe hartă. Dacă tot lacul acesta este la noi, atunci pentru ce să ne instalăm aici? Trebuie să mergem înainte.

S-a întors Boev şi, cu vocea lui de bas, încet, din cauza soldaţilor, i-a transmis lui Baluev noutatea.

– Se prea poate – Baluev recunoştea fără ezitare, dintr-odată, şi o asemenea eventualitate. – Chiar în primele douăzeci şi patru de ore, el va merge, timp în care noi nu vom avea acoperire. Tocmai de disperare încalcă el regulamentul.

Atunci, măcar să punem prima linie începând de aici.

Şi când să reuşim să desfăşurăm încoace măcar o companie?

Dar lui Boev, cu tunurile lui grele, nu-i va fi incomparabil mai dificil?

Dar nu arăta nici o nelinişte.

Baluev, cu sinceritate:

– De un an n-am mai fost pe front şi mă mir cum suntem noi în al patrulea an de război. Ca şi înainte, nu ne poţi speria.

Pentru Baluev însuşi, era a patra zi în Prusia, dar avea deja iarăşi o deplină stare de război.

– Totuşi, eu o să merg înainte, pe partea dreaptă a lacului. Ce aflu, îţi comunic ţie. Şi acolo unde o să-mi stabilesc statul-major, o să-ţi aduci şi tu linia.

Au mers în câmp deschis un sfert de oră. Acum trebuie să se despartă – până când vor întinde cablul, până la prima legătură. Dar pentru a nu se revedea niciodată, întotdeauna se întâmplă aşa.

– Cum trebuie să mă adresez?

– Pavel Afanasici.

– Iar mie, Vladimir Kondratîci.

Și-au strâns mâinile calde.

Baluev a plecat cu agenții de transmisiuni.

Luna era învăluită de nori.

16

Chiar în a Doua Armată de șoc, în primăvara lui '42, Volodea Baluev rămăsese în viață și ieșise din încercuire. Dar iată că ei au putrezit pe câmpul de luptă de la Soj toată luna noiembrie a anului '43, așa a fost rănit, cu două ore înainte de retragerea nemților, atunci când aceștia începuseră deja să se târască înapoi. Dar după această rănire s-a recuperat: două luni la spital la Samara. Și după aceea – un an la Academie.

La Academie, acum sunt puțini cei care n-au fost împușcați, treierați, toți cunosc deja prețul războiului. Cu toate acestea, un an de studii este cu totul altă lume: războiul este sublimat până la seninătate, frumusețe, rațiune. Și apoi, este greu să-și interzică un gând cotit: poate că peste un an războiul se va încheia? poate că pentru mine e suficient?

Nu s-a încheiat. Dar cât de aproape este deja sfârșitul lui! De-a lungul nordului Poloniei, de-a lungul Prusiei, el ajunsese din urmă frontul mergând, de la punctul de trecere de control, cu mașini de ocazie, ticsite cu tot felul de militari. Și ajunsese la timp, bucurându-se să intre din nou în atmosfera familiară a frontului. Și într-un asemenea moment măreț – cucerirea Prusiei Orientale! (Și pe o asemenea întindere îndepărtată a frontului...)

Se afundau în zăpada afânată, imaculată. Cercetașii îi urmau în tăcere.

Se ghidau după busolă.

Dacă va începe dintr-o clipă în alta, atunci nici Petersdorful nu va mai servi la nimic, va fi în afară. Cum să reușești să desfăşori nu o companie, dar măcar un pluton pentru a proteja tunurile de lângă Adlig?

Dar se va întinde până aici măcar o singură companie? Răpusă de oboseală, nu va fi mai degrabă epuizată până la a nu se mai putea ridica?

Măcar dacă ar rezista în această singură noapte; mâine va fi deja mai uşor.

Dar iată: pe mâna stângă, spre nord-est, la vreo patru-cinci kilometri, a apărut fără zgomot, fără să fie remarcată în acel moment, o flacără nu prea mare, un incendiu. Şi ardea.

Dar nu se auzeau nici un fel de împuşcături.

S-a oprit, s-a uitat prin binoclu. Da, un incendiu. Uniform. O casă?

În război, un incendiu nu apare din nimic. El izbucneşte *singur* din cauza unor acţiuni.

Sau acesta e deja la nemţi? Sau cineva dintre ai noştri a pătruns până acolo şi a făcut-o de oaie?

Au mers mai departe, la est.

Şi încă ceva: un vis. Mama.

Mama lui Volodin murise de tânără, atât de tânără! Volodea are douăzeci şi opt de ani, o visează deja de mulţi ani, atât de scumpă. Ea a fost nefericită, dar, în vis, îi apare mereu voioasă. Dar nu e niciodată aproape: numai ce apare – şi pleacă; uite, acum o să vină; doarme în camera alăturată; iată că trece pe lângă, face semn cu capul, zâmbeşte. Dar niciodată prea aproape.

Totuşi, pornind de la alte exemple, de la situaţii similare sau de la relatările cuiva, Baluev a dobândit convingerea că, atunci când va veni pentru el vremea să moară, mama lui se va apropia de el şi-l va îmbrăţişa.

Şi noaptea trecută asta şi visase: mama îi respira chiar în faţă şi îl îmbrăţişa atât de strâns – de unde avea atâta putere?

Şi era atât de cald, era atâta bucurie în somn! Dar s-a trezit – şi-a amintit că era un semn prevestitor...

17

Patru obuziere ale bateriei a 6-a au ieşit din Klein Schwenkitten, tulburând cu huruitul tractoarelor toată liniştea aceea din jur. Şi, fără să aprindă farurile, s-au înşirat înapoi pe acelaşi drum mărginit de copaci, pe care veniseră câteva ore mai devreme. După remorcile cu obuze mergeau şi bucătăria divizionului, şi maşina de trei tone a Intendenţei, li se ordonase şi lor. (Şi dezertorul neamţ.)

Locotenentul Gusev stătea, ca de obicei, în cabina primului tractor al plutonului al 2-lea. Această repliere nu-i plăcea deloc: oricare ar fi fost considerentele tactice, este, totuşi, o retragere. Şi acum – în focul luptei – nu va avea ocazia să ia parte la confruntare.

Tot timpul, Oleg avea conştiinţa că el nu e de sine stătător, un tânăr locotenent, ci fiul unui renumit comandant de armată. Cu fiecare zi de luptă şi cu fiecare faptă de arme el voia să îndreptăţească o asemenea descendenţă. Pentru el ar fi fost un dezastru să-şi dezonoreze tatăl. Ca decoraţii, avea deocamdată doar Războiul patriotic, clasa a II-a, strălucitoare, primită pentru o acţiune concretă. (Tatăl său avea grijă ca fiul să nu fie glorificat pe baza protecţiei.)

Drumul era o nimica toată, un kilometru şi jumătate şi iată deja acel pod de beton armat peste Passarge, pe care trecuseră cu o seară înainte.

Una după alta, armele masive trase de tractoarele lor escaladează panta abruptă, după ce au trecut podul.

Acolo a avut loc o oprire, în faţă apăruse o piedică. Apoi din nou au început să huruie cu toată puterea. Şi s-au întins la drum.

Oleg a sărit jos, s-a dus înainte să afle.

Kandalinţev stătea de vorbă cu un oarecare colonel, înalt, cu o *papaha* pe cap. Acela era extrem de iritat şi, se pare, nu-şi dădea seama că tot ţinea în mână un parabellum scos, nu se ştie de ce, din tocul lui.

Dar îl scosese, după cum se vedea – ca să elimine insubordonarea. El cerea ca tunurile chiar acum, imediat, să fie desfăşurate în formaţie de luptă, cu ţevile îndreptate spre est. Pentru tragere directă.

Mai departe, în spatele colonelului, ţeava lungă a unui autotun SU-76. Câţiva combatanţi sunt pe blindaj, şi alţii alături.

Kandalinţev explica liniştit că tunurile de 152 de milimetri nu sunt pentru tragere directă: mai repede de un minut nu reuşeşti să le reîncarci, astea nu sunt arme antitanc.

– Dar nu avem altele! răcnea colonelul. Şi nu discutaţi!

Însă problema nu era în parabellum. Într-o situaţie de luptă, în absenţa superiorului său, fiecare este obligat să se subordoneze oricărui militar cu gradul cel mai mare din locul acela. De superiorul lor ei fuseseră despărţiţi odată cu deplasarea aceasta.

De fapt, nu era nici o diferenţă: ei se gândeau să ocupe poziţiile la vreo două sute de metri mai departe. Numai că, iată, rezonabil şi imperturbabil, Kandalinţev îi raporta colonelului – aici, aproape de pod, este prea îngust, nu ai unde să aşezi patru tunuri în linie.

Colonelul, aşa iritat cum era, a dat ascultare într-o oarecare măsură celor spuse de locotenentul major şi a ordonat să fie plasate lângă pod doar două tunuri, de o parte şi de alta a drumului.

N-aveau ce să facă. Kandalinţev i-a spus slab, nu cu un ton de ordin:

– Oleg. Un tun de-al tău – la stânga, unul de-al meu – la dreapta.

Au început să se desfăşoare, să se aranjeze.

Gusev a pus în poziţie de luptă al treilea servant, sergentul Petea Nikolaev. Kandalinţev l-a desemnat la tunul lui pe primul, sergentul-major Koltov – de o vârstă cu el, sub patruzeci, un cazac de la Don.

Celelalte tunuri şi camioane au fost întinse mai departe vreo două sute de metri, acolo unde se zărea negru conacul Pitten, cu clădirile lui.

Dar mai trebuie supravegheat și dezertorul.

Kandalințev, în mod neobișnuit, i-a pus mâna pe umăr. Și i-a spus:

– *Gut*, *gut*, totul va fi *gut*. Mergi cu ai noștri, să dormi.

18

Secționarea cablului nu a putut fi întâmplătoare, dacă au fost smulși doi metri. E clar că lor aici le este familiară regiunea, ei cunosc fiecare trecere, au călăuzele lor, serviciul lor de recunoaștere, dar și crânguri și poieni ici și colo. Noi nu vom putea nicicum să-i vedem, dar ei ne urmăresc pe noi.

Boev nu mai nimerise niciodată într-o asemenea situație. El traversase râuri sub bombardamente, rămăsese la postul lui de observare pe câmpuri de luptă unde mureau oameni, sub loviturile repetate ale proiectilelor și ale minelor germane și zăcuse sub raidurile aeriene într-un șanț superficial săpat în grabă; dar știa întotdeauna că el este o parte a brigăzii lui de artilerie și un coleg credincios al infanteriei și, mai devreme sau mai târziu, se va întinde spre el o mână prietenească sau un fir de comunicare, sau un ordin al superiorilor, și că putea să-i facă părtași gândurilor lui.

Dar așa? Nici un zgomot, nici un obuz, moartea din fiece moment nu se repede spre noi, nici nu se manifestă în nimic. Dar infanteria nu-i, și nici nu va fi înainte de răsărit, ar fi bine dacă ar ajunge măcar dimineață. Iar statul-major parcă ar fi murit, încă de la miezul nopții. Ce poate fi asta? Stația de emisie-recepție s-a defectat? – dar mai aveau de rezervă.

Norii au acoperit ermetic cerul din nou, iar luna este în declin. Câmp fără viață acoperit de zăpadă, o vizibilitate foarte tulbure. Cu un comandant de baterie la dispoziția lui, doi pe margini, să stea blocat în gropi mici și ce să aștepte? Se poate, da, ca dintr-o clipă în alta nemții să înceapă ofensiva, chiar dacă nu se aude nici un singur zgomot, nici de tractoare, nici de motor de camioane, ceea ce înseamnă că nici artileria lor nu se desfăşoară. Şi dacă ei vin pe jos dintr-o parte şi atacă de-a dreptul tunurile noastre? Ele sunt lipsite de apărare.

Şi – pentru ce să stea aici? Asupra cui să deschidă focul? De ce suntem noi aici?

Boev a retras deja o baterie în mod neautorizat. Deşi asta se poate justifica. (Dar iată ce e: atâta timp cât nu are legătură cu bateria sa, Kasianov n-are decât să-şi ia tălpăşiţa şi merge la tunurile lui, pe malul acela. Îi dăduse ordin.)

Dar să mute şi celelalte două baterii dincolo de Passarge? Asta e deja întru totul o schimbare arbitrară a poziţiei, o retragere. Dar există un principiu sacru al Armatei Roşii: nici un pas înapoi! În armata noastră – o retragere neautorizată? Nu numai că nu se poate împăca sufletul cu asta, dar aşa ceva este imposibil! Asta e trădare de patrie. Pentru asta poţi fi judecat şi poţi fi condamnat chiar şi la moarte, chiar şi la batalionul disciplinar.

Iată – n-avea nici o putere.

Sensul este clar, evident: bineînţeles, trebuie să se retragă, să retragă divizionul.

Dar şi mai clar: este strict interzis.

Nu contează dacă pieri, numai să nu vină de la ai tăi.

De la Baluev, de când a plecat, nimic. Dar noutăţile curgeau. De la comandantul bateriei din stânga: la vreo trei sute de metri, pe un drum de ţară, mergea în galop un singur călăreţ, spre est. Mai mult nu s-a putut distinge. Şi nici nu şi-au dat seama la timp să tragă.

Aşadar, asta e de la nemţi – era o recunoaştere, o legătură, oamenii locului?

Prin intermediul aceluiaşi punct de observare din stânga şi prin postul lui de reperaj l-a chemat pe Boev comandantul bateriei acustice. Calitatea sunetului, prin intermediul a două-trei joncţiuni, este aşa şi aşa. El anunţă: dincolo de lac, s-au ivit nemţii pe neaşteptate, au tras asupra avanpostului, au ucis un combatant.

– Sașa, ce mai vezi, ce auzi?
– La stânga au apărut două vâlvătăi.
– Dar pe lângă tine cine e dintre ai noștri?
– Nimeni. Noi am ocupat acolo un castel foarte bun.
– Eu am vești: dintr-o clipă în alta ar putea să pornească. Iar tu ai deschis deja *cutiuțele cu instrumente*. Ar trebui să le strângi câtă vreme nu se trage.
– Dar cum se poate?
– Dar ce să mai asculți de superiori?
Toplev raportează: acum se vede și la stânga lui o vâlvătaie. Uralul tot nu răspunde. Ei dorm sau ce fac? Dar nu se poate să fi adormit toți!
Toplev este un tinerel, cam plăpând. Iar tunurile pot să învăluie din flanc. L-a îndemnat: trezește toți servanții, să nu doarmă nimeni, luați puștile, grenadele. Fiți gata să apărați direct posturile de foc. Menține legătura și comunică-mi.
Ostanin s-a întors:
– Tovarășe maior! Am găsit un cătun bun, pustiu. La vreo cinci sute de metri de aici. Traversăm?
Mai are vreun rost? Cât timp se instalează liniile – fie ce-o fi.

19

Și a mai trecut o jumătate de oră.
Vâlvătăile din stânga, în partea de nord, se fac tot mai numeroase. În apropiere sunt deja trei, iar una foarte mare se ridică puternic mai departe.
Nu se aud nici trageri de artilerie, nici de mortiere. Împușcăturile de arme pot să nu ajungă până aici.
Iar la dreapta, de unde a fost desființat punctul de observare al lui Kasianov, chiar dacă nu exista nici un fel de indiciu, relieful – o vâlcea care se curba – le dădea motiv să se teamă foarte tare.

Acum, s-a întors şi Ostanin din partea din faţă a vâlcelei, nu-l lasă conştiinţa să stea într-un loc. Zice: pe celălalt povârniş mişunau nişte indivizi, vreo doi-trei. Aproape la sigur ar fi putut să-i doboare, dar s-a abţinut.

Poate că a procedat corect.

Cu călăuzele lor, nemţii o să găsească fiecare cărare. Iar peste relieful zonei – vor duce şi un batalion, cu săniile.

Vizibilitatea este din ce în ce mai slabă. Trimiţi pe cineva – până la vreo sută de metri silueta lui se distinge încă, la mai mult doar se ghiceşte – şi gata.

În întuneric este corpul infanteriei, fără nici un zgomot? În războiul din ziua de azi, nu aşa se atacă, nu este posibil. Să organizezi o ofensivă atât de silenţioasă este şi mai dificil decât una zgomotoasă.

Dar, în război, totul este posibil.

Dacă nemţii sunt izolaţi de douăzeci şi patru de ore deja, cum, într-adevăr, să nu înceapă o ofensivă?

Gândurile se învârtejesc repede. Statul-major al brigăzii? Cum au putut să ne lase aici?

Să ne retragem – nu avem voie. Dar s-ar putea să nu rezistăm până dimineaţă.

Este inutil să staţionăm aici. Trebuie să salvăm tunurile.

Să ne asumăm riscul de a retrage încă o baterie? Asta nu va trece drept o manevră: este o retragere neautorizată.

Ei bine, până una-alta: stereoscopul, staţia de emisie-recepţie, bobinele pe care le avem în plus – pe sănii. Iar săniile să le regrupăm în partea bateriei. Lui Miagkov:

– Ia încărcătoare pentru pistoalele automate. Ia şi grenadele, câte sunt.

Ar trebui să vorbească cât mai încet posibil pentru ca zgomotul să nu se răspândească de-a lungul câmpului.

Bineînţeles, poate să apară repede şi un tanc. Împotriva unui tanc, noi nu putem face nimic. Şi adăposturile sunt prea puţin adânci.

Telefonistul îl strigă pe Boev. La tranşeea lor – doi paşi la o parte.

Este din nou comandantul bateriei de reperaj acustic. Ceea ce spune este alarmant: postul acustic din stânga a fost capturat de nemţi! Au mai avut timp să spună doar: „**Suntem încercuiţi**. Sunt în ţinute de camuflaj albe". Şi – asta-i tot.

– Dar la dumneavoastră, Pavel Afanasici?

– Deocamdată – nu e clar.

– La mine la centrală, pentru moment nu e nimeni. Dar aparatele le strâng, ca să nu se piardă. Aşa că – fiţi cu ochii în patru. Şi luaţi-vă firul.

Boev nu a dat receptorul imediat, ca şi cum se aştepta să mai audă ceva.

Dar e linişte totală.

Asta înseamnă că deja a început lupta.

Lui Miagkov:

– Haide, pe toţi cei care sunt – desfăşoară-i în apărare, în semicerc, la vreo două sute de metri. Lasă un om la telefon şi unul la sănii.

Miagkov a dat ordinele cu voce joasă.

Să desfăşori unitatea de pază presupune şi un risc: afli mai devreme, însă de aici nu poţi trage, nimereşti în ai noştri.

Dar dacă rămânem grămadă – ne vor lua ca pe nişte oi.

Nu era tulburat. O judecată calmă şi limpede.

Îi trec prin cap: ofensiva asupra Oriolului, luptele de pe Desna, de la Starodub, de lângă Reciţa. Peste tot – lupte diferite, şi morţi diferite. Dar iată ce nu făcuse niciodată: niciodată nu risipise obuze degeaba, fără rost.

Triumful din depresiunea Bobruisk. Urmărirea prin Polonia. Câmpul de luptă cumplit de lângă Pułtusk.

Dar au învins.

...Să rezistăm până dimineaţă...

Spre nord-est – la vreo doi kilometri – pârâiau rafale de pistoale-mitralieră. Apoi au încetat.

Dar, cu aproximaţie, acolo unde plecase Baluev.

20

La Toplev, la poziţiile de foc, obuzele sunt stivuite aproape de tunuri. Dar probabil că nu vor avea ocazia să tragă înainte de a se lumina de ziuă. Comandantul diviziei a dat ordin ca toţi servanţii să pregătească puştile; nu le cară niciodată cu ei, consideră că sunt inutile, se află în benele cu obuze. Pentru servanţii de la tunurile grele, lupta în care se trag focuri de armă nu este prevăzută. Pistoalele automate sunt ale cercetaşilor, ale plutoanelor administrative – şi toate se găsesc la punctul de observare.

Nu se mai vede nici în faţă, nici într-o parte, peste tot e un fel de pâclă.

Toplev şi fără asta umbla de colo până colo într-o stare de nelinişte şi de confuzie, cu atât mai mult după ordinul comandantului de divizie...

Iată, erau opt tunuri în rând, aşa cum rar se procedează, întotdeauna bateriile sunt plasate separat; Toplev mergea nervos, micuţ, de-a lungul acestor coloși.

La fiecare tun – e bine dacă sunt jumătate dintre servanţi, ceilalţi s-au împrăştiat prin casele apropiate şi dorm: e uscat, e cald. Unii s-au şi cherchelit un pic, din nou, cu alcoolul capturat. Șoferii, şi ei, dorm pe undeva.

I-a îndemnat pe toţi cei patru comandanţi de pluton: să distribuie armele şi să se pregătească pentru o defensivă directă.

Unii au luat-o la fugă să execute, dar alţii o fac în silă.

Măcar dacă ar fi fost pe lângă divizion un vice-comisar politic, aşa cum este câte unul, care taie frunză la câini – le-ar fi fost frică de el. Dar comisarul brigăzii îl oprise la el cu treburi până dimineaţă.

Dar nu se vor apuca să atace fără o pregătire a artileriei, cel puţin ne vor avertiza, vor azvârli câteva proiectile, câteva mine.

Dar e linişte. Nu se aude zgomotul tancurilor.

Asculta, asculta. Nu se auzea nimic.

Trebuie să se descurce.

A plecat la Klein, la maşina statului-major. Acolo se află totul, diverse documente. Dacă se întâmplă *ceva*?... – atunci ce să facă?

I-a dat dispoziţie şoferului să stea pe lângă maşină. Radiotransmisionistului – să insiste să cheme Uralul.

S-a întors la poziţiile de foc.

– Tovarăşe căpitan! îl cheamă telefonistul cu o voce surdă, de pe pragul unde s-a aciuat. Vă caută comandantul diviziei.

A luat receptorul.

Boev, cu o voce teribilă:

– Toplev! **Suntem încercuiţi aici**! Pregăteşte apărarea!

Și, după cât se pare, nu lăsase receptorul – s-a auzit o împuşcătură, apoi alta!

Și totul s-a întrerupt. Legătura nu mai există.

Și Toplev a simţit în el ceva ciudat: rotulele au început să tremure singure, independent de genunchi, au început să tresalte în sus şi-n jos.

Dar acum nu putea să înceapă să strige pe toată linia de foc. A început să alerge de-a lungul şirurilor de tunuri, spunându-le comandanţilor de pluton: pregătiţi-vă de luptă! comandantul diviziei a fost deja atacat!

De data asta, toţi s-au pus în mişcare.

Dar maşina statului-major? dacă e ceva? A trimis un soldat: să o stropească cu benzină, din canistre.

Dacă nu vom scăpa, să incendiem maşina.

21

Devotamentul pentru tatăl său era cheia către sufletul lui Oleg. Pentru un băiat, cine este mai sacru, mai măreţ decât tatăl său? Și ce suferinţă a fost pentru el: într-unul din anii treizeci (Oleg avea 10 ani, a înţeles), tatăl său fusese degradat fără motiv, de la comandant de brigadă la colonel, de la romb la trese.

Și locuiau în două camere ale unui apartament comun, iar în a treia cameră – un turnător. (Cauza era: unul dintre colegii lui de serviciu a fost *săltat*, dar băiatul a aflat asta abia după aceea.) Odată mare, va urma și el cariera militară? La 16 ani (în lunile cele mai importante ale bătăliei de la Stalingrad), a reușit, a obținut încuviințarea tatălui său: a tras pe el mantaua soldățească.

Devotamentul pentru tatăl său însemna ca acolo, lângă cele două tunuri ale lui, să nu se acopere de rușine, să nu i se reproșeze fiului că nu este demn de tatăl său – mai bine să moară. Oleg era chiar mulțumit că lucrurile luaseră această întorsătură, că fuseseră plasați pe pod ca să păzească nemaiîntâlnita tragere directă a tunurilor de o sută-cincizeci-și doi. Și de s-ar rostogoli mai repede aceste tancuri germane din pâclă!

Aceasta era o noapte nemaipomenită pentru el și se aștepta la și mai mult.

Cu toate că în total sunt prevăzute câte 60 de proiectile pentru fiecare tun – iar acum au adunat proiectile și de la alte două tunuri ale plutonului – aveau doar jumătate. Și servanții – șapte oameni în loc de opt. (Și Lepetușin ăsta...) Dar locotenentul nu a adus un alt servant, nu e corect, va avea destule de făcut și acela. Preferă să dea el o mână de ajutor.

Nici acel autotun, nici acel colonel de temut nu mai erau în apropiere, iar tunurile bateriei a 6-a erau instalate lângă pod, stăteau de pază.

În față – un spațiu gol întunecat, se pare că nu se află acolo nici o unitate de-a noastră, dar oamenii au început să dea buzna.

Câțiva topografi din divizionul de recunoaștere – unul șchiopătează, altul are umărul scrântit. Fuseseră trimiși să facă fixări topografice atunci când lumina luna și s-au împotmolit în întuneric: așteptau, poate că se vor risipi norii. Povestesc întrerupându-se unii pe alții: ciudată ofensivă, vin pe furiș, numai în tăcere, care cu o lopată, care chiar cu un cuțit, din când în când o împușcătură – două.

Unii topografi au rămas încă în spate.

Au trecut săniile bateriilor de reperaj acustic cu toată încărcătura lor, reușiseră să o târască. Numai caii de tracțiune luați de la inamic i-au scos din încurcătură, căci mașina lor se împotmolise acolo, iar ei încearcă să o scoată.

Câte baterii de reperaj acustic mai sunt acolo?

– Pavel Petrovici, cum o să tragem, dacă ai noștri încă mai dau năvală?

– Va trebui să ne mai abținem puțin.

Acolo, pe râul estic, în profunzime, schimbul de focuri ba se declanșează, ba amuțește.

Kandalințev le-a ordonat celor doi servanți liberi să se pregătească pentru o luptă de infanterie. Iar acum a trimis pază la stânga și la dreapta.

Ai noștri continuau să urce pe pod.

Dar iată – a fost adus un rănit pe o brancardă. Cercetașii regimentului.

Abia îl cară, au obosit. Cine ar putea să-l ia cu mașina?

Acum – căutăm și pregătim pe cineva.

Oleg s-a aplecat asupra rănitului. Un maior. Părul lui ca inul. Nemișcat.

– Este al vostru?

– Este al regimentului. Unul nou. Abia a fost trimis ieri.

– Grav?

– La cap și în stomac.

– Dar unde este deci întregul vostru regiment?

– Dar... cine știe?

Artileriștii noștri i-au înlocuit pe brancardieri până la conac.

Kandalințev le spune:

– Să-l ducă pe săniile noastre până la Liebstadt și să se întoarcă imediat.

Orășelul Liebstadt, aflat la răscrucea a șase drumuri, pe care divizionul de tunuri l-a traversat ieri seară fără dificultăți. Iar dacă nemții pătrund acolo, toate drumurile le vor fi deschise.

– Pavel Petrovici, se vede că dezertorul nostru nu a mințit.

– Am dat dispoziţie să i se dea să mănânce, a mormăit Kandalinţev.

– Dar ce-i cu comandantul nostru de baterie? Nici la staţia de emisie-recepţie nu răspunde?

Dar ce-i cu tot divizionul?

Flăcările îndepărtate ale incendiului luminează puţin. Şi ochii s-au deprins cu pâcla. Uite, ca o pată neagră, încă un grupuleţ cu ai noştri. Vine încoace.

Şi uite-i.

Şi uite-i.

Da, acum nu poţi începe să tragi.

Şi deodată: la dreapta, din faţă – acolo unde sunt bateriile noastre 4 şi 5! –, o puternică şi densă rafală de mitralieră.

Şi – o mare izbucnire de foc! şi încă una! – apoi o explozie! și încă una!

22

Când în noapte se întrevedeau tulbure zorii zilei, în liniştea deplină, a bubuit asupra bateriei a 5-a, brusc, din dreapta pădurii, dar nu se trăgea chiar cu aruncătoare de mine, ci cu trei-patru mitraliere de mare calibru – şi de ce oare numai cu gloanţe trasante? În şuvoaie de bastonaşe roşii alungite, moartea care se anunţă din timp pornea de sus – rar caz să o vezi un pic mai înainte ca ea să te găsească.

Şi pe urmă, brusc, dinspre pădure a răsunat – *„hur-ra! hurra!“* – dens, din nu mai puţin de două sute de gâtlejuri.

Şi au alergat la tunuri – buluc, abia vizibili prin şuvoaiele roşii sclipitoare.

Din direcţia tunurilor au pornit câteva focuri de armă, dar nu au reuşit mai mult de atât. Şuvoaiele roşii s-au mutat în stânga, asupra bateriei a 4-a, iar a 5-a deja era asaltată cu grenade. Izbucneau întruna focuri.

Atacul l-a surprins pe Toplev în extremitatea bateriei a 4-a – iată! se pregătiseră – el însuşi i-a pregătit – dar nu crezuseră cu adevărat. Şi apoi, toată noaptea fuseseră încordaţi, apoi se relaxaseră, unii chiar adormiseră.

Dar – ei sunt de trei ori mai mulţi decât noi!

Să strige? să dea ordine? vocea nu ar fi ajuns până acolo şi nu i-ar fi trezit.

Toate acestea din scurt – ca o lovitură de pumnal în noapte.

Toplev deja nu mai putea face ni-mic! Doar să fugă? Să fugă la Klein, până la maşina statului-major şi să-i dea foc.

Şi a fugit.

Şi auzea exploziile în spatele lui, erau aproape şi, printre explozii, apăreau strigăte – ai noştri? ceilalţi?

Se poate încă distinge: se trage cu puştile, înseamnă că sunt ai noştri.

Lângă maşină, planşetistul şi radiotransmisionistul asta şi aşteptau: au stropit cabina maşinii cu benzină! au adus şi au atins o feştilă aprinsă.

Ah, a luat-o din patru părţi! Fugi de-acolo!

Ia-o la fugă!

N-o să vedeţi voi planşeta noastră! Şi n-o să scormoniţi în documente.

Deja nu mai sunt lansate grenade asupra bateriei. Cineva a reuşit să-l împuşte pe vreunul.

Alergau încoace, spre incendiu, gloanţele şuierau pe alături, ţinta era vizibilă.

Şi Toplev alerga cu soldaţii lui din statul-major.

Alerga – ştiind numai direcţia corectă, dar pierduse tot rostul.

Mai alerga cineva într-o parte, cineva din baterie, dar nu poate să vadă cine e.

În cap, i se perindau: copilăria, şcoala – şi cu ce densitate, totul dintr-odată!

Soldatul a rămas puţin în urmă, pentru a fi alături de căpitan.

Din cauza sufocării, nu poţi spune clar, dar se înţelege şi aşa. Pe drum, pe pod, cum au târât-o pe a 6-a, cum au salvat-o. La un kilometru de aici.

S-au oprit, au privit în jur. În înălţime, deasupra copacilor, roşea vâlvătaia maşinii.

Comandantul de divizie îi spusese că o va căra până în Germania.

Iar acolo unde rămăseseră tunurile – nu se mai trage decât cu pistoale automate.

23

Mai apoi, Kandalinţev şi Gusev doar împreună şi ajutându-se unul pe altul au reuşit să-şi amintească precis cele întâmplate. Ce a urmat după ce? Şi al cui tun anume a nimerit în primul tanc? dar în al treilea? şi din ce cauză a ars transportorul blindat?

Chiar până pe la şase dimineaţa a fost cu neputinţă să tragem: în faţa noastră, pe celălalt mal, pârâia schimbul de focuri din automate, iar oamenii noştri ieşeau întruna din încercuire. Parcă nu erau unităţi de-ale noastre acolo, însă câţi soldaţi s-au strâns în pâcla asta cu ninsoare!

După aceea însă, pe drumul din stânga, dinspre Dietrichsdorf au început să licărească luminile de poziţie ale tancurilor şi transportoarelor blindate. S-au pornit nemţii! Uneori se aprindeau scurt farurile, nu se puteau abţine să le aprindă – era în marş o coloană motorizată. Huruitul ei se auzea tot mai clar, prin ultimul tir al automatelor.

Dar iată – şi-a făcut apariţia şi prima mutră! E timpul s-o pocnim.

– Arma pentru atac! abia s-a auzit în dreapta, de peste şosea, de la Kandalinţev.

– Tragere directă! a început să urle cu glas gros Oleg către servanţii lui. Foc!

Trăgea Petia Nikolaev. Tunul nostru a hârâit. A hârâit și cel al lui Koltov.

Oleg s-a repezit să-i ajute pe servanți cu următorul proiectil – acum totul ține de viteză!

Neamțul nu s-a așteptat la focuri aici.

A început să se împrăștie.

Da, dar nici noi nu trăgeam pe de lături! La atingerea blindajului țâșneau scânteile puzderie! – înseamnă că am nimerit, cu proiectile brizante!

Tancul s-a oprit.

Și mai în spate – s-a aprins ceva, desigur, un transportor blindat.

Iar pe drum, coloana gonea!

Dar și noi trimiteam proiectilele – aproape două pe minut!

Păi proiectilul nostru îi stâlcește mutra și „tigrului regal"[1].

Așa de bine s-a nimerit – drept înaintea podului și pe pod – am sfărâmat câte un tanc și am blocat podul ca și cu un dop.

E de mirare că podul a rezistat.

Tancurile nemțești trăgeau încoace, dar, din cauză că malul nostru era mult mai înalt, iar ei se aflau jos, proiectilele lor ricoșau și zburau mai sus. Servanții se trânteau la pământ, în șanțuri, și iute săreau iar să încarce. Nikolaev și Koltov nu se depărtau de tunuri – și n-au fost atinși.

...Când nu te gândești nici la tine, nici la altceva ori altcineva, ci doar cum să-i *arzi*! cum să-i arzi.

Nemții trăgeau – când unii, când alții – și cu proiectile neexplozive, așa cum procedau încă din toamnă: să ducă ei oare lipsă de proiectile?

Aceste proiectile neexplozive nu provoacă răniri de schije, ele distrug numai locul unde cad direct.

Totuși, au fost răniți zăpăcitul de Iurș și doi servanți de-ai lui Koltov.

---

1. „Königstiger" a fost un tanc greu de luptă fabricat în Germania nazistă și folosit în al Doilea Război Mondial în anii 1944 și 1945.

Şi la tunul lui Nikolaev un proiectil neexploziv, tras de un tanc, a deformat regulatorul de echilibru.

Iată cum îşi aduceau ei după aceea aminte, toţi împreună, dar *ce* anume şi *de ce* şi *de la cine* – nu-şi mai dădea nimeni seama.

Apoi s-au petrecut atâtea. A apărut, totuşi, pe neaşteptate plutonul nostru de puşcaşi şi s-a pitit pe mal.

Podul e în bătaia armelor noastre. Nemţii încercau să fugă încoace, printre tancuri – erau doborâţi într-o clipă.

Iar peste gheaţă şi pe panta abruptă, înotând în zăpadă? – panta malului tot nu putea fi cucerită.

Bine, nici noi nu aveam cu ce trage asupra coloanei motorizate de pe malul celălalt – ni se terminaseră proiectilele.

Şi brusc, pe drumul liber din spate, şi-a făcut apariţia tancul nostru cu un bot cam butucănos – I-eS, o noutate, cu cel mai solid blindaj; tragi în el cu tunurile şi parcă ai arunca cu seminţe. S-a postat între tunuri şi a tras preventiv de două-trei ori asupra coloanei motorizate şi de două ori asupra drumului spre Adlig.

Cei de-acolo n-au ripostat.

Nemţii şi-au retras motoarele în pădure.

Din spate au mai răsărit două tancuri I-eS.

Abia atunci ne-am simţit şi noi mai bine.

Mult încă după aceea, în susul şi-n josul râului – peste gheaţă şi căţărându-se pe panta abruptă şi înzăpezită –, ieşeau din încercuire.

Printre ei, şi comandantul nostru de batalion Kasianov, rănit la o mână.

Şi artileriştii din bateriile 4 şi 5 capturate, care au putut fugi, au răzbătut. Nu mulţi.

Şi căpitanul Toplev – întreg şi nevătămat.

Cât despre comandantul de divizie, atât a putut să spună, că el a fost *încercuit*.

Numai de-ar trăi.

Lui Oleg, care privea la ceas, nu-i venea să creadă: când au trecut trei ore? Cum s-au mai ghemuit și s-au strecurat ei? Parcă i-a înghițit lupta.

Se lumina deja de ziuă.

24

Bucătăria îi hrănea pe toți de-aici, dintre ai noștri.

Căpitanul Toplev stătea rușinos de dezorientat în fața comandanților de plutoane. Însă ce-ar fi putut el mai mult? Nu-i mai tăcea gura – începea a nu știu câta oară să-i povestească – iar și iar – lui Kasianov: cum a fost, cât de iute s-au furișat și le-a fost imposibil să salveze tunul.

Iar căpitanul Kasianov – nevinovat – se simțea ca și cum ar fi fost vinovat de ceva.

După vreun ceas, din spate, de la Liebstadt, au apărut au apărut două automobile. În primul – un Opel-blitz de captură – se aflau adjunctul șefului de stat-major al brigăzii, un maior, și alții mai mărunți, tot din statul-major. Nu le venea să creadă: doar în aceste câteva ore? din seara atât de liniștită de ieri? și s-a putut întâmpla așa ceva?

S-au repezit să transmită prin radio la statul-major al brigăzii.

Iar în al doilea automobil – locțiitorul politic din divizionul al 2-lea Konopciuc și organizatorul de partid Gubaidulin, care trăsese un pui de somn și era treaz, nu beat.

Precum și maiorul Tarasov din SMERȘ-ul brigăzii.

S-au îngrămădit cu ofițerii: ce și cum? Erau mânioși, i-au ocărât pe Toplev, pe Kasianov: cum s-a putut să fie așa de căscați?!

Tarasov le-a făcut sever morală:

– Nu trebuie să existe noțiunea de „surpriză". Trebuie să fim totdeauna gata pentru...

Dar Toplev, tremurând și pierzându-și controlul:

– Şi dumneavoastră ştiaţi doar. A existat o avertizare.

– Da? Care?

Toplev a povestit despre dezertor.

Tarasov a priceput fulgerător:

– Şi unde-i?

L-au condus acolo, la conac.

Ceilalţi veniţi au schimbat priviri, au înţeles şi ei: ehe, şi acum mai miroase pe-aici a ars. Trebuie să plecăm.

Iar la statul-major al brigăzii ştiau deja *de sus* de masiva ofensivă nocturnă a nemţilor, în nord fiind mai ceva ca aceea de aici. Divizionul al 3-lea se afla complet în încercuire. Ordin: cei care au scăpat să se retragă imediat prin Liebstadt spre Hertzogenwald.

L-au adus pe dezertor la Tarasov.

Probabil că şi dormise, cu tot schimbul de focuri din timpul nopţii? Încerca să zâmbească. Paşnic. Alarmat. În aşteptare.

– *Kom!* i-a indica Tarasov cu o mişcare bruscă de mână.

Şi l-a dus după magazie.

Mergea în urma lui şi-şi scotea din toc TT-ul.

Iar după magazie – simultan două împuşcături.

După noaptea aceasta zbuciumată, ei erau tăcuţi.

Epilog

Din seara de 25 ianuarie, când primele tancuri sovietice au răzbătut spre Marea Baltică, spre golful Frisch-Haf, iar Prusia Orientală s-a trezit ruptă de Germania, contraofensiva nemţilor pentru străpungerea frontului fusese pregătită numai în 24 de ore, deja spre seara următoare. Divizia lor de tancuri, două brigăzi de infanterie şi o brigadă de vânători au pornit ofensiva spre vest, către Elbing. În cursul nopţii de 26 spre 27 ianuarie s-au mai adăugat trei divizii de infanterie şi tancurile „Marii Germanii", cucerind acum cu flancul stâng Wormditt şi Liebstadt.

La întinderea pe sute de kilometri spre mare a spărturii frontului inamic, diviziile noastre de puşcaşi nu au izbutit să formeze nici măcar o linie punctată a frontului. Una dintre cele trei divizii s-a trezit încercuită. Însă nemţii n-au reuşit să treacă spre Elbing, fiind opriţi de armata noastră de gardă - a 5-a blindată. Ei au stăpânit doar pentru patru zile teritoriul dintre Mühlhausen şi Liebstadt. Din sud, au fost stăviliţi de brigada noastră blindată şi de corpul de cavalerie, sosit de la Allenstein tocmai la ţanc. Au venit în cele din urmă în ajutor, prin nămeţi, călăreţii.

Pe 2 februarie, noi am ocupat din nou şi Liebstadt-ul, şi mai la est, iar grupul de recunoaştere al brigăzii de artilerie a pătruns în Adlig Schwenkitten. Tunurile celor două baterii nimicite se aflau în poziţia dinainte, la marginea satului, însă toate serviciile administrative şi, pe alocuri, şi ţevile tunurilor fuseseră distruse din interior, cu cartuşe de trotil. Acestea nu mai puteau fi refăcute. Între tunuri şi mai departe, spre Adlig, zăceau încă trupurile servanţilor ucişi, câteva zeci. Pe unii dintre ei, nemţii îi doborâseră cu cuţitele: îşi cruţau cartuşele.

Am pornit să-i găsim şi pe Boev, şi pe comandanţii lui de batalion. Câţiva soldaţi şi comandantul de batalion Miagkov zăceau în apropierea lui Boev. Acesta din urmă, împuşcat la rădăcina nasului şi într-o falcă, zăcea pe spate. Îi scoseseră cojocul - îl luaseră, i-au scos şi pâslarii, nu mai avea nici căciulă, ba unul dintre nemţi s-a lăcomit la decoraţiile lui, să-şi raporteze succesul: uite aşa îi tăiase cu cuţitul toată bucata de veston pe care era prins mănunchiul de decoraţii - pe pieptul mortului rămăsese urma însângerată de cuţit.

L-am îngropat la Liebstadt, în piaţă, acolo unde este monumentul lui Hindenburg[1].

Încă din ziua precedentă, comandamentul brigăzii de artilerie transmisese la statul-major al artileriei pe armată o listă cu

1. Paul von Beneckendorff Hindenburg (1847-1934), feldmareşal şi om politic german.

propunerile de decorare cu ordinul Steagul Roşu, pentru operaţiunea din 27 ianuarie. În fruntea listei erau locţiitorul politic Vîjlevski, şeful de stat-major Veresovoi, şeful informaţiilor pe brigadă, iar mai jos de acesta se aflau şi Toplev, şi Kandalinţev cu Gusev, şi comandantul bateriei de transmisiuni.

Comandantul de artilerie pe armată, un general-locotenent înalt, uscăţiv, sever, era foarte conştient şi de propria-i nesăbuinţă de a permite desfăşurarea atât de prematură, într-un spaţiu operativ gol, a brigăzii de artilerie grea, fără nici o susţinere. Acum, însă, a explodat. A tăiat cu o cruce strâmbă şi groasă toate vârfurile conducătoare ale brigăzii din fruntea listei şi a adăugat drept rezoluţie o înjurătură de mamă.

După multe zile, în martie deja, s-a emis şi pentru maiorul Boev ordinul pentru Apărarea Patriei, clasa I. L-au împăcat.

Numai că nimeni şi niciodată n-a văzut acest ordin, bucăţica aceasta aurită; sora lui, Praskovia, nu l-a primit.

Dar parcă mult mai adăuga el la cele smulse cu cuţitul?

De asemenea, nici comandantul diviziei de puşcaşi, în memoriile lui postbelice, nu l-a pomenit pe maiorul Baluev – comandant de regiment pentru o zi.

Parcă nici n-a existat, l-a înghiţit pământul.

1998

CUPRINS